LA VENGEANCE DU DJINN

DU MÊME AUTEUR

AU CHERCHE MIDI

Cocaïne, 1998 (avec Laurent Chabrun).

Jean-Pierre Chevènement, une certaine idée de la République, 2002 (avec Laurent Chabrun).

La Femme que j'aimais, 2009, Prix des Mouettes – création littéraire, 2009. Prix du Printemps des lecteurs, 2010.

CHEZ D'AUTRES ÉDITEURS

Avec Laurent Chabrun :

Les Corrompus de Saddam Hussein, Plon, 2006.

La Fortune engloutie des Orléans, Plon, 2005.

Avec Martine Monteil :

Flic, tout simplement, Michel Lafon, 2008.

Avec Frédéric Péchenard :

Gardien de la paix, Michel Lafon, 2007.

Avec Jean-Christian Tirat :

AZF, l'enquête assassinée, Plon, 2009.

Avec Amaury de Hauteclocque :

Histoires du RAID, Jacob-Duvernet, 2009.

Avec Denis Safran :

Un toubib dans l'urgence, Jacob-Duvernet, 2009.

FRANCK HÉRIOT

LA VENGEANCE DU DJINN

THRILLER

le
cherche
midi

Ce livre est une œuvre de fiction. Les noms et les personnages sont le fruit de l'imagination de l'auteur. Toute ressemblance avec des personnes réelles, vivantes ou mortes, serait une pure coïncidence.

23, rue du Cherche-Midi, 75006 Paris

Vous pouvez consulter notre catalogue général et l'annonce
de nos prochaines parutions sur notre site Internet :
cherche-midi.com

Toujours rien sans eux...

Enfer chrétien, du feu. Enfer païen, du feu.
Enfer mahométan, du feu.
Enfer hindou, des flammes.
À en croire les religions, Dieu est né rôtisseur.

Victor HUGO, *Choses vues*, 1887

Paris, 2003. Année de la canicule

La pièce était vide. Il n'y avait aucun meuble, aucune chaise, aucun tapis sur le parquet d'où s'élevait l'odeur capiteuse de la cire se mélangeant discrètement à celle écœurante de la chair brûlée. Seuls les murs étaient habillés. Les volets étaient mi-clos et bien que l'endroit ne fût éclairé que par la lumière de la rue et les braises finissant de se consumer, un œil averti aurait pu reconnaître, accrochées aux murs, des œuvres signées de petits maîtres du Quattrocento.

Un homme tout de noir vêtu, avec des écouteurs vissés dans les oreilles, était assis en tailleur au milieu de la pièce, le regard vide, l'air soulagé devant la vision morbide qui s'offrait à lui. Il avait ressenti une vraie sensation d'apaisement sous l'effet de la chaleur dégagée par le feu. Il était resté immobile jusqu'à ce que les flammes aient achevé leur besogne.

Quand le corps fut tout à fait carbonisé, l'homme se leva lentement et se dirigea vers la cheminée. Ses pas firent grincer les lattes du plancher. Il ne semblait éprouver aucune émotion. Dans la main droite, il tenait un verre transparent rempli d'un peu de liquide rouge. Il y trempa l'index de la main gauche et traça des lettres qui firent des mots puis une phrase sur le manteau de la cheminée. Quand il eut terminé, il fit un pas en arrière pour se relire et mieux jouir du spectacle de ce corps grotesque, crispé, figé dans sa dernière attitude. Il jeta dans l'âtre ce qui restait de liquide rouge et posa le verre sur le sol avant de sortir un mouchoir de sa poche avec lequel il nettoya le bout de son index.

Il éteignit son baladeur MP3 et ôta les écouteurs de ses oreilles. Puis il lança un dernier regard vers la cheminée tout en se dirigeant vers la porte où il y avait un sac à dos et une bouteille vide posés par terre. Il se baissa, prit la bouteille, la mit dans le sac, ouvrit la porte et la referma avant d'emprunter un couloir et descendre l'escalier, lentement, en se tenant à la rampe. Il semblait perdu dans ses pensées alors qu'un silence profond régnait dans la maison plongée dans l'obscurité. Arrivé au rez-de-chaussée, il posa le sac et tendit la main vers un blouson de cuir pendu à un portemanteau. Toujours aussi lentement, il enfila le blouson en même temps qu'il tournait les yeux vers le haut des marches. « *Vai a marcire in inferno!...*[1] » marmonna-t-il les dents serrées. Puis il reprit son sac, avança vers la lourde porte en chêne qui donnait sur la rue, tourna la poignée et l'ouvrit. Il pencha légèrement la tête en arrière et respira profondément tout en tirant la porte. La rue était déserte. Il cracha sur le seuil de la maison.

La Seine était à quelques pas, de l'autre côté. Une dernière fois, il leva la tête vers la fenêtre du premier étage, la seule où les volets n'étaient pas fermés, traversa la rue et rejoignit les berges. L'humidité montant du fleuve faisait briller les pavés et rendait l'air un peu plus lourd, plus pénétrant.

L'homme marcha encore quelques minutes, sa silhouette apparaissant et disparaissant au gré des caprices de la lumière pâle des réverbères. Enfin, il s'arrêta, face à l'eau, posa son sac à ses pieds, regarda à droite et à gauche afin de s'assurer que les berges étaient effectivement désertes puis il ôta ses gants de chirurgien et en fit une boule qu'il lança dans l'eau, le plus loin possible, d'un geste souple, identique à celui des joueurs de base-ball.

Il resta là encore quelques secondes avant de récupérer son sac. Il sortit son lecteur MP3 d'une de ses poches, l'alluma et vissa les écouteurs dans le creux de ses oreilles comme on le fait avec des boules Quies. Il plongea la main dans une autre poche de son blouson et en sortit une cigarette qu'il alluma avec un briquet. Il tira une longue bouffée, garda la cigarette coincée entre les lèvres, enfonça les mains dans les poches de

1. « Va pourrir en enfer !... »

son blouson et se remit à marcher le long du quai, avec cette même économie de moyens qui semblait caractériser chacun de ses gestes

Il n'y eut bientôt plus de réverbères pour éclairer sa silhouette. L'homme ne fut plus qu'une ombre accompagnée par un halo de fumée avant de disparaître, happé par l'obscurité.

S'ASSEOIR SUR LE BORD DU LIT avant de se lever, étendre les jambes en laissant pendre les bras le long corps, baisser et relever lentement la tête plusieurs fois puis la tourner à gauche et à droite... Charles Gramont appelait cela « le dépliage ». Vingt ans, cela faisait vingt ans qu'il observait ce rituel chaque matin. Depuis cet accident au cours d'une mission humanitaire en Érythrée, pays coincé entre le Soudan et le nord de l'Éthiopie. La jeep Willys s'était retournée comme une crêpe en plein désert du Sahel. Le chauffeur et trois des autres passagers s'en étaient tirés avec quelques égratignures. Pas lui. Une cervicale brisée. Tétraplégie. Immobile du menton jusqu'aux orteils. Son ange gardien avait dû s'assoupir.

Devant lui, de l'autre côté de la vitre, les feuilles d'un platane tamisaient les premiers rayons du soleil. Il était un peu plus de 6 heures du matin et il faisait déjà chaud. L'orage avait tonné une partie de la nuit. Il avait plu mais pas suffisamment pour rafraîchir l'atmosphère. Paris allait encore suffoquer. Charles Gramont s'est levé, a fait quelques mouvements d'assouplissement supplémentaires avant de se diriger vers la salle de bains. C'était la deuxième étape la plus importante de sa journée ; une douche bouillante. Il laissait l'eau lui brûler la peau depuis la nuque jusqu'aux reins en la laissant suivre le canal de la colonne vertébrale.

Il ne parlait jamais de cet accident mais il y pensait tous les jours, à ce moment précis de la journée, sous la douche. C'était devenu un réflexe. Avec le temps, il en était arrivé à aimer ce moment d'intimité avec lui-même, laissant sa mémoire jouer avec ses souvenirs, même les plus pénibles. Toutes ces images qu'il ne cherchait pas à refouler étaient autant de mots qu'il n'aurait pas à prononcer, tout ce qu'il n'aurait pas besoin de raconter aux autres. C'est ainsi, peu à peu, sans y prendre garde, qu'il s'était enfermé dans une solitude dont il avait fini par accepter les contraintes mais dont il goûtait, aussi, les avantages. Il s'était accommodé de cette vie que le destin lui avait imposée.

Quand il avait ouvert les yeux, il était allongé à côté de la jeep, renversée. Un mince filet d'essence s'échappait du réservoir. Le bruit du liquide s'égouttant sur le sable l'avait tiré de sa somnolence. Il avait tout de suite compris ce qui lui était arrivé. Étrangement, il n'avait ressenti aucune émotion. Aucune peur ni aucune appréhension. Il lui semblait que l'une de ses mains reposait sur son torse mais que ce torse ne lui appartenait pas, pas plus que cette main. Il ne sentait plus son corps. Seule une douleur lancinante et profonde, diffuse et indescriptible, lui avait arraché une grimace. Surtout, il ne pouvait pas bouger. Rien, aucune partie de son être ne lui obéissait plus. Il était tout d'un bloc. Inerte. Puis il pensa à l'essence dont l'odeur tenace l'incommodait, comme si une pellicule de carburant se déposait sur ses parois nasales à chaque inspiration. La flaque d'essence se trouvait à quelques centimètres de son visage. Le feu. Il pensa au feu... Périr dans les flammes, cela l'avait inquiété avant qu'il ne perde connaissance.

Il restait parfois plus d'une trentaine de minutes sous le jet brûlant de la douche. Le temps passé à réchauffer ses muscles dépendait de la météo. Sensible aux variations de température, il était devenu un véritable baromètre. L'humidité, bien plus que le froid, lui grippait les rouages ; les chevilles et les genoux, le dos et les poignets. Alors, son corps se rigidifiait et l'emprisonnait. Comme engoncé dans une armure, il lui devenait plus difficile de marcher. De bouger. Même ses mains se crispaient. Et ces journées-là, il aurait tout donné pour ne pas les vivre ou les vivre seul, à l'abri du regard des autres parfois plus difficile à supporter que le handicap lui-même. Cela aussi l'avait poussé peu à peu vers la solitude.

Ses compagnons de voyage étaient sonnés mais sur pied. Indemnes. L'un d'eux était médecin. Il lui avait fallu peu de temps pour mesurer la gravité de l'état de Charles. Il lui avait fabriqué une minerve de fortune en torsadant des vêtements et les lui avait enroulés autour du cou. Ils avaient pu remettre la jeep sur ses roues et un miracle permit de la redémarrer après quelques réparations de fortune. Seule la carrosserie avait souffert, pas au point cependant de l'empêcher de rouler. Charles avait été installé sur le siège arrière. Il se souvenait de tout. Bien que le chauffeur ait pris garde de rouler lentement, chaque nid-de-poule, chaque embardée déclenchait des éclairs fulgurants lui déchirant les entrailles sans qu'il puisse localiser la douleur avec précision. Il avait mal partout et nulle part, ne sachant plus où se trouvait ce corps, ce bloc inerte, dont la perception lui échappait. Il faisait chaud. Il avait soif. Il n'y avait plus d'eau. Il n'avait pas eu le temps de réfléchir au côté tragique de sa situation. Sinon que se serait-il dit ? Qu'il était foutu ? Probablement...

Si d'autres villes en France ou dans le monde s'accommodent de toutes les saisons, Paris n'est jamais aussi belle qu'au printemps. Elle resplendit plus que toutes les autres cités que Charles avait eu l'occasion de découvrir. Et il en avait vu de nombreuses. Malgré ce corps qui depuis vingt ans lui jouait de mauvais tours sans espoir de rémission, malgré cette vie qui n'avait pas été celle qu'il avait rêvée, malgré cette tristesse qui semblait creuser un peu plus les rides de son visage, il n'en était pas moins d'un indéfectible optimisme. Plus exactement, sa nature profondément pessimiste l'avait mis à l'abri de tous les mauvais tours que réserve forcément l'existence. Ne plus être surpris par les mauvaises surprises, seulement par les bonnes... Attitude qui l'avait immanquablement conduit à envisager l'avenir, le sien et celui du reste de l'humanité avec une forte dose de fatalisme. Il avait fait sienne cette phrase de Romain

Rolland: « Pessimisme de l'intelligence, mais optimisme de la volonté. » Une force mystérieuse lui avait envoyé un coup de gourdin derrière la tête ; il fallait l'accepter. Faire avec ce que la nature nous a offert, même quand elle n'a pas été d'une folle prodigalité.

Quand Charles Gramont sortit de la salle de bains, il se surprit en train de siffler alors que l'odeur du café envahissait déjà une partie de l'appartement. Oui, malgré tout cela, il était debout, il marchait et il respirait. Il fallait en profiter. Profiter de la vie. « Demain est un autre jour, chaque jour suffit à sa peine et le mieux est souvent l'ennemi du bien... » aimait-il répéter à haute voix pour chasser le premier signe de contrariété. Pour sommaire qu'elle fût, sa philosophie personnelle lui suffisait pour supporter le temps qui lui restait à passer sur cette Terre.

Son ange gardien... il avait fini par se réveiller. Après un long calvaire jusqu'à Khartoum, la capitale du Soudan depuis laquelle il avait été rapatrié d'urgence en France, Charles avait été transféré à la Pitié-Salpêtrière où un chirurgien aux doigts d'or lui avait reconstitué une vertèbre avec un morceau de hanche avant de consolider l'ensemble par une plaque vissée sur les cervicales. Quand il s'était réveillé, quinze jours plus tard, une machine réglait sa respiration. On lui avait introduit un tuyau dans la bouche. Le tuyau sentait le caoutchouc et lui obstruait la gorge. À chaque inspiration, Charles avait l'impression d'étouffer, de ne pas pouvoir suivre le rythme de la machine. Il allait trop lentement et quand il voulait inspirer à contretemps, la machine se bloquait et l'empêchait de donner à ses poumons tout l'oxygène qu'ils réclamaient. On lui aurait mis un sac sur la tête que cela n'eût pas été pire. Il avait failli céder à la panique, bien décidé, malgré tout, à tenir le coup. Combien de temps avait-il lutté contre cette machine infernale ? Trop longtemps certainement. Puis il y eut un sifflement strident. Une alarme. Un infirmier avait fini par lui ôter le tuyau. « Prêt ? » lui avait-il demandé. Charles n'avait pas eu le temps de répondre. L'infirmier, du plat de la main, lui avait bloqué la tête en appuyant avec force sur le front et, de l'autre main, avait saisi le tuyau et l'avait arraché d'un coup sec. Foudroyé par l'intensité et la soudaineté de la douleur, les cordes vocales écorchées, Charles n'avait pu émettre aucun son. Il s'était rendormi. À son réveil, quelques minutes ou quelques heures ou quelques jours plus tard – il n'était plus capable de mesurer le temps –, un autre type en blouse blanche se tenait droit comme un i au bout du lit. Il avait une épingle à nourrice entre les doigts et lui piquait la plante des pieds. « Vous sentez quelque chose ? » dit-il. Charles fit oui de la tête qu'il pouvait à peine bouger à cause d'une minerve, modèle armature d'acier version Erich von Stroheim dans *La Grande Illusion.* « Vous sentez un peu ou pas beaucoup ? Un peu ? » « Oui », fit de nouveau Charles en bougeant la tête. « Ça fait mal ? » « Non », fit Charles. « Bon. C'est bon signe, dit le médecin. Ça veut dire que la moelle épinière n'est peut-être pas sectionnée, juste compressée... Vous comprenez ? » Non, Charles ne comprenait pas. « Ça veut dire, ajouta le médecin, qu'il y a une chance que vous remarchiez... une petite chance. Il faut la saisir. Je ne peux rien dire d'autre, ni combien de temps ça durera ni si vous retrouverez l'usage de tous vos muscles. Mais il y aura des séquelles. Ce sera long de toute façon... très long... très difficile. Mais ça vaut le coup d'essayer, hein ? » « Oui », fit Charles. S'il avait pu, il aurait ajouté : « Bien sûr que ce sera dur mais ça ne me fait pas peur... Je remarcherai. » « Courage », lui avait lancé le médecin en lui tapotant la jambe avant de quitter la salle de réanimation, suivi d'une cohorte de blouses blanches.

L'odeur du café chaud et du pain grillé ; que demander de plus à l'existence ? Un œuf à la coque, pensa Charles en se répondant à lui-même. Un œuf à la coque et des mouillettes disparaissant sous une épaisse couche de beurre que l'on plonge dans le jaune. Au diable le cholestérol ! Il avait un autre vice, caché celui-là, secret : il aimait étaler un peu de camembert sur une tranche de pain et la tremper dans le café. Une fois, une seule, il s'était adonné à ce penchant coupable devant une femme ; elle avait fait une telle grimace et poussé un tel cri de dégoût qu'il avait depuis décidé de ne pratiquer ce plaisir qu'en solitaire.

Le petit déjeuner était un autre moment propice à la réflexion. Comme d'ailleurs les autres repas qu'il lui arrivait, souvent, de prendre seul. Charles regrettait alors de ne pas avoir eu d'enfants. Aurait-il mieux supporté ce fardeau que lui avait légué la vie ? Impossible de le savoir. Il s'était tellement consacré à lui-même, il s'était tellement battu pour réintégrer la société, pour retrouver une vie presque normale, qu'il en avait oublié les autres. Et que les autres l'avaient oublié. Il n'avait pas eu le choix. Ce genre de combat se mène dans l'ombre de soi-même. C'est l'égoïsme le plus parfait car il ne s'embarrasse d'aucun scrupule. Qui pourrait donner tort à un homme de vouloir se relever, de vaincre son mal, de panser ses plaies les plus profondes ? Sa pudeur maladive lui aurait de toute façon interdit de partager les moments les plus intimes de ce combat avec quiconque. Il savait que les malades ou les grands accidentés de la vie lassent très vite leur entourage. La douleur ou la maladie des autres nous ramènent souvent à nous-mêmes, à nos propres peurs. Seuls les saints peuvent en accepter la lourde charge. Et puis, Charles ne supportait pas la pitié ou la compassion qu'il pouvait susciter...

Après son opération, Charles Gramont avait été transféré à l'hôpital de Garches. La Mecque de la rééducation. L'antre de la souffrance. Il n'avait jamais imaginé qu'un tel endroit pût exister. Beaucoup d'adolescents. Beaucoup d'enfants. À 25 ans, il devait être l'un des plus âgés. Où cachait-on les vieux ?

Tout ce petit monde d'estropiés, d'êtres brisés, disloqués et raccourcis, boiteux et courbés vivait dans cet univers confiné, 24 heures sur 24. Il les avait côtoyés six mois durant, craignant ne jamais pouvoir s'enfuir de cette cour des Miracles. Légume parmi les légumes, il s'était juré d'en partir au plus vite. Sur ses deux jambes.

Avec l'aide d'une kinésithérapeute qui l'avait pris en affection, il avait transformé sa rééducation en entraînement commando. Enfin, pas tout à fait. Mais il s'était littéralement défoncé pour brûler les étapes, multipliant les heures de travail pour tenter de redonner un peu de vie à chacun de ses muscles.

Il était allé au bout de l'épuisement, s'écroulant tous les soirs sans même avoir la force de se nourrir. L'infirmière chargée de lui donner la becquée ne parvenait jamais à le réveiller et il lui fallait attendre le matin, aux aurores, pour reprendre des forces avant une nouvelle séance de rééducation. Il avalait alors l'équivalent de deux repas. Il n'avait pas à craindre l'embonpoint. Étant passé sous la barre des 50 kilos pour 1,80 mètre, il avait encore de la marge !

Incapable de se laver seul, deux aides-soignantes se chargeaient de sa toilette après le petit déjeuner. Nu comme un ver, équipé d'une poche recueillant son urine, allongé sur une table à roulettes, coincé dans un matelas en plastique, il était accompagné par deux femmes dans une salle d'eau qui ressemblait au métro à une heure de grande affluence. Il avait appris à vaincre sa pudeur sans pour autant l'abandonner. Avait-il le choix ? Souvent, il préférait fermer les yeux. Mais cette toilette quotidienne n'était rien comparée à l'humiliation qui l'anéantissait chaque fois qu'on lui retirait ses couches souillées. Comme à un vieillard sénile ou comme à un enfant en bas âge. Les deux extrêmes de la vie. Il lui arrivait alors de sombrer dans le plus profond découragement, craignant de rester infirme à vie, à la merci des autres. Insupportable. Il savait qu'il lui serait impossible de l'accepter, impossible d'offrir aux autres le spectacle de sa propre déchéance et que la seule issue serait la mort. Il n'y avait rien à ajouter.

Douché, savonné dans ses parties les plus intimes en quelques minutes par des mains étrangères dont il ne sentait pas le contact, il était ensuite ramené dans sa chambre, habillé et assis dans un fauteuil roulant avant qu'on ne le renvoie dans la salle des tortures où l'attendait sa kinésithérapeute attitrée.

Au bout d'un mois, alors que plusieurs parties de son corps avaient lentement retrouvé un semblant de sensibilité, il avait remporté une première grande victoire : il avait bougé un orteil, puis un deuxième ! Quinze jours plus tard, équipé d'un corset et de bandes molletières afin d'empêcher le sang de lui tomber dans les chaussettes et de tourner de l'œil, il était debout, cramponné à sa kiné. Encore un mois plus tard, il accomplissait le miracle entre deux barres parallèles : ses premiers pas, comme un château branlant. Il les avait comptés. Vingt pas exactement, sur une dizaine de mètres. Il était le maître du monde...

Le maître du monde... il sourit. À 7 heures pile, une fois rasé, habillé et son petit déjeuner avalé, Charles Gramont avait l'habitude de finir sa tasse de café, debout, devant son écran plat pour suivre les soubresauts de la planète sur LCI. Impossible d'y échapper, même lorsqu'une femme passait la nuit chez lui. L'actualité était devenue une drogue. Déformation professionnelle. Il n'avait jamais vraiment quitté l'univers des organisations humanitaires. Après son accident – cinq ans plus tard pour être précis, cinq ans passés à tenter de refaire surface tant les dommages psychologiques et les séquelles physiques avaient été plus profonds qu'il ne l'avait imaginé –, un ami lui avait tendu la main et l'avait engagé au siège parisien d'une ONG naissante. Il avait commencé par donner des coups de main bénévoles puis s'était occupé de la comptabilité. Avec la montée en puissance de l'humanitaire, grâce à la manne européenne et onusienne, l'ONG, baptisée Human Help, s'était rapidement développée et avait multiplié les missions parfois très ambitieuses. Il en était désormais l'un des responsables budgétaires. Il contrôlait les programmes d'aide de la zone Afrique/Asie. Régulièrement, il retrouvait le terrain pour quelques jours ou quelques semaines, se donnant ainsi l'illusion d'être encore capable de supporter physiquement des conditions de vie difficiles. Un parfum d'aventure... un parfum, rien de plus. L'aventure avec un grand A s'était arrêtée vingt plus tôt, sous les roues d'une jeep.

Après Garches, après six mois sans sortir de cet univers clos, il avait retrouvé le monde des vivants. Ce fut une épreuve à laquelle personne ne l'avait préparé. C'était à Noël. Comme il se doit, il avait passé le réveillon en famille. Son père était venu le chercher. C'était la première fois qu'il remontait dans une voiture. Au début, il avait éprouvé une légère appréhension mais elle s'était atténuée après quelques kilomètres. En apercevant la façade de la demeure familiale – une grande maison bourgeoise que certains qualifiaient pompeusement de château –, Charles Gramont n'avait eu qu'une seule idée : emprunter immédiatement le grand escalier – le verbe courir étant désormais banni de son vocabulaire – et se réfugier dans sa chambre au second étage plutôt que d'affronter la tribu réunie au grand complet pour l'accueillir. Il redoutait leurs yeux rougis, leurs voix tremblotantes, leurs mots de bienvenue, leurs poignées de main trop franches ou leurs étreintes trop appuyées et leurs traits d'esprit censés détendre l'atmosphère. Sa mère était la seule personne qu'il aurait voulu voir ce jour-là. Elle était morte depuis longtemps, emportée par une leucémie contre laquelle elle avait lutté pendant cinq longues années. Perdu au fin fond de l'Afghanistan pour une autre de ses missions humanitaires, Charles n'avait pas assisté à ses funérailles. Il avait appris sa disparition un mois plus tard, lors de son retour au Pakistan. Il ne s'était jamais pardonné son absence. Sa mère l'avait pourtant poussé à partir, à vivre sa vie sans se préoccuper d'elle. Il était cependant convaincu qu'elle aurait souhaité qu'il l'accompagne jusqu'à son dernier souffle. C'était une autre de ses blessures secrètes et profondes. Et les propos rassurants de son père n'y pourraient jamais rien changer.

Ils étaient tous là, rassemblés au rez-de-chaussée, entre un sapin et la grande cheminée Renaissance. Charles avait finalement décidé de faire face plutôt que de s'isoler. Il avait fait bonne figure aussi longtemps qu'il en avait été capable, c'est-à-dire jusqu'à la fin du repas. Il avait à peine ouvert la bouche, saoulé par le brouhaha des conversations s'entremêlant. Impuissant à refouler des bouffées d'angoisse, il avait fini par monter dans sa chambre. Sa sœur aînée l'y avait rejoint. Ils parlèrent jusque tard dans la nuit. Une nuit de Noël sans neige et durant laquelle il comprit combien son retour parmi les vivants s'apparenterait à un chemin de croix.

Quelques jours plus tard, il était de retour à Paris. Il s'était retrouvé seul, poursuivant sa rééducation à l'hôpital des Invalides. Il s'y rendait chaque matin en prenant un bus. Sa canne et sa minerve en armature d'acier faisaient sensation.

Il le voyait dans le regard des autres voyageurs et s'irritait de la compassion qu'il croyait y déceler. Il avait envie de leur dire : « Vous savez, vous ne m'avez pas connu avant. Je n'ai pas toujours été comme ça ! Avant j'étais un sportif endurant, si, je vous assure, croyez-moi ! J'étais beau. j'étais musclé. J'avais pas l'air d'un poulet de batterie décharné. Si, croyez-moi ! Je pratiquais des sports de combat, je sautais en parachute et je courais l'aventure aux quatre coins du monde. Ne croyez pas ce que vous voyez, ce n'est pas moi ! Vous savez, ça peut vous arriver à vous aussi. Aujourd'hui tout va bien et puis demain plus rien. Pfuit ! tout bascule. Le néant. » Oui, il aurait aimé hurler ces mots dont il était le seul à mesurer l'importance, n'ayant personne avec qui les partager. Un jour, une femme enceinte s'était levée pour lui laisser sa place. Il avait refusé, trop sèchement peut-être, et l'avait inutilement vexée confondant cette marque de gentillesse avec une insulte à sa virilité. Il s'en était voulu, incapable de contrôler ses sautes d'humeur depuis sa sortie de l'hôpital. Il était devenu facilement irritable et avait perdu tout sens de l'humour. Il en était conscient, se promettant à chaque dérapage de se contrôler, de ne plus jamais laisser ses nerfs dicter leur loi.

En quittant Garches, il s'était donc cru sorti d'affaire alors que tout ne faisait que commencer. Ce fut en tout cas ce qu'il ressentait. La rémission était encore une issue lointaine, pour ne pas dire incertaine. La rééducation lui paraissait moins efficace, les progrès moins évidents et le fossé avec les autres, les valides, se creuser encore un peu plus. Il faisait souvent le même rêve. Il était debout sur la scène d'un théâtre désaffecté, les pieds scellés dans un bloc de ciment avec devant lui un écran géant sur lequel des inconnus ne cessaient de courir dans tous les sens. Personne ne le voyait et quand il criait personne ne l'entendait. Pas une seule tête ne se tournait vers lui, pas un seul regard. Le cauchemar finissait toujours de la même façon : il lançait sa canne et l'écran se déchirait. Et tout disparaissait. Tout devenait noir et silencieux et il se réveillait plus angoissé que jamais, le souffle court, incapable de respirer normalement, comme avec la machine de l'hôpital. Il lui arrivait alors de se lever trop rapidement. La sanction était immédiate : une crampe immobilisait sa jambe la plus faible et une partie du dos et des bras. Mollet et cuisse durs comme de la pierre, il tombait. Il parvenait toujours à se relever mais au prix d'un effort surhumain. Personne – il s'en félicitait –, et surtout aucune femme, n'avait jamais encore assisté à ces scènes qu'il jugeait comiques, dégradantes, humiliantes. Pour cette raison, et beaucoup d'autres, vivre seul lui paraissait la solution la plus raisonnable. La plus supportable.

On avait fini par lui enlever sa minerve. Quant à sa canne, il lui aurait fallu retrouver toute sa confiance pour s'en passer, pour ne pas craindre de perdre l'équilibre à chaque pas ou en descendant un trottoir. Il s'y était finalement résolu, un mois plus tard. Il avait dû patienter quelques jours pour s'habituer à cette absence surtout quand il devait descendre des escaliers, ressentant la présence des autres comme autant de menaces... On n'imagine pas ce que peuvent représenter quelques marches lorsqu'on ne sait plus mettre un pied devant l'autre. C'est un gouffre qui s'ouvre à chaque pas et les abîmes qui vous appellent, tout au bout, là en bas, prêts à vous engloutir.

Physiquement, Charles Gramont avait dû attendre une année avant de retrouver une autonomie pleine et entière, ce qui aux yeux des médecins et de sa kinésithérapeute tenait du miracle. Mais il avait gardé trop de séquelles, notamment une jambe récalcitrante, une sciatique chronique, des maux de tête insupportables et de soudaines et parfois incontrôlables envies de pisser, pour se satisfaire de ce miracle-là. De même, durant cette période, sa vie affective avait été proche du néant. Peu de femmes ont une âme d'infirmière et rares avaient été celles prêtes à « contribuer » à sa rééducation sexuelle... Son amour propre n'avait pas facilité les choses. Là aussi, il lui avait fallu beaucoup de patience avant de retrouver le chemin du plaisir.

Psychologiquement, les traces étaient aussi indélébiles ; il n'avait pas fini d'en payer le prix, même vingt ans après. Cette épreuve avait creusé de trop larges et trop profonds sillons pour que son caractère n'en fût durablement affecté. Peut-être aurait-il dû suivre une thérapie. Il avait préféré remonter la pente en solitaire. Mais il y a des fardeaux trop lourds pour que l'on puisse les porter seul. Son orgueil lui avait valu de sombrer dans une longue dépression avant de retrouver sa place dans la société. Il avait craint l'aigreur et l'amertume. Il pensait y avoir échappé. Malgré tout.

À 7h30, hiver comme été, Charles Gramont refermait la porte de son appartement et descendait à pied les quatre étages, pour l'entraînement. Il habitait à cinq stations de métro de son bureau. S'il ne pleuvait pas, il s'y rendait à bicyclette. C'est ce qu'il avait fait ce matin-là.

En sortant de son immeuble, il s'est dirigé vers un poteau où, la veille, il avait attaché sa bicyclette. Puis il a posé sa sacoche dans le panier placé devant le guidon avant de remonter sa chaussette droite sur son bas de pantalon pour éviter qu'il ne frotte sur la chaîne. Depuis le trottoir d'en face, un homme, casqué, debout près d'un scooter, a observé chacun de ses gestes. Charles ne l'a pas remarqué. Il a enfourché sa bicyclette et, en quelques coups de pédale, est arrivé au bout de la rue. Aussitôt, l'inconnu a sauté sur son scooter et a suivi Charles Gramont.

Gorin n'aimait pas partir en vacances. D'ailleurs, il n'aimait pas partir du tout. Il ne se sentait bien qu'à Paris. Franchir le périphérique lui paraissait une hérésie, une épreuve inutile et stérile. Malgré tout, il était parfois bien obligé de se plier à certaines obligations. Il y avait les missions en province ou à l'étranger mais fort heureusement rarissimes. Et puis, une fois par an, au printemps, il y avait les quinze jours incontournables chez sa mère, en Auvergne. C'était cela ses vacances : quinze jours chez sa mère à écouter ses reproches parce qu'il ne venait pas la voir assez souvent. Veuve depuis plus de vingt ans, elle vivait seule dans une petite maison, au pied des monts Dore. Gorin était son fils unique et avait fui ce foyer devenu étouffant depuis la mort de son père alors qu'il était âgé d'une quinzaine d'années. Il aimait sa mère mais considérait ces « vacances » comme une épreuve, une BA à laquelle il se soumettait par obligation, jamais par plaisir. Il n'aimait pas cette maison, se sentait mal à l'aise dans ce décor suranné ; rien n'avait changé depuis la mort de son père. Le Formica et le faux rustique y régnaient en maître.

Aldebert, son chat, qu'une voisine avait pris soin de nourrir pendant son absence, vint se frotter sur son bas de pantalon. Gorin était rentré la veille. L'appartement était propre, rangé et nettoyé. Tout était à sa place. C'était important. Il ne détestait rien tant que de devoir chercher un objet pour la simple raison qu'il n'était plus là où il aurait dû être. Stupide et inutile perte de temps... Était-ce la raison pour laquelle la décoration était réduite à sa plus simple expression ? Peut-être. On aurait pu la qualifier de dépouillée. Gorin n'était pas un maniaque de la propreté, juste du rangement, ce qui n'est pas tout à fait la même chose.

Paris, enfin ! Il se délectait à l'idée d'aller prendre son petit déjeuner à la terrasse d'un café après avoir acheté son journal. Les prévisions météo étaient optimistes. À en croire la radio, cette année, l'anticyclone était en avance. Il irait donc au « 36 » à pied, depuis le Marais où il avait élu domicile dès son arrivée dans la capitale.

Il traverserait l'île Saint-Louis, en suivant les berges de la Seine jusqu'à Notre-Dame, emprunterait le parvis de la cathédrale, laisserait derrière lui les deux tours dont il aimait sentir la présence tutélaire, longerait la préfecture de police avant de couper la place Louis-Lépine et s'asseoir à la terrasse des Deux Palais.

Gorin n'était pas le seul policier de la PJ parisienne à boire un café dans cette brasserie qui jouxtait l'immeuble où se trouvaient les bureaux de la Mondaine et de la brigade de répression du banditisme. Mais il était l'un des rares, pour ne pas dire le seul, à ne pas s'installer au comptoir. Il pouvait ainsi lire tranquillement un quotidien, n'en levant le nez que lorsqu'un collègue lui lançait un bonjour matinal ou lui tendait la main.

Le garçon déposa sur la table un grand crème, un verre de ce qui ressemblait vaguement à du jus d'orange et deux tartines de pain beurré. Tout en parcourant les titres de la première page de son journal, Gorin prit une tartine et la trempa dans le café-crème. Il n'eut pas le temps de la porter à sa bouche. Une bourrade s'abattit sur son épaule lui faisant plonger le nez dans le beurre. Une seule personne était ainsi capable de l'« agresser » à un moment aussi crucial. Une seule personne savait à quel point il détestait être dérangé avant d'avoir terminé son petit déjeuner et lu son journal. Et une seule personne s'ingéniait à le « torturer » dès qu'il en avait l'occasion en y prenant – Gorin en était persuadé – un plaisir sadique : Lenoir.

– Bonjour, patron, dit Gorin. Ravi de constater que vous n'êtes pas encore parti en vacances.

– Bonjour, Gorin... et moi ravi de voir que vous êtes rentré. Pas trop durs, ces quelques jours de congé ? ajouta le chef de la brigade criminelle avant de commander un express et de s'asseoir sans y avoir été convié, conscient de perturber la routine matinale de Gorin.

– Non... non... Quoi de neuf au « 36 » ?

– Rien... calme plat... enfin rien de bien excitant.

– Le calme avant la tempête.

– Toujours aussi optimiste, hein, commandant ?

– Réaliste... simplement réaliste, répondit le policier sans lever les yeux de l'article qu'il avait commencé à lire avant l'arrivée du commissaire.

– Intéressant ?

– Pardon ?

– L'article... intéressant ?

– Ah... euh... non, pas vraiment, dit Gorin avant de plier le journal avec regret.

– Non... rien... juste un homicide.

– De quoi parlez-vous ?

– Vous m'avez demandé « quoi de neuf » au « 36 ».

– Oui... vous m'avez répondu « rien ».

– Oui... rien de bien excitant, juste un homicide.

– Ah ? Et alors ?

– Un type qui a voulu nous faire croire qu'un rôdeur avait tué sa femme et sa fille alors qu'il promenait le chien à 7 heures du matin.

– Laissez-moi deviner... C'était pas un rôdeur ?

– Bravo ! Non... c'était lui. Au début il faisait pitié à voir, le pauvre homme. Faut dire que les deux victimes n'étaient pas belles à voir, mais son histoire ne tenait pas la route. On l'a ramené tranquillement au « 36 ». Pensec l'a pris en main et il a tout déballé, gentiment...

– Pensec ? Vous l'avez laissé à Pensec ! ?

– Il n'était pas seul et il faut bien qu'il apprenne le boulot, non ?

– Mouais... La suite ? demanda Gorin en finissant sa première tartine.

– Le type a craqué au bout d'une heure. Il a avoué les avoir tuées à coups de marteau... les « deux femmes de sa vie », selon ses propres mots.

– Pourquoi ?

– Il ne le sait pas lui-même... un coup de folie... il n'avait jamais fait de mal à une mouche. Mari aimant, père attentif, gendre parfait, employé modèle et *tutti quanti*. L'enquête n'est pas terminée, j'pense pas qu'on découvrira grand-chose. Les psys trouveront une explication. On verra, ajouta Lenoir en laissant tomber un morceau de sucre dans le café que venait de lui apporter le garçon.

Gorin en profita pour attaquer sa seconde tartine tout en jetant un œil sur son journal toujours plié sur le bord de la table. Lenoir avala son express d'un coup sec, reposa sa tasse et se leva.

– Bien, on se voit tout à l'heure ? Merci pour le café, dit le commissaire avec une pointe d'ironie en se dirigeant vers le boulevard du Palais.

– Oui, à tout de suite, répondit Gorin sans lever les yeux.

Il déplia son journal, soulagé de pouvoir enfin s'y plonger. La page des faits divers était d'une maigreur inhabituelle. Il sauta aux rubriques politiques, toujours curieux d'en savoir plus sur les hommes et les femmes prétendant conduire la cité vers des lendemains plus souriants.

Se tenir informé était aux yeux de Gorin d'une impérieuse nécessité si l'on voulait être un flic de la PJ à la hauteur, surtout quand on appartenait à la Crim. Cette brigade, plus que toute autre, était souvent saisie de dossiers « sensibles ». Soit parce qu'une personnalité était impliquée, en bien ou en mal, soit parce qu'une enquête demandait de gros moyens ou alors une discrétion exemplaire. Plus on en savait alors sur les acteurs d'une affaire, qu'ils fussent politiques, hommes d'affaires ou effigies du show-biz ou des médias, mieux on pouvait diriger les investigations et contourner les chausse-trappes. Lui-même avait hérité de quelques affaires de ce genre qui demandaient et du professionnalisme et le tact d'un diplomate du Quai d'Orsay. Seul un vieux limier de son espèce était alors capable de s'en sortir sans dégâts, surtout quand la pression médiatique était exceptionnellement forte.

Gorin n'eut pas le temps de se plonger dans l'article qu'il avait décidé de lire. La voix de Lenoir retentit de nouveau.

– Commandant, désolé d'interrompre votre lecture, on a besoin de nous, tout de suite.

Gorin ne l'avait pas vu revenir sur ses pas. Le patron de la Crim était debout, devant lui, son téléphone portable encore collé à l'oreille.

– Que se passe-t-il ? demanda Gorin.

– Une « merguez »... à deux pas d'ici dans un hôtel particulier de l'île Saint-Louis. Garnier est déjà sur place. Il nous attend. C'est pas un accident et ça vaut le coup d'œil d'après lui. Il dit qu'il n'a jamais vu ça. Allons-y à pied.

Gorin plia son journal et abandonna un billet de 10 euros sur la table, à côté de la tasse de café-crème encore à moitié pleine, sans attendre la monnaie.

Une « merguez » ! Qui avait eu l'idée saugrenue de brûler un corps au cœur même de la capitale ? Côté discrétion, on pouvait trouver mieux. C'est rare de voir ça dans Paris. Ce genre de pratique criminelle est plus voyant en ville qu'en rase campagne.

Gorin retraversa la place Louis-Lépine dans les pas de Lenoir qui ne savait pas marcher autrement que par grandes enjambées, comme s'il avait été chaussé en permanence de bottes de sept lieues. Gorin ne détestait rien tant que de devoir se presser, quelle que soit l'affaire en cours. « De toute façon, pensait-il, nous arrivons toujours trop tard. C'est notre raison d'être. Nous ne sommes pas là pour empêcher les crimes mais pour les résoudre. »

Il fallut une vingtaine de minutes aux deux policiers pour atteindre l'île Saint-Louis et l'hôtel particulier devant lequel stationnaient des voitures de police et la camionnette dernier cri de l'identité judiciaire.

– Architecture pur XVIIe, remarqua Gorin toujours admiratif devant la sobriété des bâtiments dessinés par Le Vau dans l'île Saint-Louis, trois siècles plus tôt.

Lenoir leva à peine les yeux même lorsque Gorin lui fit remarquer la présence des balcons de fer forgé soutenus par des consoles en pierres taillées ; une curiosité car, sur la plupart des autres façades de l'île, les balcons, postérieurs à la construction, étaient soutenus par de simples étais en fer rouillé.

– Vous ne croyez pas qu'on a autre chose à faire qu'à admirer l'architecture du XVIIe siècle ? dit Lenoir.

– L'un n'empêche pas l'autre, marmonna Gorin en haussant les épaules.

Puis ils passèrent sous le porche où se tenait un gardien de la paix. Un autre leur indiqua le chemin à suivre.

– C'est au premier, commissaire, à droite, juste avant le jardin, vous pouvez pas vous tromper.

Garnier les attendait en haut des marches.

– Alors ? lui demanda Lenoir.

– Bah, vous allez voir, patron, c'est pas commun... pour le moment on n'a pas grand-chose, dit le capitaine en tendant la main au commissaire puis à Gorin qui était son chef de groupe.

Tous trois se dirigèrent vers une grande pièce dans laquelle s'affairaient les hommes de l'Identité judiciaire, vêtus de combinaisons blanches, la tête protégée par une capuche. Avant d'entrer, Lenoir et Gorin enfilèrent des bottes en caoutchouc et des gants de chirurgien pour ne pas polluer la scène de crime.

À l'exception de quelques tableaux sur les murs, la pièce était vide. Garnier, suivi du patron de la Crim et de Gorin, se dirigea vers une cheminée imposante, comme on en voit rarement à Paris. Elle aussi, pur XVIIe...

– Voilà, il est là, dit Garnier en désignant un corps calciné dont les bras et les jambes avaient l'allure de branches mortes aux extrémités crochues.

– « Il » ou « elle » ? questionna Gorin.

– « Il », dit Garnier. Certainement le proprio de cette masure.

– Et c'est qui, le proprio ? questionna à son tour le commissaire Lenoir.

– Louis de Pralin, 45 ans, célibataire, marchand d'art et antiquaire réputé. Un spécialiste du Quattrocento, paraît-il. C'est en tout cas ce que m'a dit le maître d'hôtel. C'est lui qui l'a découvert en arrivant ce matin.

– Il est où, ce maître d'hôtel ? demanda Lenoir.

– En bas, avec Pensec.

– Alors tout va bien, ironisa Gorin. Et ça, ajouta-t-il en désignant du menton le manteau de la cheminée, c'est quoi ?

– Aucune idée, dit Garnier. On dirait que ça a été écrit avec du sang.

– C'est du sang, répliqua Gorin, pas l'ombre d'un doute et sûrement celui du propriétaire des lieux. Regardez le début de chaque lettre, ce petit rond. À coup sûr, elles ont été tracées avec l'index, celui de la main gauche.

– Ça veut dire quoi, ça ? lança Lenoir en lisant à voix haute la phrase qui s'étalait devant eux en lettres rouges : *« Cris de l'enfer ! voix qui hurle et qui pleure ! »*

– Un poème, suggéra Gorin. Enfin plutôt une phrase tirée d'une poésie. Ça me dit quelque chose. De toute évidence, l'auteur de cette mise en scène macabre a laissé un message... Une vengeance ? Un avertissement ? Il était seul, l'antiquaire, hier soir ?

– Apparemment, oui. Exceptionnellement, il avait donné congé au maître d'hôtel vers 9 heures. D'habitude, il part entre 22 et 23 heures.

– Des traces d'effraction ?

– Aucune. On a probablement ouvert la porte au tueur.

– Il avait aussi peut-être un jeu de clés. Heure approximative des réjouissances ?

– Aux alentours de 2 heures du matin, répondit Garnier.

– C'est une bonne heure pour commettre un crime surtout quand on fait brûler sa victime dans une cheminée au beau milieu de la capitale, apprécia Gorin.

– En attendant, nous voilà encore avec un malade sur les bras, se plaignit le commissaire en tournant la tête vers Gorin. Je le sens mal. Quelles que soient ses raisons, j'ai peur qu'il ne s'arrête pas là, le mystérieux poète, non ?

– Je le crains aussi, répondit le commandant en s'agenouillant près du corps. Il a été aspergé d'essence. J'espère qu'il était déjà mort quand il a brûlé...

– Alors, la phrase, c'est du sang ?

C'était la voix du lieutenant Pensec, nouvelle recrue de la Crim.

– Évidemment que c'est du sang ! Vous croyez que le tueur s'est amusé à utiliser de la gouache ? répondit Gorin soudain de mauvaise humeur.

La seule présence du jeune policier avait le don de l'irriter immédiatement, sans qu'il puisse se contrôler. Une réaction épidermique, selon son propre aveu.

– « Le » tueur ? dit le lieutenant sans relever la remarque désagréable de Gorin. Pourquoi pas « la » ?

– Parce que... c'est pas un truc de femme, ça.

Il se releva et approcha son visage du manteau de la cheminée. La phrase en prenait presque toute la largeur.

– *« Cris de l'enfer ! voix qui hurle et qui pleure ! »*, lut Pensec à haute voix. Ça veut dire quoi cette phrase ?

– Pour le moment, répondit Gorin, ça veut dire ce que ça dit et rien d'autre. Allez donc donner un coup de main en bas pour accélérer la perquise.

Le jeune policier s'exécuta en marmonnant, sortit de la pièce et disparut dans l'escalier.

– Garnier, ajouta Gorin, commencez tout de suite l'enquête de voisinage. Je veux tout savoir sur la vie de ce monsieur et sur ses relations. Le topo habituel. Et on ramène le serviteur de monsieur au « 36 ». Autre chose, je veux être sûr qu'il s'agit bien du maître des lieux. Vous irez voir son dentiste avec une radio de la mâchoire.

Les hommes de l'identité judiciaire avaient envahi le reste de l'hôtel particulier, des caves au premier étage en passant par le rez-de-chaussée, à l'affût du moindre indice. Gorin et Lenoir rejoignirent celui qu'on surnommait « l'horloger », le commandant Sinpaul, le procédurier, le métronome de la scène de crime, méticuleux comme une vieille fille, notant l'emplacement et l'importance de chaque élément qui se trouvait dans l'environnement immédiat de la victime, suivant pas à pas le travail des techniciens – les « gestionnaires de scène d'infraction» ainsi désignés par l'administration qui ne manque jamais de poésie – et s'adressant à eux par signes, élevant à peine la voix comme s'il foulait le sol d'un lieu sacré, se déplaçant dans une sorte de ballet désordonné dont le chorégraphe aurait été un peu brouillon; c'est ce que croit voir le néophyte mais, en réalité, chacun est dans son rôle, sachant précisément ce qu'il a à faire, interprétant une partition dont on a pris garde de chasser la moindre fausse note. Ne rien rater, ne rien laisser passer, tout noter minutieusement; il arrive parfois que l'on trouve une piste dès les premières constatations. Mais pas ce jour-là.

– Alors? demanda Lenoir au commandant Sinpaul qui se tenait au pied de l'escalier.

– Bonjour, patron... bonjour, Philippe. Alors? Bah, pas grand-chose, pour l'instant... Celui ou celle qui a fait ça a été extrêmement prudent. On a quelques paluches mais c'est pas sûr que ce soient les siennes. Sur la phrase de la cheminée, on n'a rien. Il ou elle a dû mettre des gants... pour l'ADN, on verra si on en a et si ça correspond à la victime. Non, vraiment désolé, pour l'instant, on n'a rien d'intéressant.

Lenoir décida de repartir vers le quai des Orfèvres. Gorin l'y rejoindrait plus tard, préférant remonter au premier étage de l'hôtel particulier. Quand il entra dans la pièce où trônait la grande cheminée, le cadavre calciné avait disparu dans une housse hermétique en plastique noir. Un homme finissait de tirer la fermeture Éclair. La housse avait pris une forme inhabituelle, gonflée par les jambes et les bras du cadavre, figés par les flammes dans leur ultime posture. Les employés des pompes funèbres empoignèrent chacun une extrémité de la housse et quittèrent la pièce. Une civière attendait au bas des escaliers.

Resté seul, Gorin se plante au milieu de la pièce, essayant d'imaginer la scène qui s'est déroulée entre ces murs quelques heures plus tôt. Dans ces moments-là, il est incapable de garder pour lui seul ses pensées. C'est ainsi qu'il parvient à se concentrer; il chuchote, parfois hausse la voix, même s'il n'y a personne pour l'écouter, comme s'il souhaitait qu'on lui apporte la contradiction. Qu'aurait-il fait, lui, s'il avait été à la place du tueur ? Alors il imagine, il s'imagine avançant vers la victime. Connaît-elle son bourreau ? Est-elle surprise par la présence de celui qui va bientôt lui ôter la vie ? « La victime est assommée ou endormie ou tuée avant d'être traînée dans la cheminée », marmonne Gorin. Le tueur a déjà préparé tout son matériel. Oui, évidemment il y a préméditation... Pas possible autrement. Il sait déjà ce qu'il va inscrire sur la cheminée... Ces mots, j'en suis sûr, cela fait longtemps qu'il rêve de les tracer avec le sang de sa victime... Comme une offrande après le sacrifice... Il récupère du sang dans un récipient quelconque et le met de côté à moins qu'il n'y trempe tout de suite son doigt pour tracer la phrase... Non, il s'occupe d'abord de sa victime. C'est le plus urgent... C'est pour cela qu'il est là. Il la traîne dans l'âtre. Pas facile. Il faut être costaud. Il a préparé un autre récipient, plus grand – un bidon ? – dans lequel il y a de l'essence... ça sent encore l'essence. Il met le feu. Et là, que fait-il ? Il écrit sa phrase ? Non. À cause des flammes il ne peut pas s'approcher de la cheminée. Alors que fait-il ? Il regarde ? Oui, c'est cela, il recule vers le centre de la pièce et il regarde. Il contemple son œuvre... peut-être debout... peut-être assis... Est-ce qu'il savoure sa vengeance, si c'en est bien une ? Combien de temps ? Combien de temps avant que les flammes ne s'éteignent une fois l'essence consumée ? En a-t-il rajouté ? Non, il n'a pas dû alimenter le feu... Le légiste dira sur quelle profondeur le corps a brûlé. Puis il a tracé ces quelques mots avant de disparaître. Le tueur a toute sa tête. Ce n'est pas le crime d'un malade. Oui, c'est certainement une vengeance... Mais on n'a jamais rien expliqué tant qu'on ne connaît pas le mobile d'un crime. Et il est là le mobile du crime, contenu dans cette phrase : *« Cris de l'enfer ! voix qui hurle et qui pleure ! »*...

IL AVAIT PLU DURANT UNE BONNE PARTIE de la nuit. L'air était saturé d'humidité. Il était encore tôt mais le soleil déjà séchait le sol et faisait s'évaporer l'eau de pluie en courtes fumerolles. Le corbillard s'était arrêté au pied du crématorium du Père-Lachaise et les employés des pompes funèbres avaient disparu avec le cercueil à l'intérieur de la chapelle où allait se dérouler la cérémonie. Les funérailles de Louis de Pralin avaient attiré de nombreuses personnalités, plus d'une centaine, dont la majorité avait dû se résigner à rester debout à l'extérieur. Quelques chaises pliantes avaient bien été installées mais en nombre insuffisant.

Gorin et les hommes de son groupe assistaient aux funérailles du célèbre antiquaire, histoire de « détroncher » le plus grand nombre possible d'invités. Seuls Gorin et Garnier se trouvaient dans la chapelle. Les autres policiers de la Crim étaient restés dehors. Pensec en faisait partie. Il n'avait pu s'empêcher de plaisanter sur l'ironie de la situation en déclarant que « la crémation ne devrait pas durer longtemps vu qu'il n'y avait plus grand-chose à cramer » ! Son « trait d'esprit » avait arraché quelques sourires à ses collègues, ce succès très relatif suffisant à son bonheur pour le reste de la journée.

Il y avait du beau linge dans la chapelle ; deux ministres, un secrétaire d'État, deux grands patrons, des stars du grand et du petit écran, des écrivains, des chanteurs, le chef d'une des meilleures tables de la capitale et un grand couturier... Gorin n'avait eu aucune difficulté à mettre des noms sur la plupart de ces visages bien que certains fussent équipés de lunettes noires, ustensile évidemment incontournable en de telles circonstances. Restaient les anonymes auxquels lui et ses hommes demanderaient leur identité à la fin des obsèques.

Cela faisait maintenant une quinzaine de jours que l'enquête avait démarré. Et pas vraiment avancé. Ce que Gorin et son groupe avaient appris sur la « merguez » de l'île Saint-Louis ne leur avait été, pour l'instant, d'aucune utilité. À commencer par la mystérieuse phrase inscrite sur le manteau de la cheminée. Gorin avait mis peu de temps à en découvrir l'auteur grâce à Google. Sa recherche avait pris exactement trente secondes, le temps de taper la phrase puis la touche retour de son clavier d'ordinateur.

Ce qu'il avait découvert lui avait rafraîchi la mémoire. Il se souvenait de ce poème, l'un des plus célèbres de Victor Hugo : « Les Djinns », extrait des *Orientales.* Mais que venait faire le père Hugo dans cette galère ?

« Cris de l'enfer ! voix qui hurle et qui pleure ! » est le premier vers de la huitième strophe. Fallait-il voir une signification quelconque à ces deux chiffres, 1 et 8 ? Ou alors ne l'avait-il choisi que pour ce qu'il évoquait : des cris, l'enfer, des hurlements, des pleurs ?... Et pourquoi ce poème en particulier ? À cause des djinns ? Sur ce sujet, Gorin avait dû admettre son ignorance et s'était de nouveau lancé dans une recherche approfondie en espérant découvrir un lien entre Pralin et les djinns, créatures mystiques nées dans les sables d'Arabie en même temps que l'islam.

Après s'être de nouveau plongé dans une abondante documentation, le policier de la Crim avait contacté un imam auquel il avait évité de plonger dans une affaire de drogue quelques années auparavant. Depuis, il était devenu une sorte de tonton, un indic, qui le renseignait sur les jeunes musulmans soupçonnés de succomber aux chants des sirènes islamistes. Ils s'étaient donné rendez-vous à la terrasse du café de la mosquée de Paris. Boire un thé à la menthe à l'ombre d'un arbre, au cœur de la capitale, était l'un des plaisirs que Gorin s'accordait régulièrement. Comme à son habitude, Djamel était arrivé avec une vingtaine de minutes de retard, un sourire franc lui barrant le visage.

– Alors, mon frère, dit-il à Gorin en s'asseyant à côté de lui, que puis-je pour toi ? Tu veux te convertir ? Pas de problème.

– Même pas en rêve, mon vieux. Même pas en rêve.

– Alors quoi ?

– Parle-moi des djinns, Djamel, dis-moi tout ce que je dois savoir sur ces étranges créatures.

– Et pourquoi tu veux que je te parle des djinns ?

– Ça, c'est mon problème... Allez, je t'écoute.

Djamel avait une voix grave et puissante. Une voix de conteur. Et il savait en jouer à la perfection. C'était probablement l'une des raisons pour lesquelles ses prêches du vendredi attiraient de nombreux fidèles dans l'un des lieux de prière les plus importants de Paris. Gorin avait déjà assisté à l'une de ses interventions. Bien que ne comprenant rien à l'arabe, il avait vu combien l'imam savait capter l'attention de son auditoire, avec quelle *maestria* il l'envoûtait et comment il semblait s'adresser à chaque fidèle en particulier, réduisant cette oraison publique à un tête-à-tête.

– Les djinns, dit Djamel marquant un temps de silence. Ils peuplaient notre monde bien avant nous. Ils sont nés d'un feu subtil dont on ne voit ni les flammes ni la fumée alors que les hommes, eux, sont nés du limon et de l'argile. Les djinns ont longtemps été les maîtres de la Terre mais, ayant fait le mal, ils en furent chassés par une armée d'anges. Vint alors le temps de l'homme. Les djinns disparurent... Il serait plus juste de dire qu'ils devinrent plus discrets, invisibles aux yeux des hommes tout en gardant un œil sur eux. Ils établirent leurs repaires dans les régions les plus désertiques du monde, dans les bosquets et les fourrés, dans les regs et les marais, dans tous ces lieux honnis des hommes... Très important pour que tu comprennes bien qui sont les djinns : ils ne sont ni anges ni démons mais les deux à la fois, couronnés d'une auréole ou coiffés des cornes du diable ; tout dépend des actes qu'ils commettent. Comme Iblis.

– C'est qui, Iblis ?

– J'y viens. Dans un passage du Coran, dans le verset 50 de la sourate 18, Iblis, ce djinn, est comparé à Satan alors qu'ailleurs, dans un autre verset, il est compté parmi les anges.

– 18 ? l'interrompit Gorin. Tu as bien dit 18, 1 et 8 ?

– Oui, et alors ?

– Non, rien, une coïncidence... Et qu'a-t-il fait de mal, cet Iblis ?

– Il a refusé de se prosterner devant Adam comme tous les autres anges : « Ils se prosternèrent, à l'exception d'Iblis qui refusa et qui s'enorgueillit : il était au nombre des incrédules », dit le Coran... Alors Dieu ordonna à Iblis de quitter le jardin d'Éden et celui-ci décida de tenter les descendants de son ennemi Adam afin d'éprouver la foi des hommes. Dieu lui accorda cette requête et promit l'enfer à ceux qui écouteraient les conseils d'Iblis.

– Bref, un mauvais génie.

– Si tu veux. Ce n'est pas tout. Il faut que tu saches encore que Dieu a créé trois sortes de djinns, trois groupes si tu préfères. Dans le premier, on trouve des serpents, des scorpions et toutes sortes de reptiles ou d'insectes. L'une de nos légendes raconte qu'un jour une femme est venue voir le Prophète. Elle disait que son fils était possédé par un djinn et qu'il fallait l'en délivrer. Vous autres, vous diriez exorciser. Alors le Prophète passa la main sur la poitrine de l'enfant et celui-ci vomit un petit animal.

Djamel s'interrompit quelques secondes, le temps de boire une gorgée de thé à la menthe. Puis il reprit son récit.

– Dans le deuxième groupe, les djinns sont le vent et l'air. Tu ne vois pas le vent, tu ne vois pas l'air et pourtant tu sais qu'ils sont là, tout autour de toi. Le vent peut être une caresse ou une gifle. De même l'air peut être un parfum, un arôme ou alors un effluve nauséabond, un remugle et charrier la pestilence. Enfin, dans le troisième groupe, les djinns ressemblent aux hommes. Ils ont un cœur, des yeux et des oreilles mais leur force est toujours supérieure à celle des hommes et ils se déplacent à la vitesse de la lumière. Malgré cela, il nous est arrivé de les combattre et même de les vaincre ! On raconte qu'une fois une tribu d'hommes a affronté une tribu de djinns. Un homme ayant tué un djinn, ceux-ci tuèrent des hommes et ces derniers tuèrent alors tous les scorpions, les serpents et d'autres insectes jusqu'à ce que les djinns demandent la paix. Comme quoi l'on peut être vaincu par plus faible et moins véloce que soi. Tout dépend des circonstances. Tu vois, votre La Fontaine n'a rien inventé. Sache également que les djinns peuvent avoir des relations sexuelles avec les hommes mais Dieu veille à ce que ces unions contre nature restent stériles. Dieu est grand dans sa bienveillance. La tradition relate encore que le Prophète a désigné les os comme nourriture des djinns. On dit aussi qu'ils se nourrissent d'odeurs. Ils se querellent, ils mangent, ils boivent, ils s'allient et se font la guerre. Tu vois mon frère, les djinns nous ressemblent beaucoup et sont en même temps très différents de nous parce qu'ils ne sont pas de ce monde. Ils appartiennent à l'inconnu, à ces dimensions inexplorées que seule la mort nous fera connaître. Ils sont l'inavouable, le mystère et le côté obscur des choses. Tu l'as compris, les hommes et les djinns ne se rencontrent que dans les lieux où rodent le malheur et la mort.

– Tu viens de me dire qu'ils pouvaient aussi être des anges.

– Oui. Mais c'est très rare, de toute façon, ajouta Djamel avec un grand sourire, les djinns ont toujours une mauvaise idée derrière la tête.

– Pas très réjouissante, ton histoire, Djamel. Tu connais le poème de Victor Hugo qui...

– Bien sûr que je le connais ! répondit Djamel. Jamais poète n'a mieux traduit la folie des djinns. Hugo devait avoir un peu de sang arabe dans les veines. Je le soupçonne même d'avoir écrit *Les Mille et Une Nuits* dans une autre vie. Je peux même te le réciter, ce poème, je le connais par cœur.

« Murs, ville
Et port,
Asile
Dc mort
Mer grise
Où... »

– Je te remercie, l'interrompit Gorin, une autre fois.

– Tant pis. Voilà, tu sais presque tout sur les djinns, mon frère. Et n'oublie jamais : même si un jour ils proposent de t'aider, sois sur tes gardes, ce n'est jamais gratuit. Accepter l'aide d'un djinn, c'est comme vendre son âme au diable !

– Tu en parles comme si tu croyais à leur existence.

– Bien sûr que j'y crois ! Nous avons besoin d'eux comme vous avez besoin de vos propres démons. Ils donnent un sens à nos peurs, à nos angoisses, à notre frayeur, à toutes ces choses que nous ressentons devant les mystères de l'autre monde. Moi, tu vois, finalement je les aime bien les djinns. Ils sont plus forts et plus malins que nous mais, comme nous, ils connaissent le malheur. Je crois qu'ils ne seront en paix que lorsque nous le serons nous-mêmes.

Les mots de l'imam résonnaient d'un son particulier alors que la cérémonie arrivait à son terme dans la chapelle de style néobyzantin du Père-Lachaise. Le cercueil de Louis de Pralin allait bientôt se consumer dans le feu du crématorium. Gorin pensait à ces deux chiffres, 1 et 8. N'était-ce qu'une coïncidence ? Ou alors avait-on affaire à un déséquilibré rongé par le mysticisme et par toutes sortes de croyances maléfiques le poussant à commettre des crimes gratuits ?

L'autopsie de Louis de Pralin avait révélé un détail monstrueux. Bien qu'il eût perdu connaissance après avoir reçu un coup violent sur la tête, l'état de ses poumons prouvait qu'il respirait encore lorsque les premières flammes lui avaient léché le corps. Le légiste n'avait pas été capable de dire si l'antiquaire avait ressenti quelque chose, s'il s'était vu mourir, s'il était mort dans d'atroces souffrances sous l'œil satisfait de son bourreau. Cela dépendait de son degré d'inconscience, l'analyse toxicologique n'ayant révélé la présence d'aucune drogue.

Le maître d'hôtel, interrogé au « 36 », quai des Orfèvres pendant une douzaine d'heures, n'avait à aucun moment traduit la moindre émotion devant les circonstances tragiques de la disparition de son employeur qu'il avait pourtant servi pendant près de quinze ans. Cela n'en faisait évidemment pas un coupable d'autant que son emploi du temps, entre 21 heures et 2 heures du matin, heure présumée de la mort de Louis de Pralin, avait été corroboré par plusieurs témoignages. Pas ému mais bavard, l'homme à tout faire... Il ne s'était pas fait prier pour fournir une foultitude de détails, parfois les plus intimes sur la vie de son patron. C'est ainsi que les enquêteurs apprirent que Louis de Pralin aimait autant les femmes que les hommes et était un abonné des boîtes échangistes de la capitale. Il arrivait régulièrement que les soirées les plus arrosées se poursuivent dans l'hôtel particulier de l'île Saint-Louis et s'achèvent en de véritables bacchanales. Mais les pistes ouvertes par les confessions du *butler* n'avaient jusqu'à présent donné aucun résultat.

Côté affaires, l'antiquaire flamboyant avait la réputation d'être sans pitié autant qu'il avait celle d'être un as dans sa partie. Ce que les premiers éléments de l'enquête avaient confirmé. Gorin ne fut donc pas surpris de découvrir que Pralin n'était pas aimé, voire même détesté par la quasi-totalité de ses confrères, lesquels, malgré tout et sans exception, louaient sa connaissance hors du commun des antiquités en général et de la Renaissance en particulier.

Côté famille, la Crim n'avait pas eu à chercher très loin. Louis de Pralin n'avait pour parents que quelques cousins éloignés. Si éloignés qu'ils n'hériteraient de rien, pas d'un seul kopeck : son « stock » d'œuvres d'art, de meubles signés et d'objets rarissimes irait à l'État. Cette disposition avait-elle suscité la colère de quelque proche déçu, d'un ami ou d'une maîtresse se sentant trahis pour ne pas avoir été couchés sur le testament à défaut de l'avoir été dans le lit de Pralin ?

Le reste, un compte bancaire bien rempli, des lingots et des actions ainsi que le château familial, une petite merveille du XIIIe siècle, irait à une organisation humanitaire, Human Help, dont Gorin n'avait jamais entendu parler. Il devait se lancer personnellement sur cette piste après les funérailles au Père-Lachaise.

Les policiers de la Crim, secondés par des gardiens de la paix, s'étaient postés à la sortie de la chapelle et du cimetière afin de relever et noter les identités des invités, connus ou pas. Gorin, avec l'accord de Lenoir – quitte à mobiliser toutes les brigades du Quai des Orfèvres –, avait décidé de les convoquer au « 36 », tous sans exception et le plus rapidement possible, pour recueillir leurs témoignages. Un travail de titan. Gorin n'avait pas le choix, il lui fallait ratisser large, ouvrir des portes, quitte à les refermer. Avec un peu de chance, cela pourrait déboucher sur quelque chose.

Gorin n'aimait pas la tournure que prenait cette affaire : quand il y a trop de pistes, la bonne risque de s'effacer. Et trop de suspects dissimulent le vrai coupable.

Certains invités, malgré les excuses des policiers suivies de quelques explications, s'offusquèrent de devoir présenter leur identité alors que la cérémonie venait à peine de s'achever. D'autres s'y prêtèrent de bonne grâce.

Depuis le haut des marches du crématorium, Gorin observait la foule qui se dirigeait vers la sortie. Garnier était à quelques mètres de lui. Quant à Pensec, il s'était mêlé aux invités. Avec son Levi's usé aux genoux et ses bas de pantalon effilochés, ses Converse rouges et sa veste kaki, il était facilement repérable. Sans parler de ses cheveux savamment orchestrés dans un faux négligé grâce à une débauche de gel. Gorin trouvait ridicule cette manie de s'asperger la tignasse avec des tonnes de « laque » et se disait que, décidément, ce gamin n'avait rien à faire dans une brigade comme la Crim. Il ferait en sorte de le faire muter rapidement à la Mondaine où son *look* ferait merveille dans les boîtes à la mode. À moins qu'il ne l'envoie aux stups pour lui apprendre à vivre.

C'est en admirant la coupe de cheveux et la tenue de Pensec que Gorin remarqua, à quelques pas devant le jeune lieutenant, le comportement étrange d'un homme. Étrange, car il avait soudainement ralenti son allure et s'était légèrement déporté à l'extérieur de la file des invités. Pensec n'y porta aucune attention et le dépassa sans lui jeter un regard. Gorin descendit les marches et fit un signe à Garnier.

– Suis-moi, dit-il, en passant à hauteur de son adjoint, discret... j'ai repéré un type qu'a pas l'air d'être ravi de voir des uniformes. Il est pas loin de Pensec... derrière lui, enfin, je crois.

– À quoi il ressemble ?

– Difficile à dire. Assez grand, mince, cheveux noirs. Je ne l'ai vu que de dos et de loin... Un costume sombre, je crois.

La grille du cimetière n'était plus qu'à quelques centaines de mètres. L'idée de Gorin était de filer l'inconnu le plus longtemps possible avant de l'interpeller pour lui demander ses papiers et quels étaient ses liens avec Louis de Pralin.

– Tu le vois ? demanda Garnier.

– Pas bien. Apparemment il est toujours derrière Pensec. Appelle-le sur son portable et dis-lui ce qui se passe. Qu'il reste devant au cas où...

Gorin n'eut pas le temps de terminer sa phrase. Il y eut une bousculade, à quelques mètres devant lui. Puis des cris. Le policier leva la tête et se mit à courir, talonné par Garnier. Plusieurs personnes étaient à terre. Pensec en faisait partie. « Debout ! » lui cria Gorin en passant à sa hauteur. Garnier l'aida à se relever, le tirant par le bras pour l'entraîner dans sa course. Gorin eut juste le temps de voir l'inconnu pousser violemment l'un des deux gardiens de la paix avant de s'enfuir dans la rue des Rondeaux. Il courait vite. Pensec le prit immédiatement en chasse, suivi de Garnier, beaucoup plus lent. Gorin, resté à l'arrière, ordonna à l'un des deux gardiens de la paix d'aller aider ses deux collègues et au second de continuer à relever les identités. Dans la foulée, il demanda des renforts et le bouclage du quartier le plus rapidement possible.

Gorin détestait les courses-poursuites. Il n'avait pas choisi la Crim pour jouer au cow-boy sinon il aurait rejoint les costauds de la brigade de répression du banditisme. En outre, contrairement à ce que laissait supposer sa silhouette élancée, il était allergique au sport d'une manière générale et à la course à pied en particulier. Mais il n'eut pas le choix. À contrecœur, il se mit à courir lui aussi. Courir n'est pas le mot exact car il remonta la rue des Rondeaux au petit trot en priant le ciel que ses collègues rattrapent le fuyard.

Pensec tenait la cadence imposée par l'homme en costume noir même si celui-ci le devançait de plus d'une centaine de mètres. Il avait une foulée souple et ample comparable à celle d'un coureur de fond. « Ce type est un pro », pensa le policier entre deux battements de cœur. Il était déjà essoufflé malgré ses deux ou trois joggings hebdomadaires. Soudain, la silhouette sombre tourna à gauche. Pensec le perdit de vue quelques secondes avant d'emprunter à son tour l'artère qui était en pente et débouchait sur la rue des Pyrénées. Il était encore trop loin pour le menacer de son arme. Il sentait son Smith & Wesson *body guard* bien arrimé dans son étui sur sa hanche droite. Sa présence le rassurait. Ce revolver n'avait pas de chien, ce qui réduisait le risque de l'accrocher à sa veste en le dégainant. Petit et léger, il avait été conçu pour les gardes du corps américains du *secret service* et crachait du 357 magnum.

L'homme traversa la rue des Pyrénées comme un damné, évitant de justesse un scooter et les roues d'un autobus avant de s'engager dans la rue Stendhal. Moins intrépide, Pensec dut slalomer dans une file de véhicules au ralenti. Il perdit du temps mais pas suffisamment pour perdre de vue son gibier. Il traversa à son tour. La rue Stendhal se relevait légèrement avant d'offrir un raidillon plus franc qui faisait mal aux jambes. Elle était vide. C'était peut-être le moment de sortir son arme. C'est ce qu'allait faire Pensec quand l'homme vira brusquement sur sa gauche. Le policier accéléra et dérapa sans tomber en voulant s'engager dans la ruelle. Un mur décoré par une peinture naïve aux couleurs vives en barrait l'extrémité. C'était un cul-de-sac. Pensec eut juste le temps de voir l'inconnu sauter sur le capot d'une voiture, grimper sur son toit, agripper le socle en ciment d'un petit balcon saillant de la façade d'un immeuble, se hisser à la force des bras sur la rambarde, sauter sur l'arête du mur et disparaître de l'autre côté. Tout cela ne lui avait pris que quelques secondes. Pensec admira la prouesse. Il aurait sifflé s'il avait pu mais il craignit de perdre le peu d'air qui lui restait dans les poumons. Et puis il se dit que, lui aussi, il était capable de franchir ce mur. Qu'il n'avait pas le choix. Qu'il allait le faire. Qu'il ne fallait pas qu'il réfléchisse. Qu'il se lance. Fasse preuve de témérité. Qu'il montre à Gorin et aux autres de quoi il était capable. Qu'il allait grimper sur la voiture et attraper la rambarde du balcon et sauter de l'autre côté du mur en même temps qu'il dégainerait son arme, prêt à faire feu. Et il fit tout cela sans trop savoir comment avant de tomber lourdement sur le sol en poussant un cri de bête.

C'est à ce moment-là que Garnier arriva au pied du mur. Il avait juste eu le temps de voir Pensec disparaître derrière la fresque naïve. Il avait aussi entendu le cri du jeune lieutenant.

– Ça va, Roland ? cria l'adjoint de Gorin. Oh ! réponds !

– Putain de merde ! hurla Pensec avec des sanglots dans la voix, j'ai dû me péter la cheville ! J'peux pas me mettre debout.

– Bouge pas, on va venir te chercher !

Pensec était tombé dans ce qui ressemblait à une cour d'école mais sans école et sans élèves. Tout autour s'élevaient des bâtiments aux façades grises et dont la plupart des vitres étaient cassées ou inexistantes. De mauvaises herbes poussaient dans le goudron fissuré et au pied des murs. Vision lugubre malgré le soleil. L'endroit était noyé dans un silence inquiétant. Pensec serrait son arme dans sa main droite en scrutant chaque fenêtre et chaque porte en espérant découvrir l'issue par laquelle l'inconnu s'était échappé. Mais rien ne bougeait sauf quelques vieux rideaux déchirés pendant aux fenêtres.

Pensec finit par se relever en s'appuyant sur le mur. Sa cheville le faisait moins souffrir. Peut-être n'y avait-il rien de cassé. Il s'en voulait d'avoir poussé un tel hurlement en se réceptionnant et bénissait le ciel que Gorin ne l'ait pas entendu. Il décida de se diriger vers les bâtiments sans trop solliciter sa cheville quand une silhouette apparut dans l'embrasure d'une porte. Elle se dirigea vers lui en trottinant. Pensec avait le soleil dans les yeux et il lui était impossible de voir de qui il s'agissait. Il leva son arme.

– Arrêtez de courir ! Avancez lentement et levez les mains ! Qui êtes-vous ? Que voulez-vous ?

– Hé, *man*, c'est juste pour aider ! Je vous ai vu tomber du mur ! cria la silhouette.

– Suis pas tombé... j'ai sauté. Avancez.

Pensec se décala légèrement sur le côté pour ne plus avoir le soleil dans les yeux et put enfin distinguer son interlocuteur. C'était un grand Black barbu, coiffé avec des dreadlocks, ces grosses nattes rastas. Il portait une chemise à fleurs sur un pantalon bouffant et avait les pieds nus. Quand il ne fut plus qu'à quelques mètres, Pensec lui demanda s'il n'avait pas vu quelqu'un d'autre avant lui, quelqu'un qui courait.

– Non... que vous, répondit le grand Black.

Puis il aida Pensec à marcher en le soutenant par un bras.

– C'est bizarre... Il a tout de même pas pu se volatiliser. Et toi, d'où tu sors ?

– Je vis ici.

– Dans ce taudis ? Tu squattes ?

– Oui et non... On est quelques potes au rez-de-chaussée avec l'accord des proprios. On sert de gardiens avant que tout soit détruit. Bientôt.

– Ah ! doit pas y avoir grand-chose à garder. Et tu es sûr, tu n'as rien vu avant de me voir sauter ?

– Oui, je suis sûr. Vous savez, ici, on entre et on sort comme on veut. J'ai entendu du bruit, j'ai regardé par la fenêtre et c'est vous que j'ai vu.

– Et tu me demandes pas ce que je fais ici avec une arme ?

– C'est votre problème.

– Je suis flic.

– Y a pas de doute.

– Ça se voit tant que ça ? demanda encore le lieutenant en rangeant son revolver dans son étui.

– Question d'habitude.

Pensec secoua la tête en souriant. Ils arrivèrent devant une porte, probablement la seule qui fermait encore. Puis ils traversèrent un grand hall au plafond défoncé, jonché de papiers sales et de gravats. Pensec se laissa guider vers une autre pièce beaucoup plus petite dont les fenêtres donnaient sur une rue. Les éclairs brefs des gyrophares se reflétaient dans les quelques vitres encore intactes. Des voix s'interpellaient et Pensec reconnut celles de Gorin et Garnier.

– Je suis là ! cria le lieutenant en passant une tête au dehors. J'arrive.

Et, toujours soutenu par le grand Black aux dreadlocks, Pensec fit son apparition devant ses supérieurs. Pour un peu, il se serait cru dans un de ces films d'action où le héros au courage légendaire et au triomphe modeste réapparaît, traversant la fumée des dernières explosions, alors que tout le monde le croyait mort. Ne manquaient plus que les vivats de la foule en délire.

– Bon, alors ? demanda Gorin visiblement énervé.

– Quoi, alors ? répondit Pensec qui s'attendait à un mot d'encouragement.

– Le type, il est passé où ?

– J'en sais rien. Je me suis ramassé en sautant le mur et le temps que je me relève, il avait disparu.

– Ben voyons.

– Dites donc, si vous êtes si fort, fallait lui courir après.

– Vous me parlez sur un autre ton, Pensec, sinon vous allez finir votre carrière aux archives !

– Allons, dit Garnier, on se calme. Le quartier est bouclé et avec un peu de chance...

– Vous avez vu à quoi il ressemble ? le coupa Gorin en s'adressant à Pensec.

– Je ne le jurerais pas mais j'ai l'impression que c'est un Noir... en plus, je ne l'ai vu que de loin et jamais de face.

– Un Noir comment ?

– Bah, plutôt grand et très mince. Ce type est un sportif, ça fait aucun doute. Vous auriez dû voir comment il a grimpé sur le mur. Rapide, souple, pas une seconde d'hésitation. Une foulée de coureur de fond. Impressionnant... vraiment.

– Bon... et la cheville ? demanda Garnier.

– Même pas mal ! répondit Pensec en souriant. Rien de grave. Une petite entorse.

Garnier esquissa un sourire discret. Il entendait encore les cris d'orfraie du lieutenant.

– On est bien avancés, dit Gorin. Il faudra interroger tous ceux qui étaient à l'enterrement, ils ont peut-être vu notre type et seront capables de nous le décrire. Et lui, ajouta Gorin en désignant le squatteur aux dreadlocks, il a rien vu ?

– Non, rien, dit Pensec.

– Bon, dit Gorin, on fouille tout l'immeuble, des caves au plafond. Il n'a pas pu se volatiliser.

– Il est peut-être déjà loin, l'animal, dit Garnier.

L'immeuble fut effectivement fouillé pendant près de deux heures. Recherches infructueuses. L'animal, en l'occurrence un oiseau, s'était envolé. Et tout le monde repartit vers le Quai des Orfèvres après un crochet au Père-Lachaise.

Si ça se trouve, pensa Gorin, ce type n'a peut-être rien à voir avec notre affaire. Peut-être un type en situation irrégulière ou en délicatesse avec la police et qui aura pris peur en voyant tous ces uniformes. Sauf s'il a effectivement suivi les funérailles de Louis de Pralin. Il y aurait alors de fortes chances qu'on ait laissé filer le rôtisseur de l'île Saint-Louis... Désormais, il va être sur ses gardes. Il va avoir peur qu'on ait eu le temps de voir à quoi il ressemble. Pas bon ça, se dit encore le chef de groupe de la Crim, pas bon du tout...

MAINTENANT IL FAIT NUIT. L'obscurité a gagné tout le bâtiment dépourvu du moindre éclairage. L'électricité a été coupée, avant que tout ne soit livré aux bulldozers. Seule une lueur blafarde luit dans une pièce du rez-de-chaussée. Elle provient d'une lampe à gaz dont le sifflement régulier trouble le silence épais. Elle est posée sur une table près d'un sofa qui a connu des temps meilleurs.

Le grand Black aux dreadlocks s'approche du sofa et le pousse contre le mur. Une grille, couleur rouille, scellée dans le ciment, apparaît. Il la soulève en peinant un peu et la fait glisser sur le sol avant de se pencher vers le trou. Il tend la main. « Tu peux venir », dit-il. Alors, une autre main sort de l'obscurité et attrape la sienne. Il tire et hisse un homme qui lui lance un *« grazie mille! »* avant même de se rétablir sur ses pieds. Puis, à eux deux, ils replacent la grille et repoussent le sofa.

– Tu m'as sauvé, dit l'homme dans un mauvais français avec un accent indéfinissable. Pourquoi ? Parce que nous avons la même couleur ?

Le pantalon gris anthracite de son costume est froissé et sa veste est tachée. Il l'ôte et la nettoie du mieux qu'il peut.

– Y a de ça, répond l'autre en remettant un peu d'ordre dans ses nattes de rasta. Maintenant faut partir, j'ai pas envie d'avoir des ennuis à cause de toi.

– Comment te remercier ?

– T'as pas à le faire. Le mieux, c'est que tu partes maintenant. Pars loin, ils ne savent pas à quoi tu ressembles. Tu as l'avantage, profites-en...

– Oui... Encore merci et peut-être à un de ces jours.

– Salut, mon gars. Porte-toi bien.

– Ciao, dit-il, comprenant qu'il est inutile de rester là plus longtemps à vouloir lier une conversation improbable.

Il remet sa veste, en époussette encore les épaules avec ses mains tout en traversant la pièce et sort d'un pas souple par une porte à doubles battants. Puis il emprunte un long couloir qui le mène vers la sortie. Au bout, il y a une petite porte qui s'ouvre sur la rue. Une fois sur le trottoir, il lève le col de sa veste en jetant un œil à droite et à gauche. Il n'y a personne. Il se met en marche, lentement, continuant à observer le moindre mouvement suspect, prêt à se lancer dans une nouvelle course au cas où les policiers lui auraient tendu un piège. Mais rien ne bouge. Il respire profondément. Il a eu une chance incroyable. Il se trouve stupide. Pourquoi a-t-il réagi ainsi au cimetière ? Il est inconnu des services de police, il aurait pu tranquillement présenter ses papiers. Et s'ils l'avaient convoqué ? Il n'aurait pas pu faire autrement que de s'y rendre sinon ils l'auraient forcément recherché et ils lui auraient forcément demandé ce qu'il faisait au cimetière. Non, il n'aurait pas répondu à cette convocation et il n'aurait pas eu d'autre solution que de quitter la France. Mais il a une tâche à accomplir. Il a fait une promesse, il a juré que rien ni personne ne l'empêcherait d'aller jusqu'au bout. Non, si stupidité il y a eu, c'est d'avoir voulu assister à la cérémonie du Père-Lachaise. Son orgueil a pris le pas sur la raison. Il y a trop longtemps qu'il attend pour tout gâcher à cause d'une décision prise sous le coup de l'émotion. Il s'en veut aussi d'avoir négligé ses adversaires. Ils sont nombreux et lui, il est seul. Il ne doit pas l'oublier. Jamais. Personne ne viendra l'aider à accomplir ce qu'il doit accomplir.

L'idée de quitter la France revient lui trotter dans la tête. Après tout, il a aussi à faire en Italie. Ainsi il se ferait oublier des policiers français pendant quelque temps.

Il fait encore chaud, presque aussi chaud que chez lui dans le désert. Il rejoint bientôt la place de la Bastille où l'Opéra déverse son flot d'*aficionados* du *bel canto*. Lui aussi aime l'art lyrique. Il l'a découvert à Rome, pendant ses études. Il préfère cette forme d'expression et cette musique à la techno ou au rock qui n'éveille rien en lui. Au contraire, les voix des ténors et des cantatrices semblent capables d'aller fouiller au plus profond de son être et d'en extirper ses sentiments les plus intimes, de rouvrir ses blessures les plus secrètes. Il lui arrive de ne pas pouvoir retenir ses larmes, prisonnier d'une émotion intense ravivée à chaque seconde de chaque note de musique dont la partition finale est un feu d'artifice embrasant tout son être. Il aime cet instant-là où il ne s'appartient plus, où il ressent une force invisible s'emparer de tout son corps. Il se sent alors invincible, capable de tout. Capable de tuer avec la pire sauvagerie ou capable d'aimer avec la plus grande des passions. Et cela lui fait penser à cette nouvelle de Robert Louis Stevenson qu'il a lue récemment, *Docteur Jekyll et Mister Hyde.* Et il a peur. Peur de sombrer dans la folie. « À cause finalement, se dit-il, de ces salauds qui finiront tous par payer. Peut-être alors connaîtrais-je à mon tour une sorte de paix intérieure. Que je puisse enfin commencer à oublier. » Mais la mort de Louis de Pralin n'a apaisé ni sa colère ni sa haine. Ce fardeau est lourd à porter, certains le sont plus que d'autres quand on est seul. Cela, il le sait depuis longtemps.

Son scooter est encore là, accroché à un poteau non loin des escaliers de l'Opéra. Il l'a laissé à cet endroit croyant le cimetière beaucoup plus proche. Et il s'en félicite. S'il l'avait garé près du cimetière, les policiers auraient pu le remarquer, comme d'autres véhicules garés à proximité, relever la plaque et remonter jusqu'à lui, même si c'est un scooter de location.

« Repartir à Rome, pense-t-il en mettant son casque. Oui, pourquoi pas ? Se faire oublier. » Cela lui semble une bonne solution en attendant que la situation se calme ici. Il aurait tout le temps à son retour d'achever sa besogne. Après il quitterait l'Europe pour n'y plus remettre les pieds. Il resterait chez lui, avec les siens. Là-bas aussi il y a beaucoup de choses à faire. De grandes choses. La tâche est immense.

Il enfourche son deux-roues, démarre, descend du trottoir et met les gaz. Il rejoint le flot des véhicules tournant au pied de la colonne supportant le génie de la Bastille avant de disparaître dans la rue de Rivoli.

CHARLES GRAMONT ÉTAIT PENSIF. Il pensait souvent lorsqu'il pédalait. À croire que l'effort vélocipédique aide à la réflexion. Il venait de quitter le Père-Lachaise et avait décidé de faire un crochet par chez lui pour se changer. Il n'aimait pas ce costume noir qu'il s'était obligé à porter pour les funérailles. C'est la couleur noire qu'il détestait, pas le costume qui lui allait plutôt bien. Il se souvint qu'il avait un ami autrefois qui ne portait que des vêtements noirs, été comme hiver. Mais c'était par superstition. Cet ami avait réchappé à un violent tremblement de terre, en Iran. L'immeuble dans lequel il se trouvait au moment de la secousse s'était en partie effondré. Sauf la chambre dans laquelle il dormait où par miracle le plafond avait tenu le choc ; il était peint en noir. Depuis, il ne jurait plus que par cette couleur dont il avait fait son talisman. Superstition d'autant plus forte que depuis ce tremblement de terre il ne lui était rien arrivé de fâcheux. Pour Charles, sans qu'il puisse se l'expliquer, cette couleur évoquait un paysage d'hiver, avec des corbeaux posés sur la neige et dont il entendait les croassements s'étouffer dans un silence ouaté. Un paysage moyenâgeux, comme l'aurait peint Breughel le Jeune avec des arbres au squelette torturé, noirs eux aussi.

Quelle fin étrange que celle de Louis, pensa Charles. Il ne l'avait pas vu depuis plusieurs années mais cela ne l'empêchait pas d'être touché par sa mort. Mourir brûlé dans sa cheminée ! Louis avait toujours été un original, à la marge, mais tout de même, finir en charbon de bois dans un hôtel particulier, il fallait le faire ! Quel individu pouvait commettre un acte aussi barbare, aussi définitif? Quelle haine avait poussé le meurtrier à détruire Louis par le feu? Car il ne s'était pas contenté de le tuer, il avait aussi voulu l'effacer de la surface de la Terre. S'agissait-il d'un fou? Oui, probablement. Après tout, quand la haine s'empare d'un esprit et le mène à sa guise, elle peut engendrer toutes sortes de sentiments extrêmes. Et la folie n'est jamais loin.

De coups de pédale en coups de pédale, Charles, accroché à son guidon comme à une bouée de sauvetage, zigzaguant entre les voitures, évitant le museau menaçant d'un autobus ou le pare-chocs d'une camionnette de livraison tout en ignorant crânement quelques feux rouges par la même occasion, revoyait très nettement le visage de Louis se découpant dans une lumière crue. Le premier visage qu'il avait vu en ouvrant les yeux après son accident de jeep. Il avait vu ses lèvres remuer et sourire sans entendre le son de sa voix. Cela l'avait malgré tout apaisé, réconforté, à défaut de calmer la douleur qu'il sentait s'installer. Et il n'avait jamais oublié ce visage rassurant alors que tout s'écroulait autour de lui, qu'il lui semblait pénétrer dans une nouvelle dimension où son corps, changeant de nature, entraînait son âme vers les abysses, profondeurs insondables dont on ne revient pas.

Au début, Louis était souvent venu voir Charles à l'hôpital. Puis, peu à peu, ils s'étaient perdus de vue, se croisant de temps à autre dans des dîners ou des soirées. Ils n'avaient jamais été de grands amis mais ils étaient restés de bons copains, capables de toujours répondre présent à l'appel de l'autre. La vie est ainsi, on se perd de vue sans trop savoir pourquoi. Par négligence peut-être. « Pourtant, se dit Charles, nous en avons partagé des moments forts lors de ces voyages où le goût de l'aventure était parfois plus puissant que notre volonté à aider les plus démunis. Mais nous le faisions tout de même, satisfaits d'accomplir un acte charitable, de ne pas être inutiles. Après tout, nous en avons sauvé quelques-uns de la faim et de la mort. Tout le monde ne peut pas en dire autant. »

Une trentaine de minutes après avoir quitté le Père-Lachaise, Charles était en vue de son immeuble, au bout de la rue. Il ne lui faudrait que quelques minutes pour se changer, prendre une bouteille d'eau, car il faisait chaud, et repartir. Il lui faudrait alors encore une vingtaine de minutes pour rejoindre les bureaux de Human Help.

Comment expliquer un pressentiment ? Une intuition ? En posant le pied sur la première marche de l'escalier, quelque chose l'avait contrarié sans qu'il puisse dire quoi. La mort et les funérailles de Louis, ce matin-là, devaient y être pour quelque chose.

Arrivé devant son appartement, il mit la clé dans la serrure, la tourna, poussa la porte et se dirigea directement vers sa chambre. Sa contrariété devint un trouble, une gêne lui oppressant légèrement la poitrine. Son appartement avait été fouillé. Non qu'il fût en désordre, mais des objets n'étaient plus à leur place, des livres avaient été déplacés dans la bibliothèque, des tiroirs avaient été ouverts notamment ceux de son bureau. Ses papiers avaient été dérangés ; il en aurait mis sa main à couper. De même ses albums photo avaient été feuilletés et replacés au mauvais endroit. Il ne les ouvrait jamais et c'est grâce à la poussière qui les recouvrait qu'il s'en rendit compte. Askalu, bien sûr. C'est elle qui avait fureté dans chaque pièce. Ce ne pouvait pas être la femme de ménage et personne d'autre qu'Askalu n'avait un double des clés. « Passe encore qu'elle ouvre des livres ou se plonge dans mes albums photo, pensa Charles, mais qu'elle ouvre mon bureau et trifouille dans mes papiers, ça, je n'apprécie pas vraiment. » Peut-être ne s'agissait-il que d'une simple curiosité. Sinon, que cherchait-elle ? Que pensait-elle trouver ? Charles n'avait rien à cacher, en tout cas pas dans ses tiroirs ni dans aucun autre coin ou recoin de son appartement.

Il n'avait pas le temps de faire un inventaire. Il se changea comme prévu et repartit sur sa bicyclette. Cet événement allait le contrarier pour le restant de la journée. Allait-il en parler à Askalu ? Si elle n'y était pour rien, ne risquait-il pas de la vexer ? Car la jeune femme affichait une fierté, un orgueil presque maladif. Dans un premier temps il ne lui dirait rien, ne lui poserait aucune question, se refusant même à la moindre allusion, espérant qu'elle lui parlerait spontanément. Mais elle ne dit rien. Pas un mot. Et lui, de peur de la blesser, et peut-être même de la perdre, ne dit rien non plus.

La situation devint un peu plus compliquée lorsqu'il découvrit quelques jours plus tard qu'il manquait une photo dans un de ses albums. Il savait laquelle précisément et se souvenait l'avoir prise, en Érythrée, vingt ans plus tôt, souvenir de la mission humanitaire à laquelle il avait participé cette année-là. Et Askalu était précisément érythréenne. En quoi ce vieux cliché pouvait-il l'intéresser ?

Askalu... Charles l'avait rencontrée six mois plus tôt. Le ministère des Affaires étrangères de son pays lui avait accordé une bourse pour qu'elle vienne étudier les sciences politiques à Paris et, par la même occasion, parfaire son français. Dès son arrivée, elle avait contacté le président de Human Help, Claude Muller. Celui-ci avait de nombreux contacts dans les milieux officiels d'Asmara, la capitale de l'Érythrée, et l'un d'eux lui avait demandé d'aider la jeune femme. Depuis, Askalu travaillait à mi-temps dans les bureaux de l'ONG.

Askalu. Ce prénom évoquait à lui seul ce que Charles Gramont avait toujours aimé. Il lui suffisait de le prononcer pour retrouver les parfums les plus puissants de cette Afrique qu'il avait connue plusieurs années auparavant. Parfums puissants et sensuels qui n'avaient jamais cessé de l'enivrer. Il fut immédiatement envoûté par le charme de la jeune femme. Par la finesse de ses traits, le grain soyeux de sa peau brune, la grâce qu'elle mettait dans chacun de ses gestes, la souplesse qu'il y avait dans chacun de ses déplacements. Et puis il y avait cette flamme qui brûlait comme une énigme au fond de ses yeux noirs. Leur intensité fascinait Charles, au point, parfois, de l'intimider.

Askalu souriait rarement. Charles connaissait bien ces visages jeunes et graves, torturés et fiévreux, que l'on croise trop souvent en Afrique et à travers lesquels on devine des parcours qui se conjuguent avec la mort, la faim, la détresse et l'abandon.

Comment n'aurait-il pas succombé au charme de cette femme dont la plastique lui paraissait irréprochable et dont la beauté semblait puiser tout son mystère dans un alliage subtil mêlant la fragilité à la détermination et la volonté à la fatalité ? Charles avait voulu Askalu. Il l'avait désirée. Il l'avait eue.

Il ne lui avait fallu que trois petites semaines pour conduire Askalu dans son lit. Charles n'était pas dupe de ses capacités de séduction qu'il jugeait limitées et ne cessait de s'étonner de la rapidité avec laquelle la jeune femme lui était tombée dans les bras. Elle s'était laissée prendre la main, puis lui avait abandonné ses lèvres avec une passivité déconcertante. Et c'est avec cette même passivité qu'elle s'était donnée à lui. Ils avaient fait l'amour ; elle, comme une femme soumise, lui avec passion. Y avait-elle pris un quelconque plaisir ? Charles était incapable de le dire. Elle avait témoigné d'une grande douceur mais tout en retenue. Et ainsi les nuits avaient succédé aux nuits, sans passion, sans fougue mais avec le plaisir partagé d'être ensemble. C'est du moins ce que Charles avait ressenti. Six mois s'étaient écoulés. Les deux amants se retrouvaient régulièrement dans l'appartement de Charles. L'un et l'autre aimaient ces soirées durant lesquelles ils tentaient de se découvrir, de se connaître mieux. Askalu posait beaucoup de questions, curieuse d'en apprendre toujours plus sur la vie de Charles. Cependant, elle ne répondait qu'avec réserve lorsqu'il s'agissait d'évoquer son passé, quand elle n'éludait pas purement et simplement les questions de Charles. Celui-ci n'insistait pas, jamais, de peur de la brusquer. Il savait que son enfance et une partie de son adolescence s'étaient conjuguées avec la guerre qui avait opposé son pays à l'Éthiopie pendant trente longues années. Il le savait d'autant plus qu'il avait bourlingué en Érythrée au début des années 1980 pour le compte de l'ONG Human Help. Les combats faisaient alors rage, non seulement contre les troupes du dictateur rouge éthiopien, Mengistu Hailé Mariam, mais aussi entre les deux principaux fronts de libération. Les combats avaient achevé de ravager ces contrées du Sahel déjà durement touchées par la sécheresse et la famine. Askalu avait raconté à Charles comment elle avait perdu sa mère, morte dans une embuscade tendue par les troupes éthiopiennes. Car les femmes érythréennes se battaient, elles aussi, à l'égal des hommes. Askalu n'était alors qu'un bébé. De sa mère, elle n'avait conservé qu'une photo prise, paraît-il, par un reporter de passage. Elle ne s'en séparait jamais. Elle l'avait montrée à Charles, et ainsi d'autres images, les siennes, refirent surface, celles qu'il avait conservées de son passage dans ces contrées meurtries par une guerre trop longue. Il se souvenait bien de tous ces visages, épuisés et trop tôt vieillis.

Sur la photo, la mère d'Askalu était debout à côté de deux autres jeunes femmes se donnant l'accolade, comme on le fait quand on se retrouve après une longue absence. Elle attendait son tour, la main posée sur l'épaule de celle qui la précédait, le visage illuminé par un large sourire laissant apparaître des dents aussi blanches que l'albâtre. Les trois amazones paraissaient ne plus prêter aucune attention aux kalachnikov qu'elles portaient en bandoulière. De même, les cartouchières, la lampe torche et la gourde en ferraille blanche glissée dans un étui en tissu kaki qui pendait à leurs ceintures, semblaient ne plus peser sur leurs tailles. Leurs allures guerrières ne leur avaient pas ôté leur féminité, peut-être à cause de ces longues écharpes en vichy rouge, jetées négligemment sur leurs cheveux crépus, lesquels formaient une épaisse boule noire ceignant leurs visages d'une auréole sombre.

Quant à son père, Askalu aurait été bien incapable de dire à quoi il ressemblait. Pas de photos. Pas de souvenirs. Tout ce qu'elle en savait, c'est-à-dire à peu près rien, c'est qu'il avait été l'un des jeunes cadres du Front de libération de l'Érythrée. Menacé de mort, traqué par les Éthiopiens et par ses anciens frères d'armes du FPLE – l'autre front de libération bien décidé à régner seul dans le maquis –, il avait dû s'enfuir. Il aurait trouvé l'asile politique en Italie. On avait perdu sa trace. Askalu n'avait jamais cherché à en savoir plus. Orpheline, la fillette avait été recueillie et élevée aux frais de ceux qui allaient prendre le pouvoir à Asmara, quand l'heure de l'indépendance de l'ancienne colonie italienne sonnerait, en 1993. Le pays était ruiné et avait besoin de cadres. La petite Askalu, vite repérée pour son intelligence et ses capacités intellectuelles, serait l'une d'entre eux.

Le travail de la jeune femme à Human Help et ses études lui laissaient peu de temps. Les deux amants se donnaient rendez-vous régulièrement dans l'appartement de Charles mais sortaient rarement ensemble. Peu de gens connaissaient leur liaison. Ce n'était pas pour déranger Charles qui n'aimait rien tant que la discrétion sur sa vie privée. Cela arrangeait aussi Askalu qui était elle-même d'une grande pudeur. Claude Muller était-il au courant ? Se doutait-il de quelque chose ? Il n'y avait en tout cas jamais fait la moindre allusion.

Charles pensait souvent à sa différence d'âge avec la jeune femme – une quinzaine d'années les séparait. Était-ce la cause de cette distance qui s'était installée entre eux et que rien, même les sentiments sincères qu'ils semblaient avoir l'un pour l'autre, ne paraissait capable de combler ? Il se posait souvent la question de savoir pourquoi une fille, qui a tout l'avenir devant elle et qui peut avoir tous les hommes qu'elle veut à ses pieds, s'embarrassait-elle d'un vieux croûton boiteux comme lui. *Carpe diem*, était la seule réponse qu'il s'accordait. Mon vieux, se disait-il, oublie que tu es amoureux de cette fille et aime-la aussi longtemps que tu pourras. Repais-toi de sa fraîcheur, de sa jeunesse... Donne-lui ce que tu peux et ce qu'elle accepte que tu lui donnes.

Peu importait combien de temps durerait leur liaison. Charles s'était fait à cette idée jusqu'au jour où, à sa grande surprise, Askalu lui avait demandé s'il accepterait de revenir avec elle dans son pays. De le redécouvrir à ses côtés. La jeune femme ne lui avait rien demandé d'autre, ni rien promis. Elle lui avait simplement expliqué le plaisir qu'elle aurait s'il accédait à sa demande.

– Tu m'aimes donc un peu ? lui avait demandé Charles.

– Je ne sais pas ce qu'est l'amour, lui avait-elle répondu avec son accent charmant. Mais j'aime être avec toi. J'aime quand tu es là. Et j'aimerais qu'on soit ensemble, dans mon pays. Tu verrais peut-être qui je suis vraiment quand je suis chez moi. Et moi aussi, je verrais peut-être qui tu es vraiment, loin de chez toi et des tiens. C'est tout ce que je peux te dire.

– Et cela me suffit, ne t'inquiète pas. J'ai toujours vécu au jour le jour et, à mon âge, il est déjà un peu tard pour changer ses habitudes. Oui, j'aimerais aller là-bas avec toi.

– Ça veut dire quoi, cette expression « vivre au jour le jour » ?

– En anglais, on dirait *« live from day to day »*.

– Ah ! oui... En italien, on dit *« vivere alla giornata »*. C'est le même sens ?

– Je ne savais pas que tu parlais aussi italien.

– Si, un peu. Cela n'a rien de surprenant pour une Érythréenne.

– Non, tu as raison. Bon, eh bien oui, ça veut dire la même chose. Vivre au jour le jour, ça veut dire que tu ne cherches pas à savoir ce que tu feras le lendemain. Tu vis sans projets, peut-être parce que l'avenir te fait un peu peur ou parce que tu t'es trop souvent trompé et que ça finit par faire trop mal de se tromper.

– Se tromper sur quoi ?

– Sur les autres, et surtout sur soi-même.

– Tu parles de toi ?

– Un peu, oui... Et toi ?

– Quoi, moi ?

– Tu vis *alla giornata* ?

– Aussi, oui... enfin, je suppose.

Askalu n'avait rien ajouté, préférant changer de sujet. Ces discussions-là n'allaient jamais très loin.

Askalu appartenait désormais à son univers. Sa présence lui était devenue indispensable. Il aurait souhaité l'avoir à ses côtés à chaque heure, à chaque seconde du jour et de la nuit. Askalu, ce prénom et ce corps et ce visage qui le personnifiait occupaient chaque recoin de son âme de la plus obsédante des façons. Lui qui aimait tant les voyages avait refusé une mission en Afrique de quelques semaines pour ne pas quitter la jeune femme. Une journée sans elle était une journée perdue. Mais il prenait garde – du moins essayait-il – de ne rien montrer de cette nouvelle dépendance, ni aux autres ni surtout à la jeune femme. Oublier qu'il en était amoureux était impossible. Son *Carpe diem* qu'il portait comme un étendard lui semblait désormais un refrain par trop présomptueux, mais il fallait qu'il s'accroche à cette règle de vie au risque, un jour ou l'autre, de sombrer si Askalu venait à disparaître de sa vie.

La jeune femme, elle, affichait toujours cet apparent détachement, comme si elle avait voulu le tenir à distance sans toutefois y parvenir. Cette attitude excédait Charles, muré dans sa volonté de ne rien laisser paraître. Il gardait, enfouie quelque part au fond de lui, cette certitude qu'elle finirait par le quitter. Et si la demande d'Askalu de l'accompagner en Érythrée avait un temps atténué ce pressentiment, la passivité dont elle ne se départait que trop rarement avait rapidement ravivé les craintes de Charles. Comment peut-on aimer sans donner à l'autre des preuves de cet amour, par un geste, un regard, un mot ? Oui, il n'y avait que cette promesse de voyage qui lui laissait croire qu'Askalu tenait à lui. Un peu.

Leur relation, de même qu'elle pouvait durer des annees, pouvait tout aussi bien s'interrompre soudainement, tuée par la monotonie. À part le même lit, que partageaient-ils d'autre ? Pas grand-chose. Charles s'en accommodait. La présence même silencieuse et passive d'Askalu suffisait à son bonheur. Pour l'instant. Ce qu'il voulait d'elle, il l'obtenait quand il le désirait. Elle s'abandonnait sans jamais opposer la moindre résistance. Quand il possédait ce corps, il oubliait le sien et ses infirmités. « Quand je me plonge dans Askalu, se disait-il, c'est comme plonger dans une fontaine de jouvence. Je ne m'appartiens plus. » Charles pensait avoir enfin découvert la signification de l'expression « tomber sous le charme ». Il avait l'imagination féconde, parfois puérile, et se prit à penser qu'il avait été envoûté par la jeune femme qui était en réalité une sorcière. Non, pas une sorcière, un djinn venu s'emparer de son corps et de son âme, comme le racontent les récits imaginaires de son pays. Charles souriait. Il se demandait comment il en arrivait à de tels délires même s'il savait pertinemment que, depuis son accident, son corps n'était pas le seul à ne plus tourner rond. La tête aussi connaissait quelques ratés. Rien de grave, juste la mémoire qui, de temps à autre, lui refusait son aide et une sensibilité à fleur de peau l'empêchant de juguler certaines émotions qui, au mieux, lui embuaient les yeux. Au pire, elle lui arrachait des larmes qu'il masquait du mieux qu'il pouvait. Il ne supportait plus les sentiments ou les situations extrêmes, qu'il soit ou non directement concerné. Les nerfs, ce sont les nerfs, lui avaient expliqué plusieurs médecins, ils ont trinqué comme tout le reste.

Parfois, cette perméabilité se traduisait au contraire par une explosion de colère et de violence incontrôlable. Il lui suffisait d'une contrariété, d'une banale altercation, pour que surviennent ces instants de crise intense durant lesquels il ne se reconnaissait pas. Il se savait alors capable du pire, se maudissant de perdre ainsi la maîtrise de soi. Cela lui avait valu quelques bagarres et quelques visites dans des commissariats ou les services d'urgence, car s'il amochait souvent ses malheureuses victimes, il lui arrivait aussi de prendre des coups.

Ainsi, les mois passèrent, Charles avalant goulûment chaque instant passé dans les bras de sa mystérieuse maîtresse érythréenne, sa reine de Saba comme il aimait à la surnommer. Mystérieuse... Lui-même s'était étonné d'avoir employé cet adjectif. Mais après tout, sa vie, dont elle ne parlait jamais, n'était-elle pas auréolée de beaucoup de mystère ? Cela rajoutait à son charme. Et Charles ne désespérait pas d'en savoir plus. Il suffisait de s'armer de patience, de ne pas la brusquer.

Et puis il y eut ces premiers soupçons. Dans un couple, cela s'appelle des nuages. La question est alors de savoir s'il s'agit de simples cirrus ou de cumulonimbus menaçants.

Charles avait trop attendu. Cette histoire dans l'appartement, le jour de l'enterrement de Louis, cette photo disparue, assombrissaient chaque minute de sa vie. Il lui fut bientôt impossible de ne pas interroger Askalu. Mais il eut un dernier doute. Après tout, cette photo avait peut-être été perdue il y a longtemps déjà, sans qu'il s'en rende compte, peut-être au cours d'un déménagement. Peut-être l'avait-il donnée et ne pas s'en souvenir. Mais cela lui paraissait peu probable. Il finit par se résigner. C'était un soir, dans l'appartement alors qu'ils finissaient de dîner. Pour se donner du courage, Charles avait vidé presque à lui seul une bouteille de Bordeaux, un rouge médiocre qui lui était vite monté à la tête. Mais il n'était pas totalement ivre.

– Dis-moi, demanda-t-il à la jeune femme, tu n'aurais pas fait tomber une photo en regardant mes albums ?

– Comment ça ? dit-elle. Quels albums ? Je n'ai rien regardé du tout.

– Ah ? Il me semblait pourtant que quelqu'un les avait ouverts, tu sais, les albums dans la bibliothèque de mon bureau.

– Non... Pourquoi ? Tu ne me crois pas ?

– Si... mais, tu sais, rien ne t'interdit de regarder un de mes albums. Au contraire, cela ne me dérange pas. C'est inutile de le cacher.

– C'est bien ça, tu crois que je mens ! répondit la jeune femme en haussant la voix.

Charles ne l'avait jamais vue comme ça. Son regard s'était soudain durci, ses yeux noirs plus noirs que jamais. Et elle avait perdu ce calme qu'elle affichait en permanence.

– Ne te mets pas colère. Il se trouve que personne d'autre n'est entré ici. Personne d'autre n'a la clé. J'ai celle de la femme de ménage, elle est à l'hôpital pour quelque temps. De toute façon, elle ne serait pas permise de fouiller. À part un cambrioleur d'une grande discrétion et d'un grand savoir-vivre, je ne vois pas qui a pu fouiner dans mes affaires.

– Fouiner ?

– Oui, fouiller.

– Je ne comprends pas ce que tu racontes. Si j'avais voulu regarder tes albums, je te l'aurais demandé, non ?

– Oui... mais y a pas que les albums. On a regardé ailleurs, dans les tiroirs... dans...

– Tu fais plus confiance à ta femme de ménage qu'à moi ? l'interrompit Askalu. C'est ça ?

– Ce n'est pas ça... mais...

– Mais quoi ?

– Bah... qui alors ? Et surtout pourquoi ? demanda Charles en plongeant son regard dans le fond du verre qu'il venait de vider d'un seul trait. Hein, Askalu, qui et pourquoi ?

– Je n'en sais rien, Charles. Tu as bu... cette histoire n'a aucun sens et surtout aucune importance. Tu es en train de gâcher notre soirée.

– Oui... tu as probablement raison. Tout cela n'a pas beaucoup d'importance.

Charles regarda la bouteille vide. Il avait envie de se lever et d'aller en chercher une autre. Une bonne.

– Je vais te faire goûter un grand cru, dit-il à Askalu. Tu as déjà goûté un grand vin ?

– Non, je ne crois pas.

Charles se leva, disparut dans la cuisine et revint avec un Gruau Larose 1990.

– Surtout à ne pas boire avec modération ! dit-il. Avec ça, on a le droit de s'enivrer... lentement... avec méthode. Il faut laisser les parfums s'emparer de ton nez, de ton palais. Il faut laisser couler le liquide dans ta gorge et attendre le retour de chaque saveur en fermant les yeux.

– Je ne comprends rien. Et puis je te rappelle que je suis musulmane. Même si je ne suis pas très pieuse, j'évite de boire de l'alcool.

– Mouais... comme moi...

– Comment ça, comme toi ?

– Ben... je suis chrétien et catholique et je n'ai plus mis les pieds dans une église depuis très très longtemps. J'aurais dû l'ouvrir plus tôt, le laisser s'aérer.

– Mais de quoi tu parles ?

– Du vin, évidemment. Il faudrait pas le boire tout de suite. Mais j'ai pas envie d'attendre. Tiens, toi aussi, tu vas goûter, musulmane ou pas.

Askalu le laissa remplir son verre. Elle esquissa un léger sourire.

– D'accord, dit-elle, je vais le boire... le goûter, comme tu dis.

– Alors, qu'est-ce qui a de l'importance ? Hein ?

– De quoi parles-tu ? Je n'arrive plus à te suivre. Tu es saoul, ajouta Askalu en souriant de toutes ses dents blanches, parfaitement alignées.

– Oui... hein... c'est quoi, l'important ? Nous... nous deux ?

– À toi de répondre.

– Non, à toi.

– Pourquoi je suis là, à ton avis ? Pourquoi je souhaite que tu m'accompagnes dans mon pays ? Pour le simple plaisir de faire un peu de tourisme ?

– Non, bien sûr... Goûte... vas-y... Doucement !

Askalu s'exécuta. Elle but. Lentement, ne quittant pas Charles des yeux. Et elle laissa couler le vin dans sa gorge.

– Je n'aime pas trop ça, dit-elle.

– Ça ?! Ça, comme tu dis, c'est un nectar, la boisson des dieux. Alors on ne dit pas « ça », mademoiselle.

– Tu es fatigué, dit Askalu. Viens... on va se coucher.

Elle se leva et prit la direction de la chambre. L'œil vitreux, le verre dans la main, Charles la regarda s'éloigner. Il remplit de nouveau son verre. Il but une gorgée faisant exagérément gargouiller le liquide dans le fond de sa gorge avant de claquer bruyamment la langue. Puis il se leva, fit le tour de la table en s'appuyant dessus, attrapa la bouteille de Gruau Larose au passage et rejoignit Askalu. Il fut étonné de la voir déjà étendue sur le lit, totalement nue. Totalement belle et envoûtante. Totalement désirable. Offerte, prête au sacrifice.

– Ce soir, dit-il, je suis un taureau !

Elle lui sourit et lui tendit la main. Charles laissa tomber la bouteille et son verre rempli de vin sur la moquette. Et il s'écroula de tout son poids, évitant de justesse Askalu. Il se plongea entre ses seins, respira un grand coup, souriant béatement et presque aussitôt s'endormit, terminant sa prestation avec un ronflement à faire se soulever les draps. Le parfum d'Askalu ; c'est tout de ce dont il se souvint ce soir-là.

La jeune femme attendit quelques minutes puis repoussa la tête de Charles, prenant garde de ne pas le réveiller. Elle se glissa sous les draps. Elle se tourna vers la fenêtre. « J'aurais dû être plus prudente », pensa-t-elle. Elle ne souriait plus.

CICÉRON DRAPÉ DANS SA TOGE lui tendait la main, le regard perdu au-delà du Tibre coulant à ses pieds. Il était proche du but. Il le pressentait. Cela faisait des années qu'il attendait ce moment-là ; comme pour les autres. Il avait commencé ses premiers repérages plusieurs jours auparavant. Il avait tout prévu, dans les moindres détails. Il était bien conscient que les rouages de la plus minutieuse des opérations ne sont jamais à l'abri d'un grain de sable mais il avait désormais cette certitude qu'il ne pouvait pas échouer. De même, il était convaincu depuis longtemps qu'il était dans son bon droit et que pour cette seule raison il n'échouerait pas. Qui pouvait l'arrêter ? Personne sauf Dieu, qu'il soit celui des musulmans ou des chrétiens. D'ailleurs, il avait cette autre conviction d'en être le protégé. Pas un jour ne passait sans qu'il sente cette force irrépressible soutenir son bras, le guidant vers ce destin qu'il s'était choisi car, croyait-il, il n'y en avait pas d'autre possible.

Il abandonna la statue de Cicéron et celle de Minerve, protectrice païenne de la Ville éternelle, et continua de longer l'interminable et imposante façade baroque du palais de justice, couronnée par un quadrige en bronze. Le soleil tapait encore sur le calcaire des blocs de travertin faisant exploser la blancheur du monument dans le bleu immaculé du ciel. Il tourna au coin de la via Triboniano, la remontant jusqu'à la piazza Cavour où il attendrait le magistrat. Celui-ci ne tarderait plus. Il était réglé comme une horloge.

Il s'assit sur l'un des bancs du petit square séparant la rue de la façade arrière du palais de justice. Il n'était pas inquiet, profitant même de la douceur du printemps romain, étendant les jambes, fermant les yeux quelques secondes, le visage tourné vers le soleil.

Il avait pris soin de garer la voiture un peu plus tôt dans une rue proche. Tout était prêt. Il se remémora chaque phase de son plan. Il sentit la présence rassurante du pistolet dans la poche gauche de sa veste et, dans la poche droite, celle de la petite seringue. Non, il n'y avait pas de raison que cela ne fonctionne pas. Le grain de sable bien sûr... « Mais tout finit toujours par s'équilibrer, pensa-t-il, comme la Terre en équilibre dans l'Univers, tout est question d'équilibre et moi, ce que je fais est juste à cause de tout le mal que l'on m'a fait. Ce que je vais faire, et ce que j'ai déjà fait, est juste et bien. Pas un homme sur Terre ne peut me juger. Qui sont-ils avec leurs lois qu'ils taillent à leur mesure selon qu'ils vivent au nord ou au sud, à l'est ou à l'ouest ? Ma loi à moi est aussi juste que les leurs. Ils peuvent bien dire ce qu'ils veulent, je les laisse parler et moi, j'agis. La sentence, je l'applique. Pas besoin d'eux. Je suis la victime de mes victimes que j'ai déjà jugées depuis longtemps. J'ai suffisamment attendu ! »

Puis il le vit, en haut des escaliers commençant à descendre les marches, lentement, un journal dans une main, une serviette en cuir brun dans l'autre. C'était bien lui, le magistrat qu'il attendait depuis des années. Il attendit qu'il finisse de traverser le square et se leva discrètement, le suivant à quelques pas. Il savait quelle rue il allait emprunter. La voiture y était garée, une centaine de mètres plus loin. L'homme ralentit et commença à lire son journal tout en marchant. Il faisait cela tous les jours au même moment. À l'exception de quelques passants éloignés, la rue était presque déserte.

La voiture maintenant n'était plus très loin. Il était temps qu'il se rapproche de l'homme au journal. Il accéléra le pas, plongea la main dans la poche gauche de sa veste, accéléra encore et se colla contre le dos du magistrat qui n'eut pas le temps de réagir.

– *Hai una pistola puntata nella schiena, stai zitto,* dit-il dans un souffle. *Fa quello che ti dico e tutto andrá bene.* Tu as un pistolet dans le dos. Tais-toi. Fais ce que je te dis et tout ira bien.

De l'autre main, il ouvrit la portière du côté passager, poussa le magistrat à l'intérieur avec le bout du canon de son arme planté dans les côtes, saisit la seringue dans la poche de sa veste et la planta dans le bras de son otage Il avait répété ce geste des centaines de fois. Cela ne lui prit que quelques secondes. Le magistrat n'eut pas le temps de dire un mot. Il sombra dans l'inconscience avant même de comprendre ce qui lui arrivait.

Le journal et la sacoche étaient tombés sur le trottoir. Il les ramassa et les posa sur les genoux du magistrat qui semblait dormir du sommeil des justes. Refermant la porte, il jeta un coup d'œil à droite et à gauche, s'assurant que personne n'avait vu la scène. Le tout ne lui avait pris qu'une trentaine de secondes. Il savait que cet homme n'était pas d'un très grand courage mais il avait craint qu'il se défende un peu plus, ce qui l'aurait obligé à le frapper. Cela aurait compliqué sa tâche. Et risqué d'ameuter le voisinage.

Il fit le tour de la voiture le plus calmement possible, prit la clé dans la poche de son pantalon, ouvrit la porte et s'installa derrière le volant. Il mit la clé dans le contact, poussa et redressa un peu le corps du magistrat avant de lui passer sa ceinture de sécurité. Puis il mit la sienne et démarra le moteur. Cela aussi avait fait partie de ses craintes : que la voiture ne démarre pas ! Il quitta sa place, alla au bout de la rue, tourna à gauche, puis encore à gauche pour retrouver les rives du Tibre et sortir de Rome par le sud, se fondant dans le flot du trafic.

Il jeta un œil dans le rétroviseur, non pour voir si quelqu'un le suivait mais pour se voir lui. Il était fier de ce qu'il venait d'accomplir. Pas une goutte de sueur ne perlait sur son front et son visage affichait une sérénité absolue. Ses mains n'avaient pas tremblé, pas un seul instant. Seul bémol, le magistrat avait la bouche ouverte et ronflait bruyamment et il trouvait cela vulgaire.

– Je t'ai enfin attrapé, dit-il à voix haute. Regarde-toi maintenant, tu es entre mes mains. Rien ne pourra te sauver mais, avant cela, il faudra que tu te souviennes, espèce d'ordure. Tu vas y passer comme les autres. Vous finirez tous dans les flammes.

IL A OUVERT LES YEUX mais malgré tous ses efforts il ne voit rien, comme s'il était devenu aveugle. Il a mal à la tête et la bouche pâteuse. Il a soif. Cette obscurité l'a tout de suite oppressé. Où est-il ? Il n'y a pas la moindre lueur à laquelle ses yeux pourraient se rattacher. Pas le moindre repère pour se situer dans cet espace. Il ne fait pas froid, pourtant il tremble, incapable de maîtriser le haut de son corps. Il écarquille encore les paupières pour être bien sûr qu'il a les yeux grands ouverts. Il ne se souvient de rien, comme s'il avait perdu la mémoire tout en sachant très bien qui il est et d'où il vient. Cependant, il a la désagréable impression de ne pas pouvoir se concentrer sur un fait précis qui expliquerait la raison de sa présence dans cet endroit qui semble être nulle part sauf là où il se trouve. Difficile à exprimer, cette sensation : on existe sans être capable de définir les contours de son corps ni celui de son environnement immédiat. On flotte sans flotter.

Au bout de quelques secondes ou de quelques minutes, il comprend qu'il est assis sur une chaise avant même de se rendre compte qu'il n'est pas libre de ses mouvements. Il a les mains attachées dans le dos et les pieds probablement liés aux pieds de la chaise. Son oppression se transforme en une angoisse qui vient rapidement lui serrer la gorge. Alors il crie.

– *C'è qualcuno ? Rispondami !* Il y a quelqu'un ? Répondez !

– Oui... Bien sûr qu'il y a quelqu'un, dit une voix avec un accent qu'il lui semble connaître.

– Mais qui êtes-vous ? Où sommes-nous ? demande le magistrat en tournant la tête vers la voix.

– Essayez de vous souvenir... faites un effort.

Oui, maintenant, bien sûr il se souvient. Enfin, un peu. Il se revoit sortir du palais de justice comme tous les jours à la même heure, descendre les escaliers, traverser le square et lire l'article de *La Repubblica* qu'il avait survolé le matin. Après, il lui devient difficile de rassembler sa mémoire. Il se souvient vaguement avoir été poussé avant de ressentir un profond malaise.

– Alors ? dit la voix.

– Vous m'avez enlevé, c'est ça, vous m'avez enlevé ?

– C'est ça, je vous ai enlevé. Mais vous ne savez pas pourquoi.

– Non, donnez-moi à boire, j'ai très soif.

– Ce n'est pas comme ça que vous obtiendrez quoi que ce soit, et puis ça ne servirait à rien de vous donner à boire, ce serait gâché.

– Qu'est-ce que vous allez me faire ? Me tuer ? C'est ça ? demande le magistrat incapable de maîtriser un début de panique.

– Oui, je vais vous tuer... à petit feu.

– Quoi ?

– Vous avez bien compris.

– Mais enfin, dites-moi ce que vous voulez. Une affaire que j'aurais jugée, contre vous ? C'est ça, hein ? C'est ça ?

La voix garde le silence. Le magistrat entend quelque chose bouger. Puis il y a la première lueur, celle de l'allumette. Il discerne les contours du visage. Les contours seulement car il est myope et a perdu ses lunettes. C'est cela, aussi, qui le dérangeait dans le noir, comme si le fait d'être myope avait empêché ses yeux de mieux trouer l'obscurité. L'allumette s'approche d'un objet. Il ne voit pas tout de suite qu'il s'agit d'une lampe à gaz. En même temps qu'un sifflement léger et régulier, une lueur crue colonise une petite pièce dont les murs sont des planches de bois. C'est la première chose qu'il constate avant de chercher le visage de son ravisseur. Quand il le trouve, il n'en voit toujours que les contours. Tout est tellement flou qu'il est incapable de dire si le visage est celui d'un homme jeune, s'il est mince ou rond. Cependant, la peau et les cheveux doivent bien être tels qu'il les voit : de couleur sombre.

– Où sommes-nous ? demande encore le prisonnier.

– Peu importe... mais si ça vous intéresse vraiment, on est à un peu plus d'une heure de Rome, dans un endroit totalement isolé.

– Évidemment.

– Oui... évidemment.

L'inconnu le regarde. Ni l'un ni l'autre ne parlent. On n'entend plus que le sifflement de la lampe. Le magistrat tourne la tête à droite et à gauche, la lève puis la baisse. Il découvre alors ce qui ressemble à des jerrycans posés à même le sol, à côté de la table où se trouve la lampe.

– Pourquoi vous voulez me tuer ?

– Tu vas le savoir... mais j'ai d'abord quelque chose d'important à faire.

L'inconnu se lève, prend ce qui ressemble à une petite gourde en plastique opaque, comme celles qu'on met sur les vélos. Il s'approche du magistrat. Celui-ci le voit maintenant distinctement.

– Vous venez d'où ? demande-t-il.

L'autre ne répond pas et arrache une manche de la veste et de la chemise du magistrat.

– Mais que faites-vous ?

– Silence ! J'ai juste besoin d'un peu de sang, dit-il en se postant derrière lui. Je me sers maintenant, après ce ne sera plus possible.

– Quoi ! ?

Sans lui répondre, l'inconnu lui entaille la peau au niveau du poignet, avec la dextérité d'un médecin. Le sang coule suffisamment pour en récupérer dans la gourde. Quand il estime en avoir assez, il rebouche la gourde et la pose sur la table.

– Vous êtes fou !

– Regarde, dit l'inconnu qui tient une photo dans la main.

Le magistrat plisse les yeux mais l'image reste floue.

– Je n'ai pas mes lunettes. Rendez-les-moi ou alors approchez-vous.

L'inconnu s'approche tenant toujours la photo devant lui.

– C'est assez près ? dit-il en lui collant le cliché sous le nez. Vous vous reconnaissez ? Vous vous souvenez ?

Oui, il se reconnaît mais ne comprend pas. Quel rapport entre cette vieille photo qu'il voit pour la première fois et toute cette mise en scène ?

L'inconnu glisse la photo dans la poche intérieure de sa veste. Puis il se rapproche encore de son otage jusqu'à coller sa bouche contre son oreille. Le magistrat a un mouvement de recul mais l'inconnu lui bloque la tête avec sa main et commence à lui parler, à voix basse. Pendant de longues minutes. Le magistrat ne bouge plus et écoute avec attention ce que lui raconte l'inconnu. Parfois, il secoue la tête comme s'il réfutait ce qu'il entend.

– C'est faux, dit-il, ce n'est pas moi... vous vous trompez. Votre mémoire vous joue des tours.

– Non, ma mémoire est intacte et il n'y a pas que la mienne. J'attends ça depuis si longtemps. Maintenant vous allez mourir de la plus atroce des façons, dit l'inconnu se dirigeant vers la table au pied de laquelle sont posés les jerrycans.

Le magistrat croit comprendre.

– Non, hurle-t-il, vous n'avez pas le droit ! Arrêtez ça !

– C'est tout ce que vous avez à dire pour votre défense ? C'est peu...

L'inconnu tient l'un des deux jerrycans à la main. Il en fait sauter le bouchon. Une forte odeur d'essence.

– Non ! hurle encore le magistrat. Non ! Arrêtez ! Ce n'est pas possible ! C'est un cauchemar !

Mais l'inconnu n'entend plus rien. Il vide, lentement, le contenu du bidon, 25 litres de carburant, sur les épaules de sa victime dont les vêtements sont bientôt imbibés. Ils empestent l'essence. Il repose le jerrycan. L'essence s'écoule en minces filets depuis le bas du pantalon du magistrat et forme une flaque à ses pieds. L'inconnu s'écarte.

– Non ! hurle le magistrat. Non !!

L'inconnu vient de faire craquer une allumette. Il regarde son prisonnier qui gigote sur sa chaise espérant peut-être se libérer et échapper au sort qui l'attend. C'est trop tard. L'allumette n'est plus entre les doigts de l'inconnu. Sa flamme va entrer en contact avec les vêtements du magistrat. Ses yeux ne sont plus que deux billes noires terrorisées. Plus aucun son ne sort de sa bouche grande ouverte. À cet instant précis, il ne sait plus si les quelques microsecondes le séparant d'une mort aussi certaine qu'atroce appartiennent encore à la réalité. Si ce laps de temps ridiculement court le séparant des ténèbres s'appelle encore la vie. Mais ce qu'il sait avec certitude, bien que la souffrance lui ait déjà fait perdre la raison, c'est qu'il n'y a plus aucun espoir.

L'inconnu va se rasseoir. Il croise les mains et les pose sagement sur ses cuisses. Et il regarde, ne perd pas une miette de ce spectacle morbide mais il semble voir autre chose que les flammes qui lèchent le visage du magistrat et bientôt embrasent ses cheveux, consument ses paupières qu'il avait closes, laissant deux orbites creuses comme si ses yeux avaient fondu dans le brasier.

Le feu et la chaleur empêchent le moribond toujours attaché sur la chaise de crier mais pas de gesticuler. Car il gesticule encore, n'en finit plus de se trémousser, dans le silence, sans un mot ; derniers gestes, dernières manifestations de la vie, effets mécaniques et nerveux, sans conscience. Un soubresaut encore le fait se renverser dans une gerbe de braises, de cendres et de poussière. Il est allongé sur le côté et reste figé dans cette ultime position. Il ne bouge plus du tout.

Alors que les flammes se font moins vives, l'inconnu se lève et s'empare du second jerrycan. De nouveau, il asperge d'essence ce qui déjà ne ressemble plus à un homme. Le feu reprend. Il se rassoit. Et il contemple son œuvre, le regard perdu dans les flammes, le visage impassible. L'odeur ne le gêne pas. Il reste là, jusqu'à ce que les flammes disparaissent, une à une, peu à peu, laissant la place à des fumerolles s'élevant du corps calciné, aussi noir qu'un morceau de charbon. La bouche du magistrat est restée grande ouverte dans un dernier râle, un dernier appel au secours.

Il mit un peu plus d'une heure pour rejoindre Rome. Arrivé dans la capitale, il prit la direction de la gare de Termini où il laissa sa voiture sur le parking d'une société de location, préférant se rendre à pied dans le quartier du Trastevere où se trouvait l'appartement du magistrat. Il ouvrit le coffre et attrapa un petit sac à dos dans lequel il avait glissé la gourde contenant le sang de sa victime. Il y avait aussi une paire de gants de chirurgien, son téléphone portable et un lecteur MP3 qu'il mit en marche avant de se visser les écouteurs dans les oreilles. C'était le *Requiem* de Mozart. La dernière fois, à Paris, il l'avait écouté en boucle. Puis il alluma le téléphone. Il n'y avait aucun message ni aucun SMS. Dans l'une des poches il y avait un paquet de cigarettes. Des blondes. Il en prit une, l'alluma avec un briquet et aspira une longue bouffée en jetant un regard circulaire. Il n'y avait personne. Puis il rangea le paquet et le briquet, referma le coffre et rangea les clés de la voiture dans le sac qu'il jeta sur son épaule.

Il connaissait bien la ville pour s'y être souvent promené lorsqu'il était étudiant. Il faisait chaud et il ôta sa veste. Il choisit de traverser le Tibre en empruntant le ponte Palatino. De tous les ponts de Rome, ce n'était pas le plus beau ni le plus ancien mais il aimait les berges du fleuve à cet endroit-là, particulièrement au printemps. Il s'y serait bien arrêté mais il lui restait une dernière tâche à accomplir et il voulait en finir rapidement.

Une fois franchi le Palatino, il s'enfonça dans le Trastevere, le quartier des bobos romains. Malgré l'heure tardive – il devait être aux alentours d'une heure du matin – les terrasses des cafés ne s'étaient pas encore totalement vidées.

Il n'était plus très loin de l'immeuble. Les clés du magistrat se trouvaient dans sa poche de pantalon. C'est la seule chose qu'il n'avait pas laissée dans la cabane. Il avait même abandonné la seringue et le pistolet. Personne ne pourrait remonter sa piste à cause de ça. L'arme – un 6,35 mm inoffensif dont le canon était bouché et le chargeur vide –, il l'avait achetée chez un brocanteur. Quant à la seringue, on en trouvait des milliers d'autres dans la première pharmacie venue.

Il tourna la clé dans la serrure et poussa la lourde porte en chêne. Il avait préféré ne pas utiliser le digicode. Il s'immobilisa. Il remit sa veste, éteignit son MP3 et laissa tomber les oreillettes autour de son cou. Il tendit l'oreille, à l'affût du moindre bruit qui aurait trahi une autre présence... Entrer en silence. Si possible, ne croiser personne. Ne pas se faire remarquer. C'était peut-être le moment le plus délicat de cette nuit-là. Il fallait encore traverser une cour pavée pour atteindre l'escalier. Il s'avança, lentement, levant la tête vers les étages. Pas la moindre lumière. Tout semblait extrêmement calme. Pour avoir longuement repéré l'endroit, il savait exactement où se rendre. Il poussa une autre porte, vitrée celle-là. Mais grinçante. Il le savait. Alors il la poussa doucement. Une fois dans le hall, toujours à l'affût du moindre bruit, il fit une halte au pied des marches. Rien. Sauf sa respiration. Il sortit les gants de chirurgien du sac à dos et les enfila quand une sonnerie retentit... Après une seconde d'hésitation, il plongea la main dans le sac à dos. La sonnerie retentit de nouveau, stridente, explosant dans le hall d'entrée, grimpant les marches quatre à quatre, transperçant les portes des appartements, rebondissant contre les murs, courant dans chaque pièce, s'insinuant dans les plus petits recoins de l'immeuble avant qu'il ait le temps de mettre la main sur l'appareil et trouve la touche minuscule pour arrêter cette sirène infernale ! Il préféra répondre, se doutant de l'identité de celle qui l'appelait à cette heure-là.

– Allô ? dit-il dans un souffle en jetant un œil inquiet vers le haut des marches et la porte d'entrée.

– C'est moi, dit en italien une voix de femme. Alors ?

– C'est fait, répondit l'homme mais je n'ai pas encore fini. Je suis dans son immeuble. Je te rappelle dès que c'est fini. Surtout n'appelle plus !

Et il éteignit le téléphone avant de le remettre dans le sac.

L'appartement était au deuxième étage. L'immeuble était ancien et certaines marches étaient de guingois. Le magistrat était un célibataire endurci. Et il vivait seul. Il sortait parfois très tard le soir et ses voisins de palier – il y avait deux appartements par étage – ne seraient pas surpris d'entendre un peu de bruit à cette heure-là en espérant que personne n'ait été réveillé ou intrigué par la sonnerie du portable.

Il ouvrit la porte sans aucune difficulté. Il ne connaissait pas les lieux mais, avant même d'allumer la lumière, il préféra tirer les rideaux des fenêtres donnant sur la cour intérieure. Où allait-il s'installer ? Il posa son sac dans le couloir et sortit le bidon contenant le sang. Il y avait un grand mur blanc dans le salon, sur lequel étaient pendus quelques tableaux dont il ignorait la valeur. Il les décrocha et les posa à même le parquet. Oui, ce mur, pensa-t-il, sera parfait, il est juste en face de la porte d'entrée... on ne peut pas le rater. Puis il sortit d'une des poches intérieures de sa veste un bout de papier plié en quatre. Il le déplia et le posa par terre à côté d'un des tableaux. Alors il dévissa le bouchon de la petite gourde qu'il tenait dans la main droite, puis il trempa l'index de sa main gauche dans le liquide épais et traça une première lettre, puis une deuxième... Il avait plus de sang qu'il ne lui en aurait fallu. C'était parfait.

Quand il eut fini, il y avait encore du sang. D'un revers de la main, il en éclaboussa le mur puis laissa tomber le bidon qu'il avait décidé de laisser là. Une pièce à conviction supplémentaire qui n'emmènerait pas loin les enquêteurs... Puis il ramassa le bout de papier et le fourra dans sa poche de pantalon.

Il sourit en regardant la phrase qui s'étalait sur le mur. Le rouge tirait sur le brun. On ne voyait qu'elle. Mais il fallait s'écarter de quelques pas pour la déchiffrer tant chaque lettre tracée en capitale était haute et large. Cette phrase, c'est lui qui l'avait choisie. Elle sonnait bien et correspondait exactement à ce qu'il ressentait...

Le silence. Il n'y avait plus un bruit dans la rue. Il laissa la porte se refermer toute seule. Coup d'œil à droite, coup d'œil à gauche. Il repartit vers le ponte Palatino accompagné par le *Requiem.* Cette fois, il descendit sur les berges. Parvenu au bord du Tibre, il prit les gants tachés par le sang du magistrat et les jeta dans le fleuve. Puis il alluma une cigarette. Il resta immobile quelques instants, la tête baissée vers les eaux du fleuve. « Rome est décidément une ville magnifique », pensa-t-il.

Il prit son téléphone, le ralluma et rédigea un SMS : « *L'ho fatto. Posso ritornare ?* C'est fait. Je peux rentrer ? » Il composa un numéro et appuya sur la touche envoyer. La réponse arriva deux minutes plus tard, en français : « Bravo ! Reviens. »

Toujours debout au bord du fleuve, il alluma une autre cigarette. Une chose le tracassait : que la presse n'ait pas encore parlé de la phrase retrouvée sur la cheminée de Louis de Pralin. Il aurait voulu qu'on le sache. Il lui en parlerait, elle aurait certainement une idée. Elle avait toujours des idées. Il l'aimait mais aussi l'admirait beaucoup pour son intelligence et son habileté. Il n'aurait jamais rien fait sans elle, ne serait pas allé très loin. Pas plus loin que le désert aride de son enfance, parsemé d'acacias.

Il était à deux pas de la cité du Vatican et eut l'envie de s'y rendre. Après tout, que risquait-il ? Dommage quc la basilique fût close à cette heure-là car il y aurait volontiers passé la nuit. Ce lieu sacré des chrétiens l'envoûtait à chaque fois qu'il s'y rendait : il y sentait une présence, une force qu'il ne pouvait pas s'expliquer, lui, le musulman, le frère des djinns.

L'ANTICYCLONE DES AÇORES ÉCRASAIT toute l'Europe, pompant l'énergie des hommes, les faisant se courber sous des températures caniculaires. Cette masse de haute pression ressemblait à une bulle emprisonnant la vie. Paris transpirait, étouffait, comme si l'air se raréfiait peu à peu, remplacé par une atmosphère viciée, surchargée de gaz carbonique piquant la gorge et les yeux. Depuis un mois maintenant, les bulletins se suivaient et se ressemblaient. À en croire les prévisionnistes de Météo France, cela devrait durer encore plusieurs semaines. Gorin éteignit son poste radio préférant un prélude de Bach aux requiem des prophètes de malheur.

Le policier était d'humeur morose. Son groupe piétinait. L'énigme de la « merguez » de l'île Saint-Louis, loin d'être élucidée, s'épaississait un peu plus chaque jour. Les limiers du Quai des Orfèvres étaient revenus bredouilles de leurs premières investigations. L'enquête de voisinage n'avait rien donné. Rien. Pas une piste à grignoter. Les traces d'ADN et autres empreintes relevées sur place et glissées dans les fichiers étaient restées muettes.

Le passé de Louis de Pralin avait été épluché sans qu'on puisse établir un lien quelconque avec son assassinat. Pourtant il devait en y avoir un. Caché, invisible pour l'instant.

Les caves de l'hôtel particulier avaient été transformées en un luxueux lupanar par son propriétaire : lieu de débauche, selon Gorin, lieu de plaisir, selon Pensec. Une divergence de vues qui, une fois de plus, avait fait dégringoler la cote du jeune lieutenant de plusieurs étages.

Outre un écran géant, des poufs et un lit taillé pour Gulliver dont les draps de satin rouge juraient avec la décoration austère mais de bon goût des autres pièces, les policiers avaient mis la main sur des dizaines de film X – hétéros et homos –, plusieurs panoplies en latex, des fouets, des menottes et autres *sex toys* du dernier cri. Placées sous scellés, ces pièces à conviction avaient atterri sur les paillasses du laboratoire de la rue de Dantzig. Outre quelques « paluches », il y avait de fortes chances d'y découvrir aussi des traces d'ADN. Mais il leur faudrait patienter encore quelques semaines avant de recevoir les résultats : le labo de la préfecture de police n'était pas le plus performant de l'Hexagone. Une fois les analyses terminées, les pièces à conviction étaient revenues au « 36 » et entreposées tant bien que mal dans les bureaux du groupe Gorin, installés sous les toits du Quai des Orfèvres. Les piles de DVD X s'entassaient le long des murs jusqu'au plafond. Il était impossible de s'en débarrasser avant la fin de l'enquête. Pensec, avec cet humour léger auquel désormais chacun de ses collègues – à l'exception de Gorin – avait fini par s'habituer, s'était proposé de visionner chaque DVD sous prétexte d'y découvrir un indice, puis de les revendre dans un sex-shop et d'offrir « une bonne bouffe » aux copains. En réponse, Garnier l'avait envoyé faire le tour des milieux gays du Marais puis de toutes les boîtes échangistes de la capitale. La BRP, l'ancienne Mondaine, lui avait donné un coup de main. Malgré cela, après deux semaines sur le terrain, à écumer chaque soir et chaque nuit ces « lieux de perdition » avec le portrait de Louis de Pralin dans la poche, Pensec n'avait rien découvert. L'antiquaire restait un parfait inconnu pour tous ceux qu'il avait interrogés : patrons, serveurs, videurs, clients, etc. L'univers intime de la victime semblait strictement circonscrit à son milieu social et professionnel.

Le « Rôtisseur », comme certains l'appelaient déjà dans les couloirs du Quai des Orfèvres, devait compter les points, planqué quelque part dans sa tanière. Situation d'autant plus inconfortable pour les policiers qu'il leur était impossible de savoir si l'assassin en resterait là. Était-ce le premier meurtre d'une longue série ? Était-ce seulement un coup d'essai ? Qui aurait pu affirmer qu'il n'avait pas déjà tué, mais autrement, selon un mode opératoire très différent de sorte qu'il fût impossible d'établir un lien entre chaque affaire ? Gorin avait horreur des théories toutes faites. Non, aimait-il répéter à qui voulait l'entendre, tous les tueurs en série n'affichent pas forcément leurs petites manies sur la scène de crime comme autant d'indices permettant aux enquêteurs de remonter leur piste. Tous ne sont pas des détraqués sexuels agissant sous l'emprise d'une incontrôlable pulsion. D'autres tuent de sang-froid pour des raisons diverses : l'argent, la vengeance...

Gorin préférait le doute aux certitudes, convaincu qu'une affaire ne ressemble jamais à une autre. Douter et douter encore était sa devise. Il n'y avait pas de meilleure manière pour mener une enquête. Il aimait citer cette phrase de Francis Bacon : « Quand on commence avec des certitudes, on finit avec des doutes et quand on commence avec des doutes on finit avec des certitudes. » « Rien n'interdit d'avoir une intuition mais une intuition n'est pas une preuve et ne pèse rien devant un tribunal, disait-il aux nouvelles recrues. La rigueur et le doute, voilà les deux mamelles de l'enquête, car c'est avec la rigueur qu'on chasse le doute et qu'on parvient, souvent, à la certitude », aimait-il ajouter. C'est pour cette raison que l'énergie brouillonne de Pensec l'irritait.

L'idéal, évidemment, eût été que le Rôtisseur frappe de nouveau et de la même façon pour qu'on sache à quoi s'en tenir. « Mais ce n'est pas souhaitable, hein, mon vieux Aldebert ? » dit-il à voix haute tapotant les fesses de son chat venu s'allonger entre le bol de café et le pot de confiture. Exceptionnellement, Gorin avait préféré prendre son petit déjeuner chez lui plutôt qu'à la terrasse de la brasserie de la place Louis-Lépine, malgré le ciel bleu. Quand une affaire le tracassait, il restait chez lui où le calme était plus propice à la réflexion. Il avait coupé son téléphone portable et décroché le combiné de sa ligne fixe. Si Lenoir l'avait su, il lui aurait passé un savon. Et puis, ce matin-là, il y avait eu une autre raison pour laquelle il avait décidé de ne pas bouger. Un événement exceptionnel sur le point de bouleverser son existence réglée comme du papier à musique.

L'événement s'appelait Évelyne. Une femme. En chair et en os. Elle dormait encore dans sa chambre, son lit, son appartement... Oui, une révolution. Quand, pour la dernière fois, avait-il invité une femme à rester chez lui ? Jamais ou alors il y avait si longtemps que l'épisode lui était sorti de la tête.

Évelyne n'était pas une inconnue croisée la veille. Six mois qu'ils se connaissaient. Prudents l'un et l'autre. Pudiques, réservés, solitaires. Deux âmes sœurs faites pour se rencontrer bien qu'il leur ait fallu un mois avant de passer leur première nuit ensemble. Pas chez lui. Chez elle. Il avait invoqué toutes sortes d'excuses pour éviter de la ramener dans son antre, de peur qu'elle ne perturbe son univers, n'en dérange le parfait ordonnancement.

Ils s'étaient rencontrés dans un cinéma d'art et essai de Montparnasse où repassait *Meurtre mystérieux à Manhattan*, de Woody Allen. La salle était petite et il ne restait que deux fauteuils vides, côte à côte. C'est ainsi qu'Évelyne s'était assise à côté de lui. Pourquoi lui avait-il adressé la parole à la fin du film, lui à qui cela n'arrivait jamais ? Pourquoi avait-elle ri ? Pourquoi l'avait-il invitée à prendre un verre ? Pourquoi avait-elle accepté ? Peu importait. C'est ainsi que les choses devaient se passer ce jour-là. Il n'y avait rien à ajouter. Gorin, pourtant si curieux, si scrupuleux, soucieux du moindre détail quand il s'agissait d'expliquer la vie des autres, de comprendre leurs gestes et leurs actes en bon policier qu'il était, ne s'interrogeait jamais sur sa propre existence la jugeant peu digne d'intérêt. Évelyne l'avait vite compris puisqu'elle ressentait la même chose la concernant.

Assistante de direction, elle ne s'était pas étendue sur sa vie professionnelle rythmée par la tyrannie d'un grand patron dont elle partageait la vie plus de douze heures par jour depuis près de quinze ans et qu'elle avouait admirer n'ayant, il est vrai, pas d'autre homme dans sa vie.

Elle avait ouvert de grands yeux quand Gorin lui avait avoué qu'il était flic. Elle les avait ouverts encore un peu plus quand il lui avait dit qu'il était à la brigade criminelle, au 36, quai des Orfèvres. Elle avait alors lancé un « waouh ! » tellement faux que Gorin s'était demandé si elle ne se moquait pas de lui. Mais elle était sincèrement impressionnée. Gorin comprendrait plus tard que sa timidité la contraignait parfois à forcer le trait. Comme beaucoup, elle avait découvert le Quai des Orfèvres en lisant Simenon.

Évelyne approchait de la quarantaine. De son propre aveu, elle trimbalait son ennui depuis son adolescence et n'avait jamais trouvé le moyen d'y remédier. À vivre seule, n'ayant eu que de rares aventures, elle s'était perdue de vue. Oubliant qu'elle était une femme séduisante. Oubliant de séduire et refusant trop souvent d'être séduite.

Six mois, ce fut donc le temps qu'il avait fallu à Gorin, après un débat intérieur d'une rare intensité, pour accepter une présence étrangère dans son terrier. Ce qu'il éprouvait pour cette femme ? Un sentiment très fort, bien sûr. De là à s'en dire amoureux, il y avait un pas qu'il était encore loin de vouloir franchir.

– Bonjour, dit Évelyne.

Elle se tenait debout derrière lui et avait posé les mains sur ses épaules. Elle avait hésité à l'embrasser.

– Bien dormi ?

– Non... pas vraiment.

– Le boulot ?

– Oui, l'affaire dont je t'ai parlé.

– Désolée... mais tu m'en as si peu parlé, c'est comme si tu ne m'avais rien dit.

– Et toi, ton boulot ? Tu ne vas pas être en retard ?

– Non, le grand Yaqua a pris quelques jours de vacances.

– Le grand Yaqua ?

– Oui, je l'appelle comme ça parce qu'il est toujours en train de dire « y a qu'à faire ceci », « y a qu'à faire cela ». Je peux me faire chauffer de l'eau ?

– Laisse, je m'en occupe.

Gorin abandonna Aldebert. Évelyne voulut le caresser mais le chat sauta de la table, lâchant un bref miaulement.

– Il est aussi sauvage que toi, dit-elle en s'asseyant.

– Tu prends du thé ? demanda Gorin fronçant le sourcil.

– Oui.

– Désolé, vraiment... je n'ai que du café.

– Va pour un café. C'est quoi, ton affaire ?

– Quoi, mon affaire ?

– Tu sais bien, celle qui te préoccupe.

– Je n'ai pas le droit d'en parler.

– Merci pour la confiance ! Tu sais, j'adore les romans policiers. Peut-être que je pourrais t'aider ?

– Ça m'étonnerait, répondit Gorin en attrapant un bol.

– Une tasse, s'il te plaît, demanda Évelyne.

– Pardon ?

– Le café, dans une tasse, pas dans un bol. Je ne supporte pas. Alors cette affaire ?

– Tu es vraiment curieuse.

– Je te le confirme.

En quelques phrases, le policier de la Crim raconta l'affaire du Rôtisseur de l'île Saint-Louis mais sans entrer dans les détails. Il évoqua cependant le mystère de la strophe empruntée au poème du père Hugo.

– Tu as quelque chose à grignoter ? demanda Évelyne.

– Oh ! excuse-moi, répondit Gorin, surpris par la question. C'est tout ce que t'inspire cette histoire ?

– Non, mais je me demandais pourquoi les journaux en ont si peu parlé.

– Parce qu'on leur a demandé.

– Ah, bon ? Ça se passe comme ça ?

– Parfois. Oui. Dans ces cas-là, on explique aux journalistes quc s'ils parlent, ils risquent de faire capoter l'enquête.

– Et ils acceptent ?

– Oui, sinon on ne leur donne plus d'infos.

– Et là, l'enquête, elle risque de capoter ?

– Il est possible que notre homme se manifeste de nouveau en laissant la même signature. Si c'est le cas, il faut qu'on soit sûrs que ce n'est pas un imitateur qui lit trop les journaux !

– Ça ressemble à une vengeance ton histoire... Non ?

– Possible. C'est peut-être aussi une mise en scène pour nous aiguiller sur une fausse piste.

– Tu parles d'un homme ! Comment tu peux savoir que ce n'est pas une femme qui l'a brûlé, ton antiquaire ?

– Ce n'est pas la façon de procéder d'une femme. La victime a été assommée avant d'être brûlée. Une femme, même capable d'assommer quelqu'un, aurait préféré droguer la victime pour être sûre de son coup. Et puis il a fallu traîner le corps dans la cheminée... c'est lourd, un corps...

– Et il est entré comment, « le » tueur ?

– Apparemment, on lui a ouvert la porte.

– On a volé quelque chose ?

– Non, rien.

– Moi, je suis sûre que c'est une vengeance. Mais un truc qui remonte loin. La phrase, ça devait faire longtemps qu'il y pensait.

– Ça pourrait être aussi un crime passionnel.

– Tu as dit que ça ne pouvait pas être une femme.

– Pralin était à voile et à vapeur.

– Ah... un ami jaloux ?

– C'est une possibilité... ce ne serait pas la première fois.

Gorin s'approcha de la table avec la bouilloire et un sachet de café lyophilisé qu'il posa à côté de la tasse. Évelyne leva la tête et le regarda d'un œil interrogatif, un léger sourire aux lèvres. Il comprit, s'excusant de nouveau. Il versa le contenu du sachet dans la tasse puis l'eau chaude.

– Merci, dit Évelyne en lui posant la main sur l'avant-bras.

– Je dois me préparer, dit Gorin.

– On se voit ce soir ? demanda Évelyne buvant un peu de café du bout des lèvres pour ne pas se brûler.

– On s'appelle, répondit Gorin, disparaissant dans le couloir menant à la salle de bains.

Évelyne sourit. Elle prit sa tasse et alla se poster près de la fenêtre sous l'œil faussement désintéressé d'Aldebert, réfugié dans un coin de la pièce, épiant chaque geste de la jeune femme. Elle sourit encore en le regardant puis longea la bibliothèque, déchiffrant quelques-uns des titres de livres s'entassant sur les étagères. Arrivée à hauteur du bureau, elle tira l'un des deux tiroirs, puis le referma avant d'ouvrir le second dans lequel se trouvait un pistolet. Elle hésita, tournant la tête vers le couloir d'où provenait le bruit de la douche qui coulait. Elle posa sa tasse et prit l'arme. Elle l'inspecta, fit mine de viser le chat en imitant le bruit d'une détonation. « Pan ! T'es mort », dit-elle en souriant. Puis elle remit l'arme à sa place, referma le tiroir, prit sa tasse et retourna près de la fenêtre sirotant son café, l'air pensif.

IL ÉTAIT PRESQUE 11 HEURES quand Gorin franchit le porche du «36». Il était venu à pied depuis chez lui prenant le temps, malgré l'heure tardive, de boire un café en chemin.

Garnier était là, assis à son bureau face à un homme d'une soixantaine d'années, vêtu d'un costume de lin beige clair. Gorin aimait le froissé élégant de ce tissu. Il avait d'ailleurs lui-même un costume en lin mais le portait rarement quand il travaillait. Garnier lui fit un signe et l'emmena dans le couloir avant qu'il ait eu le temps d'ouvrir la bouche.

– Que se passe-t-il ? Qui est ce type ? demanda Gorin.

– Un témoin. Il a peut-être vu, enfin plutôt aperçu, le Rôtisseur. Il habite juste à côté. Il a appelé ce matin. C'est moi qui ai décroché et je lui ai demandé de venir ici tout de suite. Je commençais tout juste à l'interroger quand t'es arrivé.

– Comment se fait-il qu'il se manifeste seulement maintenant ? dit Gorin cachant mal son agacement. On aurait dû le repérer pendant l'enquête de voisinage et le convoquer, non ?

– J'ai vérifié. On avait bien son nom mais il était absent. Il était prévu qu'on le relance dès son retour. Il a été plus rapide.

– Bien, allons-y.

L'homme était plus âgé qu'il ne l'avait imaginé, bien plus que la soixantaine ; 77 ans, pour être précis. Et pas un cheveu blanc. À peine quelques traces grisonnantes sur les pattes. Pas grand mais taillé dans la masse, ce qui ne lui enlevait pas une certaine élégance. Le lin, sans doute, pensa Gorin en souriant. Avant de recueillir son témoignage, Garnier lui fit répéter son curriculum vitae. Il est toujours difficile d'interroger quelqu'un si l'on ne sait pas qui il est ni d'où il vient.

Germain Duteil ne travaillait plus depuis une quinzaine d'années. Plus besoin. Il avait amassé suffisamment d'argent pour vivre, lui et sa femme, comme un retraité de luxe. Leur appartement de 200 m^2 dans l'île Saint-Louis n'était que la plus petite partie immergée de sa fortune. Fortune, selon lui, amassée dans le pétrole depuis le milieu des années 1950, quand la France courait après les gisements d'Afrique et d'ailleurs. Sans donner plus de détails, il reconnut posséder, outre son appartement parisien, deux propriétés : l'une en Normandie, l'autre à Porquerolles. La Normandie où justement il devait se rendre le jour de l'assassinat de Louis de Pralin.

– À quelle heure dites-vous avoir aperçu un homme sortant de chez M. de Pralin ? demanda Garnier.

– Il devait être aux environs de 4 heures du matin.

– Que faisiez-vous dehors à cette heure-là ? enchaîna Gorin qui n'avait pas pris le temps de s'asseoir.

– Je promenais mon chien.

– Drôle d'heure pour promener son chien ! non ?

– Non, comme je l'ai déjà dit à l'inspecteur.

– ... capitaine.

– Pardon ?

– Il n'y a plus d'inspecteurs... que des lieutenants, capitaines ou commandants et ce monsieur, précisa Gorin en désignant Garnier, est capitaine.

– Ah ! excusez-moi, je ne savais pas.

– C'est pas grave, continuez.

– Eh bien, poursuivit Germain Duteil sans se troubler, ce matin-là nous partions pour la Normandie où nous avons une maison. Au printemps, c'est une heure parfaite pour quitter Paris sans difficulté. On évite tous les embouteillages et puis ma femme et moi adorons prendre notre petit déjeuner dans une auberge, au bord de la mer, avant d'arriver chez nous. À nos âges et quand on en a les moyens, il ne faut pas hésiter à satisfaire ses caprices, non ?

– Peut-être, dit Gorin. Parlez-moi plutôt de ce que vous avez vu en promenant votre chien ce matin-là.

– Eh bien... je marchais tranquillement sur le trottoir, du côté de la Seine, avec mon chien en laisse – je ne le lâche qu'une fois sur les quais –, quand j'ai vu un grand type sortir de chez Louis de Pralin et...

– Comment savez-vous qu'il sortait de chez M. de Pralin ? l'interrompit Gorin.

– Nous nous connaissions. Enfin comme des voisins. Il nous avait déjà invités à prendre un verre chez lui et nous, nous l'avions invité à dîner. Un dîner qu'il ne nous a jamais rendu d'ailleurs.

– Bien. Ce grand type que vous apercevez, pourquoi il attire votre attention ?

– Eh bien, c'est plutôt rare de voir quelqu'un à cette heure-là, même si tout le voisinage est habitué... comment dire... est habitué à l'activité qui régnait parfois chez Louis de Pralin.

– Quel genre d'activité ?

– Oh ! des soirées certainement très arrosées.

– Et ce soir-là...

– Ce soir-là ?

– Eh bien, ce soir-là, il y avait eu une soirée arrosée ?

– Pas que je me souvienne.

– Maintenant, décrivez-moi ce grand type. Ne lésinez pas sur les détails, même ceux qui vous paraissent sans intérêt. Le plus petit détail a son importance.

Germain Duteil se redressa sur sa chaise et accepta le verre d'eau proposé par Garnier. Il faisait chaud, bien plus encore dans ces bureaux installés sous les toits du Quai des Orfèvres. Gorin ouvrit plus largement le vasistas donnant sur la cour pavée. Garnier revint et posa le verre d'eau devant le témoin qui en but une gorgée.

– Le décrire ? dit Germain Duteil en reposant le verre. C'était un Noir pour autant que j'aie pu en juger sachant que j'étais tout de même à une cinquantaine de mètres. Il était plutôt grand, très mince. J'ai été frappé par sa démarche très souple.

– Il vous a vu ? demanda Garnier.

– Non. Je ne crois pas.

– Comment était-il habillé ?

– Là aussi, pour autant que j'aie pu en juger, il était habillé tout en noir. Ah ! oui... aussi... je crois qu'il portait un sac à dos.

– Qu'est-ce qu'il a fait ? Où est-il allé ? questionna encore Gorin.

– Eh bien... Il a traversé la rue. Un moment, très brièvement, il s'est retourné avant de descendre sur les quais.

– Et alors, qu'est-ce que vous avez fait ?

– Rien. Je ne suis pas du genre peureux mais j'ai tout de même ralenti le pas quand je l'ai vu descendre sur la berge. On ne sait jamais. Et puis je n'ai plus 20 ans. Mais comme j'étais toujours du côté de la Seine, j'ai jeté un œil pour essayer de l'apercevoir. Et je l'ai vu, il était là, debout face à l'eau. Il a jeté quelque chose. Je serais bien incapable de dire quoi. En tout cas, cela ne semblait pas très lourd. Après, je l'ai vu allumer une cigarette et continuer son chemin sur les quais. Pardonnez-moi, il fait vraiment très chaud. Est-ce que je pourrais avoir un autre verre d'eau ?

– Bien sûr, lui répondit Garnier, remarquant son teint soudain plus pâle. Vous allez bien ?

– Oui... oui... ça ira... un coup de fatigue, c'est tout. Ne vous inquiétez pas.

– Bon...

– On continue ? demanda Gorin.

– Euh... oui.

– Bien. Donc vous l'avez vu allumer une cigarette et continuer son chemin. C'est tout ?

– Bah... oui. Après, le temps de descendre à mon tour sur la berge, il avait disparu.

– Et chez Louis de Pralin, tout vous a semblé normal ? Est-ce que quelque chose a attiré votre attention ?

– Non. Je ne me souviens de rien en particulier. Merci, dit-il en prenant le verre d'eau que lui tendait Garnier.

Il en but une gorgée, lentement, puis une deuxième avant de reposer le verre sur le bord du bureau. Puis il sortit un mouchoir et s'épongea le front.

Gorin fit signe à Garnier et les deux hommes se retrouvèrent dans le couloir.

– Qu'en penses-tu ? demanda Gorin.

– Comme toi. Je pense au Père-Lachaise et à notre « sprinter »...

– Mouais... Ça pourrait effectivement être le même homme.

– J'aimerais que vous retourniez ratisser les quais, à cet endroit-là. Je sais qu'il y a peu de chances qu'on trouve quoi que ce soit mais on ne sait jamais.

– En attendant, je vais finir de rédiger sa déposition et lui faire signer.

– Il a l'air crevé, le grand-père et il nous a dit tout ce qu'il savait. De toute façon, on sait où le trouver.

– Oui. C'est drôle, en arrivant je me suis dit qu'il ne faisait pas son âge. Et là, en quelques minutes, il a pris un coup de vieux.

– Il fait son âge, tout simplement.

– Oui, on n'y échappe pas. C'est la vie, mon pôv monsieur ! lança Gorin avant de remercier Germain Duteil et s'éclipser dans les escaliers.

Lenoir lui avait demandé de passer le voir dans son bureau, un étage plus bas.

Le patron de la Crim était pendu à son téléphone. Combien de coups de fil par jour entre ceux qu'il passait et ceux qu'il recevait ? Gorin n'avait jamais fait le calcul mais cela devait être impressionnant. « Allez, pensa-t-il en s'asseyant dans le fauteuil de cuir marron installé face au bureau de Lenoir, combien ? Cent ? Deux cents ? Probablement entre les deux, d'autant que la plupart sont assez brefs. Non, moins... Va pour une centaine... »

– Alors ? dit Lenoir en raccrochant le combiné.

– Alors ?

– Eh bien, oui... On en est où avec le Rôtisseur ?

– Pas bien loin, même si on commence à avoir quelques éléments. Mais c'est mince, vraiment très mince. On n'a pas un début de piste sérieux.

– La vengeance... Quel qu'en soit le motif. Que voulez-vous que ce soit d'autre ? On crève ici, dit Lenoir en se levant.

Il se dirigea vers la fenêtre fermée à l'espagnolette et l'ouvrit en grand, attendant un hypothétique courant d'air. Il ne se lassait pas de la vue que lui offrait ce bureau : en bas, la Seine glissait entre les tours de Notre-Dame et le Pont-Neuf où trône la statue équestre du Vert-galant. Il savait qu'un jour il serait appelé à d'autres fonctions et devrait quitter ce bureau, peut-être même le Quai des Orfèvres. Cette seule pensée lui était insupportable, comme s'il n'y avait jamais eu d'autre endroit où il puisse s'épanouir. Il allait se retourner vers Gorin quand une scène attira soudain son attention. Un homme venait de s'écrouler, là, juste au-dessous, le long du mur bordant la Seine. Il se pencha et vit l'un des deux gardiens de la paix en faction devant le « 36 » s'élancer de l'autre côté de la rue.

– Merde ! dit Lenoir.

– Pardon ? dit Gorin.

– Là, un type vient de s'écrouler sur le trottoir !

Gorin, à son tour, s'approcha de la fenêtre. Il mit quelques secondes avant de réagir et de comprendre. L'homme allongé sur le macadam et près duquel se tenait un policier n'était autre que Germain Duteil !

– Merde ! s'exclama Gorin à son tour. C'est notre témoin ! On venait juste de l'entendre.

Il sortit du bureau suivi de Lenoir, dévalant les marches quatre à quatre, traversant la cour pavée puis le porche et la rue en courant.

Le gardien de la paix leva la tête vers Gorin et Lenoir. « C'est fini, dit-il, probablement une crise cardiaque. » Gorin était bouche bée. Incrédule. Il se pencha et plaça ses doigts sur la gorge de Germain Duteil. Plus un seul battement. Plus de pouls. Puis il colla son oreille à l'endroit du cœur. Il était mort, Germain Duteil, tout ce qu'il y a de mort, sans l'ombre d'un doute. Gorin ouvrit la veste, cherchant une trace. À part des auréoles laissées par la transpiration, il n'y avait rien. Puis il tourna le corps sur le côté. Il inspecta le dos, souleva la veste. Rien. Enfin, il retroussa les manches, l'une après l'autre. Pas une trace sur les bras. Rien, là non plus.

– Qu'est-ce que vous cherchez ? demanda Lenoir. Vous croyez qu'on l'a assassiné ?

– Non. Juste par acquit de conscience. C'est tout de même incroyable, non ? Ce monsieur vient juste de témoigner et s'écroule en sortant d'ici, victime, apparemment, d'une crise cardiaque.

– Et alors ? Simple hasard... Mais je vous le concède, c'est normal qu'on se pose des questions. On n'est pas flics pour rien, non ?

– Oui, bien sûr. De toute façon, il y aura une autopsie.

– Exact. Allez, laissez les secours faire leur boulot.

Gorin se releva et suivit Lenoir. Ils retraversèrent la rue et s'engouffrèrent sous le porche du « 36 ».

– Qu'est-ce qu'il vous avait raconté, ce brave homme ? demanda Lenoir.

– Il aurait vu le Rôtisseur le soir du meurtre. « Aperçu » serait plus juste. Mais la description, même succincte, qu'il nous en a fait semble correspondre au type qu'on a coursé au Père-Lachaise... Silhouette élancée, mince, plutôt grand et peut-être, je dis bien « peut-être », la peau noire.

– C'est un début de piste. C'est toujours ça.

Gorin n'arrivait pas à chasser de son esprit l'image du corps de Germain Duteil, allongé sur le trottoir. Il le revoyait, quelques minutes plus tôt, dans son bureau, suant à grosses gouttes, le teint blafard, buvant une gorgée d'eau et reposant lentement son verre avant de finir sa déposition. Finalement, se dit Gorin, il aura juste eu le temps de venir nous raconter sa petite histoire. Le policier dut encore faire un effort pour ne voir aucun lien entre la mort de cet homme et le Rôtisseur de l'île Saint-Louis. Il lui fallait à tout prix combattre cette idée, sachant pertinemment qu'elle risquait de polluer son enquête. Tout cela n'était que le fruit du hasard, du pur hasard et rien d'autre.

Et tout le monde sait, depuis Balzac, qu'il n'y a rien de plus triste qu'une vie sans hasard...

ENZO WOLF N'AVAIT PLUS DONNÉ aucun signe de vie depuis une semaine. Situation tout à fait exceptionnelle pour qui connaissait cet homme menant une vie paisible s'écroulant jour après jour sans que rien ni personne vienne en briser le mouvement lent et monotone. C'est en tout cas ce que pouvaient en dire ses proches ou ses collègues ou ses voisins, rares étant ceux qui le connaissaient bien, ainsi que le comprirent très vite les policiers. Cet homme était un solitaire.

L'appartement d'Enzo Wolf ainsi que son bureau avaient été perquisitionnés avec la plus extrême minutie. Ses dossiers examinés, décortiqués même, car, comme chacun et chacune le sait, le diable se cache toujours dans les détails.

Personne ne l'avait vu quitter son bureau du palais de justice ni aperçu sur le trajet qu'il empruntait tous les jours pour rentrer chez lui. Personne non plus ne l'avait vu entrer ou sortir de son immeuble. Personne ne se souvenait avoir vu ou pas de la lumière dans son appartement, le soir et la nuit de sa disparition. Personne n'avait rien entendu, ni pas ni voix ni musique. Rien. De même, personne ne se souvenait l'avoir croisé le lendemain matin.

À croire qu'Enzo Wolf s'était volatilisé. C'était même à se demander s'il avait jamais existé.

Les enquêteurs avaient cependant acquis la certitude, l'une des rares dans ce dossier, qu'il n'avait pas mis les pieds dans son appartement après avoir quitté son bureau. Sa serviette – que ces collègues avaient fort bien décrite – restait introuvable. De même, il semblait ne pas avoir dîné là ni pris de petit déjeuner. Selon les dires de sa femme de ménage, il lavait rarement sa vaisselle, laissant traîner son linge sale, ne faisant jamais son lit, transformant la salle de bains en piscine après chacun de ses passages ! Or, l'appartement était tel qu'elle l'avait laissé vingt-quatre heures plus tôt. Seule note discordante dans cette déduction échafaudée par les enquêteurs : les clés. Elles étaient restées dans la serrure, à l'intérieur, et seules les empreintes d'Enzo Wolf avaient été relevées sur le trousseau, ce qui aurait pu laisser penser en toute logique que le juge avait fait un bref passage chez lui. Mais sur ce point, les enquêteurs avaient une réponse, un élément qui leur permettait d'envisager le pire et qu'il leur fallait cependant encore vérifier...

La presse avait fini par apprendre cette disparition pour le moins étrange. Et quand un magistrat disparaît, surtout en Italie où l'on voit partout la main de la Mafia, cela fait rapidement la une des journaux. Ce qui fut le cas, bien que le juge Enzo Wolf n'ait eu aucun dossier sensible entre les mains et qu'il n'en avait jamais eu. Il n'empêche. Ce fut le début d'un feuilleton à rebondissements au cours duquel la presse à sensation rivalisa d'imagination à défaut d'obtenir des informations dignes d'intérêt. Conséquence, le ministère de la Justice passait son temps à démentir les inepties débitées à longueur de colonnes.

L'intérêt soulevé par cette affaire aurait pu s'essouffler plus rapidement si le quotidien romain *Il Messaggero* ne l'avait pas spectaculairement relancée. Le journal, citant une source proche de l'enquête, affirmait que les policiers avaient fait une découverte pour le moins déconcertante : une phrase *« écrite en lettres de sang »* sur un mur de l'appartement du juge. Sang dont on ne savait encore s'il appartenait ou pas à Enzo Wolf. Cette phrase, en français, toujours selon *Il Messaggero* décidément bien informé, était la suivante : « Dieu ! La voix sépulcrale des djinns ! » Il n'avait pas fallu longtemps aux enquêteurs, de même qu'au journaliste, pour découvrir qu'il s'agissait d'un vers extrait d'un poème de Victor Hugo.

Cette fois, il n'y eut ni démenti ni confirmation de la part du ministère de la Justice, ce qui eut pour effet immédiat de relancer l'intérêt de la presse, jamais avare de superlatifs, pour une affaire judiciaire « hors du commun », laissant espérer une augmentation substantielle des tirages.

Évidemment, personne ne fut capable de comprendre la signification de cette phrase. Quel rapport pouvait-il bien y avoir entre les djinns et ce juge Enzo Wolf qui n'avait jamais fait parler de lui ? Cela n'expliquait en rien sa disparition, voire son assassinat. En effet, les doutes devinrent un peu plus une certitude quand les résultats des analyses furent enfin révélés, de nouveau par *Il Messaggero* : le sang avec lequel avait été tracée chacune des lettres de la mystérieuse phrase appartenait bien au juge Enzo Wolf. Cela ne prouvait pas de manière incontournable qu'il était mort mais cela n'engageait pas non plus à l'optimisme !

Après ce dernier scoop, faute de pouvoir renouveler leurs stocks de révélations, ou tout simplement à cours d'imagination, les journalistes abandonnèrent peu à peu l'affaire, espérant des jours meilleurs. Ils n'allaient pas tarder.

En attendant, Enzo Wolf restait introuvable.

DIRE QUE PENSEC FIT IRRUPTION dans le bureau de Gorin serait un euphémisme. Son apparition soudaine tenait du vortex dévastateur. Le jeune lieutenant fit le tour de la pièce, ses bras imprimant de larges moulinets dans l'espace semblant combattre un ennemi invisible, poussant des petits cris, dansant entre les bureaux, se cognant au dossier de la chaise de Garnier, renversant au passage une multitude d'objets dont un pot de fleurs et son contenu sur des procès-verbaux fraîchement imprimés... Une sarabande, une danse de Saint-Gui, un flamenco endiablé sans musique ni castagnettes !

L'un des tibias de Pensec finit par heurter un tiroir grand ouvert. Il ne put éviter la chute, fit un magnifique vol plané, tête la première dans le couloir. Gorin et Garnier se regardèrent, bouche bée, ne sachant s'il fallait rire ou pleurer devant le spectacle que venait de leur offrir la nouvelle recrue de la Crim.

Gorin se pencha par-dessus son bureau et lança un timide : « Ça va, Pensec ? » Celui-ci resta assis quelques secondes sur le seuil de la porte, tournant la tête à droite, à gauche, la levant, la baissant, semblant chercher quelque chose avec un regard angoissé et les lèvres pincées, prêt à en découdre.

– Oh ! Pensec, ça va ? demanda de nouveau Gorin.

Mais le lieutenant paraissait ne pas encore avoir recouvré toute sa raison. Alors Garnier se leva et l'aida à se mettre debout en le soulevant par les aisselles.

– Qu'est-ce qui t'arrive, mon gars ?

– Un papillon, murmura Pensec encore sous le choc, un papillon.

– Comment ça, un papillon ? demanda Gorin interloqué par la réponse du lieutenant. Vous vous foutez de nous ou quoi ? Faut vous faire soigner, ça devient grave !

– Mais non, pardon. Je suis vraiment désolé. Je sais, c'est dur à croire mais... voilà... enfin... je...

– Enfin quoi ?

– Voilà... J'ai la phobie des papillons, dit Pensec d'une traite, dans un souffle.

Pour toute réponse, un silence pesant s'abattit autour des trois policiers.

– C'est ça, vous vous foutez de notre gueule ! dit Gorin.

– Pas du tout ! hurla presque Pensec. C'est tout ce qu'il y a de plus sérieux. J'ai bien dit « phobie », pas « peur ». C'est pas pareil, ça se contrôle pas, une phobie, ça se subit.

– Ouais... mais ça se soigne aussi. Faudrait peut-être que vous vous penchiez sur la question avant de finir dans un asile, dit Gorin. On n'est pas au cirque, ici !

– C'est vrai, ajouta Garnier, adoptant un ton conciliant. Tu devrais peut-être faire quelque chose, non ?

– Peur des papillons, maugréa Gorin. Vraiment !

– Pas peur ! Phobie ! s'insurgea encore Pensec. Certains supportent pas les insectes ou les araignées ou les souris. Eh bien, moi, c'est les papillons... point barre !

Gorin préféra se rasseoir sans un mot en dodelinant de la tête.

– Bon, dit Garnier, ça va. Tu ranges ton merdier et tu disparais.

– Vous allez venir avec moi, ajouta Gorin. Ça vous fera prendre l'air.

– On va où ? demanda Pensec.

– Essayer d'en savoir un peu plus sur Pralin.

Les bureaux de l'ONG Human Help étaient installés sur l'île de la Jatte, à Neuilly. Au lieu de suivre la Seine par les quais rive gauche jusqu'au pont de Courbevoie, Gorin avait eu l'envie de passer par la place de la Concorde, de remonter les Champs-Élysées jusqu'à l'Arc de triomphe, puis de suivre l'avenue de la Grande-Armée et de traverser la Porte Maillot avant d'emprunter le boulevard Bineau finissant sur l'île de la Jatte. « Pas une bonne idée à cette heure-là », avait jugé Pensec sans rien ajouter, sachant que sa remarque avait toutes les chances de provoquer l'agacement de Gorin. Mais à sa grande surprise, celui-ci reconnut qu'il avait oublié les préparatifs du 14-Juillet. On installait déjà la tribune présidentielle au pied de l'obélisque, là où le défilé militaire devait se scinder en deux colonnes, après avoir descendu la plus belle avenue du monde. Il n'en fallait pas plus pour désorganiser la circulation. Et quand la place de la Concorde tousse, une grande partie de la capitale s'enrhume. On était proche du *collapsus*. « Le gyro ? » suggéra timidement Pensec, craignant de nouveau d'essuyer une remarque cinglante et toujours vexante de son chef de groupe. « Non », dit simplement Gorin sans tourner la tête. Pour une fois, Pensec s'en sortait bien. De toute évidence, Gorin ne l'aimait pas. Il ne fallait pas être devin pour le comprendre. Il était devenu sa tête à claques, sa tête de Turc, sa bête noire, sa cible préférée. Et malgré tout, Pensec avait de l'admiration pour ce policier dont la réputation avait franchi les murs du Quai des Orfèvres, jusqu'à l'école de police où l'on décortiquait ses plus belles enquêtes, étant entendu que les plus belles étaient toujours celles qu'il avait élucidées. Gorin, lui, au contraire, aimait évoquer avec les hommes de son groupe les rares dossiers qu'il n'avait jamais pu refermer : ces affaires mal goupillées, dès le départ, et ce, quelles qu'en fussent les raisons. Il n'y en avait pas tant que cela. « Mais un bon enquêteur, disait souvent Gorin, doit d'abord se souvenir de ses échecs et en tirer des enseignements. Il faut l'accepter et savoir se remettre en cause. C'est vrai dans beaucoup de jobs mais n'oubliez jamais qu'au centre de notre boulot de flic, surtout à la Crim, il y a des hommes et des femmes. Une bonne ou une mauvaise décision peuvent changer le cours d'une vie. Ne l'oubliez jamais... » Ce type de discours n'était pas fréquent, au Quai des Orfèvres ou ailleurs. Pensec, sous ses airs de jeune chien fou, y avait été sensible tout en feignant ne pas l'entendre. Oui, il admirait Gorin et avait le secret désir, un de ces jours, de l'épater, de lui entendre dire que lui, Pensec, était un bon flic. Une chose l'inquiétait néanmoins. Ce boulot, pensait-il, est un prédateur redoutable, il peut vous bouffer l'existence, la rogner jusqu'à l'os, la réduisant à l'état de guenilles. Et l'on ne fait rien avec des lambeaux de vie. Il redoutait de finir seul, comme Gorin. Ou dans l'alcool comme d'autres. Mais il savait déjà que la police, la PJ, ne pourrait jamais être sa seule famille.

– Et qu'est-ce qu'on va faire sur l'île de la Jatte ? demanda Pensec.

– Vous n'avez pas lu le dossier ? répliqua Gorin.

Pensec serra les dents, gardant les yeux fixés sur le pare-brise. « Pan ! Dans les dents ! pensa-t-il. Celle-là, je l'ai pas ratée... »

– Souvenez-vous, poursuivit Gorin sans hausser le ton. Le Père-Lachaise... Qu'est-ce qu'on a fait à la sortie ?

– On a relevé les noms.

– Exact. Et parmi ces noms, il y en avait deux travaillant pour une organisation humanitaire, Human Help.

– Et elle se trouve sur l'île de la Jatte.

– Oui. Mais c'est pas tout. Vous ne vous souvenez pas d'avoir lu quelque part que Pralin avait légué une partie de sa fortune à cette association ?

– Je reconnais que non. Je ne m'en souviens pas.

– Parce que vous n'avez pas lu le dossier. Si vous voulez courir après les voyous ou si vous avez besoin d'action, choisissez une autre brigade comme la BRB[1] ou l'Antigang. À la Crim, quand une affaire n'avance pas, faut pas avoir peur de se plonger dans les dossiers, de lire et de relire les dépositions, les PV de constatations, les conclusions du labo, etc. Il suffit parfois d'un détail pour relancer une affaire, pour trouver une piste.

– Oui, évidemment. Et qu'est-ce qu'il a laissé, Pralin, à cette association ?

– Des choses intéressantes. Un château, pas mal d'argent et des lingots. Il y en a pour plusieurs millions d'euros.

Pensec émit un sifflement d'admiration. Ils avaient fini par traverser la place de la Concorde et venaient de franchir le

1. Brigade de répression du banditisme.

rond-point des Champs-Élysées. L'Arc de triomphe se rapprochait. Lentement.

– Et cette histoire de papillon, c'est bidon ? demanda Gorin.

– Je vous jure que non, sur ce que j'ai de plus cher. C'est une phobie tout ce qu'il y a de plus... phobique ! Non, vraiment croyez-moi, c'est pas drôle. Parfois ça m'a même mis dans des situations compliquées. Vous voulez que je vous en raconte une ?

– Allez-y. Je vous écoute.

– Je venais de rencontrer ma copine. Un week-end, on est invités chez des amis à elle à la campagne. Ses meilleurs amis. Moi, c'est la première fois que je les voyais. Le matin, je vais prendre ma douche. Quand je sors de la cabine, je tombe sur un énorme papillon ! Un monstre ! Vous savez, moi, dans un papillon, c'est la tête que je vois et je ne vois que ça. Regardez bien la tête d'un papillon, vous comprendrez, c'est monstrueux ! Donc je sors de la cabine de douche. J'essaie d'éloigner cette saloperie mais putain, y me colle ! Alors je sors de la salle de bains avec une serviette autour de la taille et je me retrouve avec le papillon à mes trousses dans le couloir. Je vous jure, il ne voulait plus me quitter ! Alors je prends la serviette que j'ai autour de la taille et j'essaie de le dégommer. Du coup, je me retrouve à poil dans le couloir sans m'en rendre vraiment compte ! Et le papillon est toujours là ! J'ai beau essayer de le fouetter avec ma serviette, il est toujours là ! Je le vois encore avec ses deux yeux sur les ailes. J'en ai des frissons. Alors je repère une porte, ni une ni deux, je l'ouvre. Je m'engouffre dans la pièce, je ferme la porte. C'était gagné, le papillon était resté dans le couloir. Je décide de souffler cinq minutes avant de tenter une sortie. Et là, j'entends une voix qui me dit : « Que vous arrive-t-il ? » Je vous le donne en mille, j'étais dans la chambre des amis de ma copine ! Elle, encore dans son lit et lui... absent ! Et moi, là, debout, comme un con, à poil avec ma serviette à la main !

Gorin souriait de toutes ses dents, ce qui était assez rare.

– Et qu'est-ce que vous avez fait ? demanda-t-il.

– Attendez, c'est pas fini. Je suis là, bafouillant une excuse à la con et j'ai même pas le temps de réaliser que je suis à poil quand la porte s'ouvre ! Oui, vous avez deviné : le mari ! Vous imaginez la scène ? Là, je reprends mes esprits et je remets ma serviette. Le plus extraordinaire, c'est que personne ne dit un mot. Alors, je reprends quand même mes esprits. J'explique ma phobie des papillons autant qu'il est possible de le faire dans un moment pareil. Puis la course-poursuite, la première porte qui se présente, etc. Enfin, je m'excuse, rougissant jusqu'aux oreilles, et je m'éclipse alors que les deux amis de ma femme explosent de rire. Je les entends encore !

– Excellent... excellent, ne cessait de répéter Gorin qui riait de bon cœur.

Près d'une heure après avoir quitté le Quai des Orfèvres, Gorin et Pensec se garaient enfin devant les bâtiments abritant Human Help. Une maison de deux étages de construction récente, sans style, une horreur comme on sait si bien les construire aujourd'hui.

– On a rendez-vous avec qui ? demanda Pensec.

– Avec personne. Dans la mesure du possible, je préfère arriver comme ça, sans crier gare, quitte à me casser le nez, répondit Gorin. C'est toujours intéressant de voir l'effet que produit l'arrivée inopinée d'un policier. Il y a toujours un effet de surprise et là, ajouta Gorin l'œil malicieux, il faut observer les regards, les réactions, ne rien rater. Essayez de vous comparer au sonar d'un sous-marin. Vous êtes dans le noir, à la recherche du moindre obstacle, et peut-être que vous entendrez un bip-bip qui viendra vous chatouiller les neurones. Vous en avez ?

– Pardon ? dit Pensec.

– Des neurones, vous en avez ?

Devant la mine déconfite du lieutenant, Gorin sourit ajoutant qu'il ne faisait que plaisanter.

– Pour répondre à votre question, dit encore Gorin, il faut qu'on voie deux types. Le patron, Claude Muller, et un autre responsable, un certain Charles Gramont. Ils étaient tous les deux à l'enterrement.

Les deux policiers gravirent les quelques marches menant à une porte vitrée s'ouvrant sur le hall d'entrée de l'association.

De grosses cantines blanches en fer, frappées du logo de Human Help représentant une mappemonde rouge sur laquelle poussait un palmier vert, étaient empilées contre un mur. Il y avait de nombreuses affiches rappelant les différentes missions de l'association, essentiellement en Afrique : contre la famine au Darfour ou au Nord-Kivu, contre la sécheresse au Sahel, pour la construction d'écoles au Burkina et un projet agricole dans un bidonville du Kenya.

– On a l'impression que toute la misère du monde s'est donné rendez-vous ici, remarqua Pensec.

Cette observation n'arracha aucun commentaire à Gorin. Il n'avait pas entendu. Il jetait des coups d'œil rapides balayant l'espace, comme s'il avait voulu percer un secret quelconque caché à l'intérieur des murs, scellé dans le ciment liant chaque parpaing. Il ressemblait à ces chiens de chasse, nez au vent, dessinant de larges cercles dans les labours alors que l'automne vient de s'installer.

Une jeune femme se présenta. Elle paraissait plus grande qu'elle n'était en réalité. À cause de sa minceur sans doute et de la souplesse qu'exprimait son corps à chacun de ses mouvements.

– Laissez-moi deviner, dit le lieutenant avant même que Gorin n'ait eu le temps de se présenter. Vous êtes somalienne...

– Perdu ! dit la jeune femme en souriant. Vous n'étiez pas loin. Je suis érythréenne. L'Érythrée, c'est entre le Soudan et l'Éthiopie, ajouta-t-elle sans laisser à Pensec le temps de lui poser la question.

Gorin enchaîna, souhaitant interrompre la discussion.

– Bonjour, mademoiselle, dit-il. Nous sommes policiers et nous souhaitons voir Claude Muller.

– Suivez-moi, dit-elle. Je ne sais pas s'il est là.

Et ils la suivirent. Pensec ne la quittait pas des yeux.

– La prochaine fois, chuchota Gorin dans l'oreille du lieutenant, vous la fermez et vous me laissez parler. C'est clair ?

Pensec hocha simplement la tête, apparemment incapable de détacher son regard de la jeune femme.

Ils empruntèrent un couloir puis montèrent au premier étage en escaladant un escalier en colimaçon à l'étroitesse inhabituelle. Le bureau du patron de Human Help était au fond d'une grande pièce, derrière des parois vitrées. La jeune femme les abandonna entre les mains d'une secrétaire qui faisait aussi office de standardiste.

– Merci, Askalu. Vous avez rendez-vous ? demanda celle-ci, avant de décrocher un téléphone.

– Non, répondit Gorin.

– Je vais voir si M. Muller peut vous recevoir. Qui dois-je annoncer ?

– Brigade criminelle, annonça Gorin en présentant sa carte tricolore.

– Et c'est pour ?

– Confidentiel.

Claude Muller les reçut immédiatement. C'était un grand type, au physique sec et nerveux, le visage taillé à la serpe, aux pommettes saillantes surmontant des joues creuses qui lui donnaient un air d'ascète un peu inquiétant. L'impression était renforcée par des yeux noirs en perpétuel mouvement. Rien dans son comportement ne trahissait la moindre surprise ni la moindre trace d'émotion ou d'inquiétude devant les deux policiers. Il leur proposa de s'asseoir et leur fit servir un café. Après quelques considérations sur l'association en particulier et l'aide humanitaire en général, Claude Muller marqua un temps de silence.

– Je vous attendais, dit-il. C'est à cause de la mort de Louis de Pralin, n'est-ce pas ?

– Oui, répondit Gorin. Nous avons besoin d'éclaircir pas mal de zones d'ombre. Vous pouvez peut-être nous aider.

– Bien sûr, dit Claude Muller. Bien volontiers.

– D'abord, à propos de cette donation que vous a faite Louis de Pralin. Elle vous a surpris ?

– Oui et non. Je m'explique. Oui, parce que nous n'avions pratiquement plus aucun contact avec Louis depuis des années. Et non, parce que Louis et moi ainsi que d'autres membres « historiques » de l'association étions très proches. Pour être précis, Louis faisait partie de ceux qui ont créé Human Help, il y a maintenant environ vingt ans.

– Cela ne correspond pas vraiment à l'image qu'il renvoyait, ni à sa réputation.

– Je ne sais pas quelle était sa réputation avant sa mort. Mais je suis d'accord. Louis a toujours eu ce côté... comment dirais-je ? ce côté flamboyant et grand seigneur. Et c'est ce côté-là qui a fini par s'imposer. Nous avons pas mal voyagé à une époque, il y a plus de vingt ans comme je l'ai dit, et je dois reconnaître que son comportement sur le terrain ne correspondait pas à ce que l'on peut attendre dans une association humanitaire.

– C'est-à-dire ?

– Eh bien... Disons qu'il avait été mal élevé et qu'il avait quelques difficultés à se plier aux contraintes du terrain. Pour caricaturer, je dirais que l'aventure au milieu des scrofuleux, les pieds dans la boue pour ne pas dire autre chose, ce n'était pas sa tasse de thé. Il faisait des efforts mais il ne supportait pas de devoir lutter contre sa nature profonde. Il abhorrait la proximité de la misère.

– On peut aimer les œuvres d'art et aider les autres...

– Oui, mais pas Louis, pas comme ça. C'était plus complexe... c'était un esthète. Il ne concevait pas le monde autrement qu'à travers une sorte de perfection esthétique, qu'il s'agisse d'un tableau, d'un meuble ou d'un homme ou d'une femme. Alors la famine, les guerres, la misère, le malheur, tout cela lui faisait horreur, le faisait fuir.

– Vous parliez de son éducation.

– Oui. Une famille d'aristocrates richissimes dans la plus pure tradition. Certaines de ces familles font de leurs rejetons des hommes remarquables, conscients de leurs droits mais surtout de leurs devoirs alors que d'autres, malheureusement, n'engendrent que des prédateurs arrogants qui érigent le luxe et le mépris des autres en principe de vie. Louis était entre les deux. Entre Charles de Foucauld et Monsieur...

– Que voulez-vous dire ?

– C'est ainsi que nous l'avions gentiment surnommé « Monsieur », en référence à Gaston d'Orléans, le frère de Louis XIII qui s'est toujours conduit comme un jean-foutre ! Quant à Charles de Foucauld, je ne vous fais pas un dessin.

– Non, merci. Ce ne sera pas nécessaire, répondit Gorin avec une pointe d'agacement, n'appréciant pas cette leçon d'histoire, lui qui la connaissait si bien. Vous n'aimiez pas Louis de Pralin...

– Détrompez-vous ! dit Claude Muller en souriant. J'avais beaucoup d'affection pour lui et j'ai toujours été déçu d'avoir perdu un bon copain, car on s'est beaucoup amusés ensemble, surtout pendant nos études. Nous avons eu une période difficile pendant laquelle on était plus souvent dans les boîtes de nuit et les bars à courir après les filles ou à faire le coup de poing pour un oui ou pour un non.

– C'est à ce moment-là que vous l'avez connu ?

– Oui. Sur les bancs de la fac.

– Où ?

– À Nanterre.

– Charles Gramont faisait partie de votre petit groupe ?

– Oui, tout à fait. Mais Charles nous a rejoints plus tard, à la fin de nos études. Mais sa vie est un peu plus compliquée. Il vous en parlera.

– C'est-à-dire ?

– Il vous en parlera.

– Certes, mais permettez-moi d'insister, nous ne sommes pas en train de deviser autour d'une tasse de thé. Nous sommes là parce qu'un homme a été assassiné. Alors je vous repose ma question : ça veut dire quoi, une vie un peu plus compliquée ?

– Eh bien, disons que je ne vous en ai pas parlé. Charles a eu un très grave accident au cours d'une de nos toutes premières missions. Il a failli rester paralysé. Il s'en est sorti, mais il en a gardé des séquelles et il n'a pas eu la vie qu'il aurait souhaitée. Pour les détails, vous lui demanderez. Mais il déteste en parler.

– C'était où, cet accident ?

– En Érythrée. Entre le...

– Entre le Soudan et l'Éthiopie ! l'interrompit Pensec, ravi de son intervention.

– Bravo, dit Muller, rares sont ceux qui savent où ça se trouve.

– Et que s'est-il passé ? demanda Gorin.

– Des tonneaux avec une jeep, en plein désert. À l'époque, le pays était en guerre contre l'Éthiopie. Charles a été éjecté. Cou brisé. C'est un miracle qu'il s'en soit sorti. Mais je vous dis, il vous le racontera mieux que moi. Sincèrement, je préfère.

– Et c'était bien un accident ?

– Tout ce qu'il y a de sûr, oui.

– Louis de Pralin était également là ?

– Oui, tout à fait. Ce fut d'ailleurs sa dernière mission. Je crois même qu'il n'a jamais remis les pieds en Afrique. Cet accident l'avait profondément choqué. Charles et Louis étaient très amis.

– Ils se voyaient encore ?

– Non, je ne crois pas. Pour être franc, je ne sais pas, vous lui demanderez.

– Que fait Charles Gramont, ici ?

– Gestion, contrôle financier, et, croyez-moi, dans l'humanitaire, c'est particulièrement complexe. Pire que dans une multinationale ! Il vous expliquera.

– Décidément, il va en avoir des choses à nous raconter, remarqua Pensec.

– Qui a pu tuer Pralin selon vous ? demanda Gorin.

– Comment voulez-vous que je le sache ? Je n'en ai pas la moindre idée ! Je vous l'ai dit, je ne voyais plus Louis depuis longtemps.

– Qu'allez-vous faire de son héritage ?

– Je ne sais pas encore. Mais ne vous inquiétez pas, on saura l'utiliser à bon escient. Ici, on a toujours besoin d'argent.

– Pouvons-nous voir Charles Gramont ? demanda encore Gorin.

– Je vais voir s'il est là.

Pensec n'avait pas beaucoup ouvert la bouche mais il avait tout noté dans son carnet prenant un air de collégien appliqué. Pendant que Claude Muller téléphonait, Gorin s'était étonné devant les murs vierges de toute affiche, carte ou photographie. Le bureau lui-même était presque vide à part un ordinateur portable et quelques dossiers empilés.

– Désolé, dit le responsable de l'ONG en raccrochant le combiné du téléphone. Charles ne sera pas là aujourd'hui.

Gorin avait déjà son adresse mais pas son numéro de téléphone que Claude Muller lui remit. Les deux policiers allaient prendre congé quand Pensec, arrivant à la porte du bureau, s'arrêta et posa une dernière question.

– Les djinns, dit-il, ça évoque quelque chose pour vous ?

– Les djinns ? Ah ! non, pas vraiment. Ça devrait ?

– Non... non... C'était juste une question.

– Étrange question, ajouta Claude Muller en les raccompagnant jusqu'à l'escalier.

De retour dans la voiture, Gorin demanda à Pensec pourquoi il avait posé cette question.

– Pour voir sa réaction, répondit le lieutenant. Et malheureusement, il n'en a eu aucune.

– Pas d'accord, dit Gorin. Pas d'accord. Au contraire, il y a eu un silence, très court je vous l'accorde, mais un silence tout de même qui semble inhabituel chez cet homme-là. Vous l'avez troublé, Pensec, mais il a su remarquablement bien se maîtriser. Trop peut-être... Et puis surtout il ne vous a pas demandé pourquoi vous lui aviez posé cette question. Ça, ça me dérange.

– Et moi qui pensais me faire engueuler !

– Mais je vais vous engueuler ! Je ne vous ai pas fait venir pour que vous ne posiez que deux ou trois questions ! Vous auriez pu être un peu plus curieux ! En attendant, ajouta Gorin en mettant le contact, plus ça va et plus j'ai le pressentiment qu'il va nous falloir remonter dans le passé. Beaucoup plus loin que je ne l'aurais cru.

– Le flair légendaire du commandant Gorin ?

– Un peu de respect, lieutenant. Appelez ça comme vous vous voulez. Pour moi, c'est juste un pressentiment, une intuition.

– En tout cas, moi, j'ai du mal à imaginer ce Louis de Pralin en volontaire pour une organisation humanitaire.

– C'était il y a plus de vingt ans, Pensec. C'est long, vingt ans. C'est presque une vie. Tout peut arriver sur une si longue période. On change en vingt ans ! Il était jeune, il se cherchait comme on dit.

– Mouais... Reste que ce Pralin, si j'ai bien compris, il n'était pas fait pour crapahuter dans la savane ou la forêt vierge. Finalement, pour lui, tout était écrit. Apparemment, Muller savait que Pralin finirait comme il avait commencé, à savoir dans la soie, l'argent et les ors. Il n'avait pas l'air de lui en vouloir. Vous me direz, avec ce qu'il lui laisse !

– Bravo ! dit Gorin regardant Pensec sans cacher sa surprise. Pas mal... Continuez.

– Vous moquez pas !

– Non, sincèrement. Vous êtes sur la bonne voie. N'hésitez pas à réfléchir à haute voix. Ne craignez pas de dire une bêtise, c'est comme ça qu'on avance : on jette tout sur le tapis et on trie !

Pensec n'eut pas le temps d'ajouter un mot. Le téléphone de Gorin venait de sonner. Celui-ci appuya sur une touche en gardant une seule main sur le volant. « Oui », dit-il. Puis : « Bonjour... oui, moi aussi. » De nouveau il dit : « Oui. » Puis encore : « Oui, tout à fait. » Puis il y eut un silence. Gorin plissa les yeux avant de les rouvrir pour marquer son étonnement avant de dire : « Nom de Dieu ! Tu es sûr ? Où, dis-tu ? D'accord ! Merci mille fois. Oui, moi aussi. À plus. Je t'embrasse. » Puis il raccrocha, avant de mettre le gyrophare et le deux-tons, pied au plancher.

– Que se passe-t-il ? demanda Pensec. Du nouveau ?

– Et comment !

Il ne venait dans ces bois qu'au début de l'automne. À cause des champignons, quand la terre était suffisamment humide et exhalait ce parfum acre si caractéristique de cette saison. Il avait eu l'idée de venir ici en plein été non seulement pour promener son chien mais aussi et surtout pour y trouver un peu de fraîcheur à cause de cette canicule qui n'en finissait plus d'assécher toute l'Europe. Et l'Italie n'était pas la moins épargnée. Cela dit, avec ses rhumatismes, il préférait la chaleur au froid ou à l'humidité. Quelques degrés en moins auraient tout de même été préférables.

Comme il en avait pris l'habitude, son chien avait disparu dans les taillis. C'était un ratier qui n'aimait rien tant qu'aller mettre sa truffe là où personne ne pouvait mettre les pieds, toujours à la recherche d'une proie à débusquer au fond de son terrier. Il était teigneux, l'animal, mais fidèle et affectueux comme pas deux.

Évidemment, il ne pouvait pas le suivre dans ces fourrés impénétrables. Il se contentait de l'appeler ou de le siffler. Et il revenait toujours. Sauf ce matin-là. Il entendait bien ses aboiements, lointains, résonnants, rebondissant sur les troncs, venant d'au-delà les rideaux d'arbres qu'il pouvait encore discerner malgré leur éloignement, mais le chien ne répondait ni à son nom ni au coup de sifflet. Alors il se résigna à quitter le sentier et à le rejoindre en contournant les fourrés trop épais et hérissés d'épines assez longues pour percer la semelle de ses chaussures ou déchirer ses vêtements.

Les aboiements ne cessaient pas. Des aboiements d'excitation. Il avait trouvé quelque chose, cela ne faisait aucun doute.

Il connaissait bien son chien et savait reconnaître à la façon qu'il avait d'aboyer s'il était en difficulté, s'il jouait ou si, justement, il était sur le point de s'offrir un festin.

Même en contournant les épineux, il lui fut extrêmement difficile de rejoindre son ratier qui allait finir par s'endommager les cordes vocales à force d'aboyer comme ça ! Puis, les aboiements cessèrent. Il entendit alors du bruit dans les taillis. C'était le chien. Il l'avait senti. Il revenait vers lui, galopant à perdre haleine pour le conduire probablement jusqu'à sa découverte. « Certainement pas un animal, se dit-il, il ne l'aurait pas abandonné aussi vite. À moins qu'il ne soit déjà mort. » Effectivement, le chien lui déboula dans les jambes, semblant au comble de l'excitation. « Mais oui, je te suis. Allez, va ! Va ! » Et il le suivit pour autant qu'il pouvait encore apercevoir sa silhouette tachetée dans la broussaille enchevêtrée.

Il marcha, écartant les ronces à coups de bâton, guidé par son chien qui avait repris ses aboiements, encore une bonne dizaine de minutes avant de déboucher dans une clairière qu'il ne connaissait pas. Pas plus que la cabane de rondins et de planches, blottie au pied d'un chêne centenaire. Le ratier lui tournait maintenant autour, faisant des petits bonds, visiblement impatient de pénétrer dans la cabane.

Il se méfia. Comme ça, parce qu'il faut être prudent devant l'inconnu. Il en avait toujours été ainsi. Et, à plus de 70 ans, il n'avait jamais eu à s'en plaindre.

Une drôle d'odeur. Il y avait une drôle d'odeur autour de cette cabane. Cela venait de l'intérieur. Une odeur de brûlé pas ordinaire. Il aurait été incapable de la décrire. Et rien qu'à cause de cette odeur, sans qu'il pût expliquer pourquoi, il hésitait à pousser la porte déjà entrebâillée. Mais le chien, lui, n'y résista plus. Lassé d'attendre son maître, il se faufila.

Il l'entendait fureter à l'intérieur. Puis le chien ressortit, visiblement calmé, regardant son maître, semblant lui dire que la route était libre, qu'il pouvait entrer à son tour dans cette étrange cabane perdue au fond des bois. Il remarqua la truffe de son chien, tachée de noir, ainsi que ses pattes. Cela ressemblait à de la suie. Après tout, qu'avait-il à craindre ? Cette cabane, certes sinistre, semblait néanmoins ne représenter aucun danger. À son tour, il poussa la porte et l'ouvrit en grand afin d'y laisser pénétrer le plus de lumière possible. Malgré cela, la pénombre l'emportait. Une fois à l'intérieur, il attendit que ses yeux s'habituent à l'obscurité. Le chien se tenait entre ses jambes, curieusement plus inquiet que lorsqu'il y était entré seul. Le rai de lumière était maintenant suffisant pour qu'il pût enfin découvrir, parfois deviner, l'intérieur de la cabane.

Sur sa droite, il y avait une table de guingois, grossièrement montée avec des planches de bois. Dessus, il y avait un objet. Il s'approcha et vit tout de suite qu'il s'agissait d'une serviette en cuir marron avec, posés juste à côté, une seringue vide et un petit pistolet. Il prit la sacoche et ressortit pour l'examiner. Il souffla sur la mince couche de poussière qui la revêtait. Le cuir, à certains endroits, était lustré et cette patine donnait au porte-documents un cachet supplémentaire. Il dut se baisser pour la faire sentir au chien qui réclamait une part du butin. Il garda la serviette sous le bras puis entra de nouveau dans la cabane. Cette fois, ses yeux s'habituèrent un peu plus rapidement à l'obscurité. Alors, il discerna une forme sombre, au centre de la pièce, s'approcha et crut d'abord se tromper. Mais en y regardant de plus près, puis en se penchant, il dut se rendre à l'évidence. Alors, il se releva précipitamment, fit quelques pas en arrière, incapable de détacher ses yeux de cette masse sombre, le souffle court, cherchant un endroit où s'appuyer, manquant de tomber avant de retrouver la sortie. « Mon Dieu, dit-il à voix haute, quelle horreur ! Quelle horreur ! » Puis, il s'accroupit pour caresser son chien qui avait retrouvé tout son calme. Il se releva. Il retourna dans la maison, arracha le semblant de volet qui cachait l'unique fenêtre. La lumière se fit plus vive à l'intérieur et cette fois ses yeux n'eurent aucune difficulté à percer la pénombre. Le spectacle n'en fut que plus insoutenable.

Au milieu de la cabane, reposant sur un lit de cendres, il y avait un corps calciné, tout noir, tout recroquevillé dans un dernier spasme, la bouche grande ouverte sur le néant. Il avait les mains dans le dos, des lambeaux de corde pendant autour des poignets. Et des chevilles aussi. Debout près du corps, le vieil homme se signa alors que le chien avait la truffe dans la cendre à la recherche d'on ne sait quelle odeur.

C'est ainsi que fut découvert, trois semaines après sa disparition et par le plus grand des hasards, le corps du juge Enzo Wolf.

GORIN, GARNIER ET PENSEC étaient debout, entourant Lenoir, assis à son bureau, un journal déplié devant lui. Il lisait un article. Quand il eut fini, il releva la tête et regarda les trois policiers, l'air incrédule.

– Ça alors, dit-il, j'ai bien lu ce que je viens de lire ?

– On l'a lu avant vous, dit Garnier, et on a bien lu la même chose !

– *Il Messaggero*, c'est ça ? demanda Lenoir en cherchant la première page du quotidien italien.

– Oui, acquiesça Gorin.

– Et vous dites que c'est une amie à vous qui a mis le doigt dessus ?

– Exact. Son patron va fréquemment en Italie et il revient souvent avec des journaux qu'il laisse traîner dans son bureau. Elle lit l'italien et elle y jette toujours un œil. Elle m'a appelé alors qu'on sortait avec Pensec des locaux de l'ONG Human Help où on venait de parler à Claude Muller, le patron.

– Faudra changer votre version pour le juge si vous ne voulez pas qu'il vous poursuive pour violation du secret de l'instruction !

– C'est pas un problème. On lui dira que c'est grâce à un de nos contacts dans la police italienne.

– Je n'y vois pas d'inconvénient, dit Lenoir. En attendant, c'est proprement hallucinant. Découvrir cette phrase dans un journal italien ! Je n'en reviens pas.

– Je ne vous le fais pas dire, apprécia Gorin.

– Un vrai coup de bol, non ? C'est un signe, ça. On va bien finir par la résoudre, cette affaire. Et selon votre amie, l'article parle de la disparition inexplicable d'un juge, c'est ça ? Et la phrase, on l'a découverte dans son appartement ?

– Oui, c'est ça, tracée avec du sang, celui du juge apparemment. Comme sur la cheminée de Pralin.

– *« Dieu ! La voix sépulcrale des djinns ! »* Et vous avez vérifié ? Il s'agit bien du même poème de Victor Hugo ?

– Oui, le premier vers de la cinquième strophe.

– Merde alors. On est devant quoi, là ? Un tueur en série qui a trop lu de romans ?

– Je ne sais pas, répondit Gorin.

– Mais quel rapport entre – comment vous dites ? –, ce Enzo Wolf et notre Louis de Pralin ?

Pour toute réponse, Lenoir eut droit à un silence pesant.

– Bon... Je vais joindre mon homologue à Rome. Je le connais bien, il parle un français impeccable. Mon coup de fil va le passionner ! Quant à vous, Gorin, vous pouvez déjà préparer vos valises. Vous partez pour la Ville éternelle. Qui sait ? On va peut-être lever un coin du voile. Garnier, trouvez tout ce que vous pouvez sur ce juge Wolf. Appelez le correspondant du SCTIP[1] à notre ambassade de Rome, il pourra peut-être vous filer un coup de main et puis comme ça, il n'ira pas se plaindre qu'on l'a pas tenu au courant !

Rome. D'autres auraient sauté de joie. Pas Gorin. Quitter les quais de la Seine relevait toujours de l'exploit. Pourtant, il savait que, une fois sur place, il serait heureux de découvrir cette ville, lui qui aimait tellement l'histoire. Ce n'est pas tant le fait d'être « ailleurs » qui le dérangeait mais plutôt le trajet. L'avion, pour être plus précis, qu'il avait en horreur. Jamais il n'aurait avoué sa peur, préférant évoquer sa claustrophobie. Que ce fussent douze heures ou simplement une seule passée dans une carlingue relevait du même supplice que seul le Xanax avait réussi jusqu'à présent à lui faire supporter. Personne n'était au courant de son « handicap » et il faisait tout son possible pour le cacher. Surtout à Pensec dont il avait raillé la phobie des papillons. Car comme

1. Service de coopération technique internationale de police.

lui, il aurait pu s'empresser de rectifier le tir si l'on avait appris son secret: j'ai bien dit «phobie»... Pas «peur»... Une phobie tout ce qu'il y a de plus phobique.

Avant de quitter le «36», il chargea le jeune lieutenant de se rendre chez Gramont le plus vite possible pour l'interroger. Il lui conseilla de pousser Gramont à aller le plus loin possible dans ses souvenirs, de ne pas le lâcher, de le contraindre à fouiller sa mémoire autant qu'il le pourrait, même au risque de le faire sortir de ses gonds. «Le secret de ce dossier est enfoui quelque part dans le passé, je le sens, je le sais, lui avait de nouveau répété Gorin. N'hésitez pas à le brusquer un peu, mais surtout restez correct. Un ton ferme n'empêche pas la politesse, au contraire, elle renforce l'autorité. Comme de garder son calme, ne l'oubliez jamais, la colère est une marque de faiblesse», avait-il ajouté. Pensec, ragaillardi par cette confiance toute nouvelle que lui témoignait son chef de groupe, s'était juré de ne pas le décevoir.

Gorin avait proposé à Évelyne de le retrouver chez lui. Elle l'attendait dans le hall d'entrée de son immeuble. Bien qu'elle en eût très envie, elle prit garde de ne pas se jeter dans ses bras, sachant combien il détestait ce genre de «manifestation publique». Alors, elle tendit ses lèvres. Contre toute attente, il l'embrassa de longues secondes, y prenant un réel plaisir, même là, dans ce hall d'immeuble, au «risque» d'être surpris par un curieux. Alors, elle osa passer ses bras autour de son cou en le serrant très fort. Il la prit par la taille et la serra aussi contre lui. Que se passait-il? Évelyne était-elle à l'origine de la mutation génétique du commandant Gorin, éternel célibataire, éternel solitaire? Était-ce sa découverte dans *Il Messaggero* qui lui valait cette soudaine démonstration de tendresse? Car bien évidemment, en aucune façon, elle ne se serait permise de parler d'amour. Avec un grand A. Ni même d'y penser. «Tendresse» lui paraissait donc mieux convenir à l'état de leur relation.

Enhardie par cette scène dans le hall de l'immeuble, alors qu'il ouvrait la porte de son appartement, Évelyne lui fit une proposition audacieuse. Gorin venait de lui annoncer qu'il devait partir à Rome et elle eut l'envie soudaine de l'accompagner.

– Impossible, répondit Gorin. Je vais là-bas pour une enquête, pas pour faire du tourisme.

– Tu pars devant et je te rejoins pour le week-end. Allez, ne sois pas buté !

– Et si je dois rentrer précipitamment ? Je t'abandonne sur place ?

– Ne t'inquiète pas pour moi, je saurai me débrouiller toute seule. Je suis une grande fille, tu sais.

– Non. Franchement, si ça se sait, j'aurais des problèmes.

– Tu sais bien que non.

– Ah ? Tu sais ça, toi ?

– Je sais seulement qu'un week-end ensemble à Rome n'est pas interdit par le code du travail. Je ne vois pas où est le problème. Dis plutôt que tu n'as pas envie de me voir. Ça aura au moins le mérite de la franchise.

– Mais pas du tout ! Bon, écoute, je pars là-bas, je vois comment ça se goupille et je t'appelle rapidement pour que tu aies le temps de prendre un billet. D'accord ?

– D'accord, répondit Évelyne, pas convaincue par la proposition de Gorin.

Ils passèrent la soirée ensemble. Et la nuit. Gorin ne sachant toujours pas quand il devait s'envoler pour Rome. Évelyne, quant à elle, se leva de bonne heure et partit sans même prendre un petit déjeuner. À 9 heures, Gorin reçut un appel de Lenoir. Celui-ci avait le ton des grands jours.

– Vous êtes bien assis ? demanda le patron de la Crim.

– Allez-y, dit Gorin, je vous écoute.

– Eh bien, nous avions la phrase. Il nous manquait le corps. Ils viennent de le retrouver ! Et vous savez comment il a été tué ?

– Brûlé ?

– Bingo ! Cramé dans une cabane perdue dans un bois au sud de Rome. Je viens de parler à mon ami Giancarlo Pantani. Il vous attend avec impatience. Apportez-lui le dossier. Le juge est d'accord. Vous avez un avion à midi.

Lui aussi était impatient d'être à pied d'œuvre malgré la perspective de passer deux heures enfermé dans une boîte de conserve. Mais il ne partageait qu'à moitié l'enthousiasme de Lenoir. Certes, découvrir une affaire présentant des similitudes avec le dossier Pralin à des milliers de kilomètres de l'île Saint-Louis avait un côté excitant. Cependant, rien n'indiquait que l'on s'approchait d'une solution. D'une certaine façon, pour le peu qu'il pût en juger, il avait même le sentiment de s'en éloigner.

Il appela Pensec pour s'assurer qu'il rencontrerait bien Gramont dans la journée. Il ne réussit à le joindre qu'une fois à l'aéroport, quelques minutes avant l'embarquement, déjà sous l'effet du Xanax. Le lieutenant avait une bonne et une mauvaise nouvelle à lui annoncer. La mauvaise était que Charles Gramont s'était absenté pour une dizaine de jours pour le compte de son ONG. Il était en Afrique. Pensec ne savait plus où exactement. La bonne nouvelle était que, en allant chez lui, il était tombé nez à nez avec la « beauté érythréenne », Askalu, croisée dans les bureaux de Human Help. Non seulement il avait passé une heure avec la jeune femme mais, en outre, elle lui avait parlé de Charles Gramont dont elle était (malheureusement avait rajouté Pensec) la maîtresse. Pensec n'avait pas eu le temps de lui en dire plus.

En suivant la file des passagers dans le soufflet conduisant à la porte de l'avion, le commandant de la Crim trouva étrange que Claude Muller n'ait pas évoqué le voyage de Charles Gramont en Afrique. « Pourquoi avoir seulement parlé de son absence ? » pensa Gorin. Un départ précipité ? Une urgence comme il peut y en avoir dans ce genre de boulot ? Possible. Arrivé à Rome, il demanderait à Garnier d'aller faire un tour dans les locaux de l'association, histoire de mettre la pression. Pour « voir », comme au poker quand on met tout sur la table, avec le trouillomètre à zéro parce qu'on ne sait pas ce qu'il y a dans le jeu de l'autre.

L'esprit de Gorin flottait dans la cabine. Il eut juste le temps de trouver son siège, de s'asseoir et de boucler sa ceinture avant de fermer les yeux. Pour la plupart de ses adeptes, le Xanax a un effet relaxant. Chez Gorin, il provoquait presque instantanément un sommeil profond.

Un sommeil profond et néanmoins toujours agité, peuplé de rêves étranges et de cauchemars. Cette fois-là comme les autres...

Il était nu, au milieu du Colisée. Il faisait nuit, des torches brûlaient au sommet des gradins allongeant sur le sable de l'arène les ombres d'une meute vociférante de gladiateurs, armés de tridents et de lances, d'arcs et de flèches, d'épées courbes ou droites, de filets et de boucliers, prêts à fondre sur lui. Il ne voyait que leurs yeux et leurs bouches haineuses à travers leurs casques mangeant le reste de leurs visages. Ils hurlaient des mots qu'il n'entendait pas. Tous tenaient dans une main un briquet crachant une torchère, comme celles que l'on voit brûler dans les champs de pétrole. Il faisait chaud, toujours plus chaud, la température ne cessant d'augmenter, l'air devenant de plus en plus étouffant. Le sable lui brûlait la plante des pieds, le contraignant à sautiller sur place pour ne pas succomber à une douleur rapidement insupportable.

Devant : les gladiateurs. Derrière : le mur de l'amphithéâtre. Il était pris au piège, quand soudain, fendant les rangs des arénaires toujours menaçants, apparut une femme à la peau noire comme l'ébène, portant ce casque à crête que l'on voit sur les statues personnifiant la déesse Minerve. Elle était immense, ses épaules dépassaient le sommet du Colisée. D'une seule main, elle saisit tous les briquets que lui tendaient, toujours hurlants, les gladiateurs. Il n'y eut plus alors qu'un seul briquet géant : un geyser de feu jaillit de sa main, rougissant le ciel, franchissant l'espace et tutoyant les étoiles. On se serait cru dans un four enflammant des milliers de galaxies jusqu'aux confins de l'Univers ! Puis, la déesse noire se pencha vers Gorin. Ses yeux n'étaient plus que deux boules de feu chacun de la taille d'un soleil. Elle approcha sa main d'où jaillissait l'enfer et voulut s'emparer du policier. Il eut juste le temps de disparaître dans une cabane en bois alors que sa peau commençait à grésiller sous l'effet des flammes lancées par la Minerve noire. Il se crut sauvé. Mais bientôt les murs de la cabane disparurent dans un scintillement de braises incandescentes. Il se réfugia dans le seul abri restant : une cheminée. Mais rien n'y fit. Les premières flammes lui léchaient les pieds. De nouveau, il entendit grésiller sa peau, sentant une odeur de cochon brûlé. « Ainsi, pensa-t-il, c'est de là que vient l'expression "Être cuit" ! » Il était cuit. Il allait mourir brûlé vif ! C'est à ce moment-là, alors qu'il se croyait perdu, qu'il reçut un coup violent sur la tête.

– Excusez-moi, lui dit une voix de femme. Je suis navrée. C'est mon sac, il m'a échappé.

Gorin ouvrit un œil. Des gens étaient debout dans le couloir, avançant à petits pas vers la sortie.

– Où sommes-nous ? demanda le policier en se frottant la tête.

– À Rome, répondit en souriant la femme qui venait de s'excuser.

ILS S'ÉTAIENT DONNÉ RENDEZ-VOUS dans un cybercafé du 18e arrondissement. Ils savaient qu'ils passeraient plus facilement inaperçus dans ce quartier bigarré de la capitale. De nouveau, elle lui avait rappelé de s'assurer qu'il n'était pas suivi. Une mesure de prudence qu'elle s'appliquait à elle-même. Aussi, lorsqu'ils s'aperçurent dans le café, firent-ils mine de ne pas se connaître, l'un surveillant les arrières de l'autre. Ils passèrent une quinzaine de minutes, assis chacun devant un écran. Elle fut la première à se lever. Il attendit qu'elle sorte pour bouger à son tour, avant de la suivre à distance dans la rue. Les trottoirs grouillant d'une foule de badauds se croisant dans un mouvement incessant, il craignit de la perdre de vue à plusieurs reprises, n'apercevant plus par instants que le sommet de ses cheveux. Crainte d'autant plus vive qu'il ne savait pas où elle le conduisait.

Depuis son retour, il louait une chambre dans un hôtel de second ordre de Barbès, non loin de la place Pigalle. Il honnissait ce quartier à ses yeux tout entier livré au stupre, à la concupiscence de la chair, au sexe dévoyé ainsi qu'en témoignaient tous ces sex-shops et autres boîtes à strip-tease s'étalant à longueur de trottoirs. Cela heurtait sa foi, profonde et exclusive. Il ne cessait de penser au jour où il pourrait enfin retourner chez lui et ne plus en partir, y trouver une femme et y fonder une famille. Et surtout oublier tout cela. Oublier le passé quand enfin leur vengeance serait assouvie.

Il eut juste le temps de la voir se dégager de la masse des passants et tourner dans une rue menant au pied du

Sacré-Cœur. Puis, elle longea les éventaires des marchands de tissus du marché Saint-Pierre avant d'emprunter un escalier abrupt, presque à la verticale, conduisant à la basilique. Elle gravissait chaque marche avec cette grâce particulière n'appartenant qu'à elle. Ils étaient seuls à cet endroit. Si quelqu'un les avait suivis, ils l'auraient immédiatement repéré.

Après avoir traversé un square, il vit apparaître la masse imposante des coupoles et du dôme central du Sacré-Cœur. Il leur fallut encore une quinzaine de minutes avant de se retrouver devant les portes de la basilique où se mêlaient touristes et fidèles.

C'était la première fois qu'il y pénétrait. L'émotion fut la même qu'à Saint-Pierre de Rome. Il aurait voulu y être seul. Dans le silence. Car s'il manquait quelque chose en ce lieu sacré, c'était bien le silence, ce qu'il appréciait par-dessus tout. Ici, régnait une rumeur rémanente, nourrie de bruits multiples : chuchotements ou voix étouffées, pas glissés ou talons claquant sur la pierre, froissements d'étoffes et crissements de pieds de chaises, portes se refermant ou s'ouvrant dans des grincements sinistres et pièces de monnaie atterrissant dans le fond des troncs...

Il avait toujours aimé s'isoler. Déjà, enfant, il lui arrivait de fuguer, de quitter les bancs de l'école de son village et de disparaître plusieurs jours pour jouir du spectacle apaisant que lui offrait le désert. À chaque fois, il revenait affamé mais jamais assoiffé sachant où se désaltérer. Il était orphelin et son absence n'inquiétait pas grand monde. Pour ne pas dire personne. Il aurait tant aimé ne pas être libre ! Tant aimé que l'on se souciât de le retrouver, de lui courir après, de le rattraper, de le punir !

Elle alla s'asseoir près d'un pilier. Il la suivit et s'assit à côté d'elle.

– Tu m'as manqué, lui dit-il.

– Toi aussi. Je suis tellement heureuse de te voir ! Que regardes-tu ?

– Ça, dit-il en désignant le plafond de l'abside. C'est extraordinaire !

– Oui. C'est une des mosaïques les plus grandes du monde.

– Extraordinaire ! Au centre, c'est Jésus ?

– Bien sûr ! En fait, ça représente ce que les chrétiens appellent la sainte Trinité.

– C'est-à-dire ?

– Tu es bien ignorant ! C'est-à-dire le Père, le Fils et le Saint-Esprit ! C'est ce que ça veut dire quand ils font le signe de croix.

– Tu sais, pour moi, Jésus, c'est juste un prophète. Je suis fatigué, ajouta-t-il après un court silence, sans détacher son regard du plafond. Bientôt tout cela sera terminé et nous retournerons chez nous. J'ai hâte de rentrer.

– Moi aussi, tu le sais. Mais nous nous sommes juré d'aller jusqu'au bout. Nous y sommes presque.

– Oui.

– Tout s'est bien passé en Italie ?

– Oui.

– Personne ne t'a vu ?

– Non.

– Comment peux-tu en être sûr ?

– Je le sais, c'est tout.

– Quand vas-tu à Nantes ?

– Dès demain.

– Tu as tout ce qu'il te faut ?

– Je suis prêt, comme à chaque fois.

– Alors, il faut aller vite.

– Oui. Et la police, tu sais où elle en est ?

– Non. Pas exactement, mais ils se rapprochent. Ils sont encore loin, mais ils se rapprochent.

– Après le toubib de Nantes, ce sera plus simple. Enfin, s'il t'accompagne comme prévu.

– Je suis sûre qu'il le fera. Il tient à moi. Il n'a rien d'autre à quoi se raccrocher. Il se ment. Au fond de lui-même, il sait que sa vie est un échec. Je suis la seule qui puisse lui faire croire qu'il a encore un avenir quelconque.

– Alors il viendra. Tu en es sûre ?

– Sûre !

– De toute façon, qu'il vienne ou pas, il finira comme les autres. J'espère seulement que ce sera chez nous. Ce ne serait que justice...

– Tu as raison. Pars, maintenant. Tiens, voilà un peu d'argent et un nouveau téléphone. Le numéro est inscrit dessus. Jette le tien. Moi, je garde le même. On se tient au courant, toujours d'abord par SMS ou par e-mail. On ne se parle pas, sauf si on ne peut pas faire autrement. D'accord ?

– D'accord. Fais attention à toi. Je n'ai que toi. Et que Dieu te garde...

– Dieu te garde aussi. Ne prends aucun risque inutile. Dès que tu en auras fini avec le toubib, tu fais comme prévu.

– Oui, ne t'inquiète pas.

– Dieu te garde, Hassan.

– Dieu te garde, Askalu, dit-il en se levant.

Il aurait voulu l'embrasser. Mais elle aurait refusé par prudence. Il remonta l'allée centrale en fendant le flot des visiteurs. Elle attendit qu'il sorte de la basilique avant de se lever à son tour.

Askalu n'avait pas l'esprit tranquille. Elle ressentait une sorte d'appréhension depuis la visite du policier. En lui déclarant que Charles était en voyage en Afrique, elle avait conscience d'avoir commis une erreur. Il était évident qu'il se renseignerait auprès de Claude Muller et que, de toute façon, il finirait par rencontrer Charles, lequel s'empresserait de lui dire qu'il n'avait pas quitté la France ! Et Charles, bien sûr, lui demanderait, à elle, une explication.

Que lui était-il passé par la tête ? La pression, peut-être, ou la peur. Elle n'avait pas réfléchi, pensant se débarrasser facilement du policier. Ce mensonge stupide, inutile, risquait d'éveiller ses soupçons. Askalu était cependant certaine que les enquêteurs, pour l'instant, n'avaient encore établi aucun lien entre elle-même et ce qui s'était passé, à Paris puis à Rome. C'était impossible. D'ailleurs, savaient-ils seulement ce qui était arrivé à Enzo Wolf ? Et quand bien même, elle et Hassan auraient bientôt quitté la France pour toujours.

Il lui avait fallu trouver au plus vite une explication à son mensonge. Mensonge qu'elle avait décidé de transformer en méprise. C'était aussi simple que cela. Sa maîtrise insuffisante du français lui avait fait comprendre de travers ce que lui avait dit Charles. Et, de toute façon, elle ne se préoccupait pas de connaître les moindres détails contenus dans l'agenda de son amant. Ils étaient certes liés mais pas encore mari et femme et ne vivaient pas ensemble ! Ils menaient chacun leur vie, chacun de leur côté. Il était libre de ses mouvements et elle des siens, ce qui expliquait pourquoi elle ne lui avait posé aucune question sur ce voyage comme d'ailleurs elle ne lui en posait jamais non plus sur le reste de ses occupations professionnelles ou autres... Voilà ce qu'elle dirait au policier, avec un beau sourire. En espérant que cela suffirait à endormir ses soupçons. S'il en avait...

Et Charles ? Il n'y aurait aucun problème avec lui. Elle en était convaincue. Il était amoureux, il avait baissé sa garde. Il se laisserait mener par le bout du nez, comme sous l'effet d'une drogue.

Jusqu'à présent, tout s'était passé exactement comme elle l'avait prévu. Hassan avait été parfait, ne commettant aucune erreur. C'est en tout cas ce qu'elle avait déduit de ce qu'il lui avait raconté. Il ne mentait jamais, surtout pas à elle. Et s'il avait commis une imprudence, une maladresse quelconque, il le lui aurait dit. À moins de ne pas s'en être rendu compte, ce qui n'était pas plus rassurant. Mais elle avait confiance en lui. Il ne l'avait jamais déçue. Et puis Hassan était toujours d'un calme étonnant, sachant garder son sang-froid en toutes circonstances. Ajouté à l'entraînement qu'il avait reçu lors de son passage dans l'armée et à ses capacités physiques, au-dessus de la moyenne, obtenues grâce à la course à pied, cela faisait de lui un homme solide et, par certains côtés, redoutable.

Askalu aimait cette idée de pouvoir se reposer, s'il le fallait, sur les épaules d'Hassan. Après tout, il était le seul homme qui ait jamais vraiment compté à ses yeux. Et elle savait qu'il était le seul à l'aimer d'un amour sincère et définitif. Et depuis si longtemps ! C'est grâce à lui qu'elle avait la force d'accomplir ce qu'elle « devait » accomplir au risque de se parjurer. Grâce à lui, elle atteindrait ce but ultime qu'elle s'était fixé. Avec lui, elle viendrait à bout de cette tumeur qui la rongeait, s'infiltrait, s'étendait en elle comme une toile d'araignée depuis tant d'années. Elle irait au bout de cette route au-delà de laquelle régnaient les ténèbres.

Trop d'images, trop de cris peuplaient sa mémoire. Elle n'en ressortirait pas indemne. Pour Hassan, ce serait différent, ce passé était plus diffus. Il n'en conservait que des effluves, là où Askalu en sentait encore l'odeur tenace. L'odeur de la mort, du chagrin et d'une malédiction qu'elle voulait à tout prix conjurer.

IL AVAIT MAL À LA TÊTE. À chaque pas, la douleur lui explosait dans la nuque, alors il fermait les yeux, croyant ainsi se soulager plus facilement. Mais ce n'était qu'une impression car la douleur ne disparaissait pas, s'amplifiant même au fur et à mesure qu'il accélérait sa course. À cet endroit, au bord de l'Erdre, les herbes étaient hautes et la progression difficile. Il était déjà tombé plusieurs fois, se prenant les pieds dans des racines ou un enchevêtrement de broussailles. Et à chaque fois il s'était relevé sans prendre le temps de se retourner. Il ne cherchait même pas à comprendre ce qui lui arrivait. Seul l'instinct de survie le poussait à courir, à aller toujours plus vite, autant qu'il le pouvait.

Il savait, il sentait, qu'« on » était sur ses pas, que l'autre n'était pas loin, reniflant sa trace comme le ferait un chien de chasse. Au lieu de s'enfuir, il aurait dû se battre, tenter de l'assommer. Mais il n'avait plus toutes ses facultés intellectuelles, sa capacité de réflexion avait été amoindrie par une drogue ; cela au moins, il en était sûr. Il n'était pas médecin pour rien. Alors, il s'était enfui comme un animal pris dans une nasse, paniqué, incapable de trouver son salut autrement que dans une fuite irraisonnée, dans un dernier sursaut dicté par l'instinct et non par la raison.

Rarement, une nuit fut plus claire. Avec ce ciel dégagé, piqueté de milliards d'étoiles scintillantes, et cette lune pleine, luminescente, presque aveuglante, on y voyait comme en plein jour. Pourtant, de nouveau, il perdit l'équilibre et disparut dans les hautes herbes. Ce n'est qu'en se relevant, reprenant sa course désespérée qu'il se rendit compte qu'il venait de perdre ses lunettes. Des lunettes de myope. Autant dire qu'il venait d'ajouter un nouvel handicap à sa situation déjà catastrophique. Mais l'essentiel était de courir, de courir vite pour échapper à son mystérieux agresseur.

Malgré la brume de laquelle il lui semblait ne pas pouvoir s'extraire, il savait où il se trouvait. Mais il n'aurait pas pu citer le moindre nom de lieu ; il savait simplement que cet endroit lui était familier et cela, pour l'instant, lui suffisait.

Il tomba de nouveau. Cette fois, sa chute lui arracha un cri. Sa cheville. Il avait ressenti une douleur à la cheville. Cette soudaine poussée d'adrénaline eut au moins l'avantage de le ramener sur terre sans pour autant dissiper le brouillard lui encombrant le cerveau. Peu à peu, il reprenait conscience. Il eut du mal à se relever, obligé de se mettre à genoux avant de se redresser sur une seule jambe. Mais sans point d'appui, déséquilibré, il partit à la renverse. Il se remit à genoux, vociférant, transpirant, la bouche pâteuse et ce mal de tête plus fort que jamais, l'oreille aux aguets, là, grotesque, à quatre pattes dans l'herbe, ne comprenant toujours pas ce qu'il lui arrivait.

Pas de bruit. Rien qui puisse l'inquiéter. Avait-il réussi à échapper à son agresseur ? Il resta encore quelques instants à quatre pattes. Puis il se redressa, sur une jambe, mais cette fois en évitant le déséquilibre. Sa cheville le faisait souffrir. Il comprit en voulant la reposer qu'il ne pourrait plus s'en servir. Qu'il ne pourrait plus courir.

Oui ou non avait-il réussi à échapper à son agresseur ? Nouvelle question. Toujours pas de réponse. Il tourna la tête dans tous les sens, balayant l'espace à 180 degrés. Rien. Il lui semblait être seul au monde. Il était plus près de l'eau de la rivière qu'il ne l'aurait pensé. Il lui fallait remonter vers la route, car il y avait une route, il le savait. Et des maisons. Peut-être même la sienne, croyait-il se souvenir. Non, mieux, maintenant il se souvenait : sa maison, il en venait. C'est ça ! C'est de là qu'il avait réussi à s'échapper. Tout lui revenait lentement. La façade, c'était bien celle de sa maison. Le jardin aussi. C'est par là qu'il s'était enfui, en redescendant vers l'Erdre. Il lui fallait donc effectivement remonter pour trouver la route. Mais il s'arrêta, trouvant son idée stupide. N'était-ce pas le meilleur moyen de se faire repérer ? Alors il décida de continuer à suivre la berge, malgré sa cheville douloureuse et le terrain parsemé de pièges.

Il boitait. Il n'avançait pas. Il en avait conscience. Près d'un arbre, il récupéra une branche morte suffisamment solide pour lui servir de canne. Mais il n'avançait pas plus vite. Toujours mal à la tête, à la cheville et handicapé par sa myopie qui l'empêchait de discerner avec précision le moindre objet à plus de 5 mètres ! Il évoluait dans un univers improbable peuplé d'ombres et de formes inconnues aux contours flous, surgissant au dernier moment, apparitions presque soudaines, agressives, qui freinaient dangereusement sa progression déjà pénible.

Ce qu'il vit à une centaine de mètres devant lui, légèrement sur sa gauche, cette masse sombre, ne pouvait être qu'une maison. Probablement, vu sa taille, l'un de ces nombreux châteaux ou manoirs érigés sur les bords de l'Erdre. Il n'y avait aucune lumière. Était-il judicieux de s'y diriger ? Il était bien incapable de répondre à cette nouvelle question. Il préféra s'accroupir à l'abri des tiges de roseaux, calmer sa respiration et tendre l'oreille à l'affût d'un quelconque bruit suspect. Ici, la semaine, le coin était désert, ne s'éveillant que durant les week-ends ou les vacances.

Seule une brise légère jouant avec les herbes, les roseaux et les feuilles des arbres troublait le silence mais avec délicatesse, presque confuse d'imposer sa présence sans y avoir été invitée. Peut-être troublait-elle également la surface de l'onde toute proche mais sans l'altérer suffisamment pour rompre le cours tranquille de cet affluent de la Loire.

Combien de temps resta-t-il ainsi, accroupi, aux aguets ? Sa respiration avait retrouvé un rythme normal. Ce silence l'apaisait, lui laissant croire que la menace avait disparu. Il aurait pu s'allonger, dissimulé dans la végétation et attendre le lever du soleil. C'eût été plus judicieux. Personne n'aurait pu le retrouver. Enfin, cela restait une supposition. Son agresseur aurait pu lui tomber dessus, par hasard, et il lui aurait été impossible de se défendre avec ses yeux de myope, sa cheville douloureuse et ce mal de tête décidément tenace. Mais en se relevant, en prenant garde de ne pas se faire repérer, il lui serait plus facile de se protéger. Mais se protéger de qui, de quoi ? D'une autre seringue, d'un pistolet, d'un fusil, d'un couteau ? En vérité, il n'avait aucune idée sur ce qu'il convenait de faire : rester là ou bouger.

C'est le silence qui le convainquit qu'il pouvait se lever. Quel qu'il fût, le type qui en avait après lui ne serait jamais resté embusqué si longtemps à attendre qu'il bouge. Il avait dû prendre peur et déguerpir, lui aussi.

C'est seulement à ce moment-là qu'il pensa à son téléphone portable... qu'il n'avait pas sur lui. Il l'avait laissé dans la voiture. Comment aurait-il pu y penser au moment même il avait décidé de fausser compagnie à son agresseur ? Il se dit que désormais il ne s'en séparerait plus, ne fût-ce qu'une seconde. Tout aurait été si simple s'il l'avait eu dans sa poche !

Avec l'aide de son bâton, il émergea prudemment, ne laissant d'abord dépasser que ses yeux du sommet des roseaux qui n'avaient pas atteint leur taille adulte. Il décida qu'il était temps de bouger. Qu'il avait assez attendu. Il franchit les premiers mètres à l'aide de sa canne de fortune avant de buter dans une clôture en bois qu'il n'avait pas vue. Forcément. Il jura. Un peu trop fort à son goût. Il se tut. Rien. Il se baissa pour franchir la clôture. Il se trouvait dans une propriété, au pied d'un château. Il se rapprocha du bâtiment du plus pur style XVIIIe. Il avait le sentiment de le connaître. Il le contourna, toujours en boitant, et continua sur une allée de gravier. Le bruit de chacun de ses pas semblait amplifié par le silence et résonner dans tout le voisinage. Il ne s'en inquiéta pas, estimant que son poursuivant devait être loin.

Cependant, il n'avait pas prévu l'obstacle qui se dressait devant lui : la grille de la propriété. En fer forgé, haute de près de 3 mètres, se terminant par des pointes acérées. Elle était infranchissable. De même que le mur d'enceinte. Il regarda à droite puis à gauche. Une hauteur de 2 mètres et des tessons de bouteille pour dissuader les monte-en-l'air.

Il allait s'assurer que la grille était fermée quand un violent mal de tête lui fit lâcher la poignée. Il n'eut pas le temps de comprendre : juste la sensation de perdre pied, de couler en serrant sa canne de fortune qui ne lui servirait plus à rien.

IL A TOUJOURS MAL À LA TÊTE et toujours la bouche pâteuse. Mal à la cheville aussi. Une douleur lancinante. Il entrouvre les yeux. Il connaît ces tommettes rouges : il a les mêmes dans la cuisine de sa maison des bords de l'Erdre, à quelques kilomètres de Nantes. Il est assis sur une chaise, pieds et poings liés aux barreaux. Il ouvre grand les yeux, puis les plisse pour atténuer sa myopie. Cette fois, aucun doute, cette cuisine est bien la sienne. Celle de sa maison. Les volets sont fermés et seules quatre bougies plantées sur un chandelier posé sur la table donnent de la lumière. Une lumière pâle et tremblante mais suffisante pour reconnaître l'endroit.

– Bonjour, Mathieu Chapelain, lui dit une voix.

Il sursaute, il ne l'avait pas vu, celui-là ! Mais d'où sort-il ? Il est assis, lui aussi, près de la grande cheminée charentaise et le regarde. Malgré la pénombre, il discerne un sourire ironique sur ses lèvres. L'homme est noir de peau. Il a légèrement roulé le « r » de bonjour. Il porte des gants de chirurgien et tient dans une main un récipient en plastique rempli d'un liquide rouge. Il semble attendre quelque chose.

– Qui êtes-vous ? demande Mathieu Chapelain.

– Ta mauvaise conscience ! Appelle-moi Hassan, mais cela ne te dira rien.

– Non... Mais ça veut dire quoi, ça ? Si vous voulez de l'argent, il n'y en a pas dans la maison. Par contre, si vous voulez voler des tableaux, des bibelots, des couverts en argent ou des meubles, ne vous gênez pas ! Ils n'ont pas beaucoup de valeur !

– Ils vaudraicnt tout l'or du monde que je n'en voudrais pas ! C'est quoi, un bibelot ?

– C'est rien ! Regardez dans le dictionnaire.

Hassan sourit le regardant droit dans les yeux.

– Tu vas mourir, dit-il. Tu vas périr dans les flammes, Mathieu Chapelain, avant de rejoindre celles de l'enfer où tu seras damné pour l'éternité !

– Mais c'est quoi, ce délire ? Détachez-moi ! Dites-moi au moins ce que vous voulez !

– Je ne veux que ta mort, Mathieu Chapelain. Pour ce que tu as fait. Regarde cette photo.

Hassan se lève et pose le cliché sur la table.

– Tu vois : lui et lui sont déjà morts. Ils ont déjà été consumés par les flammes. Tu es le prochain. Recommande ton âme à Dieu.

– Vous êtes fou ! lance le prisonnier en regardant la photo, plissant de nouveau les yeux. C'est quoi cette histoire ? C'est un cauchemar !

– Un cauchemar... C'est comme un mauvais rêve, c'est ça ? Eh bien, c'est ce que je vis depuis des années.

– Quoi ?

– Ne compte pas sur moi pour te rafraîchir la mémoire. Cherche tout seul. Tu as encore quelques minutes devant toi. Quelques minutes d'angoisse, de peur. Cherche et trouve... sinon tu partiras sans savoir pourquoi ! Tu auras l'éternité devant toi pour trouver la réponse.

– Fou à lier ! hurla Mathieu Chapelain. Vous êtes fou à lier ! Détachez-moi et je vous donnerai tout ce que vous voulez !

– Tu ne peux rien me donner. Tu m'as déjà tout pris, répond Hassan affichant ce même calme qui ne le quitte jamais.

Mathieu Chapelain le regarde avec insistance, comme fasciné par cet homme surgissant dans sa vie, tel un diable décidé à le perdre de la plus épouvantable des façons, pour une raison qu'il ignore. Alors il tente de s'arracher de la chaise, de se libérer de ses liens mais il ne parvient qu'à s'entailler les poignets et la corde trop serrée pénètre sa chair. Ses chevilles liées aux pieds de la chaise l'empêchent de se lever mais pas de gesticuler, de droite et de gauche, un peu grotesque dans cette tentative désespérée, sous l'œil amusé de son bourreau.

Mathieu Chapelain lui fait pitié. Hassan aime cette sensation. Il ressent même de la compassion. C'est un instant unique. Celui qu'il adore entre tous. Il le savoure : pitié et compassion pour sa victime. Maître absolu, il règne seul sur le destin d'un être humain. Prêt à commettre l'irréparable, convaincu que son acte est moins le fruit du mal que du bien. Que l'un et l'autre se mêlent et ne font plus qu'un, pour une seule vérité. S'il en avait le temps, il prierait avant de sacrifier cet homme. Il le fera. Après.

La chaise vient de tomber. Mathieu Chapelain est à terre et continue de gesticuler. Ses cris ne sont plus que des plaintes et bientôt des pleurs. Il supplie de nouveau qu'on lui laisse la vie sauve.

Hassan se lève, pose le petit récipient rempli de liquide rouge sur la table, à côté de la photo. Puis, il traîne son otage vers la cheminée et le soulève de quelques centimètres avec une facilité surprenante. Grand et mince, il n'a rien d'un fort des halles et semble cependant doté d'une musculature suffisante pour arracher du sol 80 kilos sans paraître produire le moindre effort.

Maintenant, Mathieu Chapelain est dans l'âtre, recrachant un mélange de salive et de cendres, respirant avec difficulté. Hassan s'empare de l'un des deux bidons d'essence posés près de la porte. Il dévisse le bouchon, lentement, en regardant Mathieu Chapelain qui gesticule encore mais ne dit plus rien. On n'entend plus que des sanglots et des plaintes étouffés.

Hassan se rapproche et déverse le contenu du bidon sur Mathieu Chapelain qui tousse et crache et semble s'étrangler. Hassan recule. Pitié et compassion, voilà ce qu'il ressent plus que jamais. Il craque une longue allumette, regarde la flamme quelques secondes, puis la jette dans la cheminée. « Non ! Non ! » a juste le temps de hurler Mathieu Chapelain s'étouffant avec la poussière de la cendre qui lui macule le bas du visage. Puis il ne dit plus rien, disparaissant dans l'éclair provoqué par l'embrasement de l'essence. Il ne dit plus rien mais se tord, se crispe, se recroqueville dans le silence, bouche grande ouverte. Hassan ne l'a pas quitté des yeux. Rapidement, la silhouette de Mathieu Chapelain se noircit alors que la puissance des flammes peu à peu s'amenuise. Alors Hassan prend le second bidon d'essence et le vide sur le corps encore fumant. Craque une autre allumette et la lance dans l'âtre.

L'odeur de cochon brûlé est insupportable. Il entrouvre la porte de la cuisine qui donne sur l'extérieur. Passe une tête, tend l'oreille. Tout est en ordre. Il fait chaud dans la pièce mais plus encore à l'extérieur. Il ne déteste rien tant que cette canicule qui lui fait penser à la sécheresse et le ramène à son enfance. Il referme la porte, retourne vers la table, s'assied sur une chaise et attend que les flammes finissent de se repaître du corps de Mathieu Chapelain. Puis il attrape le récipient rempli de liquide rouge.

Où ? Où, cette fois va-t-il inscrire la phrase ? Le manteau de la cheminée n'est pas assez large. Sur le sol ? Non, on risque de ne pas la voir tout de suite et d'en effacer une partie. Le plafond ? C'est une idée qui le ravit. Un plafond blanc. Quelqu'un entrant dans la pièce par une des deux portes ne pourra pas la rater. La pièce est basse et, avec une chaise posée sur la table, cela ne représentera aucune difficulté.

Une fois perché, il trempe le bout de son index gauche dans le liquide rouge. Et trace une première lettre, un L majuscule, puis un e et un s. Il connaît la phrase par cœur, pas comme la dernière fois, à Rome. Il s'apprête à dessiner une quatrième lettre quand un bruit l'interrompt. Un râle. Non, plutôt un souffle rauque à peine audible. Il baisse la tête. Cela vient de la cheminée. Il abandonne son perchoir, pose le récipient en plastique et saute de la table. Il s'avance vers l'âtre d'où ne s'élèvent plus que des fumerolles du corps calciné. Ce bruit, ce souffle discret, c'est bien de là qu'il provient. Il sort de la bouche grande ouverte de Mathieu Chapelain dont le visage, comme le reste du corps, est entièrement noirci par l'essence enflammée. Il n'a plus de cheveux et, par endroits, on peut voir l'os du crâne. Les yeux, sans paupières, sont encore là, consumés par le feu ; ce qu'il en reste obstrue les orbites. Le nez a disparu. Les lèvres aussi, laissant apparaître deux rangées de dents.

Hassan l'observe. Il n'y a aucun autre signe de vie que cette respiration asthénique revenue des enfers, sortant de cette bouche figée dans un rictus réclamant la pitié. Hassan s'approche, pose sa main sur la bouche du moribond. Quelques secondes s'écoulent. Il ne se passe rien. Quand il retire sa main plus aucun son ne sort de cette bouche hideuse. Hassan y colle presque son oreille pour s'assurer que Mathieu Chapelain ne respire plus.

C'est le moment qu'il considère comme le plus risqué. Hassan est au volant de la voiture de Mathieu Chapelain. Il est sorti sans encombre de la propriété du médecin nantais, espérant ne pas avoir été aperçu. Ce serait un comble dans un endroit aussi désert ! Mais il sait qu'on n'est jamais à l'abri d'une mauvaise surprise : un insomniaque promenant son chien ou un voisin pris de l'envie soudaine de faire un jogging en pleine nuit pour échapper à la canicule du jour... Le pire serait évidemment de tomber nez à nez avec une patrouille de police. Mais il compte sur la chance. Et puis, il n'a que quelques kilomètres à parcourir avant d'abandonner la voiture près de l'endroit où il a caché un vélo avec lequel il gagnera la gare de Nantes d'où il prendra un train pour Paris.

Le VTT est toujours là, sous un ponton au bord de la rivière. Hassan a laissé la voiture un peu plus haut, garée le long d'un chemin qui conduit à un sous-bois. Quelqu'un finira par la retrouver mais, à ce moment-là, il sera loin.

Près de l'eau, l'air est tiède et chargé d'humidité. Il fait chaud bien que l'aube soit encore loin. Quand le soleil se lèvera, Hassan sera dans la gare à attendre le premier train pour Paris.

Il ôte ses gants de chirurgien dont l'un est déchiré sur la paume. Il les remplit de cailloux trouvés sur la berge et les jette dans la rivière. Puis il sort un MP3 de son sac à dos, se visse les écouteurs dans les oreilles avant d'enfiler une paire de gants légers et d'enfourcher le VTT. Avant le premier coup de pédale, il allume une cigarette puis il rejoint la route, une départementale qui doit le mener aux portes de la ville.

Bien qu'il aime griller une cigarette de temps à autre, Hassan a toujours aimé faire du sport, il a même été l'un des meilleurs coureurs de fond de la faculté de Massawa, sur la mer Rouge, où il étudiait l'économie avant de partir pour Rome. Il aime l'effort et les disciplines qui requièrent de l'endurance. Pédaler ne lui pose donc aucun problème, au contraire, cela lui procure du plaisir et lui permet d'évacuer cette tension et cette angoisse avec lesquelles il vit depuis sa plus tendre enfance.

Une heure et demie après avoir quitté les bords de l'Erdre, Hassan arrive à la gare de Nantes où il abandonne son vélo qu'il accroche à un poteau près d'un mur, à deux pas du parking. Il est encore tôt mais la buvette est déjà ouverte. Il n'est pas le premier client. Un homme sirote un express au comptoir et à en juger par son état général, œil vitreux, cheveux en bataille et costume froissé, il a dû passer une nuit agitée.

Hassan commande un café-crème, deux croissants, du beurre et de la confiture. Avant de s'asseoir à une table, il disparaît dans les toilettes où il se passe de l'eau sur le visage. Il a un peu de temps devant lui. Son train part à 6 h 30. Il lui reste plus d'une demi-heure.

En revenant dans la salle, sa commande l'attend. Il s'assied, prend un croissant qu'il recouvre d'une épaisse couche de beurre et de confiture. Il prend son temps, savourant cet instant où il commence à évacuer la tension de ces dernières heures. Il trempe le croissant dans le café, l'égoutte sur le bord de la tasse avant d'en déguster la première bouchée. « Mission accomplie, pense-t-il. Et de trois... » Puis il se repasse le film de la nuit, essayant de n'omettre aucun détail, aucun de ses gestes, priant le ciel de n'avoir commis aucune erreur.

Rien de la vie du Dr Mathieu Chapelain n'avait échappé à Askalu et Hassan, ou si peu de chose que cela n'avait eu que peu d'importance dans l'élaboration de leur plan. Du matin au soir, le médecin avait été épié, suivi, écouté et même photographié, dévoilant peu à peu, sans le savoir, ses habitudes, ses manies, ses horaires de travail, ses amis, sa famille et ses loisirs.

C'est ainsi qu'Askalu et Hassan découvrirent l'existence de la maison de campagne des Chapelain, à La Chapelle-sur-Erdre, à une douzaine de kilomètres de Nantes. Une maison dont ils décidèrent qu'elle serait le lieu de l'exécution. Encore leur fallait-il élaborer un plan que devrait suivre Hassan à la lettre. Ce qu'il avait fait.

L'emploi du temps de Mathieu Chapelain variait peu. Ainsi, chaque jeudi en début de soirée, aux alentours de 20 heures, il prenait la direction de La Chapelle-sur-Erdre où il passait la nuit seul. La journée du vendredi était consacrée au jardinage et à toutes sortes de travaux. Le soir, sa femme le rejoignait et parfois ses enfants.

Il avait été décidé que Hassan se rendrait sur place à vélo, le cacherait sous un ponton et rejoindrait la maison à pied dans l'après-midi. Puis il attendrait Mathieu Chapelain avant de le surprendre au moment où celui-ci aurait ouvert la porte de la maison après avoir désactivé l'alarme. Comme à Rome, Hassan devait lui bondir dessus, lui planter une seringue dans le bras, l'attacher sur une chaise et attendre que la nuit tombe avant d'en finir, en espérant ne pas être dérangé par un voisin, ce qui était assez peu probable, l'endroit étant relativement désert le jeudi soir.

Mais les choses n'avaient pas fonctionné comme prévu.

Hassan avait bien rejoint la maison et attendu l'arrivée de Mathieu Chapelain. Dissimulé derrière d'épais buissons, il avait attendu que le médecin entre dans la maison pour intervenir. Il avait bondi, couru vers la porte d'entrée et surgi dans un couloir. Mathieu Chapelain était là, lui tournant le dos, en train de refermer un placard dans lequel se trouvait le petit boîtier de l'alarme. Hassan avait serré la seringue dans sa main gauche, prêt à frapper. Il avait planté l'aiguille dans le bras du médecin au moment où celui-ci s'était retourné. Il avait alors ressenti un coup violent au visage qui lui avait fait perdre l'équilibre. En tombant, il avait heurté violemment le coin d'un meuble et perdu connaissance.

Hassan avait bien planté l'aiguille dans le bras du médecin mais n'avait pas pu injecter la totalité du produit. Mathieu Chapelain en avait cependant reçu suffisamment pour en ressentir les premiers effets. Il avait eu le temps de sortir de la maison, de faire quelques pas vers la rivière avant de s'écrouler dans le jardin.

Combien de temps était-il resté inconscient ? Il n'avait pas vécu assez longtemps pour le savoir.

Quand Mathieu Chapelain avait repris ses esprits, il faisait nuit. Que faisait-il, là, allongé sur l'herbe avec un épouvantable mal de tête ? Il n'en savait rien. Il ne se souvenait plus. Seul son instinct lui avait soufflé de se lever et de fuir le plus loin possible de sa maison en suivant les berges de l'Erdre.

Hassan s'était réveillé quelques minutes après le médecin. Il avait vite compris que l'opération risquait de tourner au fiasco. D'un bond, il s'était relevé et avait couru dans le jardin. La nuit était assez claire et il avait suffisamment l'habitude de suivre une trace pour repérer immédiatement celles de Mathieu Chapelain. Et il l'avait pris en chasse. Pas longtemps. Avant même de le voir, il l'avait entendu. Un troupeau d'éléphants n'aurait pas fait autant de bruit. Jusqu'au moment où il n'y en eut plus aucun. Hassan avait compris que sa proie avait dû s'arrêter, se cachant quelque part dans les hautes herbes ou les roseaux, nombreux à cet endroit. Alors lui aussi s'était arrêté, l'œil aux aguets, l'oreille tendue, calmant sa respiration pour mieux entendre. Le médecin devait être à quelques mètres. Hassan était resté ainsi de longues minutes à attendre, à épier le moindre signe, quand, de nouveau, il avait entendu l'herbe chuchoter, bruisser d'une manière régulière. C'était lui. Il s'était relevé. Hassan avait enfin vu sa silhouette épaisse se découper dans l'obscurité. Il s'était dirigé vers une grande bâtisse. Hassan l'avait suivi à bonne distance et l'avait vu ensuite disparaître après avoir contourné une des ailes du château. Hassan avait décidé d'accélérer le pas pour ne pas le perdre. Au passage, il avait attrapé une bêche posée contre un mur. À son tour, il avait contourné le bâtiment et aperçu Mathieu Chapelain qui se dirigeait vers la grille d'entrée. Hassan avait pris garde de ne pas marcher sur les graviers de l'allée. Il s'était rapproché lentement du médecin, silencieux comme seul un félin peut l'être. Une fois à sa hauteur, il avait levé la bêche et frappé lourdement Mathieu Chapelain au sommet du crâne.

Le ramener sur ses épaules jusqu'à la maison n'avait pas représenté une difficulté majeure pour le jeune homme. Chez lui, il avait souvent transporté du gibier aussi lourd et pendant bien plus longtemps, parfois sous un soleil de plomb, s'imbibant comme une éponge des dernières forces des chasseurs les plus braves.

Hassan recouvre la couche de beurre d'une couche de confiture : c'est à peine si l'on distingue encore le croissant. « Oui, pense-t-il avec une once de satisfaction, j'ai évité le fiasco de quelques millimètres. Mais tout est rentré dans l'ordre. Il a payé comme les autres. »

Hassan trempe le croissant dans son café-crème mais il s'arrête au moment d'engloutir la première bouchée. Une secousse électrique vient d'accélérer les battements de son cœur, son front est subitement glacé, comme vidé de son sang, et sa gorge s'est resserrée, ne laissant passer qu'un mince filet d'air. Il pose le croissant en marmonnant, l'air presque hébété : « La photo... mon Dieu, la photo ! » Il la cherche dans une poche puis dans une autre. Puis dans son sac. Elle n'est pas là. Il se revoit la sortir, la montrer au toubib, la poser sur la table. Elle est restée sur la table !

Il est trop tard pour aller la chercher. Trop risqué. Ses empreintes et celles d'Askalu sont-elles dessus ? Peut-être. Comment le savoir avec certitude ? Cela permettrait-il aux policiers de remonter vers eux deux ? Il n'en sait rien. Il n'a plus faim. Son train part dans dix minutes. Il règle l'addition, se lève et se dirige vers les quais, les jambes un peu molles, la main crispée sur son paquet de cigarettes. Il s'en veut terriblement. Il s'en veut d'avoir eu trop confiance en lui. Il s'en veut d'avoir trahi la confiance d'Askalu. Il s'en veut de mettre en péril le reste de l'opération.

Il lui faudra probablement quitter la France plus tôt que prévu. Si Askalu est d'accord, il aura quitté le pays la semaine suivante en espérant qu'ils pourront se retrouver tous les deux à Asmara et achever ce qu'ils ont commencé. Et vivre enfin en paix.

Gorin était d'une humeur massacrante. C'était à cause du costume, celui du commissaire Giancarlo Pantani. Un costume en lin, blanc cassé, comme le sien... Comme le sien !

Il n'avait rien contre le policier italien qu'il voyait pour la première fois, mais franchement se retrouver face à lui, dès la descente de l'avion, avec le même costume sur les épaules, cela lui avait gâché son arrivée à Rome. Et puis, il aurait pu le porter comme un sac, ce costume. Mais non. Le commissaire de la PJ romaine avait de la classe, de l'aisance et cet air détaché du type qui a l'habitude de s'habiller élégamment chaque jour de l'année : chemise avec boutons de manchettes, cravate pure soie en fil or et blanc et chaussures Berlutti marron clair, légèrement vieillies aux coutures. Une gravure de mode. L'image d'Épinal du mâle italien. Le tableau serait incomplet si l'on oubliait de mentionner le charme, évidemment latin, qui émanait du personnage que découvrait le policier français. Ce charme qui fait se pâmer tant de femmes. Touche finale, coup de pinceau du maître : Giancarlo Pantani parlait un français presque parfait avec juste ce qu'il fallait d'accent pour finir de séduire ses victimes consentantes. Agacé. Gorin était agacé et s'était senti mal à l'aise, comme agressé par le sourire de son hôte, par la chaleur de son accueil. Il se savait à la limite de l'incorrection sans pouvoir cependant ni dissimuler ni maîtriser sa mauvaise humeur. À ce petit jeu, il était champion du monde. Au « 36 », nombreux étaient ceux à en avoir fait les frais. Cela lui avait valu le surnom, parmi d'autres, de « Casse-noisettes ». Ce n'était pas du meilleur goût mais cela faisait rire.

Les dernières traces de Xanax n'avaient pas arrangé les choses. Pas plus d'ailleurs que la bonne humeur de ce Giancarlo qui semblait s'ingénier à en rajouter dans le registre de la déférence sans aller néanmoins jusqu'à l'obséquiosité. Bref, l'arrivée de Gorin dans la ville de Remus et Romulus fut à la hauteur de sa réputation de mauvais coucheur dès qu'il mettait un pied hors de Lutèce. Mais le Tibre en avait vu d'autres.

Comme l'avait souhaité Gorin, le commissaire Pantani l'avait conduit, dès son arrivée, et sans prendre le temps de déposer ses affaires à l'hôtel, dans la cabane où le corps du juge Wolf avait été découvert. Un endroit parfait pour commettre un crime, plus spécialement avec ce mode opératoire ayant la singulière particularité de manquer de discrétion.

Au centre de l'unique pièce, ne restait que le tas de cendres sur lequel avait reposé pendant plusieurs jours ce qui restait du corps d'Enzo Wolf. Gorin n'eut aucune peine à l'imaginer, recroquevillé et noirci par les flammes avec ce visage au sourire sans lèvres, laissant apparaître l'inattendue blancheur des dents. Contre un mur, il y avait une table et une chaise ainsi que deux jerrycans d'essence, vides, posés à même le sol en terre battue.

Le commissaire Pantani expliqua que la serviette du juge avait été retrouvée sur la table avec, posés à côté, une seringue et un pistolet 6,35 mm au canon bouché. Aucune empreinte n'avait été relevée, sauf sur la sacoche. À part celles de son propriétaire, les autres, peu nombreuses, n'avaient livré aucun nom. Gorin n'en fut pas surpris.

Seuls la seringue et le pistolet représentaient des éléments nouveaux. Cependant, les policiers italiens n'avaient toujours pas découvert la provenance de l'arme factice. En revanche, on savait que la seringue avait contenu de la kétamine, un anesthésiant ayant la particularité d'agir presque instantanément, provoquant un état second, sans paralysie des muscles ni détresse respiratoire. L'autopsie du juge avait d'ailleurs confirmé que son bourreau lui en avait administré à deux reprises.

– Deux doses et une ou deux seringues ? avait demandé Gorin.

– On pense que le tueur n'en a injecté qu'une petite dose à chaque fois, peut-être pour que sa victime garde un minimum de conscience, avait expliqué le commissaire Pantani.

– Et il a certainement utilisé deux seringues, préparées à l'avance, avait insisté Gorin. J'imagine mal l'assassin s'arrêter sur le bord de la route pour remplir sa seringue et encore moins tenter de le faire tout en conduisant. Il a donc dû utiliser deux seringues... et nous n'en avons qu'une seule. Soit il a gardé l'autre, soit il l'a jetée sur le chemin conduisant à la clairière.

– Quant à la kétamine, avait ajouté le commissaire Pantani, je crois qu'ici c'est comme en France, non ? Les armoires blindées et fermées à clé dans les hôpitaux n'empêchent pas un joli petit trafic qui alimente notamment les *rave parties*.

– Je crois, oui. Effectivement.

– Je ne sais pas si vous connaissez les effets de cet anesthésiant, mais selon nos experts, la kétamine provoque quasi immédiatement un état second sans forcément de perte de conscience. Le patient, enfin la victime, peut même garder les yeux ouverts, voire et entendre tout ce qui se passe autour d'elle sans pouvoir bouger. Ce n'est pas une paralysie, plutôt une sorte de catalepsie. Évidemment, tout dépend de la dose qu'on injecte.

– Mouais, et il faudra s'armer de patience avant de découvrir d'où elle venait cette kétamine. Si jamais on le découvre...

– Alors, avait demandé le commissaire Pantani, qu'est-ce que vous en pensez ?

– Eh bien... Ce que je peux déjà vous dire, c'est que le mode opératoire n'est pas tout à fait le même que pour Louis de Pralin. Lui, en guise d'anesthésiant, il a reçu un coup violent sur la tête. Et aucune arme n'a été retrouvée sur place.

– Peut-être parce que votre Louis de Pralin a été tué chez lui et que son assassin le connaissait peut-être, non ?

– Oui, c'est ce que nous pensons.

– Et puis, le juge, il a été probablement et même sûrement enlevé en pleine rue. Certainement poussé dans une voiture. Un coup sur la tête, c'est trop voyant, alors qu'avec une seringue...

– Oui. Vous avez raison. Justement, la voiture, vous avez trouvé des traces ?

– Non, rien... Enfin on voit bien qu'une voiture est venue sur le chemin, là-bas, mais le sol est trop sec, trop dur, pour que les pneus aient laissé une empreinte.

– Le tueur aurait donc porté sa victime de la voiture à la cabane ?

– Probablement... Si le juge était inconscient...

– Il pesait combien ?

– Lourd... Plus de 85 kilos.

– Donc le tueur serait un costaud. Un corps, même léger, il n'y a rien de plus difficile à porter, surtout qu'entre le chemin et la clairière il y a tous ces arbres qui rendent la progression difficile.

– Exact, avait dit le commissaire. Mais ça a pu se passer comme ça. On a retrouvé quelques branches cassées à hauteur d'homme mais pas d'empreintes de pas.

Il y eut un silence. Puis, le commissaire ajouta que les policiers étaient encore en train de tenter de recenser toutes les voitures louées à Rome dans les jours précédant la disparition du juge et rendues le lendemain.

– À Rome, seulement et seulement dans ce laps de temps, avait précisé Giancarlo Pantani, sinon on se serait retrouvé avec des milliers de voitures et de fourgonnettes. Mais même comme ça, on en a des centaines et on ne peut pas se contenter de relever les kilométrages, il faut aussi chercher des traces de sang ou d'ADN ou de quoi que soit d'autre. On n'arrivera pas à les fouiller toutes.

– C'est un vrai travail de titan, avait renchéri Gorin. Est-ce que cela vaut vraiment la peine ? Le facteur chance est trop important.

– Oui, vous avez peut-être raison.

– Bref, ça n'a rien donné et ça ne donnera probablement rien. Et la cabane, on sait depuis quand elle est là et qui l'a construite ?

– On a interrogé des dizaines de personnes dans un rayon de 20 kilomètres et personne ne connaissait son existence.

– Il est vrai qu'elle ne date pas d'aujourd'hui.

– Non. D'après les experts, elle a été construite il y a une bonne dizaine d'années, au moins.

– Ça veut dire que le Rôtisseur connaît bien le coin.

– Le Rôtisseur ?

– C'est comme ça qu'on l'a surnommé, à Paris.

– Ah ! la cabane, il l'a peut-être découverte par hasard en cherchant un coin tranquille.

– Peut-être. En attendant, tout cela ne nous avance pas beaucoup.

Gorin avait inspecté la cabane et ses alentours sachant qu'il aurait peu de chances de découvrir quoi que ce fût après le passage de ses collègues italiens de la criminelle. Mais c'était plus fort que lui, il fallait qu'il s'imprègne de la scène de crime. Un détail. Il découvrirait bien un détail éveillant sa curiosité, lui susurrant une nouvelle piste. Depuis le début de cette affaire, il lui manquait cette lueur, cette lumière même pâle qui éclaire, parfois, les bas-côtés d'un chemin plongé dans l'obscurité et par trop tortueux, semé de pierres tordant les chevilles à chaque pas. Et ses chevilles commençaient à le faire souffrir. Il trébuchait et n'avançait pas.

Il n'y eut aucun détail. Aucune lueur.

De retour à Rome, les deux policiers se rendirent à l'appartement du juge, fendant le trafic toutes sirènes hurlantes à bord d'une Alfa Romeo banalisée que le commissaire Pantani conduisait lui-même. Gorin n'aimait pas la vitesse, surtout lorsqu'il n'était pas derrière le volant. Il ne desserra pas les dents durant tout le temps que dura le trajet, répondant du bout des lèvres aux questions du commissaire Pantani, essayant désespérément de trouver un quelconque sujet de conversation. Et Gorin ne fut tout à fait soulagé que lorsque l'Alfa Romeo s'arrêta devant la porte de l'immeuble du juge.

« Dieu ! La voix sépulcrale des djinns ! » La phrase était toujours là, sur toute la largeur du mur faisant face à la porte d'entrée. Gorin resta interdit pendant quelques secondes, comme incrédule, devant ces lettres grossièrement tracées. Le sang avait séché et le rouge avait viré au brun. Il revit le manteau de la cheminée de l'île Saint-Louis. Il n'aurait pu expliquer pourquoi mais, pour lui, cela ne faisait aucun doute : chaque lettre avait

été dessinée par la même main ou plus exactement par le même index de la main gauche. Étrange certitude qui ne reposait que sur une impression fugace. C'était comme s'il avait superposé deux images et que chacune des lettres de chacune des deux strophes, pourtant différentes, se soient parfaitement confondues. Comme si l'on avait utilisé un calque.

Cette fois, le mot « djinn » apparaissait clairement dans la phrase contrairement à la première. Il plongea la main dans la poche intérieure de sa veste et en sortit une feuille de papier qu'il déplia et tendit au commissaire Pantani. C'était le poème de Victor Hugo. Gorin désigna du doigt la phrase que le Rôtisseur avait laissée chez Louis de Pralin : *« Cris de l'enfer ! voix qui hurle et qui pleure ! »*

– Est-ce qu'il les a choisis au hasard ? demanda le commissaire.

– Je ne sais pas. Peut-être... Le poème en revanche, lui, n'a pas dû être pioché au hasard.

– Quel rapport entre les djinns et nos deux victimes ?

– Ça, j'en sais foutre rien. Si on pouvait répondre à cette question, l'enquête ferait un pas de géant. On patauge, mon cher Giancarlo... on patauge. Vous permettez que je vous appelle par votre prénom ?

– J'allais vous en prier, mon cher Philippe, répondit en souriant le commissaire visiblement ravi que la glace fonde, enfin, avec ce policier qui ne dérogeait pas à la réputation qu'avaient les Français d'être de mauvais coucheurs.

– Et ici, qu'est-ce que vous avez trouvé ? demanda Gorin.

– Rien, à part le récipient qui contenait le sang du juge.

– Et l'appartement ? Quelque chose de volé ?

– Difficile à dire, le juge vivait seul. Mais je ne pense pas. En tout cas, rien n'aurait bougé si l'on en croit la femme de ménage.

Gorin sortit d'une de ses poches un appareil photo numérique extraplat. Il photographia la phrase de près puis s'éloigna et prit un deuxième cliché depuis la porte d'entrée.

– Vous savez, dit le commissaire, on a déjà pris des photos.

– Je m'en doute. Ne le prenez pas mal, mais comme ça, je peux regarder une photo et tous ses détails sans m'encombrer de tirages papier. Et puis avec ces petits engins, on peut vraiment grossir les détails sans attendre d'être dans un labo.

– Je comprends. On a tous nos petites manies.

Gorin eut du mal à quitter l'appartement. Il en avait fait trois fois le tour. Là non plus, il n'y eut aucun détail pouvant éclairer même faiblement le chemin escarpé sur lequel s'était engagée cette enquête. Il savait qu'une fois passée la porte, il ne reviendrait probablement jamais ici. Il lui fallait donc s'imprégner de l'endroit, même si le Rôtisseur n'y avait probablement séjourné que quelques minutes, le temps d'entrer, d'écrire sa phrase et de sortir.

S'imprégner de l'endroit... Peut-être capter une odeur, un bruit, l'enregistrer inconsciemment, sans que son cerveau l'en avertisse immédiatement, se réservant le soin de le faire plus tard, au moment opportun. Gorin avait la certitude – il savait – que tous les petits capteurs dont est équipé l'être humain sont en sommeil la plupart du temps et qu'il tient à chacun d'en prendre conscience, de rester aux aguets pour entretenir le bon fonctionnement de ces petites merveilles dont nous a équipés la nature. Il était intarissable sur le sujet. « Chez nous, les flics, disait-il, on appelle ça le flair et plus généralement un sixième sens. C'est faux. C'est simplement une question de technique. Prenez Sherlock Holmes. Ce type n'a aucun flair, c'est d'abord un technicien hors pair, c'est comme ça que l'a imaginé Conan Doyle. Un vrai coup de génie ! »

Plongé dans un silence qui s'éternisait, Gorin ne vit pas l'impatience du policier italien.

– Je suis désolé, Philippe, fit le commissaire, mais je dois m'absenter. Si vous voulez, vous pouvez vous installer dans mon bureau et vous plonger dans le dossier. Ou alors je vous dépose à votre hôtel et on parlera de tout ça ce soir, devant une bonne assiette de pâtes. Qu'en pensez-vous ?

Le commissaire avait haussé la voix imitant presque à la perfection l'acteur Roberto Benigni, ce qui arracha un sourire à Gorin. Le premier de la journée.

– D'accord, répondit Gorin, je vous prends le dossier et je l'épluche dans ma chambre d'hôtel. Et d'accord aussi pour les pâtes.

Que dire de la vie du juge Enzo Wolf telle qu'elle apparaissait dans le rapport de la PJ romaine ? Quel adjectif choisir ? Terne ? Insipide ? Sans relief ? Banale ? À la quarantaine largement entamée, ce célibataire endurci avait peu d'amis, aucune famille, des rapports strictement professionnels avec ses collègues magistrats et sortait peu, voire jamais, ayant pour seule vraie passion celle des livres et de la lecture. De même, les rares témoins ayant pu éclairer les enquêteurs sur ses habitudes ne lui connaissaient aucune liaison. Alors ? Un dossier judiciaire sensible qu'il aurait eu à traiter ? Mais, là non plus, il n'y avait rien à gratter. Enzo Wolf siégeait à la Cour de cassation et ne se prononçait que sur d'éventuels vices de procédure. Et les dossiers qu'on lui confiait n'avaient rien de sensible, ne mettant en cause aucune personnalité en vue ni un quelconque mafieux. Et puis, pensait Gorin, si le Rôtisseur de l'île Saint-Louis est le même que celui de Rome, le lien entre Wolf et Pralin n'est probablement pas d'ordre judiciaire, l'antiquaire n'ayant jamais eu maille à partir avec la justice française.

Fallait-il se pencher sur une piste impliquant le milieu homosexuel ? À Paris, les investigations de Pensec n'avaient rien donné. Et rien dans le rapport des policiers italiens n'évoquait l'éventuelle homosexualité d'Enzo Wolf qui appartenait plus sûrement à la catégorie des asexués. C'était en tout cas ce que laissait apparaître le rapport, lequel ne mentionnait aucune relation du juge avec des prostituées.

L'argent ? Enzo Wolf avait un compte en banque modeste, n'ayant pour tout bien que l'appartement légué par sa mère, morte quinze ans plus tôt.

Une lointaine affaire de famille ? Mais quel aurait été le lien entre lui et Pralin ? L'un et l'autre venaient de milieux très différents. N'empêche, il faudrait creuser cette piste. On n'a pas le choix, pensa Gorin sans y croire vraiment mais s'interdisant de ne pas ouvrir une porte quand il s'en présentait une, quitte à la refermer selon le bon vieux précepte que doit toujours observer un flic de la Crim digne de ce nom. Il referma le dossier et le posa à côté de lui, sur le lit. La fenêtre de la chambre était ouverte et il pouvait apercevoir le dôme de la basilique Saint-Pierre. Giancarlo avait bien choisi l'hôtel.

Gorin avait déjeuné seul dans une *trattoria* proche de l'hôtel avant de se plonger dans le dossier Wolf. Il avait dégusté une escalope milanaise accompagnée de spaghettis, le tout arrosé d'un verre de Valpolicella. Il s'était refusé un dessert, se réservant pour le dîner promis par Giancarlo et avala un café *« molto ristretto »*. Tellement *ristretto* qu'il en prit un deuxième puis un troisième. Cela ne l'empêcha pas de s'assoupir avant d'ouvrir le dossier.

Depuis quand n'avait-il pas ainsi profité d'une journée aussi paisible, laissant le temps s'écouler lentement, sans pression, sans stress, sans drame ? Finalement, les voyages avaient du bon, dut-il reconnaître, malgré l'épreuve aérienne. Il chassa très vite la perspective du retour en avion pour ne pas gâcher les quelques heures qu'il avait encore à passer dans la Ville éternelle. Il était hors de question de regagner Paris en train comme l'idée lui en traversa l'esprit. Trop long. Et puis il n'était pas non plus un adepte de ce moyen de locomotion. Il n'aimait d'ailleurs aucun transport en commun, n'ayant jamais eu l'instinct grégaire pas plus que le goût de la promiscuité.

À force de contempler le dôme de la basilique, il eut envie de s'y rendre. Après tout, pourquoi avoir mauvaise conscience ? Une visite au Vatican ne changerait rien à l'affaire. À Paris, Garnier veillait au grain. Avec lui, le groupe était entre de bonnes mains. Il avait confiance et savait qu'il garderait un œil sur Pensec. Il appellerait Garnier mais aussi Lenoir en fin d'après-midi pour faire le point.

Il longea d'abord la rive gauche du Tibre jusqu'au pont Victor-Emmanuel puis traversa le fleuve pour rejoindre la via della Conciliazone et remonter vers le Vatican. Il pouvait déjà apercevoir la masse imposante de la basilique. La chaleur était plus éprouvante qu'à Paris. Sa chemise lui collait à la peau et les gouttes de sueur perlant sur son front avaient à peine le temps de glisser le long de ses tempes avant de sécher, déposant une mince pellicule rêche et salée. Un moment, il eut la tentation de rebrousser chemin tant chaque pas lui coûtait mais il se dit qu'il allait bientôt goûter à la fraîcheur qui ne devait pas manquer de régner dans l'église de saint Pierre.

« Si l'assassin est bien le même, il y a forcément un lien entre Wolf et Pralin. Et c'est bien le même assassin », pensa Gorin. Contrairement à la presse italienne, la presse française n'avait toujours pas évoqué la phrase du poème de Victor Hugo sur le manteau de la cheminée. « Comment celui qui a fait brûler le corps du juge l'aurait-il su ? se dit encore Gorin. Et à quelques détails près, le mode opératoire est le même. Un meurtre rituel ? Une punition divine décrétée par un esprit malade, juge et bourreau à la fois ? » Gorin n'y croyait pas. Quelque chose ne collait pas avec cette thèse sans qu'il pût expliquer pourquoi. Finalement, on pouvait échafauder toutes les thèses qu'on voulait, aucun élément ne venant les contredire ou les accréditer. De même, la certitude qu'il avait d'être face à un seul et même assassin n'aurait pas tenu une seconde devant un tribunal, faute de preuve. Dossier vide. Du vent. Comme le souffle des djinns dans le désert soulevant le sable et rien que le sable.

Le Vatican se rapprochait. Son portable vibra dans sa poche de pantalon.

– C'est moi ! Je suis à Rome. Et toi, où es-tu ?

C'était la voix d'Évelyne. Il l'avait oubliée !

– Moi aussi, je suis à Rome. Où veux-tu que je sois ? répondit Gorin.

– Bonjour quand même, fit Évelyne sur un ton de reproche. C'est fou ce que tu as l'air d'être heureux de savoir que je suis là !

– Excuse-moi. Évidemment que je suis heureux, mais je ne pensais pas que tu serais là si vite. Mais c'est bien. Où es-tu exactement ?

– À une terrasse de café. J'ai largué le grand Yaqua. Quartier libre, mon commandant... à vos ordres !

– Tu es loin du Vatican ?

– Non, tout à côté.

– Alors, je t'y attends devant la basilique. J'y suis presque. OK ?

– J'arrive !

Avait-il envie de la voir ? Il décida que oui. Malgré sa toute première réaction qui avait été de lui dire qu'il était débordé de travail et qu'il ne pourrait pas passer le week-end avec elle. Il n'aimait pas être mis devant le fait accompli, comme s'il était pieds et poings liés, contraint et forcé de se plier à la volonté d'autrui. Surtout quand il s'agissait d'une femme qui franchissait les limites du périmètre autorisé. Cela déclenchait chez lui une riposte incontrôlable, comme une meute d'anticorps se lançant à l'assaut de l'intrus. L'intruse, en l'occurrence. Il était comme ça et n'avait jamais essayé de se corriger. Sauf ce jour-là. Il avait dit oui. Il avait plié. Sans rompre, bien sûr. Il avait compris tout simplement qu'il avait envie de la voir, ce qui ne l'empêcherait pas de rester sur ses gardes.

Vingt minutes plus tard, Évelyne était accrochée au bras de Gorin, un sourire de béatitude lui illuminant le visage, alors qu'ils déambulaient, têtes levées, dans la chapelle Sixtine, juste au-dessous de *La Création du monde*, à ce moment précis où Dieu donne la vie à l'homme. Ils s'arrêtèrent.

– Et dire que des imbéciles l'ont surnommé le « terrible souverain de l'ombre » ! remarqua Gorin.

– Qui ça ?

– Michel-Ange. C'est ainsi que de doctes spécialistes l'ont surnommé, croyant qu'il peignait avec des couleurs sombres jusqu'à ce qu'on nettoie ses fresques. Et maintenant, regarde, elles sont vives au contraire, lumineuses comme ce bleu clair ou ce vert acide.

– Tu t'y connais, toi, en peinture ?

– Non. Mais je lis beaucoup.

Ils se dirigèrent ensuite vers l'autel de la chapelle pour y admirer l'autre grande fresque peinte par Michel-Ange, *Le Jugement dernier*. Évelyne, toujours appuyée sur le bras de Gorin, ne dit rien avant de tourner la tête vers le policier.

– Ce doit être un mystique, lança-t-elle l'air songeur.

– Pas du tout ! Michel-Ange était tout sauf un mystique !

– Je ne te parle pas de Michel-Ange mais du Rôtisseur... ce doit être un mystique.

Interloqué, Gorin ne réagit pas tout de suite, les yeux toujours fixés sur *Le Jugement dernier.*

– Pourquoi parles-tu de ça, là maintenant ? Profite de ce moment, ce n'est pas tous les jours qu'on visite la chapelle Sixtine, finit-il par dire.

– Je ne sais pas pourquoi je parle de ça maintenant. Ah ! si je sais, quand tu as parlé du souverain de l'ombre. Je me suis dit que ça ferait un bon titre de polar et alors j'ai pensé au Rôtisseur. Après tout, si on est là, c'est un peu grâce à moi, non ?

– Non... enfin, je veux dire oui, c'est grâce à toi, mais non, ce n'est pas un mystique. Je ne crois pas en tout cas.

– Tu gardes ton arme quand tu voyages ?

– Mais pourquoi tu t'intéresses à ça ?

– Comme ça, par curiosité. Je te rappelle qu'avant toi, je n'avais jamais rencontré de policier. Tu comprends que cela puisse m'intriguer ? Non ?

– Non... décidément, tu lis trop de polars.

– Ça, c'est vrai.

– Si les policiers t'intéressent, tu en verras un autre ce soir. Un commissaire italien, tout ce qu'il y a de plus italien.

– Mais tu n'as pas compris... un seul policier occupe toutes mes pensées en ce moment. Et ce n'est pas un commissaire tout italien qu'il soit qui y changera quelque chose.

Ils quittèrent la basilique une heure après y être arrivés. Gorin proposa à Évelyne de trouver une terrasse à l'ombre et de déguster une vraie glace italienne. Elle connaissait Rome et décida de lui faire découvrir le quartier du Trastevere avant de rentrer à l'hôtel. Sur le chemin, le commandant de la Crim repensa à ce qu'avait dit Évelyne. C'est vrai que ça ferait un bon titre, *Le Souverain de l'ombre.* Et plus il y pensait, plus il trouvait que ce surnom aurait très bien pu convenir au Rôtisseur tant celui-ci paraissait insaisissable et mystérieux, tapi, quelque part, prêt, peut-être, à frapper de nouveau. Par association d'idées, Gorin revit la silhouette du « sprinter » du cimetière du Père-Lachaise. Sa silhouette ou plutôt son ombre. Avait-il aperçu, ce jour-là, l'assassin de Pralin et du juge Wolf ? Il pouvait s'agir d'un hasard, d'un sans-papiers qui avait pris peur en voyant les uniformes des policiers. Un sans-papiers... Gorin n'y croyait pas. Qu'aurait-il fait là à cet enterrement ultra-mondain ? S'il avait été un proche de la victime, il aurait profité de ses relations pour se faire régulariser. Ou alors c'était un dealer avec quelques grammes de trop de cocaïne ou de cannabis dans ses poches.

Malgré toutes ces réserves dictées par la prudence et devant l'absence criante de preuves, d'éléments concrets, Gorin ne parvenait pas à chasser ce pressentiment que le suspect du Père-Lachaise était bien leur homme.

Il était aux alentours de 18 heures lorsqu'ils arrivèrent à l'hôtel. Évelyne y avait fait déposer son sac de voyage par le chauffeur de son patron. Ce qui se passa ensuite n'eut rien d'extraordinaire. Sauf pour Gorin. Ils firent l'amour dès leur arrivée dans la chambre, prenant à peine le temps d'ôter leurs vêtements. L'amour, à Rome ! En fin d'après-midi, un vendredi, en pleine canicule ! Dans une chambre d'hôtel dont les fenêtres ouvraient sur le Vatican ! Sa vie, résolument, prenait un tour qu'il n'avait pas prévu. Pire, elle semblait lui échapper depuis qu'Évelyne y était entrée.

Comme convenu, le soir ils dînèrent avec Giancarlo Pantani qui, apprenant la présence d'Évelyne, était venu accompagné d'une amie d'au moins quinze ans plus jeune que lui, pour autant que pût en juger Gorin. Le commissaire en était déjà à son deuxième divorce et avait expliqué au cours du repas, sans que personne lui eût posé la moindre question, qu'il en avait fini avec le mariage.

Ils étaient installés sous la treille d'une terrasse dominant le Colisée et Gorin dut reconnaître que Giancarlo avait bien fait les choses. Il en fut heureux pour Évelyne qui semblait goûter ces instants, riant de bon cœur à toutes les plaisanteries que le policier italien ne cessait de débiter. Le Chianti aidant, Gorin, lui aussi, avait ri. Certes, moins souvent mais il avait ri et c'était là l'essentiel. Il imagina alors cette escapade romaine sous un jour plus agréable qu'il ne l'avait d'abord envisagée, prêt, pour quelques heures, à oublier le Quai des Orfèvres, le Rôtisseur et la laideur de ses victimes.

Mais la réalité a toujours le chic pour se rappeler à vous au plus mauvais moment. Surtout quand on est flic. Parce qu'on est flic. Justement. Le téléphone portable de Gorin, dont il avait coupé la sonnerie, vibra dans sa poche. Il s'excusa et tourna un peu la tête pour échapper au bruit de la conversation. Évelyne le regardait et n'eut besoin d'aucune explication pour comprendre que les nouvelles n'étaient pas bonnes. Le visage du policier s'était refermé. Il ne dit que quelques mots puis posa son portable sur la table.

– Et de trois, lança-t-il en regardant le commissaire Pantani droit dans les yeux.

Celui-ci, soudain grave, ne dit rien, attendant la suite.

– Une autre « merguez », poursuivit Gorin. Une nouvelle victime du Rôtisseur et une nouvelle phrase signée Victor Hugo, près de Nantes. Un toubib... À peu près le même âge que les autres. On l'a retrouvé dans une maison isolée près d'une rivière. Dans une cheminée, lui aussi.

– Alors, adieu le week-end ? demanda Évelyne.

– Je le crains... Oui... Désolé.

– Alors je rentre avec toi !

– C'est tout pareil aux deux premiers ? demanda le commissaire.

– Tout pareil, mon cher Giancarlo. Tout pareil, à un détail près qui pourrait bien être le début d'une explication. Un tout petit début...

CETTE JOURNÉE ÉTAIT UNE JOURNÉE à classer dans la rubrique des « très mauvaises journées ». Rien de surprenant. Depuis vingt ans, elles avaient toujours été plus nombreuses que les bonnes. Charles Gramont en avait l'habitude. Une mauvaise journée commençait toujours par un mauvais mal de tête ou un mauvais mal de dos. Cette fois, il avait eu les deux, après une nuit d'insomnie. Il avait pris une douche bouillante et ingurgité sa potion miracle – un cocktail d'Aspégic, de Voltarène, de Prontalgine et de café noir. Mais il n'y avait eu aucun miracle. Seulement une petite rébellion du côté gauche de la poitrine et l'impression d'avoir le cœur placé un peu plus haut que d'habitude, du côté de la glotte, et de respirer un peu moins facilement. Cela n'avait pas non plus calmé ses crampes ni décrispé sa main droite dont les doigts récalcitrants semblaient vouloir se refermer au moindre geste, comme les serres d'un rapace. Résultat – le plus voyant –, il avait traîné la patte toute la journée, faisant mine de ne pas entendre les réflexions des uns et les regards des autres dont l'« élégance » et le « tact » le surprenaient toujours. Un peu comme ces gens qui ont l'intelligence et la délicatesse de demander à un couple marié depuis quelques années pourquoi ils n'ont toujours pas d'enfant ou à un cancéreux sous chimiothérapie pourquoi il a perdu tous ses cheveux...

Il gardait de ces moments-là un goût amer et préférait, dans la mesure du possible, se réfugier dans la solitude, un peu comme l'animal blessé se cache de ses prédateurs, attendant la guérison, espérant reprendre tôt ou tard sa place parmi les siens. Ce jour-là, Charles n'avait donc aucune envie de voir qui que ce soit. Mais il se forçait. Car il le fallait bien. Sinon, mieux valait vivre tel un cénobite, un reclus du désert ou alors se coller une balle dans la tête. Solution radicale à laquelle il avait déjà pensé. Mais aujourd'hui, il y avait Askalu. Et il avait envie d'aller jusqu'au bout avec elle. Jusqu'au bout de sa propre route. Askalu serait son point de non-retour. Elle était sa genèse et sa fin. Sa vie et son trépas. L'aboutissement de toute chose. C'était ainsi. Il lui était désormais impossible de voir son existence se dérouler autrement.

Si une mauvaise journée commençait mal, elle finissait toujours de la même façon. Mal. Forcément. C'était une règle intangible que Charles avait pu maintes fois vérifier. Aussi, lorsque la sonnette de la porte retentit, il sut immédiatement que cela ne présageait rien de bon. D'autant que personne, jamais, ne lui rendait visite à cette heure-là – il était un peu plus de 19 heures –, ni d'ailleurs à aucune autre.

– Police, dit simplement le jeune homme qui se tenait devant lui tendant une carte tricolore comme un maoïste brandissant le Petit Livre rouge.

Il avait des cheveux drus, coupés court, dressés vers le ciel comme les piquants d'un porc-épic.

– Bonjour, dit Charles Gramont. Que puis-je pour vous ?

– Je suis le lieutenant Pensec, brigade criminelle. On vous a peut-être déjà averti.

– Non... C'est à quel sujet ?

– Vous permettez ? demanda Pensec en désignant l'entrée de l'appartement. Ça risque d'être un peu long. J'espère que vous n'aviez rien de prévu ce soir ?

– Non... ça ira. Bon, vous m'intriguez. Si ça risque d'être long, vous voulez peut-être boire quelque chose ? Café, jus de fruit, bière ?

– Une bière, ce sera parfait avec cette chaleur. Merci.

Charles disparut dans la cuisine, Pensec en profita pour traîner le long de la bibliothèque où les livres s'alignaient sur plusieurs rayons, classés par auteurs, des Français pour la plupart et quelques classiques américains. Il y avait aussi beaucoup de photographies et des bibelots visiblement rapportés de nombreux voyages, en Afrique principalement, à en juger par la facture des objets.

– Apparemment, vous aimez l'Afrique, remarqua Pensec en prenant le verre et la bouteille de bière que lui tendait Charles.

– Oui... beaucoup.

– Belle maison, fit encore Pensec, en désignant une des photos posées sur les étagères. C'est presque un château !

– La maison de famille... Je n'y vais plus beaucoup.

– Dommage, j'y passerais bien mes week-ends ! Vous traînez la jambe... Vous vous êtes blessé ? demanda le policier sautant du coq à l'âne.

– Non... Un petit souvenir que je trimbale depuis quelques années.

– Un accident ?

– C'est ça... Alors, qu'est-ce qui vous amène ?

– Vous ne vous en doutez vraiment pas ? demanda Pensec en sortant un stylo et un calepin.

– Si... Un peu. Louis de Pralin, c'est ça ?

– Exact. Nous avons déjà vu Claude Muller avant-hier, chez vous, dans vos bureaux. Et je suis déjà venu ici mais je suis tombé sur une jeune femme qui m'a dit que vous étiez en Afrique.

– Oui. Je « devais » y aller et c'est vrai que, quand vous l'avez vue, je n'avais pas encore eu le temps de l'avertir que le voyage était annulé.

– Pourquoi ?

– Oh ! vous savez, on travaille dans des pays instables où les situations politiques et militaires sont souvent compliquées. Tout y évolue très vite et il est fréquent qu'on doive reporter une mission.

– Je comprends. Vous le connaissiez bien ?

– Qui ?

– Eh bien, Louis de Pralin.

– Ah ! oui, bien sûr. Excusez-moi. Oui... Ou plus exactement je l'ai bien connu, il y a longtemps, quand nous étions jeunes. L'association venait de voir le jour. À l'époque, les bureaux de

Human Help étaient réduits à un couloir dans le fond d'une cour. On avait juste un téléphone, même pas un fax ou une photocopieuse et évidemment encore moins un ordinateur. On tapait tout sur une machine électrique à boule qu'on nous avait donnée et qui permettait d'effacer les fautes de frappe. Pardonnez-moi ces détails mais pour nous, c'était un vrai luxe.

– Bref... Louis de Pralin...

– On s'était rencontrés à la fac. Ils se connaissaient déjà avec Claude.

– Muller ?

– Oui. Claude Muller. On est devenus inséparables durant quelques années avant que nos routes se séparent.

– Pas avec Muller.

– Non, avec Louis. On a fait quelques missions ensemble en Afrique. Puis Louis a bifurqué comme on s'y attendait avec Claude. Quant à moi, j'ai eu quelques soucis qui m'ont mis sur la touche pendant quelque temps. Claude s'est retrouvé tout seul et c'est lui qui a vraiment développé Human Help. Je ne l'ai rejoint que plus tard.

– C'était quoi, ces « quelques soucis » ?

– Un accident.

– Ah, c'est à cause de ça, votre jambe ? fit Pensec tentant d'entretenir la conversation, comprenant les réticences de son interlocuteur à aborder le sujet. Je sais que ce n'est jamais agréable de répondre à des questions sur sa vie mais il faut que vous compreniez qu'on enquête sur un meurtre. Je ne vous cache pas qu'on piétine et chaque détail a son importance. C'est souvent grâce à ça qu'on peut tirer un fil pour démêler la pelote.

– Je comprends. Seulement, c'est quelque chose que j'évoque rarement et, quand je le fais, c'est avec difficulté... je n'aime vraiment pas évoquer cette période.

– Commençons par le commencement..

– Que voulez-vous savoir exactement ?

– Qui était Pralin. S'il avait des ennemis. Ce que vous avez fait avec lui. Quelles étaient ses éventuelles liaisons.

– Des ennemis ? Ses liaisons ? Je serais bien incapable de vous le dire. Vous savez, il vivait sur une autre planète très éloignée de la mienne, de la nôtre. Quant à savoir ce que nous faisions ensemble, il y a beaucoup à raconter. Nous avons pas mal voyagé et nous avons vécu pas mal de moments forts. Jusqu'à ce que nos routes se séparent.

– C'était quand ?

– En fait, après mon accident, en Érythrée. Au début des années 1980.

– Que s'est-il passé ?

– Je ne vois pas en quoi cela pourrait faire avancer votre enquête.

– Vous occupez pas de ça, racontez.

– Bien. Ça faisait plus d'un mois qu'on était sur le terrain.

– On ?

– Louis, Claude et moi-même, ainsi qu'un toubib de Médecins sans frontières rencontré sur place. J'allais oublier : un autre gars rencontré également sur place, plus ou moins journaliste, plutôt sympathique. Je ne l'ai jamais revu, pas plus que le toubib. Enfin, peu importe. Cela faisait donc plus d'un mois qu'on était là, avec Claude et Louis.

– Où exactement ?

– Pardon ? Eh bien, en Érythrée... Vous dire où exactement, ce serait difficile, étant donné que nous ne le savions pas nous-mêmes. Il faut savoir qu'à l'époque ça faisait déjà plus de vingt ans que les Érythréens se battaient pour leur indépendance contre l'Éthiopie qui était soutenue par l'URSS. Le pays était fermé, interdit aux étrangers, aux journalistes et, *a fortiori*, aux ONG humanitaires qui étaient encore peu nombreuses à cette époque. L'une des solutions, c'était de passer par le Soudan. D'abord Khartoum, la capitale, puis après avoir pris contact avec les mouvements de libération érythréens, on pouvait éventuellement espérer aller sur la frontière, à l'ouest, vers la mer Rouge. Je dis éventuellement car il fallait obtenir une autorisation des autorités soudanaises pour sortir de la capitale et uniquement pour se rendre dans les camps de réfugiés. Un prétexte pour se rapprocher de la frontière. Le passage en Érythrée se faisait clandestinement, de nuit de préférence. On avait dû patienter une semaine, enfermés dans une maison, à Kassala, au beau milieu du désert. Voilà, après on avait rejoint les camps du FLE dans le maquis quelque part dans l'ouest puis dans le nord de l'Érythrée.

– Le FLE ?

– Le Front de libération de l'Érythrée.

– Ensuite ?

– Eh bien, à l'époque, Human Help était réduite à sa plus simple expression. Claude, Louis et moi-même. Nous n'avions que des médicaments et du matériel pour handicapés à distribuer. Pas d'argent ni de nourriture.

– Quel genre de matériel ?

– Fauteuils roulants, déambulateurs, béquilles, cannes, etc. On avait même des prothèses, genre jambes artificielles.

– Et donc vous êtes arrivés dans des camps...

– Oui. En fait, certains étaient des hôpitaux, des tentes camouflées tant bien que mal dans la végétation. Les blessés les plus graves n'avaient aucune chance de s'en sortir, quant aux autres, ils avaient le choix entre la septicémie ou une jambe ou un bras coupé. J'en ai même vu un qui n'avait plus de mâchoire inférieure, emportée par un éclat. Je me souviens de lui parce qu'il avait un pansement poisseux sur lequel s'agglutinaient des essaims de mouches et on ne voyait que ses yeux... des yeux fiévreux avec un regard intense, perforant, vous fixant comme si vous étiez le Messie. Et puis, il y avait d'autres camps qui étaient des garnisons, des cantonnements où se reposaient les combattants avant de repartir au front. C'est dans un de ces camps que nous avons rencontré le toubib et le journaliste.

– Et là, vous êtes restés un mois ?

– Pas tout à fait... on a beaucoup bougé.

– Dangereux ?

– Ça dépendait si on était loin ou pas des zones de combat. Mais oui, on a eu droit à quelques combats et surtout à des bombardements des Mig de l'Armée rouge gracieusement offerts aux Éthiopiens par Moscou, au nom de l'amitié entre les peuples ! Ils ont fait pas mal de dégâts. Surtout que les Érythréens n'avaient pas d'aviation et surtout pas grand-chose pour les descendre. Et c'est comme ça, un matin, qu'on a dû repartir précipitamment pour le Soudan.

– Un bombardement ?

– Plus précisément une offensive. C'est une histoire compliquée. Le FLE avait un rival, le FPLE, un autre front de libération, plus marxiste, tendance rouge foncé et qui voulait sa disparition. Pour y parvenir, le FPLE s'était allié, officieusement, « tactiquement », avec les Éthiopiens. Résultat, on a dû faire nos bagages vite fait. Ça chauffait !

Charles Gramont s'était interrompu pour remplir son verre de bière et en boire une gorgée, avant de poursuivre son récit. Il avait les yeux dans le vide, le regard perdu, semblant hypnotisé par le chuchotis de la mousse. Il tenait son verre entre les mains, le faisant rouler entre ses paumes comme pour le réchauffer. Pensec patienta quelques secondes avant de relancer la conversation, sachant qu'il fallait respecter ce temps mort, ce silence, autant que possible ; accepter le rythme imposé par le narrateur pour ne pas le brouiller avec sa mémoire. Mais le silence semblait devoir s'éterniser. Comme s'il y avait eu une rupture. Comme si un fil déjà ténu venait de se rompre.

– Ça va ? demanda le lieutenant.

– Oui... oui, répondit Charles Gramont sans hésiter, soudain tiré de ses pensées, engloutissant la moitié de son verre de bière. Excusez-moi, je repensais à tout ça.

– Alors que s'est-il passé ? fit Pensec.

– Eh bien, nous avons filé fissa vers le Soudan, à travers le désert. Mais nous en étions encore loin. Plus de deux jours de route, enfin plutôt deux jours de pistes. Nous étions à deux voitures. Un 4 × 4 japonais et une vieille jeep Wyllis, vous savez celle des Américains pendant la Seconde Guerre mondiale. On était partis si vite qu'on avait à peine de quoi boire et manger.

– À part vous cinq, qui y avait-il d'autre ?

– Notre guide et deux ou trois autres cadres du mouvement qui devaient rejoindre la frontière pour je ne sais plus quelle raison.

– Et l'accident, c'est à ce moment-là qu'il a eu lieu ?

– Oui. J'avais voulu absolument monter dans la jeep. Un caprice de gosse élevé avec les films de guerre américains. C'était la première fois que j'avais l'occasion d'en voir une de près. Si j'avais su... Je me trouvais avec les types du FLE. Pour une raison que j'ignore, la jeep s'est retournée. Ils ont tous été tués. Moi, j'ai eu la nuque brisée. J'étais paralysé de la tête aux pieds. Le toubib m'a confectionné une minerve de fortune avec une veste et m'a piqué avec ce qui lui restait de morphine, c'est-à-dire pas grand-chose. On m'a collé tant bien que mal dans l'autre 4 × 4. Il restait encore une bonne journée de route avant d'arriver à Kassala. Croyez-moi, j'ai vécu un vrai calvaire ! Même au début, avec la morphine... Après, j'ai tout simplement souhaité que tout s'arrête. La mort aurait été une libération. Cette idée de pouvoir en finir me rassurait au lieu de m'inquiéter. Sincèrement, depuis ce jour-là, je sais qu'on peut envisager la mort sans aucune crainte, sans peur, tout simplement, parce que souffrir, plus encore, devient impossible, intolérable. Je me souviens d'une phrase, dans un poème écrit par un homme venant de perdre son enfant, il parlait d'*« une inexpugnable forteresse de douleur »*. C'était exactement ça. Parce que l'idée d'aller au-delà d'un certain degré de souffrance, d'aller au-delà de cette douleur qui vous ravage de l'intérieur, qui s'est emparée de tout votre corps, devient tout bonnement insupportable, impossible. Vous pourriez croire que je n'avais plus toute ma tête, mais non, et c'était peut-être ça le pire, j'avais toute ma raison. Ces moments-là, ces heures... ces heures de... ces heures d'horreur... ce cauchemar éveillé, je l'ai vécu pleinement, je me souviens de chaque seconde de cette torture. Je peux encore vous dire qui était à côté de moi, à quelle place et quels ont été les mots ou les gestes de chacun ou combien de fois on s'est arrêtés ou combien de fois on m'a fait boire. Je me souviens de tout, du bruit du moteur, des gémissements de la mécanique et de la carrosserie, de la chaleur écrasante autour de moi et de cette sensation de froid glacial se diffusant à l'intérieur de mon corps, dans chacun de mes membres, dans mon ventre... partout... Et puis surtout, j'avais des moments de panique quand j'essayais de bouger, car bien sûr je ne pouvais plus bouger ! C'est devenu rapidement obsédant. Mon corps était comme une pierre... comme du ciment... un bloc inerte, insensible et il me paraissait terriblement lourd alors que je ne le sentais plus. C'est difficile d'expliquer cette sensation d'exister alors que les seuls liens sensitifs qu'on ait avec le monde sont l'ouïe, l'odorat et la vue. Parce que, évidemment, le toucher a disparu. Votre peau et son contact avec l'extérieur, avec les autres, ont disparu. Une part importante de ce que vous êtes n'existe plus. J'ai vraiment eu l'impression d'évoluer dans une autre dimension, dans un univers parallèle, avec ses propres références et ces propres codes, au-delà de la peur, au-delà de la douleur, là où règne l'angoisse. Non, plutôt le désespoir le plus profond, l'épouvante, une sorte de frayeur permanente. Excusez-moi, mais je ne trouve pas le mot juste. C'est un peu tout cela. Finalement, ça doit ressembler à l'enfer. Vous savez, l'impossibilité, la certitude qu'on ne trouvera plus jamais la paix ni aucun bien-être ; la certitude, non pas que vous allez vivre dans l'horreur jusqu'à la fin de votre vie mais jusqu'à la fin des temps, pour l'éternité ! Vous avez déjà pensé à ça : vivre dans la douleur extrême, dans l'horreur sans espoir de rémission, jamais ?

Pensec ne l'avait pas interrompu. Il n'avait pas pu, écoutant Charles Gramont, cueillant chacun de ses mots et les retenant avec une attention profonde, soucieux d'entrer dans l'histoire, de n'en perdre aucun élément, oubliant son calepin, son stylo et ses notes, cherchant à deviner la personnalité de l'homme assis en face de lui. Cet homme parfois emporté par son récit, possédé par ses propres mots, prisonnier de sa mémoire.

Puis, il y eut un silence.

Charles Gramont, immobile, fixait la table et son verre de bière.

– Pour quelqu'un qui a du mal à parler, vous vous posez là ! dit le lieutenant.

Charles Gramont releva la tête.

– Probablement parce que justement je n'en parle jamais. Je vais même vous faire une confidence. Croyez-le ou pas, mais c'est la première fois que j'en parle de cette façon-là à quelqu'un. Je viens de m'en rendre compte. Finalement, j'en avais peut-être besoin...

– Certainement, fit Pensec, regrettant que Gorin n'ait pas assisté à cette confession, estimant avec une fierté à peine dissimulée que si son interlocuteur s'était ainsi confié, c'était grâce à lui.

Cela ne faisait pas avancer l'enquête pour autant. Cependant, Pensec était troublé, et plus que cela, perturbé, par les références que Charles Gramont venait de faire à l'enfer. L'enfer qu'on ne pouvait évidemment qu'associer aux flammes, au feu. Troublant, perturbant, quand on enquête sur des victimes qui ont péri par le feu. N'était-ce qu'un hasard ? Un simple hasard, comme il y en a tant d'autres et dont on voudrait parfois qu'ils n'en soient pas. « Mais ce type n'est pas un idiot, pensa Pensec, s'il avait à voir quelque chose dans cette histoire, il aurait évité de parler de l'enfer. » Peu importait. Quand Pensec livrerait le compte rendu de cette conversation à Gorin, celui-ci serait bien obligé, lui aussi, de faire le rapprochement. Il vida son verre de bière. Gramont lui en proposa un autre qu'il accepta, évoquant comme une excuse maladroite la chaleur caniculaire.

– Et vous avez été rapatrié en France ? fit le policier.

– Oui. Rapatrié, opéré, soigné et rafistolé tant bien que mal.

– Et vous avez beaucoup de séquelles ?

– Un certain nombre, mais ça, si vous le permettez, je le garde pour moi, cela ne servirait à rien pour votre enquête !

– Mmh... Quand je suis venu ici la première fois, il y avait une jeune femme que nous avions croisée dans les bureaux de Human Help. Elle est érythréenne, n'est-ce pas ?

– Bien remarqué.

– C'est un hasard ?

– Oui et non... Oui, parce qu'elle a débarqué un beau jour chez nous et non, parce qu'elle est belle et que j'ai toujours eu un faible pour les femmes de la Corne de l'Afrique. Vous savez, fines, élancées et à la peau de satin... terriblement féminines.

– Oh ! moi, je préfère les blondes aux yeux bleus. Je sais, c'est pas très original mais c'est comme ça. Comment s'appelle-t-elle ?

– Askalu. On dit Askalou mais ça s'écrit « lu » à la fin.

– Vous la connaissez depuis longtemps ?

– Quelques mois seulement.

– Rien à dire sur elle, sur son comportement ? Quelque chose qui aurait changé, ces derniers temps ?

– Non, fit Charles Gramont en se levant et se dirigeant vers la cuisine.

Il en revint avec deux nouvelles canettes de bière. Il en ouvrit une et remplit le verre du policier sans lui demander son avis. Pensec en but immédiatement une première gorgée.

– Il fait une telle chaleur, fit-il remarquer en souriant, qu'il faut presque se dépêcher pour l'empêcher de se réchauffer !

– Oui, répondit Charles Gramont se servant à son tour.

– Je ne vais pas vous ennuyer plus longtemps, dit Pensec, mais vous vous en doutez, on se reverra certainement.

– Vous ne m'ennuyez pas... au contraire, ça m'a fait du bien de parler.

– Tant mieux !

– Vous êtes policier depuis longtemps ?

– Non. Je suis sorti de l'école de police il y a deux ans et je viens d'être muté à la brigade criminelle, au Quai des Orfèvres, répondit Pensec en se redressant.

Signe de satisfaction qui n'échappa pas à Charles Gramont.

– Et ça, la brigade criminelle, c'est bien ?

– La Crim ? Un peu que c'est bien ! Le top du top ! C'est un mythe, la Crim ! Des grosses affaires, des enquêtes compliquées résolues par des limiers premier choix ! Un peu que c'est bien et je compte bien y faire mon trou !

– Si vous le dites.

– Non, croyez-moi, y a des policiers qui ont rêvé toute leur vie de travailler à la Crim. Moi, par exemple.

Après une nouvelle gorgée de bière, Pensec posa son verre. Une question lui brûlait les lèvres.

– Les djinns, dit-il, ça évoque quelque chose pour vous ?

– Les djinns ? Oui, répondit Charles Gramont, les sourcils plissés. Enfin, comme à tout le monde, j'imagine. Des sortes d'esprits auxquels croient les musulmans, non ? Pourquoi me posez-vous cette question ?

– Pour rien... Je vous expliquerai plus tard. Pour le moment, je ne peux rien vous dire.

Charles Gramont haussa légèrement les épaules, apparemment peu curieux d'en savoir plus.

– Bon, poursuivit Pensec en lui tendant une carte de visite sur laquelle était gravé l'écusson de la préfecture de police, surmonté de deux P majuscules collés dos à dos. Merci pour la bière et merci d'avoir bien voulu répondre à mes questions. On vous tient au courant s'il y a du nouveau. Faites-en de même de votre côté si quelque chose vous revient en mémoire, qui pourrait éventuellement nous servir à y voir un peu plus clair dans cette affaire.

– Bien sûr, vous pouvez compter sur moi.

Pensec tira la porte de l'ascenseur. Il n'y avait que quatre étages mais le temps d'arriver au rez-de-chaussée et le lieutenant de la Crim s'était persuadé que ce Charles Gramont n'était pas étranger à l'assassinat de Pralin. Non qu'il le crût coupable, mais son intuition – car il était convaincu d'en avoir une forgée dans le bronze – lui murmurait à l'oreille qu'il fallait garder un œil sur cet homme. Il n'eut plus, dès lors, qu'une seule obsession : s'en ouvrir à Gorin et le plus vite possible.

Le policier une fois dans l'ascenseur, Charles vida son verre et sortit une nouvelle canette de bière du réfrigérateur. Avant de l'ouvrir, il fouilla dans un placard à la recherche d'un sachet d'aspirine dont il versa le contenu dans un verre d'eau. Une fois la poudre blanche diluée, il avala le mélange cul sec. Puis, il ouvrit la canette et remplit son verre resté sur la table basse du salon. Il s'allongea sur la banquette. Mais il faisait trop chaud. Alors il s'assit et vida la moitié de son verre embué à cause du liquide glacé et se l'appliqua sur le front, le faisant rouler dans un lent mouvement de va-et-vient. Il était 21 heures. Il n'avait pas faim. Juste soif. Impatient que cesse son mal de tête. Askalu lui avait promis de passer la nuit avec lui. Alors il allait l'attendre. Il lui semblait avoir passé toute sa vie à attendre quelque chose ou quelqu'un. La pensée de son prochain départ avec la jeune femme, des quelques semaines qu'il allait passer à ses côtés, était une lueur, une promesse de bien-être à défaut d'être un moment de bonheur. C'était tout le paradoxe de sa rencontre avec Askalu. Avant leur liaison, sa vie était un tunnel au bout duquel il y avait une lueur. Aujourd'hui, ce tunnel était devenu un cul-de-sac. La lueur avait disparu, comme la flamme d'une bougie s'éteignant lentement, faute de mèche et de cire, ne laissant plus aucune place à l'espérance. Car il savait qu'Askalu le quitterait un jour et qu'il lui était désormais impossible d'envisager l'existence sans elle. Il savait que cela faisait partie de sa dette. Il savait qu'il n'avait pas fini de régler la note, malgré son accident. Il l'avait pourtant cru. L'irruption d'Askalu dans sa vie le lui avait fait comprendre. Elle allait le ramener là-bas. Ce n'était pas un hasard. Ça ne pouvait pas en être un.

Après quelques minutes assis, là, les yeux mi-clos, ressassant des idées noires, il décida de prendre une douche. Bouillante, malgré la chaleur, pour apaiser son mal de dos et au genou et à la tête. En se dirigeant vers la salle de bains avec son verre de bière à la main, il repensa à la conversation qu'il venait d'avoir avec le policier. Oui, c'était vraiment la première fois qu'il s'ouvrait ainsi à quelqu'un. Il s'en étonna. Mais cela lui avait fait du bien de parler. Il repensa aussi à la question sur les djinns. Étrange, cette question. Bien sûr, il aurait pu lui raconter l'anecdote, juste avant son accident, en omettant les passages les plus embarrassants, ceux qui venaient encore le hanter certaines nuits. Mais non, finalement, il n'aurait pas pu lui raconter quoi que ce soit. Trop de mauvais souvenirs. Trop de remords. À quoi bon revenir là-dessus ? Puis il pensa encore à Askalu. Il n'avait pas évoqué la photographie disparue de son album et plus que certainement subtilisée par la jeune femme. Quelle importance cela pouvait-il avoir pour l'enquête du policier ? Quel rapport avec la mort de Louis de Pralin ? Aucun. Évidemment. C'est en tout cas ce qu'il voulait croire.

La phrase était là, en évidence, striant le plafond de la cuisine, grossière, incongrue, tracée, comme les autres, avec le sang de la victime. Le poème de Victor Hugo ne quittait plus Gorin. Il sortit la feuille pliée en quatre de la poche intérieure de sa veste de lin ; il portait le même costume qu'à Rome, ayant à peine pris le temps de passer au « 36 », avant de filer vers Nantes à bord d'un hélicoptère gracieusement offert par la Sécurité civile. Pour le retour, on lui avait bien précisé qu'il devrait se débrouiller par ses propres moyens. L'entraide a tout de même ses limites !

Il déplia la feuille et chercha le vers. Il se trouvait au début de la treizième strophe, à la première et à la deuxième ligne : *« Les djinns funèbres, fils du trépas. »* Depuis le début de l'enquête, il s'était ingénié à relever l'emplacement exact des phrases dans le poème de Victor Hugo, sans y découvrir néanmoins la moindre signification : la première – *« Cris de l'enfer ! voix qui hurle et qui pleure ! »* – se situait à la première ligne de la huitième strophe et la deuxième – *« Dieu ! La voix sépulcrale des djinns ! »* – était également au début d'une strophe, la cinquième en l'occurrence. Et c'était la seule similitude existant entre chacune des phrases découvertes sur la scène de crime : les trois marquaient le commencement d'une strophe. Hasard ou volonté délibérée du Rôtisseur, Gorin était incapable de le dire.

Comme il l'avait fait à Rome, il sortit son appareil numérique extra plat et photographia la phrase, puis chaque lettre aussi près que le lui permettait l'objectif. Il n'avait aucune connaissance particulière en graphologie, outre l'expérience accumulée au fil des enquêtes depuis ses débuts à la Crim. Une fois qu'il les aurait agrandies sur l'écran de son ordinateur, il pourrait comparer les lettres dessinées à trois reprises par l'assassin et y découvrir, peut-être, des détails révélateurs. Il était conscient, malgré tout, que cela ne le mènerait pas loin. Mais cela aurait au moins le mérite, espérait-il, de nourrir le dossier judiciaire, de le renforcer.

La maison du Dr Mathieu Chapelain était une gentilhommière du plus pur XVIIIe, témoignant du charme et de l'élégance discrète de l'architecture de ce siècle. L'Erdre coulait au bas de la propriété, à quelques encablures des bâtiments. La porte de la vaste cuisine, là où le corps du médecin avait été découvert, ouvrait sur cette partie du jardin.

Gorin n'avait pas encore pris connaissance du rapport de la PJ nantaise ni de celui du médecin légiste, ayant préféré se rendre tout de suite sur place. Il avait tout de même pu s'entretenir au téléphone avec le policier chargé de l'enquête, le commandant Payet, un camarade de promotion, ce qui est toujours une bonne surprise lorsqu'on quitte sa zone de chasse : certains policiers n'aiment pas qu'on vienne mettre les pieds sur leur territoire et se montrent parfois peu coopératifs. Ils devaient dîner ensemble le soir même et il était prévu que Payet remette le dossier à Gorin à cette occasion. Aussi, ne lui avait-il donné que les éléments les plus marquants de ce nouveau meurtre.

Le corps n'avait été découvert que quarante-huit heures après les faits. Le médecin avait en effet pour habitude de ne joindre personne, sauf nécessité absolue, lorsqu'il se trouvait seul dans cette maison. Il exigeait « qu'on lui fiche la paix », selon ses propres termes, ainsi que l'avait expliqué son épouse qui ne s'était donc pas inquiétée du silence de son mari. C'est elle qui avait découvert le corps calciné dans la cheminée, en arrivant, comme chaque week-end, le samedi en fin d'après-midi.

De même que pour le juge Wolf, le Dr Chapelain avait été ligoté sur une chaise. Ce qui n'avait pas été le cas pour Louis de Pralin. Et comme pour le juge italien, le médecin avait été drogué avant que son corps ne soit aspergé d'essence. Détail macabre, il respirait encore avant que les flammes ne finissent de noircir complètement son corps. Comme pour Pralin. Comme pour Wolf.

Gorin n'avait pas encore vu la photographie abandonnée, ou oubliée volontairement sur place par le Rôtisseur. Inutile de préciser qu'il était impatient de l'avoir entre les mains, pressentant que ce cliché, représentant quatre personnages – quatre hommes plutôt jeunes, seule précision que lui avait donnée Payet –, pouvait offrir, enfin, une piste sérieuse. La première depuis le début de cette enquête qui n'avançait pas. Le groupe Gorin dans l'impasse ? Ça en faisait sourire certains au « 36 ». Gorin n'était pas détesté mais pas aimé non plus. Trop solitaire. Trop intransigeant. Trop souvent absent aux pots de départ, d'arrivée, d'anniversaire ou de naissance. Trop rarement présent aux déjeuners ou aux dîners de fin d'année... Bref, il en allait à la PJ comme partout ailleurs : on n'y appréciait pas ceux qui refusaient de se couler dans le moule. Cependant, Gorin avait en la personne de Lenoir l'un de ses plus ardents défenseurs. Le patron de la Crim rappelait, à qui voulait l'entendre, que « son » commandant avait élucidé plus d'affaires en dix ans que certains policiers durant toute leur carrière ! Il y avait aussi les hommes de son groupe et ceux qui avaient travaillé avec lui : tous, ou presque, l'appréciaient. Si certains s'étaient fait couper un bras pour lui, d'autres, comme Garnier, se seraient fait tuer sans hésiter.

Une voiture conduite par un policier du commissariat central de Nantes l'attendait devant la propriété des Chapelain. Avant de rejoindre son camarade de promotion pour le dîner, Gorin avait souhaité interroger la femme du médecin, chez elle, à Nantes.

Sur le chemin, il attrapa une autre feuille de papier pliée en quatre dans une des deux poches extérieures de sa veste. C'était le profil psychologique du Rôtisseur que Garnier lui avait remis lors de son passage éclair au « 36 », le matin même. Gorin exécrait les pseudo-*profilers* qui, depuis le succès du *Silence des agneaux*, avaient colonisé pendant quelques années les plateaux de télévision, les studios de radio ou les pages des magazines. De son point de vue, ils avaient surtout semé la pagaille jusque dans les rangs de la PJ où les patrons en étaient arrivés à se demander s'il ne fallait pas s'adjoindre les services de ce genre d'individus, parmi lesquels se cachaient de vrais escrocs, les autres n'étant que des incapables ou des policiers ratés. Un de ses miraculeux profileurs, qui, comme tous ses congénères, n'avait jamais mis les pieds sur une scène de crime, avait même créé une école et réussi à attirer des étudiants dont la naïveté avait été à la hauteur de leur déconvenue, étant entendu que les cours étaient loin d'être gratuits, voire même outrageusement onéreux. L'école avait fini par fermer ses portes après une série de plaintes et son directeur-profileur avait écopé d'une condamnation pour escroquerie. Ce qui ne l'avait pas empêché, discrètement... d'en ouvrir une autre !

Terminé, donc, les charlatans et autres adeptes de Clarice Starling. En revanche, Gorin n'avait rien contre l'avis de certains psychologues capables, parfois, de donner quelque éclairage sur la personnalité d'un tueur, après lequel courait la PJ ou d'un suspect en garde à vue. Le Dr Mourot était l'un de ces psys. Gorin lui faisait d'autant plus confiance qu'il refusait la moindre gratification et n'avait jamais cherché à faire de la publicité autour de sa collaboration avec le Quai des Orfèvres. Aussi, le policier lui avait-il demandé de se pencher sur le cas du Rôtisseur. Après avoir consulté le dossier Pralin, puis les éléments concernant l'assassinat du juge Wolf, le médecin l'avait prévenu qu'il ne pourrait pas lui fournir un profil détaillé, n'ayant pu se rendre sur les deux scènes de crime, et qu'il ne devrait surtout pas prendre son expertise, forcément sommaire, au pied de la lettre. Néanmoins, Gorin avait insisté pour qu'il lui rédige quelques lignes, les traits grossiers du mystérieux Rôtisseur, en attendant des détails supplémentaires et éventuellement un nouvel assassinat.

Effectivement, pensa Gorin après avoir déplié la feuille. C'est maigre. Mais en lisant la note du Dr Mourot, le policier fut satisfait de constater qu'elle correspondait, à peu de chose près, à l'image qu'il se faisait du tueur. Le psychiatre avait d'emblée éliminé la possibilité qu'il puisse s'agir d'une femme, essentiellement à cause de la partie physique du mode opératoire. Il était évident que, dans chacun des deux meurtres, le tueur avait dû utiliser la force. Celle d'un homme, pas d'une femme, à moins qu'il ne s'agisse d'une lanceuse de poids de l'ex-RDA, élevée aux hormones.

Le psychiatre avait également averti Gorin qu'il fallait être extrêmement prudent avant de qualifier le Rôtisseur de tueur en série, selon les critères habituellement retenus, comme le nombre d'assassinats. On considère, en effet, que la « série » commence à partir de la troisième victime. Selon lui, il ne tuait pas pour le plaisir de tuer, prisonnier de pulsions incontrôlables. Voici ce qu'avait écrit le Dr Mourot : « Cet homme doit être cultivé et certainement intelligent. Sans doute rigide, peut-être même un peu paranoïaque. Mais surtout – et j'insiste sur cet aspect qui me paraît fondamental dans votre enquête – torturé par les sévices qu'il aurait subis dans son enfance. Peut-être a-t-il été violé par son propre père ; ce n'est qu'une hypothèse mais elle ne doit pas être écartée. Il y a, en tout cas dans son enfance, une immense blessure quelle qu'elle soit, profonde, toujours pas refermée. Il doit être très seul, solitaire, très indépendant et persuadé qu'il n'est pas compris des hommes, pas aidé par la médecine, pas aimé des femmes. Autant de choses, d'événements malheureux, de blessures, qu'il ressasse en permanence ou plus exactement qu'il n'a jamais cessé de ressasser depuis sa plus tendre enfance. Résultat, toute sa vie, une voix, en lui, n'a cessé de le convaincre qu'il fallait se venger ; laver l'injustice dont il se croit la victime dans le sang et le feu. Réparer, complètement. Faire taire les djinns – à moins qu'il ne soit un djinn lui-même. Pour connaître, à son tour, un peu de paix...

« Voilà, mon cher commandant, le peu de chose que je peux raisonnablement vous dire sur votre "Rôtisseur" – quel surnom ! – et je vous souhaite de mettre rapidement la main dessus car j'ai la presque certitude qu'il s'arrêtera de tuer lorsqu'il estimera être arrivé au terme de sa vengeance. Il risquerait alors de disparaître, de se fondre dans le paysage, devenant monsieur Tout-le-monde, se sentant alors capable, enfin, de fonder à son tour une famille. Inutile de vous préciser qu'il deviendrait extrêmement difficile de le pister et de l'identifier ! Mais cela est du ressort du policier, pas du psy...

« En espérant vous voir très bientôt. Pourquoi pas autour d'un bon repas ? Amitiés. Hubert. »

Il a raison, s'il s'agit bien d'une vengeance, pensa Gorin, ce type peut arrêter de tuer le jour où il aura atteint son but, estimant avoir rempli sa mission, et disparaître. Et le monde est vaste !

La voiture s'arrêta. Il tourna la tête vers le chauffeur. « Nous sommes arrivés, dit celui-ci. Le 5, c'est la grande porte bleue. Je vous attends ? » Gorin répondit par l'affirmative, expliquant qu'il n'en aurait pas pour très longtemps.

Le cabinet de feu le Dr Chapelain se trouvait au deuxième étage d'un immeuble haussmannien. C'était aussi l'appartement de la famille. La veuve du médecin y attendait le commandant de la Crim. Il régnait un silence feutré dans la cage d'escalier dont les marches étaient recouvertes d'un épais tapis rouge. Une fois devant la porte à double battant, il appuya sur la sonnette. Des pas bientôt se firent entendre, laissant craquer les lattes d'un parquet dans ce qui devait être un couloir. Une femme avec un tablier ouvrit la porte.

– Madame vous attend, dit celle-ci avec un fort accent espagnol.

Gorin la suivit jusque dans un grand salon bourgeois où se tenait, debout près d'une cheminée, celle qu'il identifia comme Mme Chapelain, à en juger par son âge, ses yeux rougis par les larmes et le mouchoir qu'elle serrait dans une main.

– Bonjour, madame, fit le policier. Merci de me recevoir. Je sais que ce n'est jamais facile dans des moments aussi pénibles mais, comme vous le savez peut-être, ou peut-être pas, le temps joue toujours contre nous dans une enquête.

– Bien sûr, je comprends. Asseyez-vous, dit la femme, en s'asseyant elle-même sur le bord dans un large fauteuil.

Sa voix était à peine audible.

– Que voulez-vous savoir ?

– D'abord, il est capital que vous ne parliez à aucun journaliste. Pour l'instant. Officiellement, votre mari a été victime d'une crise cardiaque. Surtout ne mentionnez sous aucun prétexte la phrase laissée par le tueur sur le plafond de la cuisine.

– Oui... vos collègues me l'ont déjà dit. Ne craignez rien.

Rapidement, et sans entrer dans les détails, Gorin expliqua que son mari était la troisième victime d'un tueur qui avait utilisé, à chaque fois, la même méthode.

– Votre mari, ou vous-même, connaissiez-vous un certain Louis de Pralin ?

– Moi, non. Ce nom ne me dit rien du tout.

– Enzo Wolf ?

– Pardon ?

– Ce nom, Enzo Wolf, ça vous dit quelque chose ?

– Non plus.

– Vous connaissez Rome ? Vous y êtes déjà allée avec votre mari ?

– Non. Nous ne connaissions pas l'Italie. Mais nous nous étions promis d'aller bientôt à Rome.

À ces mots, la veuve colla son mouchoir sous son nez, baissant la tête pour cacher les larmes qu'elle ne put contenir. Gorin patienta, attendant qu'elle eût relevé la tête. Ce qu'elle fit au bout de quelques secondes, toujours le mouchoir pressé sous le nez.

– Question rituelle, si je puis dire : votre mari avait-il des ennemis ?

– Non, pas que je sache. Vous ne croyez pas qu'il s'agit tout simplement de l'acte d'un malade, d'un déséquilibré ?

– Non, ça ne cadre pas avec un certain nombre d'éléments que nous avons en notre possession et dont je ne peux pas vous parler maintenant. Votre mari avait-il l'air inquiet ces derniers temps ?

– Non... vraiment pas. Égal à lui-même. C'était quelqu'un de très dynamique. Toujours très positif, toujours prêt à aider les gens. C'était un homme généreux et bon, il n'aurait jamais fait de mal à une mouche. Dans sa jeunesse, il avait même participé à des opérations humanitaires, en Afrique.

– Pardon ? fit Gorin écarquillant les yeux, sursautant presque, comme s'il se réveillait d'un long sommeil. Des missions humanitaires en Afrique ? Quand et où ? Et avec quelle organisation ?

– Je ne sais pas exactement. Il en parlait rarement.

– Vous avez forcément des photos. Pourrais-je les voir ?

– Des photos de ses missions ?

– Oui.

– Attendez, je vais chercher ses albums.

Gorin tenait enfin une piste, pas bien solide pour l'instant, mais c'était la première fois qu'il pouvait relier deux des victimes entre elles. Peut-être n'était-ce qu'un hasard. Il allait être bientôt fixé.

– Je n'ai que celui-ci, dit la veuve de retour dans le salon.

Elle tendit l'album à Gorin qui le posa sur la table basse, devant lui. Il l'ouvrit et le feuilleta, lentement, puis plus rapidement. Et au fur et à mesure que les pages tournaient, son visage s'assombrissait. Arrivé au dernier cliché de la dernière page, il releva la tête.

– Mais il n'y a aucune photo avec votre mari ! Enfin, je ne le connaissais pas mais, pour autant que je puisse en juger, il n'y a que des portraits d'Africains, de soldats ou alors des paysages. Rien sur votre mari ou ses amis.

– Oui, je sais. Je lui en avais fait la remarque, il y a longtemps déjà.

– Et ?

– Il m'avait dit qu'il n'avait pas fait ça pour rapporter des photos de lui ou de ses amis.

– C'est tout ? C'est un peu court comme explication !

– Oui. Que voulez-vous ? répondit la femme du médecin, visiblement agacée par les questions de Gorin. C'était son droit le plus strict.

– Bien sûr. C'est dommage, voilà tout. Dommage et surprenant.

– Je suis désolée mais... mais c'est comme ça.

– En revanche, pourriez-vous me donner une photo de lui, la plus récente possible ? Je vous la rendrai.

– Bien sûr.

Elle s'absenta de nouveau et revint quelques minutes plus tard avec une seule photographie dans la main.

– Pardonnez-moi, dit-elle, d'avoir été un peu longue, mais je souhaitais en trouver une que vous pourriez garder. J'en ai d'autres, mais j'y tiens. Celle-ci est très fidèle.

– Merci, fit Gorin découvrant le visage du Dr Chapelain.

Visage carré, au menton volontaire et aux pommettes saillantes avec de grands yeux bleus.

– Apparemment, c'était un homme robuste et grand, dit-il.

– 1,85 mètre, précisa sa femme.

Gorin se sentit prit d'une empathie soudaine pour cet homme qu'il ne connaissait pas et dont les dernières heures avaient dû être un calvaire.

– Donc, poursuivit le policier, il vous parlait peu de ces années-là ?

– Peu ? Vous voulez dire pas du tout ! Je vous l'ai dit, il était extrêmement discret sur ses missions. Je vous précise que tout ça, c'était bien avant notre mariage.

– Et cette discrétion ne vous a jamais étonnée ou intriguée ?

– Non. Pourquoi, cela aurait dû ?

– Ce n'est pas ce que je veux dire. Mais par curiosité, vous auriez pu chercher à en savoir plus. Il est toujours intéressant d'essayer de savoir pourquoi quelqu'un peut être à ce point discret sur une période de sa vie.

Mme veuve Chapelain s'était raidie, ne cherchant plus à cacher son agacement.

– Je pense simplement, fit-elle en serrant un peu plus son mouchoir, que mon mari était un homme bien, généreux, aidant son prochain dès qu'il le pouvait et détestant se mettre en avant. Il n'était pas du genre à hurler sur tous les toits ce qu'il faisait pour les autres. Cela dit, il m'avait tout de même succinctement raconté ce qu'il était allé faire dans je ne sais plus quel pays d'Afrique et il n'y avait aucune raison pour qu'il en parle en permanence. Et puis, il n'y était allé qu'une seule et unique fois. Ce n'était pas un baroudeur ni un héros de guerre !

– Je comprends, dit Gorin en faisant disparaître la photographie de Mathieu Chapelain dans la poche intérieure de sa veste.

Puis, il attrapa son portefeuille et en sortit une carte de visite qu'il tendit à la veuve au bord des larmes.

– Appelez-moi si vous vous souvenez de quelque chose.

– Quelque chose ?

– N'importe quoi qui puisse éclairer notre enquête. Je sais, ça manque de précision, ce sera à vous de juger.

Une heure plus tard, Gorin était assis à la table d'une brasserie du centre de Nantes, place Graslin, à deux pas de l'opéra. Seul. Payet avait du retard. Gorin ne pouvait lui en vouloir, connaissant mieux que quiconque les aléas du métier. Ce soir-là, un dentiste avait été découvert mort dans son cabinet, un scalpel planté dans l'œil. Le meurtrier avait été arrêté une heure plus tard : un client schizophrène qui avait laissé tellement d'indices qu'une meute de louveteaux l'aurait identifié en quelques minutes, notamment ses empreintes et une lettre de menace de mort, signée de son nom... et avec son adresse !

Payet n'allait plus tarder.

Gorin eut une pensée pour Évelyne, abandonnée à Rome. Enfin, abandonnée n'est pas le terme exact. C'est elle qui avait décidé de rester encore quelques jours dans la capitale italienne. L'émotion le gagna presque lorsqu'il revit la chambre d'hôtel où ils avaient fait l'amour en cette fin d'après-midi romaine, sous l'œil vigilant de saint Pierre. Il ne se souvenait pas avoir jamais désiré autant une femme. Évelyne était-elle celle qu'il attendait, bien qu'il se soit toujours défendu d'attendre qui que ce fût ?

Le commissaire Pantani avait promis de s'occuper d'elle, de lui faire découvrir « sa » ville. Évelyne était une belle femme. Elle n'avait, certes, plus 20 ans mais incarnait à la perfection ce charme de la quarantaine qui ne pouvait pas laisser indifférent un homme tel que ce Don Juan italien. La jalousie était un sentiment qu'ignorait Gorin. Il l'ignorait parce qu'il n'avait jamais vraiment aimé une femme. Ce qu'il ressentait ce soir-là, attablé, seul, dans une ville qu'il ne connaissait pas, était plus un sentiment de solitude, lui, le solitaire, le célibataire endurci. Et s'il n'était pas jaloux – il essayait en tout cas de s'en convaincre –, cela ne l'empêchait pas de ressentir, malgré tout, une sourde inquiétude à l'idée d'avoir laissé sa maîtresse dans les pattes de ce Giancarlo.

Son impatience était si grande de découvrir la photographie récupérée sur la table de la cuisine, près de la cheminée où reposait le corps calciné du Dr Chapelain, qu'il finit par chasser ces idées noires, sans pour autant parvenir à faire disparaître le visage d'Évelyne. Il profita de cette attente pour appeler

Garnier. Celui-ci l'informa que Pensec avait pu interroger Charles Gramont quand il était encore à Rome.

– Quoi ? Mais il aurait pu m'appeler ! fulmina Gorin.

– Il a essayé, Philippe, à plusieurs reprises, mais ça passait pas.

– Et toi, tu m'as bien appelé, non ? Ça passait ! Qu'est-ce que c'est que cette histoire encore ?

– Écoute, j'en sais rien. S'il a dit que ça passait pas, c'est que ça passait pas ! Je ne vois pas pourquoi il aurait raconté un bobard. En plus, il ne veut parler qu'à toi. Il t'a laissé un message.

Gorin coupa la communication sans prévenir Garnier. Effectivement, il avait un message de Pensec dans lequel le lieutenant lui précisait simplement qu'il allait le rappeler. Gorin préféra le joindre immédiatement mais c'est à ce moment-là qu'était apparu le commandant de la PJ nantaise. Celui-ci s'excusa de son retard et expliqua qu'il aurait malheureusement peu de temps à consacrer à ce dîner, à cause du meurtre du dentiste, l'audition de l'assassin ayant déjà commencé. Préférant passer directement au plat principal, il ne leur fallut qu'une petite demiheure pour en arriver au café. Entre-temps, le commandant Payet raconta tout ce qu'il savait sur l'affaire Chapelain – c'est-à-dire assez peu de chose – et lui remit une copie du dossier. Gorin s'y plongea, écoutant son collègue d'une oreille distraite.

– Dis-moi, fit-il l'air inquiet, elle est où la photo retrouvée sur la table de la cuisine ?

– Merde, dit Payet, elle est pas dedans ? Fais voir.

Gorin lui tendit le dossier.

– T'as raison, elle n'y est pas, concéda le policier nantais. Putain, mais... ça y est, j'y suis... merde, je l'ai laissée dans un tiroir de mon bureau. Elle est restée dans mon dossier... l'original. Bon, tu sais quoi, tu vas venir avec moi et je te fais ramener à ton hôtel... ça roule ?

– OK. J'espère que tu ne l'as pas paumée ! répondit Gorin, incapable de cacher sa déception.

Il avait l'air soudainement accablé, s'inquiétant de ne jamais voir cette photographie.

– Non, t'inquiète pas, elle est dans mon bureau, c'est tout ce qu'il y a de plus sûr.

Payet régla l'addition. Les bureaux de la PJ étaient à cinq minutes de là. L'impatience de Gorin grandissait au fur et à mesure qu'il se rapprochait du bureau de son camarade de promotion. C'était au premier étage.

– Assieds-toi, fit Payet, ouvrant un tiroir en extirpant une chemise rose sur laquelle on pouvait lire le nom de Mathieu Chapelain écrit au feutre noir.

Il en sortit la photographie et la tendit à Gorin qui la lui arracha presque des mains. Dire que le policier du Quai des Orfèvres tremblait serait exagéré. Cependant, il se leva brusquement de son siège et se rapprocha de la lampe de bureau, à cause de la pénombre régnant dans la pièce. Il plaça le cliché dans la lumière de l'ampoule. C'était une photographie en noir et blanc. Il vit distinctement les quatre personnages. Le lieu et la date avaient été inscrits au verso, au crayon noir : *Érythrée, août 1981*. Il ne bougeait plus, focalisant toute son attention sur les visages des quatre personnages. Il les reconnut, malgré leur jeunesse. Certains avaient beaucoup changé. D'autres un peu moins.

Payet l'observait, respectant son silence qui paraissait devoir s'éterniser. Puis, Gorin se redressa.

– Alors ? fit Payet.

– Nom de Dieu, dit Gorin sans pouvoir détacher les yeux du cliché. Je savais qu'il y avait quelque chose comme ça ! Reste à savoir qui a pris cette photo... mais j'ai ma petite idée.

– Tu sais qui a fait le coup ?

– Non, loin de là malheureusement. Disons qu'un fil dépasse de la pelote et qu'en le tirant on devrait en savoir un petit peu plus. Il faut que j'appelle immédiatement Paris et il faut que je rentre dès cette nuit. Je n'ai pas le choix. Comme on dit, c'est une question de vie ou de mort ! Peux-tu me dégoter une voiture à louer à cette heure-là ?

– Mieux, je vais te trouver quelqu'un qui va te conduire à Paris, au nom de l'entente cordiale entre la PJ parisienne et la PJ nantaise, fit Payet en plaisantant.

– Merci, vieux...

Il était 5 heures du matin lorsque Gorin se présenta à l'entrée du Quai des Orfèvres. Une lumière pâle éclairait encore le porche conduisant à la cour pavée, alors que l'on devinait déjà les premiers rougeoiements de l'aube, à l'autre bout du fleuve, au-delà des tours de Notre-Dame. Le planton avait fait un geste bref pour saluer le commandant de la Crim quand celui-ci avait présenté sa carte tricolore. Le policier nantais qui l'avait conduit jusqu'à Paris avait préféré repartir tout de suite pour Nantes, ne prenant pas même le temps de boire un café.

Gorin n'avait pas dormi, à peine somnolé, trop inquiet pour fermer les yeux, pressé aussi d'arriver à Paris. Il poussa une porte à double battant dont la peinture blanche s'écaillait. Juste au-dessus, sur un panneau à la couleur bleue usée par le temps, on pouvait lire : « Escalier A. Direction de la police judiciaire. » Il monta quatre à quatre les marches de l'escalier menant aux bureaux de la Crim. Le sien se trouvait sous les toits où seul un vasistas laissait filtrer la lumière du jour naissant. Il n'y avait pas plus de 10 m^2 que se partageaient trois énormes bureaux en fer gris. La misère des murs se dissimulait derrière des affiches de cinéma, des pêle-mêle, des papiers et des clichés de toute sorte concernant des enquêtes en cours.

Garnier était là, assis devant l'écran de son ordinateur allumé. Gorin l'avait appelé après son départ de Nantes. Voilà pourquoi il appréciait Garnier : non seulement c'était un bon flic mais en outre il savait pouvoir toujours compter sur lui. Marié depuis quinze ans, père de trois enfants, il ne comptait pas ses heures ni ses week-ends tombés à l'eau ou ses vacances écourtées. Chose surprenante aux yeux de nombre de ses collègues, son mariage avait tenu le choc, malgré les orages fréquents et les quelques tempêtes qui n'avaient pas manqué de souffler.

– Alors, demanda Gorin, finalement tu as réussi à le loger ?

– Oui, mais le plus difficile ça n'a pas été de trouver son domicile... ça a été de savoir où il était. Sa femme a été incapable de nous renseigner !

– Alors ?

– Alors j'ai demandé au commissariat local d'envoyer un gardien et de nous avertir dès qu'il rentrerait.

– Et il est rentré ?

– Oui, vers minuit et il m'a appelé tout de suite. J'avais laissé mon numéro à sa femme.

– Tu lui as expliqué ?

– Oui... mais avec ce que tu m'as laissé comme infos, c'est pas allé loin ! Je lui ai surtout dit de nous attendre.

– Bon... c'est où, à Versailles ?

– Pas loin du château.

– Évidemment, Pensec n'est pas là !

– Il nous retrouve sur place.

Gorin avait demandé à Garnier de conduire. La nuit blanche qu'il venait de passer l'avait dissuadé de prendre le volant. Cela l'arrangeait. Il n'avait jamais aimé conduire et ne nourrissait aucune passion dévorante pour les voitures ni d'une façon générale pour les engins mécaniques. En outre, il ne savait pas où Claude Muller demeurait. Et puis, Versailles, à part le château, il ne connaissait pas. Garnier, c'était différent. Même quand il ne connaissait pas un endroit avec précision, il semblait s'y rendre sans aucune difficulté, toujours capable de se repérer sans l'ombre d'une hésitation, comme s'il avait eu un GPS greffé dans le cerveau.

Gorin allongea les jambes, essayant de s'installer le plus confortablement possible. Il ferma les yeux mais n'avait pas l'intention de dormir, seulement de s'assoupir, de se relaxer le temps du trajet.

– On en a pour combien de temps ? demanda-t-il.

– Une demi-heure à tout casser. Maintenant tu peux peut-être m'expliquer ce qui se passe ?

– Oui, tu as raison.

Gorin plongea la main dans la poche intérieure de sa veste. Il portait toujours le même costume depuis Rome et n'avait pas eu le temps de prendre une douche ni de se raser. Une « épreuve » pour cet homme qui avait en horreur le laisser-aller, le négligé très tendance chez les bobos, ce côté « barbe de trois jours » à la Pensec, que l'on commençait d'ailleurs à croiser de plus en plus fréquemment dans les couloirs du Quai des Orfèvres. Il mit « la » photographie sous le nez de Garnier.

– Regarde, dit-il.

Garnier y jeta un coup d'œil rapide, puis un deuxième, inquiet de devoir quitter la route des yeux.

– Y en a au moins deux que tu dois reconnaître, non ?

– Ouais... Et même un troisième, figure-toi. Le toubib de Nantes, on a reçu son portrait pendant que tu étais là-bas. Oublie pas, je suis physionomiste, même s'ils ont tous l'air d'avoir vingt ans de moins. Et les deux autres, c'est qui ?

Gorin avait envie de maintenir le suspense, une façon comme une autre de mesurer si la surprise de son coéquipier serait à la mesure de la sienne propre.

– Devine, fit-il.

Il ne fallut pas longtemps à Garnier pour comprendre.

– Non... Tu veux dire que tous, là...

– Oui, c'est ce que je veux dire, le coupa Gorin. Tu comprends pourquoi on doit voir Muller fissa !

– Tu m'étonnes. Et cette photo, elle a été prise où ?

– En Érythrée. Il y a vingt ans, tu as raison, et même un peu plus que ça.

– Qui l'a prise ?

– J'en sais rien. Je compte sur Muller pour me l'apprendre.

À cette heure-là, et au beau milieu de l'été, la circulation était plutôt fluide. Arrivés à Versailles, ils passèrent devant le château du Roi-Soleil avant d'emprunter une large avenue. Puis ils bifurquèrent dans des rues plus étroites avant d'arriver dans un quartier résidentiel où s'alignaient de grandes maisons en pierre meulière, cernées de jardins spacieux, eux-mêmes emprisonnés derrière des haies de charmille grandissant à l'ombre d'un mur ou d'une grille.

– Dis, tu vois ce que je vois ? fit Garnier.

– Pensec ? Il est déjà là ? Tout arrive ! C'est bien qu'il soit là, ça m'évitera de lui courir après !

Garnier gara la voiture derrière celle de Pensec. Gorin sortit le premier, serra la main que lui tendait le jeune lieutenant et fit un bref salut au gardien de la paix qui montait la garde devant le portail.

– Bonjour, commandant, j'avais hâte de vous voir pour vous parler de ma conversation avec Charles Gramont, dit Pensec.

– Oui... bien sûr... On verra ça après avoir vu Claude Muller. Vous avez déjà sonné ?

– Surtout pas ! fit Pensec l'air offusqué. Je vous attendais. Et puis je ne sais pas ce que vous lui voulez, moi, à Muller.

– Tenez, dit Gorin, lui montrant la photographie. Comme ça, vous le saurez !

Pensec comprit tout de suite mais il n'eut pas le temps d'ouvrir la bouche. Garnier avait appuyé sur le bouton de l'interphone, installé à gauche de la porte d'entrée recouverte d'une peinture vert foncé, comme la grande grille. Déjà la voix de Muller résonnait, faisant vibrer le plastique trop fin de l'interphone.

– C'est le capitaine Garnier, je suis accompagné du commandant Gorin et du lieutenant Pensec.

– Oui... oui... Bien sûr, entrez.

Une fois la porte entrouverte, ils la poussèrent et remontèrent une allée de gravier. « Rien de pire que le gravier pour les chaussures », pensa Gorin. Muller les attendait sur le seuil de la maison, en haut d'un petit escalier. Sans un mot, il les fit entrer avant de refermer la porte et les invita à le suivre jusque dans un grand salon. Les trois policiers de la Crim ne purent s'empêcher d'échanger un regard en découvrant la cheminée trônant au fond de la pièce.

– Elle est grande, chuchota Pensec à l'oreille de Garnier qui fit mine de n'avoir rien entendu.

– Asseyez-vous, messieurs, dit Claude Muller en leur indiquant deux fauteuils club installés aux deux extrémités d'un large et profond canapé. Thé, café, jus de fruit ?

– Pour moi un café, répondit Gorin.

– Moi aussi, dit Garnier.

– Et moi, ce sera plutôt un thé, fit Pensec.

– Installez-vous. Je reviens, dit Muller.

Et il fut de retour quelques secondes plus tard.

– Ma femme va nous apporter un plateau, dit encore le directeur de Human Help. Alors qu'est-ce qui me vaut ce traitement de faveur de si bon matin ?

– Tenez, dit Gorin en lui tendant la photo. Voilà ce qui vous vaut ce traitement de faveur. Regardez et surtout expliquez-moi.

Muller prit le cliché entre les mains. Il n'eut aucune réaction visible.

– Où l'avez-vous récupérée ?

– Je vous le dirai plus tard. En attendant, je voudrais que vous m'expliquiez.

– Vous expliquer quoi ?

– Bien. Qui voit-on sur cette photo ? Vous, Louis de Pralin et deux autres personnes avec lesquelles vous semblez bien vous entendre, si j'en juge par vos sourires et le fait que vous vous teniez tous par l'épaule. Ce sont ces deux autres personnes qui m'intéressent. Vous pouvez me dire qui sont ces deux hommes ?

– Bien sûr... enfin pour autant que je m'en souvienne. Lui, le plus enrobé, c'était un Italien. Je crois qu'il se lançait dans une carrière de journaliste. Lui, c'était un jeune docteur de Médecins sans frontières. Il habitait Nantes. L'Italien s'appelait Enzo ou un prénom approchant. Quant au médecin, je ne m'en souviens pas.

Il y eut quelques secondes de silence. Gorin ne quittait pas Muller des yeux.

– C'est tout ? demanda le policier.

– Eh bien... oui. C'est la première fois que je les voyais et aussi la dernière.

– Cette photo a été prise il y a plus de vingt ans et vous me dites que vous ne les avez jamais revus.

– Absolument ! Nous les avions rencontrés sur place et nous nous sommes perdus de vue dès la fin de notre mission, après notre retour au Soudan.

– Cette photo a été prise au Soudan ? demanda Gorin.

– Non, elle a été prise en Érythrée. Est-ce que ce ne serait pas dans un camp du FLE, par hasard ?

Dans un synchronisme parfait, Gorin et Garnier tournèrent la tête vers Pensec, les yeux écarquillés. C'est lui qui venait de parler.

– Charles Gramont m'a raconté toute votre équipée, s'empressa de préciser Pensec en s'adressant à Claude Muller. Et je suppose que c'est lui qui a pris cette photo, non ? Par contre, il ne m'a pas dit grand-chose sur les deux autres personnes.

– C'est exact, monsieur Muller ? demanda Gorin.

– Exact, oui. C'était en Érythrée et c'est bien Charles qui a pris la photo.

– Dommage que vous ne me l'ayez pas dit plutôt, Pensec. Il faut immédiatement envoyer une protection à Charles Gramont. Et surtout...

– C'est peu tard, le coupa Claude Muller. Charles est parti en vacances, hier soir.

– Quoi ! ? Où ?

– En Érythrée justement, répondit Muller après avoir marqué un temps d'hésitation.

– Bon sang ! lança Gorin. Il faut qu'on le retrouve et qu'on le retienne, le temps que je lui parle. Et que va-t-il faire là-bas ?

– Demandez à l'association. Notre secrétaire a dû s'occuper des billets et des réservations sur place. Tenez, appelez-la à ce numéro, dit Muller en griffonnant un bout de papier.

Garnier l'attrapa et le tendit à Pensec qui se leva et alla s'exiler dans un coin de la pièce.

– Bien... En attendant, à moi maintenant de vous expliquer. Ces deux hommes sont, ici, effectivement un Italien, dit Gorin en pointant l'index sur la photographie. Il n'était pas journaliste, mais juge, à Rome. L'autre était en effet médecin, à Nantes. Le premier s'appelait Enzo Wolf et le second Mathieu Chapelain. Et si j'en parle au passé c'est qu'ils ont tous les deux été assassinés... comme Louis de Pralin... brûlés vifs ! Et nous avons la certitude que le meurtrier est une seule et même personne. Et que vois-je sur ce cliché, monsieur Muller ? Quatre hommes, dont trois sont morts, et je me demande si la quatrième personne, vous, monsieur Muller, ne risquez pas d'être la prochaine victime. Vous me direz, j'aurais pu tout aussi bien vous soupçonner d'être le tueur que nous recherchons. Mais vous n'êtes pas le tueur que nous recherchons, n'est-ce pas, monsieur Muller ?

– Dois-je vraiment vous répondre ?

– Non, vous avez raison, je ne crois pas que vous soyez notre homme. Enfin, on ne sait jamais, je garde ça dans un coin de la tête. Cela dit, je peux aussi soupçonner Charles Gramont. Après tout, il n'est pas sur la photo puisque c'est lui qui la prend. Mais je ne le crois pas non plus. Au contraire, je crois qu'il est, comme vous, en danger ! L'un comme l'autre, vous êtes les prochaines cibles du Rôtisseur !

– Et vous déduisez tout ça, rien qu'à partir de cette photo ? C'est pas un peu mince ?

– Peut-être... Mais si je vous dis que cette photo a été retrouvée sur les lieux d'un des trois crimes, vous penserez peut-être différemment, non ? J'ajoute que peu importe qu'elle ait été oubliée par l'assassin ou volontairement laissée sur place. Dans un cas comme dans l'autre, vous me permettrez de penser que vous êtes sur la liste noire. De même que Charles Gramont. Ma déduction vous paraît-elle assez logique ? ajouta Gorin avec un brin d'ironie.

– Vous avez peut-être raison.

– Oui, peut-être. En attendant, vous avez des choses à nous raconter, j'en suis convaincu. Que s'est-il passé pendant ce voyage en Érythrée, monsieur Muller ?

– Comment ça, que s'est-il passé ? Je ne comprends pas le sens de votre question.

– Vous allez comprendre... Il y a vingt ans, il s'est passé « quelque chose », au cours de ce voyage en Érythrée, impliquant à coup sûr Louis de Pralin, Enzo Wolf et Mathieu Chapelain. Et probablement vous aussi : Claude Muller et Charles Gramont.

Un « quelque chose », un événement suffisamment grave, pour que quelqu'un vous ait retrouvé et vous le fasse payer !

– En d'autres termes, une vengeance, dit Claude Muller un peu crânement.

– C'est ça... une vengeance.

Un nouveau silence s'installa entre les deux hommes. Gorin, aux aguets, épiant chacun de ses gestes, chacune de ses expressions, ne quittait pas Muller des yeux. À ce moment-là, Pensec vint se rasseoir en expliquant qu'à cette heure matinale la secrétaire était encore chez elle et que les renseignements étaient sur son ordinateur de bureau. Il faudrait donc attendre qu'elle arrive sur l'île de la Jatte, d'ici à une petite heure. Elle allait faire de son mieux. Pensec aurait pu patienter ou être plus discret. La pression que commençait à exercer Gorin sur Claude Muller se relâcha et cet intermède imprévu permit à celui-ci de se détendre un peu.

– Bon, écoutez-moi bien, je ne vous lâcherai pas tant que vous ne m'aurez rien dit ! À vous de jouer.

– Bon, à moi d'être clair, répondit Claude Muller sur un ton agacé. Un : je ne pourrais rien vous raconter parce qu'il ne s'est rien passé de particulier, à part, bien sûr, la guerre, la famine, la maladie, des morts par dizaines... Mais cela, j'imagine, ne doit pas vous intéresser beaucoup ! Deux : vous tombez mal. Figurez-vous que je connais bien le droit pénal et en particulier la procédure pénale ; je ne suis ni mis en examen, ni en garde à vue et encore moins un suspect. Je suis sûr que le juge qui instruit cette affaire ne vous a pas chargé de m'entendre.

– Il faudra revoir vos cours de droit, monsieur, l'interrompit Garnier. Si vous voulez vraiment des précisions, sachez que nous sommes dans le cadre d'une commission rogatoire, et rien ne nous interdit de vous entendre ni même de vous demander de nous suivre au Quai des Orfèvres. Et on n'a pas besoin de vous mettre en garde à vue pour autant.

– N'empruntons pas ce chemin, monsieur Muller, renchérit Gorin. Il est semé d'embûches et seulement pour vous, pas pour nous. Ne vous inquiétez pas, je ne vais pas vous taper sur la tête avec un Bottin, c'est pas le genre de la maison !

– Si ça ne l'est plus, ça l'a été !

– Arrêtez, monsieur Muller, vous devenez grotesque et stupide. Pourquoi y a-t-il un policier devant votre porte ? Pour vous faire peur ou vous protéger ? Vous n'avez donc pas compris ? Ça me paraît pourtant on ne peut plus clair : votre vie est en danger ! Quelqu'un veut vous tuer de la plus atroce des façons ! Ça ne vous suffit pas pour vous convaincre de parler ?

– Mais vous n'avez aucune preuve de ce que vous avancez ! dit Muller, prenant des airs de vierge outragée. Enfin, réfléchissez un peu, cette photo, ça ne veut rien dire du tout. Vous avez une intuition, c'est tout !

– Moi, à votre place, je m'y fierais, à son intuition, fit remarquer Garnier. Croyez-moi !

– Bon... écoutez, si vous n'avez rien d'autre à me servir, autant partir tout de suite ! Et remballez votre gardien de la paix, j'en n'aurai pas besoin !

– Comment pouvez-vous en être aussi sûr ? demanda Gorin.

– Mais tout simplement parce qu'il ne s'est rien passé il y a vingt ans !

– Ah, non ? Et ces trois meurtres, c'est le fruit du hasard ?

– C'est ça, exactement, le fruit du hasard.

– Alors, il s'est passé quelque chose, mais pas en Érythrée. Avant ou après, non ?

– Avant ou après ? Avant, nous ne connaissions ni l'Italien ni le toubib nantais. Après, je vous ferai la même réponse que tout à l'heure : il ne s'est rien passé qui puisse justifier qu'on tue ces trois hommes. Rien.

– Alors c'était il y a vingt ans, en Érythrée. Je n'en démords pas. Il s'est passé quelque chose, il y a vingt ans, quelque chose de grave et je finirai par le savoir. Quelque chose qui vous gêne, dit Gorin en se levant. Vous avez gagné, on vous laisse tranquille mais le gardien de la paix reste devant chez vous jusqu'à nouvel ordre, que ça vous plaise ou pas !

Claude Muller regarda les trois policiers quitter la pièce, ne prenant pas la peine de les raccompagner. Une fois dans la rue, Gorin se tourna vers Pensec.

– Vous allez filer à l'île de la Jatte, lui dit-il, et attendre la secrétaire. Profitez-en pour faire un tour dans le bureau de

Gramont avant l'arrivée de Muller, car je suppose qu'il va quand même aller bosser. Mais avant ça, dites-moi rapidement ce que vous a raconté Gramont.

– D'abord, je tiens à vous préciser qu'il s'est bien gardé de me dire qu'il partait en voyage. Moi, je vais vous dire, ce type est sur les nerfs. Il m'a raconté cette mission avec Pralin et Muller. Pour lui, elle s'est mal terminée. La jeep dans laquelle il se trouvait s'est retournée et il s'est brisé la nuque. Imaginez le tableau : paralysé de la tête aux pieds en plein désert ! Ils ont quand même réussi à l'évacuer jusqu'au Soudan – c'est juste à côté, précisa Pensec –, et il a été rapatrié à Paris. Après, il dit avoir vécu des années de galère avant de retrouver une vie à peu près normale. Et il a fini, quelques années plus tard, par rejoindre Muller qui l'a embauché dans l'association.

– Et Muller... il n'a pas parlé de cet accident, remarqua Gorin.

– On ne lui en a pas vraiment laissé le temps, dit Garnier.

– Et Pralin ? Je veux dire après cette histoire.

– Il aurait coupé les ponts. Presque tout de suite avec Muller. Avec Gramont, ils se seraient lentement perdus de vue après sa sortie de l'hôpital. Si vous voulez mon sentiment, ce Gramont, il n'en est jamais vraiment sorti de cette histoire.

– Il en aurait voulu à ses deux amis ?

– Non, je ne crois pas. Je dirais que c'est plutôt à lui qu'il en veut.

– Comment ça ?

– J'ai l'impression qu'il a le sentiment de ne pas avoir été à la hauteur. Qu'il aurait voulu faire autre chose et qu'il n'aurait pas pu à cause des séquelles de l'accident ou quelque chose dans ce goût-là. Enfin, bref, ce type a été cassé par ce qui s'est passé pendant cette mission, que ce soit à cause de son accident ou d'autre chose.

– Intéressant. Oui, à cause de cet accident ou d'autre chose. Et ça pourrait bien être cette autre chose qui est la clé de toute cette affaire. Autre chose, qui serait liée à cet accident.

– Oui... bon, en attendant on n'avance pas vraiment, si vous voulez mon avis ! On a toujours trois « merguez » sur les bras, rôties par on ne sait qui. On a un mec qui a pris la poudre d'escampette, « peut-être » pour ses vacances, et on en a un autre contre lequel on n'a rien, qu'on voudrait bien faire parler mais qui ne veut pas. Et j'ajoute qu'on ne sait même pas de quoi on veut qu'il nous parle ! Non, vraiment, on est bien barrés !

C'est Garnier qui venait de parler, égal à lui-même quand il s'agissait de regonfler le moral des troupes. Cela avait au moins le mérite de la franchise... et de la concision. En quelques mots il venait de résumer la pensée de Gorin : on n'avançait pas ! Cependant, le capitaine de la Crim avait omis un élément capital, bien qu'entouré de mystères : la photographie.

– Moi, en tout cas, ajouta Pensec, je suis sûr que Gramont est lié à cette histoire. Je ne peux pas vous dire pourquoi mais j'en suis sûr.

– L'intuition ? suggéra Gorin en souriant.

Pensec ne répondit pas.

– Eh bien, moi, au risque de me répéter, avec ou sans la photo, je ne vois pas où tout ça peut nous mener, Philippe, dit Garnier. On est coincés si Muller ou Gramont ne veulent rien dire. En espérant qu'ils aient réellement quelque chose à nous dire !

– J'en suis convaincu. Toi, dit-il à Garnier, tu files le train à notre ami Muller. Tu le lâches pas, qu'il te repère ou pas.

– Et toi ? demanda Garnier

– Moi, je retourne au « 36 », Pensec va me raccompagner avant d'aller à l'île de la Jatte. Je récupère le serrurier et je vais faire un petit tour chez Gramont. Avec un peu de chance, je vais bien découvrir quelque chose. Je vais aussi appeler mon copain italien, le commissaire Pantani, pour lui demander s'il peut gratter un peu sur la période érythréenne du juge Wolf. Mais ça m'étonnerait qu'il trouve grand-chose.

En évoquant le commissaire Pantani, l'image d'Évelyne s'imposa et avec elle cette évidence : elle lui manquait. Soudain, il eut envie qu'elle soit là, simplement là, pour qu'il puisse la regarder, lui parler, la toucher. Il était trop tôt pour l'appeler. « C'est l'âge, pensa-t-il, en souriant. Si cela continue, je vais bientôt lui demander de venir s'installer chez moi. »

– Qu'est-ce qui vous fait sourire... si c'est pas indiscret ? demanda Pensec.

– C'est indiscret.

Gorin observa Pensec du coin de l'œil. « Finalement, pensa-t-il, il pourrait devenir une bonne recrue pour la Crim. »

L'homme de l'art n'eut aucune peine à ouvrir la porte de l'appartement de Charles Gramont. Aucune clé ne manquait à son « parapluie ». « C'est déconcertant de voir avec quelle facilité on peut pénétrer chez quelqu'un aujourd'hui, dit le serrurier. Dire qu'avec toute cette électronique on n'a pas encore trouvé la serrure inviolable. À ce niveau-là, on est encore en plein XIXe siècle. Vous me direz, faut bien que tout le monde vive, même les cambrioleurs ! » Gorin ne répondit pas. Il n'était pas tout à fait 10 heures du matin. Après avoir été déposé au « 36 », Gorin avait eu le temps de repasser chez lui pour prendre une douche, se raser, se changer et quitter enfin son costume de lin qu'il avait traîné depuis son départ pour Rome. Il s'était senti mieux, plus alerte, presque en forme malgré le manque de sommeil. Un solide petit déjeuner aux Deux Palais, place Louis-Lépine, l'avait définitivement remis d'aplomb. Il était prêt à affronter cette journée s'annonçant, il le pressentait, mouvementée et pleine d'imprévus. Il avait eu aussi le temps d'appeler le commissaire Pantani. Celui-ci l'avait de nouveau assuré de sa pleine et entière collaboration. Il l'avait aussi rassuré sur le séjour d'Évelyne qui s'achevait : « Maintenant, elle connaît Rome comme sa poche. Vous savez, c'est une femme délicieuse et intelligente. Vous avez de la chance ! » C'est à peine si Gorin avait relevé la remarque, percevant une pointe d'ironie dans les propos du commissaire. Il avait immédiatement appelé la jeune femme. Il l'avait réveillée. Ils n'avaient échangé que quelques mots mais les siens, ceux d'Évelyne, avaient suffi à Gorin pour envisager la vie sous un jour plus radieux. Des mots simples, mais c'est la première fois qu'une femme les lui adressait. Je t'aime. Tu me manques. Je suis pressée de te revoir.

– Allez m'attendre dans la voiture, dit Gorin au serrurier en poussant la porte de l'appartement.

Les narines du policier furent immédiatement saisies par une odeur de renfermé et de remugles divers et variés qu'il lui fut impossible d'identifier tout de suite. Toutes les pièces étaient plongées dans la pénombre, Charles Gramont ayant pris soin de fermer les volets et de tirer les rideaux avant de partir.

Le commandant de la Crim commença par inspecter la bibliothèque du salon, déplaçant des livres au hasard, en ouvrant certains, prenant soin de les remettre exactement à leur place. Puis, il se dirigea vers le bureau où il y avait une autre bibliothèque, plus petite. D'un coup d'œil circulaire, lentement, il inspecta la pièce comme pour s'imprégner de chaque détail. Puis, il s'assit devant la table où il y avait un ordinateur portable dont il souleva le capot. À son grand étonnement, l'appareil n'avait pas été éteint mais seulement mis en veille. Une aubaine. Il commença à naviguer dans les différents fichiers qu'il n'eut aucune peine à ouvrir. La plupart, pour ne pas dire la majorité, étaient des documents professionnels concernant les comptes de l'association Human Help. Du charabia pour Gorin qui avait toujours eu un problème avec les chiffres. Même avec la plus simple des additions !

Au fur et à mesure de sa progression dans la mémoire de l'ordinateur, il découvrit d'autres documents, plus personnels ceux-là. Des lettres de Charles Gramont, adressées à sa sœur ou à son père, avec lequel il semblait ne pas s'entendre, notamment à propos d'une question d'héritage, des projets de mission, plus ou moins avancés ou de création de sociétés liées à l'aide humanitaire. Enfin, le policier fut intrigué par un fichier ne comportant pour seul titre que le chiffre 1. Après l'avoir ouvert, il n'eut aucune peine à comprendre qu'il s'agissait d'une sorte de journal. Le texte était rédigé à la première personne. Il était trop long pour que Gorin prenne le temps de le lire maintenant. Il y avait une imprimante à côté de l'ordinateur et du papier dans le magasin. Il l'alluma en priant le ciel qu'elle fonctionne, sachant combien ces merveilleuses machines sont parfois capricieuses. Il lança l'impression. L'imprimante avala puis recracha la première feuille sans difficulté. Puis une deuxième. Il y en avait une trentaine au total. Tout avait l'air de fonctionner. Alors Gorin se leva et se tourna vers la bibliothèque. Il repéra tout de suite plusieurs albums photo alignés sur l'une des étagères. Chacun était dûment étiqueté sur la tranche. Seules des dates étaient inscrites. Il fut surpris de constater qu'il en manquait un, c'est en tout cas ce que laissait supposer l'espace entre l'album daté de 1980 et celui daté de 1982. Manquait donc celui de 1981... « Quel surprenant hasard », marmonna Gorin. C'est à ce moment-là qu'une voix retentit dans la pièce. Une voix métallique, mécanique. Celle de l'ordinateur, l'avertissant qu'il n'y avait plus de papier dans l'imprimante. Il y avait une pile de feuilles vierges dans une corbeille. Il en prit quelques-unes et les plaça dans l'imprimante et comme par miracle l'impression reprit sans attendre.

Il ne mit pas longtemps pour retrouver l'album manquant. Il était sous son nez, à côté de la corbeille. Charles Gramont l'avait donc ouvert probablement juste avant son départ. Les autres albums étaient recouverts d'une mince pellicule de poussière. Pas celui-ci. Il l'ouvrit. Il fut intrigué par l'absence de légendes. Ni dates, ni lieux, ni aucun nom, comme si la mémoire de l'auteur devait suffire à identifier le passé et ceux qu'il avait croisés.

Il ne fallait pas être un grand devin pour comprendre que les photographies avaient été prises en Afrique. Gorin ne connaissait pas l'Érythrée et même sans y avoir jamais mis les pieds, il savait que les populations de la Corne de l'Afrique étaient physiquement différentes de celles du reste du continent noir. Qu'il s'agisse de la Somalie ou de l'Éthiopie, les hommes et les femmes y avaient des traits plus fins, très caractéristiques. Les personnages apparaissant au fil des pages semblaient bien être originaires de cette région du monde.

Il vit enfin ce qu'il voulait, ce qu'il espérait voir : un emplacement vide. Une photographie manquant à l'appel. Pour la énième fois de la journée, il sortit le cliché abandonné par le Rôtisseur dans la maison de Mathieu Chapelain. Chaque pointe de la photographie s'inséra parfaitement dans les quatre coins autocollants. Il la remit dans sa poche avant de continuer à feuilleter l'album. Il n'y avait aucun autre cliché sur lequel apparaissaient Muller et les trois victimes du Rôtisseur.

De nouveau, la voix métallique se fit entendre, l'avertissant cette fois que l'impression était terminée. Il prit le paquet de feuilles, le plia en deux et le laissa sur le bord du bureau. Puis il reprit l'album et le feuilleta jusqu'à la dernière photographie de la dernière page. Il n'y découvrit rien qui pût aider son enquête ou l'éclairer sur la personnalité de Charles Gramont.

Il regarda sa montre. Il était presque 11 h 30. Après avoir parcouru tous les autres albums sans y découvrir quoi que ce fût d'intéressant, il estima qu'il était temps d'aller faire un tour dans les autres pièces, toujours prenant garde de ne laisser aucune trace de son passage ou le moins possible, replaçant avec un soin appuyé chaque objet ou chaque livre. Cette perquisition qui ne voulait pas dire son nom touchait à sa fin quand, après être sorti de la chambre où le lit n'était pas fait, il pénétra dans la salle de bains. Il fit la grimace. Le même coup d'œil circulaire dans la pièce confirma la première impression en entrant dans l'appartement : Charles Gramont n'était pas un maniaque de l'ordre ni du rangement ; des serviettes en boule traînaient sur le sol, du linge sale débordait d'un panier en osier, une brosse à dents avait été oubliée dans le lavabo dont l'émail blanc était encore maculé de poils de barbe et de cheveux. Seuls ses livres semblaient avoir droit au respect du maître des lieux.

Gorin allait faire demi-tour quand il remarqua une petite poubelle de forme circulaire dont le couvercle, apparemment hors d'usage, était ouvert. « Surtout, ne jamais négliger les poubelles, petites ou grandes, règle d'or de l'enquêteur », répétait souvent Gorin aux élèves de l'école de police auxquels il donnait régulièrement des cours.

Il se baissa. C'était bien ce qu'il avait cru apercevoir : une seringue de petite taille comme on en trouve dans n'importe quelle pharmacie. Il sortit le sac en plastique de la poubelle, puis l'ouvrit en grand sur le sol sans le vider. Outre la seringue, quelques Coton-Tige, des mouchoirs en papier usagés et des touffes de cheveux probablement arrachés d'une brosse, il y avait une fiole remplie d'un liquide transparent et épais d'apparence. Cette petite bouteille était encore munie de son bouchon hermétique avec, au centre, un cercle de plastique suffisamment souple pour permettre à l'aiguille d'une seringue de le transpercer et d'aspirer le liquide. Il n'y avait aucune étiquette en indiquant la nature. Le policier ne toucha à rien et referma le sac en faisant un nœud solide avec les anses. « Avec son sens de l'ordre, il ne se rendra même pas compte que la poubelle est vide », marmonna Gorin. Puis, il ressortit de la salle de bains et se dirigea vers la cuisine qui se trouvait à côté de la porte d'entrée. Même vision d'apocalypse. La machine à laver était pleine de vaisselle sale, comme l'évier. Sur la table, un liquide noirâtre, dont il ne put déterminer la nature, thé ou café, finissait de s'évaporer au fond de deux bols oubliés à côté d'un morceau de beurre finissant, lui, de rancir sur une soucoupe. Il y avait aussi une tranche de pain grillé sur laquelle reposait un sachet de thé attaqué par les premières traces de moisissure. Il ouvrit le réfrigérateur. Il était vide, si l'on considère que quelques canettes de bière et une bouteille d'eau à moitié pleine ne suffisent pas à remplir un garde-manger. À sa grande surprise, la poubelle avait été vidée. Qui sait si une invasion de cafards n'avait pas décidé Charles Gramont à accomplir cet ultime acte d'hygiène, élémentaire autant que louable, avant de partir de chez lui. Gorin imagina la tête de la femme de ménage découvrant ce spectacle. S'il y avait une femme de ménage... À cette idée, il décida d'accélérer la cadence. Après un dernier coup d'œil, il quitta ce capharnaüm qui lui donnait la nausée et agressait de la façon la plus sauvage son sens de l'ordre et son obsession de la propreté. Il retourna dans le bureau pour y prendre le paquet de feuilles imprimées qu'il plia tant bien que mal dans une des poches de sa veste. Puis il sortit en faisant claquer la porte derrière lui.

Préférant emprunter l'escalier, il se dit en lui-même qu'il lui faudrait demander à Pensec si l'appartement de Gramont était dans cet état-là, le jour où il l'avait interrogé. Il était impatient de faire analyser le contenu de la fiole. À quoi devaient-elles servir, cette fiole et cette seringue abandonnées si négligemment dans la poubelle de la salle de bains ? Pour éviter toute désillusion, se gardant toujours des conclusions hâtives, il s'interdit d'imaginer un lien possible entre sa découverte et les deux derniers meurtres du Rôtisseur, car il avait évidemment tout de suite pensé à la façon dont le mystérieux assassin avait estourbi le juge Wolf et le Dr Chapelain. Ce n'était peut-être que le fruit du hasard. Gorin se souvint alors de cette phrase de l'abbé Pirard au jeune Julien Sorel, dans *Le Rouge et Le Noir*, de Stendhal : « Il ne faut jamais dire le hasard, mon enfant, dites toujours la providence. » Gorin connaissait mal l'œuvre de Stendhal et n'aurait pas su dire s'il l'appréciait ou pas, mais cette phrase l'avait frappé, il y avait déjà longtemps, et il l'avait retenue sans difficulté aucune, lui, l'enquêteur, le limier ne devant s'en tenir qu'aux faits et à eux seuls et qui pourtant, à maintes reprises, avait dû remercier le hasard, justement, de lui avoir offert la clé d'une énigme. Après tout, chacun voit dans le hasard ce qu'il veut bien y voir et peut bien l'appeler comme bon lui semble. « Pourquoi pas la providence ? chuchota Gorin en regardant le sac. Si quelqu'un, là-haut, veut bien nous donner un coup de main, je suis preneur ! »

Combien de fois avait-il franchi le portail du « 36 » depuis le début de sa carrière au Quai des Orfèvres ? Il n'avait jamais compté. Sauf ce jour-là. Depuis son retour de Nantes, il en était déjà au septième franchissement, dans les deux sens. Et il était à peine plus de midi. De nouveau, il sortit sa carte tricolore, espérant qu'un jour les plantons seraient peut-être un peu plus physionomistes. Et de nouveau, il eut droit au salut rapide du gardien auquel il répondit par un bref signe de tête. C'est à ce moment-là que son téléphone portable vibra dans sa poche de pantalon. C'était Pensec. Il avait du nouveau.

– Charles Gramont est bien parti en Érythrée, à Asmara, c'est la capitale, expliqua le jeune lieutenant. La secrétaire n'a pas su me dire s'il était question qu'il y reste ni où il était descendu. En revanche, j'ai appris qu'il n'est pas parti seul mais avec sa maîtresse, vous savez la belle Érythréenne qui nous avait accueillis quand on était allé interroger Muller et que j'avais croisée, après, chez Gramont. C'est elle qui m'avait dit qu'il était parti en voyage. J'ai eu le temps de discuter avec des employés de l'association. D'après certains, Gramont est parti au moins pour trois semaines et personne ici ne savait qu'il y avait quelque chose entre lui et la dénommée Askalu. En ce qui la concerne, apparemment, elle fait l'unanimité ici. Tout le monde, je cite, la trouve « adorable, serviable et très intelligente ». Elle travaille à mi-temps. Elle est étudiante et serait arrivée en France il y a seulement quelques mois. Quant à Gramont, on le trouve sympathique, bon dans son boulot mais trop réservé, assez secret. Certains ne savent rien à propos de son accident mais ils savent que lui et Muller se connaissent depuis longtemps.

– Cette... comment dites-vous, Asmalou ?

– Non... Askalu, avec un « u » à la fin qu'on prononce « ou ».

– Bien, cette Askalu, elle a un bureau avec des affaires à elle ?

– Ça, j'en sais rien, commandant.

– Bon... eh bien, renseignez-vous et, si c'est le cas, vous interdisez à qui que ce soit de l'approcher et vous me rappelez immédiatement.

Gorin fit un crochet par le quai de l'Horloge où se trouvaient les locaux de l'identité judiciaire. Il remit discrètement le petit sac-poubelle à un ami, complice de ses premières années dans la PJ parisienne, lorsqu'il arpentait les rues du 18e arrondissement, à la chasse aux revendeurs de drogue ; on ne les appelait pas encore des dealers.

– À l'intérieur, lui expliqua brièvement Gorin, il y a une seringue et une fiole. Je voudrais savoir ce qu'il y avait dedans et puis si tu peux me trouver des paluches, je serais le plus heureux des hommes.

– T'inquiète, je vais les faire passer sur une autre procédure.

– Il y a aussi des cheveux et d'autres saloperies, mais tu laisses tomber. Tu gardes juste la fiole et la seringue. Tu peux m'avoir ça rapidement ?

– Pas de soucis.

– Je te revaudrai ça. Merci mille fois, camarade.

Gorin retraversa la cour intérieure du « 36 ». Il était dans l'escalier menant à son bureau quand son portable vibra de nouveau. Pensec. Oui, Askalu avait un bureau. Oui, avec un ordinateur et un clavier. Oui, évidemment avec des tiroirs et toutes sortes d'objets qu'on trouve sur un bureau.

– Bon, dit Gorin, vous ne bougez surtout pas, je vous envoie les gars de l'IJ[1]. Je me débrouille pour avertir Muller, histoire d'éviter les embrouilles. L'objectif est de retrouver les empreintes, celles de cette jeune femme, ADN ou paluches. Je veux des résultats avant ce soir, au moins pour les paluches !

Arrivé dans son bureau, Gorin décrocha son téléphone et composa le numéro du SCTIP, le service de coopération technique internationale de police. Il devait joindre le plus rapidement possible l'attaché de sécurité intérieure à Asmara. Autrement dit, le policier ou le gendarme de l'ambassade de France, sorte d'officier de liaison entre les autorités des deux pays. Mais il se ravisa, estimant qu'il valait mieux s'en ouvrir d'abord à Lenoir qu'il devait de toute façon mettre au courant des derniers développements de l'affaire. Il redescendit d'un étage et alla frapper à la porte du bureau de l'adjoint du chef de la Crim. Le sas incontournable, le tamis où le visiteur sans rendez-vous obtenait, ou pas, son « permis de visite ». Lenoir était là. Gorin poussa les deux portes capitonnées séparant les deux bureaux.

– Mes hommages du matin, patron, dit Gorin.

– On ne présente ses hommages qu'aux dames, mon cher Philippe. Je suis étonné que vous ne le sachiez pas.

– C'était un test, patron, histoire de tester votre humeur.

– Et elle est exécrable !

– Je vois... Des problèmes ?

– Rien que de très habituel. On nous met la pression sur une affaire de compte bancaire piraté par des petits malins qui veulent s'offrir des téléphones portables gratuits.

– C'est pas de notre ressort, s'étonna Gorin.

– Sauf quand le compte bancaire est celui du président de la République ! C'est tout juste s'il ne faut pas mobiliser tous les effectifs du « 36 ». Comme si on avait que ça à foutre ! Bon, et vous ? Le Rôtisseur, on en est où ?

Gorin s'était assis dans le très profond fauteuil club installé devant le bureau de Lenoir. Devant et « en bas », pour être

1. Identité judiciaire.

précis. Comme tous ses prédécesseurs, le patron de la Crim pouvait ainsi toiser, voire intimider, ses interlocuteurs, coincés entre les accoudoirs recouverts de cuir marron, lustré, noirci ou même craquelé par des décennies de service au « 36 ». Certaines mauvaises langues affirmaient qu'il était déjà là du temps du commissaire Guillaume, figure du Quai des Orfèvres dans les années 1930, qui avait inspiré à Simenon son légendaire commissaire Maigret !

Il fallut une bonne demi-heure à Gorin pour raconter par le menu ce qu'il avait découvert depuis son départ pour Rome et son retour à Paris, en passant par Nantes, sans omettre la perquisition chez Gramont bien qu'elle fût illégale.

– Une « Mexicaine » ! avait tonné Lenoir qui n'exécrait rien – tant que les libertés prises avec la procédure pénale. Vous savez bien que ce genre de conneries, ça finit toujours par nous retomber dessus ! Il suffit que la presse apprenne qu'on a perquisitionné en douce et sans autorisation chez un citoyen et on est bons pour l'opprobre !

– Je sais que vous n'aimez pas ça, patron, mais je n'avais pas le choix, il fallait faire vite. Et puis, on n'aura qu'à remettre la seringue et la fiole chez Gramont une fois qu'on aura les résultats et mettre l'appartement sous scellés avant d'y revenir pour mener cette fois une perquise tout ce qu'il y a de plus légale. Ni vu ni connu.

– Ouais... j'vous l'souhaite. Bon, mais qu'est-ce que vous allez faire avec ses empreintes, si, bien sûr, on en retrouve sur la fiole et la seringue ?

– Les comparer avec celles que l'étudiante érythréenne a laissées pour obtenir sa carte de séjour. Et si le résultat est positif, on pourra les faire entrer dans la procédure en les comparant à celles retrouvées à son bureau. On sera nickels.

– Bon, je résume... À cause de cette photo qui « aurait » été subtilisée dans un album chez Gramont, vous estimez que ce dernier ainsi que Muller sont les prochains sur la liste. Et vous pensez que Gramont est le plus en danger car vous suspectez cette Askalu d'être derrière cette histoire, sans d'ailleurs que vous puissiez m'expliquer pourquoi. Si j'en crois encore votre satanée intuition, Muller sait quelque chose mais il ne veut pas parler, exact ?

– Exact. Je suis convaincu que Gramont est en danger de mort imminent. Comme je suis convaincu que cette histoire a commencé il y a plus de vingt ans, en Érythrée, et qu'elle va y trouver son épilogue, en tout cas pour Gramont.

– Et pour Muller ?

– Il était peut-être prévu de le faire rôtir avant Gramont, et pour une raison X ou Y, ça n'a pas été possible. Ou alors il est le dernier sur la liste et ça se passera en France. Mais je ne le crois pas. Si cette jeune femme est dans le coup, elle a dû prévoir de ne pas revenir chez nous. L'autre possibilité, c'est que Muller ne soit pas sur la liste, tout simplement.

– Et l'idée, c'est de joindre l'attaché de sécurité pour qu'il retrouve notre bonhomme et le mette sous protection. Et après ?

– Et après, il le met dans un avion, direction Paris.

– Et la jeune femme ?

– Pareil : la police locale la met sous les verrous, le temps de l'extrader.

– Si on a des accords d'extradition avec ce pays ! précisa Lenoir en décrochant son téléphone. Une chose m'intrigue, vous sembliez absolument certain que le Rôtisseur ne pouvait pas être une femme. Vous avez changé d'avis ?

– Je n'ai jamais dit ni pensé qu'elle était le Rôtisseur. Ce que je crois, c'est qu'elle le connaît.

– Complice ?

– Complice… inspiratrice…

– Cela dit, mon cher Philippe, ajouta Lenoir se décidant enfin à composer le numéro du SCTIP, côté éléments prouvant son implication dans cette affaire, on est plutôt légers, non ? Même si on retrouve ses empreintes sur la fiole ou la seringue !

Gorin le savait mieux que quiconque. Cela n'empêchait pas une petite voix intérieure qu'il connaissait bien de lui répéter qu'il avait fait ce qu'il fallait, que Gramont était en danger, que Muller savait quelque chose et que la belle Askalu n'avait rien d'une brebis égarée ni d'une blanche colombe. La tension retombant quelque peu, ses paupières devenaient un peu plus lourdes à chaque seconde. Déjà, la voix de Lenoir n'était plus qu'un murmure et, sans qu'il sache pourquoi, il eut de nouveau une pensée pour Évelyne. Elle devait être de retour le lendemain matin. Oui, il était impatient de la voir. Ses pensées n'allèrent pas plus loin. Lenoir venait de raccrocher l'appareil.

– Bon, dit le patron de la Crim, pas d'attaché à Asmara ! C'est le gars de Djibouti qui s'occupe de l'Érythrée. Une seule solution, contacter le barbouze de service. J'appelle la DGSE. En attendant, allez donc vous reposer, vous avez une gueule à faire fuir un tueur en série. Je vous appelle dès que j'ai du nouveau.

– Il faut faire vite ! dit Gorin en s'extirpant du fauteuil.

– J'avais compris... merci.

Gorin avait cette faculté de pouvoir s'endormir à peu près n'importe où et sur n'importe quoi. Sa déjà longue carrière de flic à la Crim lui avait offert ce rare privilège d'avoir tout essayé en guise de matelas, à l'exception notable de la planche à clous. Cette fois, il avait opté pour un grand classique, à savoir son siège au dossier inclinable, les pieds posés sur son bureau. Et il avait dormi. Même la chaleur écrasante régnant à ce dernier étage du « 36 » ne l'avait pas gêné.

C'est son téléphone portable qui le réveilla. Il faisait encore jour. Il lui fallut quelques secondes pour comprendre où il était et ce qu'il faisait là. Il décrocha à la cinquième sonnerie. C'était Garnier l'informant que Muller était arrivé à son bureau, après avoir déjeuné avec sa femme dans un bar à vin, en bas de l'avenue Charles-de-Gaulle. De retour sur l'île de la Jatte, plutôt que de rester dans la voiture, Garnier avait accepté la proposition de Muller de s'installer sur une chaise, dans l'entrée de l'ONG. Pensec lui avait tenu compagnie, en attendant que les hommes de l'identité judiciaire terminent leurs relevés d'empreintes.

Gorin ne leur posa aucune question, leur demandant simplement de le rappeler quand Muller quitterait son bureau et de ne pas oublier d'envoyer un gardien à son domicile. Puis il se rendormit.

ÊTRE SEUL AVEC ELLE. Charles ne demandait rien d'autre. Et depuis quelques jours, depuis son arrivée à Asmara, son rêve était devenu une réalité. Ils ne se quittaient plus, de jour comme de nuit. Elle était à lui et il se donnait à elle. Leurs étreintes lui semblaient plus intenses, la peau cuivrée d'Askalu plus soyeuse, son parfum plus pénétrant, sa bouche plus profonde, ses yeux plus brûlants de désir. Oubliée la mort tragique et mystérieuse de Louis, oubliée la photographie disparue de l'album, oubliée la conversation avec ce jeune flic de la « fameuse » brigade criminelle !

Avoir un enfant... L'idée lui avait même traversé l'esprit. Il s'en était ouvert à Askalu. À sa grande surprise, elle avait ri en disant : « Pourquoi pas ? » Mais il savait que c'était une chimère.

Toujours inquiet de ce que pouvait lui réserver l'avenir, craignant de perdre la jeune femme et peut-être même déjà convaincu, au fond de lui-même, que cela se passerait ainsi, forcément, il se bornait à vivre pleinement chaque instant, à se repaître du présent avec une gourmandise et un appétit qu'il n'avait plus connus depuis longtemps. Depuis cet accident qui avait creusé un abîme obscur et impénétrable dans le cours tumultueux de son existence ; cette faille béante qui ne se refermerait jamais.

Il revivait, donc. Respirait de nouveau après être resté trop longtemps en apnée. La vie reprenait après un intermède douloureux. Charles rouvrait les yeux comme sortant de catalepsie. Il n'avait pas vu, ou pas voulu voir, se dérouler toutes ces années durant lesquelles, se sentant perpétuellement diminué, il n'avait vécu qu'une moitié de vie. Et peut-être moins encore qu'une moitié de vie. Aujourd'hui, le mouvement s'enclenchait derechef, un peu comme redémarrent les turbines engourdies d'un moteur diesel resté trop longtemps à l'arrêt, entraînant poussivement chaque rotor ou chaque arbre chargé de transmettre l'énergie aux hélices d'un paquebot. Et c'était ici, dans ce pays où s'étaient brisées ses illusions que tout semblait pouvoir recommencer. Il y voyait un signe du destin. Et s'il n'avait pas vécu tout cela en vain ?

Asmara était perchée à 2 400 mètres d'altitude. Si les journées étaient chaudes, les nuits, elles, étaient fraîches contrairement aux hauts plateaux du centre, au désert de l'ouest et du nord ou aux basses terres du littoral bordant la mer Rouge. Charles appréciait ce climat sec. L'air presque sans humidité lui évitait de souffrir d'une rotule et d'une cheville récalcitrantes ou d'une nuque trop raide. Seul son dos le torturait perpétuellement, l'empêchant parfois même de s'asseoir de crainte de ne pouvoir se relever. Et il s'en voulait de donner ce spectacle à sa jeune maîtresse, d'avoir « l'air d'un petit vieux », comme il disait. Mais Askalu semblait n'y prêter aucune attention. Il reconnaissait dans son attitude ce qu'il avait tout de suite aimé en elle : cette délicatesse, cette élégance naturelle, cette volonté de ne jamais heurter la susceptibilité des autres et la sienne en particulier.

Sur ce sol d'Afrique, Asmara était une ville surprenante, comme perdue dans un monde qui n'avait jamais été vraiment le sien. Elle n'existait pour ainsi dire pas avant la colonisation italienne, à la fin du XIXe siècle, et avait connu une transformation radicale dans les années 1930. Cela lui avait valu d'être baptisée *« Piccola Roma »*, la petite Rome.

Les architectes n'avaient pas fait preuve d'une grande originalité, se contentant de repiquer ce que chaque région d'Italie offrait de mieux. Savaient-ils seulement qu'ils donneraient à cet ensemble un ton baroque unique, empreint d'une grande nostalgie ? C'est ce qu'avait ressenti Charles en se promenant au bras d'Askalu, découvrant pour la première fois ces palais ocre, ces villas arrachées à la Toscane ou ces balcons empruntés au gothique vénitien et ces colonnes, grêles à ce point qu'elles donnaient le sentiment de ne plus pouvoir soutenir longtemps encore les édifices. Charles n'avait connu de ce pays que le désert et les oueds asséchés bordés d'acacias aux épines redoutables. Pas cette ville plastronnant avec ses imitations émouvantes du palais Pitti ou du palais Farnèse.

Charles et Askalu s'étaient installés dans un appartement du centre-ville, non loin de l'avenue de l'Indépendance, longue et large artère bordée de palmiers, la plus élégante d'Asmara. On pouvait y trouver tailleurs sur mesure, maroquineries, librairies ou boutiques de prêt-à-porter.

Le propriétaire de l'appartement était l'oncle d'Askalu. Charles s'en était étonné. «Je croyais que tu n'avais plus aucun parent», lui avait-il fait remarquer. «Tu ne sais pas tout de ma vie. Je ne t'ai pas tout raconté. Bientôt, tu sauras...» avait-elle répondu, toujours énigmatique. Elle avait seulement consenti à lever un coin du voile sur cet oncle sorti de sa manche, révélant qu'il était un membre important du gouvernement mais refusant de préciser de quel portefeuille il avait la charge. Cela expliquait cet appartement, sinon luxueux, du moins spacieux, offrant tout le confort moderne ; chose rare dans ce pays où la pauvreté était la règle et où la famine, dans certaines régions, sévissait encore. Charles lui en avait fait la remarque. Askalu, piquée au vif, lui avait répondu qu'une nation ne se relève pas de trente ans de guerre d'un coup de baguette magique. D'autant que le conflit avec le voisin éthiopien était mal éteint et la paix plus fragile que jamais.

Ils n'avaient pas encore franchi les murs d'Asmara. Askalu avait promis de l'emmener à Massaoua, à une trentaine de kilomètres de là. Une fournaise, de jour comme de nuit. Le thermomètre y descendait rarement au-dessous de 30 degrés et pouvait atteindre allègrement les 50 degrés lorsque le soleil était à son zénith ! À l'en croire, c'était le plus grand port de la côte orientale de l'Afrique. Il en doutait mais n'avait pas osé la contredire. Cela n'avait aucune importance. Il aimait regarder son visage s'animer et ses yeux noirs briller plus qu'à l'accoutumée lorsqu'elle évoquait l'histoire de son pays. Et il ne l'écoutait plus. Plus vraiment, laissant les mots flotter dans l'air chaud et tremblant de l'après-midi, décrochés de leurs phrases, perdant peu à peu de leur sens : « Massaoua... perle de la mer Rouge... commerce... soie... épices... armes... esclaves... l'ivoire... l'Inde... le coton du Soudan... Tu imagines l'activité qui devait y régner ? » Il n'avait pas répondu.

– Tu ne m'écoutes pas ! lui avait reproché Askalu.

– Si, bien sûr que je t'écoute.

Ils s'étaient réfugiés à l'intérieur de l'American Bar, le lieu branché de la jeunesse d'Asmara, préférant l'air conditionné de la salle à la fournaise de la terrasse. Charles sirota son deuxième *espresso*. Ici, on servait le café comme en Italie. Il pouvait en boire plusieurs par jour sans se lasser des saveurs de cette boisson dont les grains naissaient et grandissaient sur les hauts plateaux.

Askalu quitta la table sans ajouter un mot, vexée de ne pas avoir su capter l'attention de Charles. Elle se dirigea vers la porte et l'attendit pendant qu'il réglait l'addition. Au-dehors, à travers les vitres, des vagues de taxis jaunes se déversaient dans les rues. Parfois, au-dessus des toits chauffés à blanc par les rayons du soleil, les oreilles d'un cheval apparaissaient, semblant flotter au-dessus des voitures.

Ils avaient décidé de quitter Asmara le plus rapidement possible. Ils iraient à Massaoua à leur retour. Askalu était impatiente de lui faire découvrir les lieux de son enfance, restant toujours énigmatique sur l'endroit précis où elle souhaitait l'emmener. Il aimait ce mystère entretenu par la jeune femme, y décelant un parfum d'aventure. Il n'osait y ajouter le mot « romanesque », de peur de paraître ridicule. Il retrouvait cependant l'excitation du prélude au voyage, cette impatience grandissant à mesure que l'on s'approche du départ, cette soif de découvrir, non pas vraiment l'inconnu, mais autre chose : d'autres lieux, d'autres gens.

Il leur fallait un véhicule solide pour affronter les pistes quand l'asphalte des routes aurait disparu. L'oncle d'Askalu avait proposé de leur prêter un 4 × 4. Il possédait un piquet de berlines et surtout deux énormes tout-terrain japonais, ni l'un ni l'autre de la première fraîcheur, mais en bon état et capables d'avaler des milliers de kilomètres dans les pires conditions. La solution était d'autant plus séduisante que cela ne leur coûterait que le prix de l'essence. Pour le remercier, Charles avait proposé d'inviter à dîner cet oncle invisible qu'il mourait d'envie de rencontrer. Celui-ci avait accepté l'invitation. Charles ne s'y attendait pas et dut admettre secrètement sa surprise. Au fond de lui-même, depuis leur arrivée à Asmara, il doutait de l'existence de cet oncle. Plus précisément, si cet homme existait bel et bien, Charles doutait de sa parenté avec Askalu. Était-elle réellement sa nièce ? Ce doute était né sans qu'il sache pourquoi. Après tout, elle pouvait lui raconter ce qu'elle voulait. Ce n'était qu'une impression, un sentiment très vague. Cela revenait cependant à soupçonner Askalu d'être capable de mensonge. Mais pour quelle raison lui aurait-elle menti ? À force de tourner et retourner cette question, sans s'approcher jamais du moindre début de réponse, il décida que ses interrogations n'avaient aucune raison d'être, qu'il était inutile de s'encombrer la tête avec ses soupçons ridicules au risque de les laisser proliférer comme le ferait un staphylocoque doré avant de contaminer le corps entier : il allait rencontrer cet oncle et tout rentrerait dans l'ordre. Il connaissait sa forte propension à vouloir noircir les choses et les êtres plus qu'ils ne méritent de l'être. C'était sa nature profonde. Il s'en défendait quotidiennement. Tout ne pouvait pas être blanc ou noir. Il pouvait s'arranger avec cette idée-là, vivant dans un compromis presque permanent. Askalu l'y aiderait. Sinon, quel sens aurait eu leur relation ?

Ce matin-là, vingt-quatre heures avant leur départ, il avait laissé la jeune femme dans l'appartement. Elle dormait encore quand il était parti. Il avait pris le temps d'admirer la forme parfaite de son corps dessiné dans le léger drap blanc qui la couvrait à peine. Il avait refermé la porte de la chambre, se persuadant que ces quelques secondes qu'il n'avait eues à partager avec personne ressemblaient au bonheur. Il était satisfait de cette histoire qu'il vivait avec Askalu. Quelle qu'en puisse être l'issue.

Charles aimait se promener seul dans les rues des villes qu'il ne connaissait pas, découvrir à son rythme et au gré de sa curiosité les mille petits secrets que l'on ne voit jamais, ou mal, lorsqu'on est accompagné. Ses pas l'avaient guidé jusqu'à la cathédrale, bâtiment massif tout de briques sombres, dont le clocher devait dépasser les 50 mètres. Un soir, son regard avait été attiré par le néon, au-dessus de la porte principale, dessinant un *Ave Maria* de couleur bleu fluo. Ce n'était pas du meilleur goût mais au moins, la nuit, on ne pouvait pas le rater.

Quand avait-il mis les pieds dans une église pour la dernière fois ? Depuis l'enterrement de sa mère ; il ne s'en souvenait que trop. C'est elle qui avait toujours maintenu ce lien entre lui et la religion. Sa mort l'en avait libéré, lui confirmant ainsi qu'il avait perdu la foi, ou plus exactement qu'il ne l'avait jamais eue. La rigidité de son père, cette attitude rigoriste et parfois mystique qu'il affichait en permanence, y était forcément pour quelque chose.

Cela faisait donc plus de vingt ans qu'il avait rejeté ce que sa mère avait voulu lui transmettre. Malgré son père. On ne peut obliger quiconque à croire, sa mère l'aurait compris et admis. Cependant, depuis toutes ces années, la pensée qu'il l'avait trahie, ou pire qu'il l'avait trompée, ne l'avait jamais vraiment abandonné.

Deux événements avaient bouleversé sa vie. La mort de sa mère, alors qu'il était à des milliers de kilomètres d'elle, et, quelques mois plus tard, son accident, ici, dans ce pays. C'est à sa mère qu'il avait d'abord pensé alors qu'il se tordait de douleur, se demandant, à demi inconscient, si elle ne lui envoyait pas une punition pour l'avoir ainsi négligée. Il sourit, comme pour s'excuser d'avoir eu cette pensée, convaincu que si elle avait pu, elle l'aurait au contraire protégé. Et puis, il savait bien au fond de lui-même que si punition il y avait eu, elle était venue d'ailleurs. Peut-être. Mais il ne voulait pas y penser. Il y a des souvenirs que l'on préfère enterrer au plus profond de son être, croyant, naïvement, leur échapper.

Il laissa la cathédrale, se promettant de la visiter dès leur retour à Asmara. Maintenant, il voulait marcher, se mêler aux autres, se fondre dans le flot des promeneurs. Sentir, voir, entendre.

Cette matinée aurait été parfaite s'il n'avait eu le sentiment d'être observé depuis qu'il avait quitté l'immeuble où se trouvait l'appartement qu'il occupait avec Askalu. Un Européen déambulant, seul, attirait toujours les regards, voire la convoitise de quelques margoulins flairant le bon pigeon à plumer : il y a toujours quelque chose à vendre ou à acheter, où que l'on se trouve dans le monde.

Charles avait bien tenté quelques coups d'œil discrets pardessus son épaule et s'était même arrêté devant une vitrine pour tenter de confondre un éventuel gêneur. Mais personne ne semblait s'intéresser à lui. Cela n'avait pas fait disparaître pour autant cette impression désagréable qu'il avait d'être suivi. Au contraire, plus les minutes s'écoulaient, plus cette sensation grandissait. Cela devint même obsédant au point de gâcher sa promenade. Il décida d'accélérer le pas, autant qu'il le pouvait, gêné par son genou récalcitrant qui accentuait sa claudication. Il aperçut bientôt la terrasse d'un café, le bar Vittoria. Il décida de s'y arrêter, stoppant net son accélération, et de s'asseoir aussi vite que possible à la première table venue. Il verrait, peut-être, si quelqu'un s'accrochait à ses basques.

Rien. Rien ni personne. Sauf ces deux types qui traversèrent la terrasse avant de pénétrer dans le bar. L'un était un blond aux yeux bleus qui lui adressa un léger signe de tête. L'autre, pour autant qu'il pût en juger, était un Érythréen, jeune, grand et mince comme un fil à couper le beurre.

Charles commanda un *espresso*, toujours observant la rue et ses passants dont le nombre semblait grossir à chaque seconde. Il vida sa tasse d'un coup sec, fit signe au serveur et commanda un second café. Presque vide quand il s'était assis, la terrasse s'était remplie en quelques minutes. Personne ne semblait lui prêter la moindre attention. Cela le rassurait. Le serveur revint avec l'*espresso* et le posa sur la table. Cette fois, Charles le but plus lentement, cherchant à profiter pleinement de la saveur corsée de ce café.

Plus il restait assis longtemps, plus il lui était difficile de se déplier, de retrouver la station verticale propre à tous les Homo sapiens. Il décida qu'il était temps de se lever et de reprendre sa promenade. Il fit de nouveau signe au serveur tout en retournant le ticket de caisse pour régler l'addition. Mais ce n'était pas un ticket de caisse. Il n'y avait aucun chiffre sur ce morceau de papier plié en quatre. Seulement des mots. Une phrase. Non, plutôt un poème. Un poème écrit en français : ce fut sa première surprise. Il n'eut aucune peine à le déchiffrer, bien que l'écriture fût hésitante, maladroite :

«Dans la plaine
Naît un bruit.
C'est l'haleine
De la nuit.
Elle brame
Comme une âme
Qu'une flamme
Toujours suit.»

S'il avait eu une bulle au-dessus de la tête, comme dans les bandes dessinées, elle aurait été remplie de points d'interrogation et d'exclamation en caractères gras. Charles avait plissé les yeux, semblant produire un effort désespéré pour tenter de découvrir un sens caché à ces vers énigmatiques. D'ailleurs, lui étaient-ils destinés ? Probablement. N'étaient-ils pas écrits en français ? Et des Français dans les parages, il ne devait pas y en avoir beaucoup. Il releva la tête. Le serveur se tenait debout, devant lui, attendant qu'il le règle.

– C'est vous qui avez posé ce papier ici ? demanda Charles en anglais.

Le jeune homme parut sincèrement étonné et fit non d'un signe de la tête. Charles régla les deux cafés, se mit debout en se cambrant exagérément le dos et entra dans le bar Vittoria. Il n'y avait plus une seule table de libre. Au bar, il reconnut le blond aux yeux bleus qui lui avait fait un signe de tête quelques minutes plus tôt. Il finissait de vider un verre de bière. Charles se rapprocha en lui lançant un «bonjour», aussi amical que possible. L'homme tourna la tête, esquissant un sourire alourdi par l'alcool.

– *Guten Tag,* lança-t-il dans un souffle. *Ich spreche nicht Französisch.*

– *English ?* demanda Charles.

– *Nein. Ein wenig Italienische,* fit l'autre avant de replonger le nez dans son verre de bière.

– Et moi, ni italien ni allemand, répondit Charles qui avait quelques vagues notions de la langue de Goethe.

Il scruta le reste de la salle. Il n'allait pas rester planté là, à essayer de découvrir qui lui avait envoyé ce poème. Il le relut une nouvelle fois puis se tourna vers le barman, debout derrière le comptoir, les bras croisés. Il parlait anglais. Lui non plus ne savait pas, n'avait rien vu. Évidemment. Qui aurait pu s'intéresser à cette histoire de bout de papier qui avait mystérieusement atterri sur une table ? « En tout cas, pensa Charles, je n'ai pas rêvé, “on” m'a certainement suivi. »

Avant de sortir, il jeta un dernier coup d'œil circulaire. Le grand Noir, sec comme une baguette de sourcier – celui qui avait traversé la terrasse juste après lui –, était là, assis seul à une table, à quelques pas. Charles aurait juré que ce type avait détourné la tête au moment où leurs regards avaient failli se croiser. « Cela n'en fait pas un suspect pour autant, pensa Charles en se rapprochant du comptoir. Cela dit, qui d'autre pouvait savoir que j'allais m'asseoir précisément à cette terrasse et à cette table, sinon ce gars-là ? Il y a aussi le buveur de bière mais il semble au-dessus de tout soupçon... » Charles commanda une bière tout en s'accoudant au comptoir, s'installant de façon à observer aussi discrètement que possible le grand Noir. Il fit en sorte de ne pas tourner la tête, ne fût-ce que d'un millimètre. Puis, il replia le papier et le mit dans la poche revolver de son pantalon.

Combien de temps allait-il patienter ? Qu'allait-il faire si l'autre se levait ? Le suivre ? Lui sauter dessus dans une ruelle sombre, lui coller trois paires de baffes et le faire avouer ? Mais Charles n'était pas l'inspecteur Harry. Il sourit en imaginant la scène. Il lui manquait « un peu » d'entraînement. Le judo, la boxe, l'anglaise et la française : tout cela était loin. Il devait cependant lui rester quelques rudiments, quelque part, en cherchant bien, qui lui permettraient de se défendre, comme autrefois quand il faisait le coup de poing au moindre prétexte. « Ça, c'est pour la version optimiste, pensa-t-il. Version pessimiste, je prends la raclée de ma vie et je reste sur le carreau. Et adieu la virée avec Askalu ! » Il y avait une autre solution. Il finissait sa bière, sortait du bar Vittoria et attendait de voir si le grand Noir le suivait. « Et après, se dit Charles. Je fais quoi ? Je le conduis au commissariat du coin de la rue ? "Monsieur l'agent, ce type y fait rien que m'embêter en m'envoyant des poèmes sans queue ni tête. Arrêtez-le, c'est un dangereux maniaque !" Non, je sors... S'il me suit, je me débrouille pour l'attirer dans un coin tranquille et je prends mon courage à deux mains : je lui saute dessus et je fais ce que je peux. Sinon... sinon, je prends une raclée ou pire. À moins qu'il ne me saute dessus d'abord. Mais c'est peu probable, sinon pourquoi se serait-il donné la peine de m'envoyer ce billet doux ? » La bière lui faisait tourner la tête. Il en prit une deuxième, histoire de se donner un peu de courage avant de sortir du bar. L'Allemand, à l'autre bout du comptoir, s'était levé en lançant un *« Auf Wiedersehen ! »* à qui voulait l'entendre, aussi pâteux que piteux, et disparut.

Charles régla l'addition et prit à son tour la direction de la sortie. À peine avait-il franchi la porte qu'une vague de chaleur l'assaillit au visage et le fit presque immédiatement transpirer. Le grand type s'était-il levé, lui aussi ? Il aurait été incapable de le dire. Il fit d'abord quelques pas dans la rue avant de s'arrêter, de nouveau, devant la vitrine d'un magasin. Puis il se dirigea vers un vendeur de journaux. À part la presse locale, il y avait quelques titres italiens et un numéro de *Time Magazine* vieux d'un mois. Il le feuilleta tout en jetant un coup d'œil vers la terrasse du bar Vittoria. De là où il était, il pouvait encore l'apercevoir. Il sortit un billet de sa poche et le tendit au vendeur sans attendre la monnaie. Apparemment, le grand Noir n'avait pas bougé.

Dire qu'il était mal à l'aise ne serait pas exact. C'était pire que cela. Maintenant, il était inquiet. Angoissé. Seul. Incapable de se concentrer, de réfléchir et de trouver une explication logique à ce qui lui arrivait. Il ne savait même pas qui était l'auteur de ce poème. Était-il seulement connu ? Que voulait-on lui dire ? Il lui fallut se rendre à l'évidence : il n'y avait aucune réponse possible à chacune de ces questions. Et pour cause : tout cela n'avait aucun sens ! Tout en marchant, il décida qu'il était temps qu'il se calme. Il voulait se rassurer. Il était, peut-être, allé un peu vite en besogne en décrétant que ces vers lui étaient effectivement destinés et en soupçonnant le grand type d'en être l'auteur. Oui, c'était certainement ça : ces vers ne lui étaient pas destinés. C'était une erreur. Une erreur et un pur hasard qu'ils aient été écrits en français. « Je m'inquiète pour rien. Pourquoi m'enverrait-on un poème aussi... sibyllin ? Je ne connais personne dans ce pays. » Absurde. C'est le mot qui lui vint à l'esprit pour qualifier son attitude. Absurde, stupide et irrationnelle. Il avait cédé à la peur. Et il se détesta. C'est donc ce qu'il était devenu : un couard incapable de se contrôler, de se maîtriser, succombant à la moindre contrariété.

Ses pas l'avaient guidé vers l'avenue de l'Indépendance. Il y avait moins de monde que dans les rues adjacentes mais toujours autant de circulation. Les pots d'échappement recrachaient leur dioxyde de carbone, alourdissant l'air chaud d'une odeur poisseuse de pétrole mal digéré par des moteurs épuisés.

« Et si ce billet concernait Askalu ? se demanda Charles. S'il lui était destiné ? Si c'est le cas et si l'on s'adresse à moi pour l'atteindre, cela veut dire qu'"on" nous surveille ! » Mais cela non plus n'avait aucun sens. Pourquoi ne lui aurait-on pas remis directement ? La jeune femme avait peut-être une réponse. Il décida de retourner à l'appartement. À pied, il lui faudrait une bonne trentaine de minutes. Et il faisait chaud. Et la bière lui avait coupé les jambes. Il fallait donc trouver un taxi, ce qui était chose facile dans cette ville où ils pullulaient. Il se dirigea vers le bord du trottoir, manquant tomber en trébuchant sur l'arête d'un pavé disjoint. Après s'être rétabli en lâchant un juron, il mit un pied dans le caniveau afin de s'extraire du flot des passants pour mieux se faire repérer par un taxi. Il avait à peine levé le bras qu'une voiture jaune dotée d'une aile verte et d'une autre blanche se dirigea vers lui. C'est alors qu'il le vit, très distinctement. C'était lui, sans l'ombre d'un doute.

Le grand Noir du bar Vittoria. Il était là, debout, à quelques mètres, immobile, le regardant avec insistance. Charles ressentit comme une secousse électrique lui explosant dans le ventre et la poitrine. Il eut soudainement la bouche sèche, le cœur au fond de la gorge et le front glacé. Il sauta à l'arrière du taxi dont la porte venait de s'ouvrir et lança au chauffeur, presque en criant : *« Go ! go ! »* Ce que fit le taxi en démarrant en trombe.

Charles ne connaissait pas l'adresse de l'immeuble où se trouvait l'appartement mais il saurait y retourner sans la moindre difficulté en indiquant la route au chauffeur. Dans la vitre arrière, il ne vit personne. Le grand Noir avait disparu aussi vite qu'il lui était apparu. Il s'affala sur le siège, se détestant de nouveau d'avoir réagi de cette façon précipitée, de ne pas avoir pu se contrôler. Pourquoi avoir sauté dans le taxi ? Au contraire, il aurait dû aborder le grand type et lui demander ce qu'il voulait. Car il n'avait pas rêvé, celui-ci l'avait bel et bien regardé avec insistance. Charles, d'ailleurs, n'avait vu que ses yeux. Il aurait été incapable de décrire le reste de son visage. Incapable de le reconnaître. Il ne voyait que ses yeux et sa silhouette longiligne.

Une dizaine de minutes plus tard, le taxi se garait au pied de l'immeuble que Charles avait quitté une heure plus tôt, abandonnant Askalu lascivement enveloppée dans un drap. Il régla la course en laissant un généreux pourboire au chauffeur qui le gratifia d'un large sourire. Puis le taxi disparut laissant une longue traînée de fumée grise dans son sillage. Ce n'est qu'une fois sur le trottoir, alors qu'il s'apprêtait à pénétrer dans l'immeuble, que Charles eut de nouveau l'impression d'être épié. Il se retourna soudainement. L'autre était en face, de l'autre côté de la rue. Il était là, debout, à le regarder fixement. Charles reconnut tout de suite ses yeux. Ce regard. Cette fois, sans hésitation aucune, il décida de traverser la rue sans savoir par avance ce qu'il allait dire ou faire. Mais à peine Charles avait-il descendu le trottoir que le grand Noir du bar Vittoria tourna les talons et décampa. Il courait vite. Trop vite pour que Charles puisse se lancer à sa poursuite en espérant le rattraper. De toute façon, tout le monde courait trop vite pour lui. Il resta là quelques secondes, interdit, ne sachant ni que faire ni que penser. L'inconnu disparut rapidement au premier carrefour. Que voulait-il ? Il ne se posa aucune autre question. Sa seule réaction fut de plonger la main dans la poche de son pantalon où se trouvait la feuille de papier. Il relut les vers, s'arrêta sur les mots : nuit... âme... flamme... S'il y avait une énigme, et il devait y en avoir une, il se dit qu'il n'était pas près de la découvrir.

Il replia le billet, fit demi-tour et pénétra dans l'immeuble datant de l'époque coloniale. Il n'y avait que deux étages. L'appartement se trouvait au premier. Quand il poussa la porte, Askalu finissait une tasse de thé. Elle lui sourit quand elle le vit entrer.

– Tu as l'air d'avoir chaud, dit-elle.

– On peut le dire, oui... C'est une fournaise dehors.

– Ça n'a pas l'air d'aller...

– Si... enfin, non... Il vient de m'arriver quelque chose de... d'étrange, d'incompréhensible.

– Viens t'asseoir. Veux-tu un café ?

– Oui, merci.

Askalu disparut quelques minutes avant de revenir avec une tasse de café.

– Allez, raconte-moi, fit-elle en posant la main sur le bras de Charles. Que s'est-il passé ?

Il vida la tasse d'un trait. Il déplia la feuille de papier et la posa sur la table. Puis il raconta son histoire sans omettre le moindre détail, préférant cependant ne pas s'étendre sur l'angoisse qui l'étreignait encore. Tout en l'écoutant, la jeune femme parcourut le poème.

– ... c'est quoi cette histoire, Askalu ? demanda Charles quand il eut terminé son récit. Tu y comprends quelque chose ?

– Non, vraiment rien. Que veux-tu que je te dise ? Ce type est peut-être un malade. Ce serait tout de même intéressant de savoir d'où vient ce poème, non ?

– Si, bien sûr. Faudrait avoir accès à Internet... Ici ?

– Non, mais au bureau de mon oncle, il y a ce qu'il faut. Je vais l'appeler et lui lire le texte. Et puis comme ça, ce soir, il nous dira s'il a trouvé quelque chose... d'accord ?

– Ce soir ? Ça fait loin.

– Et alors, ça changera quoi de l'avoir avant ?

– Je sais pas. Oui, tu as probablement raison, on attendra ce soir, répondit Charles en se levant. En tout cas, si c'est un malade comme tu dis, c'est un malade qui savait où j'allais. Il connaissait cette adresse ! Je suis sûr que le taxi n'a pas été suivi jusqu'ici. Alors ce type, il savait où j'allais et il s'est même payé le luxe de prendre un raccourci ! Non, Askalu, ce type cherche quelque chose et je suis sûr qu'il sait exactement ce qu'il veut. Je l'ai vu dans son regard.

– S'il cherche quelque chose ou s'il veut nous dire quelque chose, il s'y prend d'une drôle de façon, non ?

– Il veut peut-être nous ou m'intimider avant de demander quelque chose. Je vais prendre une douche. Ça me fera du bien. Il fait décidément trop chaud dans ton pays.

Quand Charles eut disparu dans la salle de bains, Askalu alla s'asseoir sur le divan à côté duquel se trouvait un guéridon où était posé un téléphone fixe. Elle l'attrapa et appela le bureau de son oncle. Elle ne réussit pas à le joindre. Il ne serait là qu'en toute fin d'après-midi. Elle laissa un message. Puis elle composa un autre numéro. Il y eut plusieurs sonneries mais personne au bout du fil malgré son insistance. Askalu reposa le combiné. Il fallait pourtant qu'elle joigne Hassan. Elle craignait qu'il ne soit pas au rendez-vous. L'idée d'échouer si près du but lui était insupportable. Elle n'avait pas attendu toutes ces années en vain. Lui non plus, elle le savait. Mais il était trop impétueux. Il lui manquait la patience nécessaire pour mener à bien ce genre d'entreprise.

– Alors ?

Askalu sursauta. Elle n'avait pas vu arriver Charles. Il était debout derrière elle, une serviette nouée autour de la taille et une autre sur les épaules.

– Alors quoi ?

– Bah, ton oncle... tu viens de l'appeler, non ? Il va chercher sur Internet ?

– Oui... pardon, bien sûr... je pensais à autre chose...

– Et ?

– Et il nous dira ce soir s'il a trouvé quelque chose.

– Bien. C'est tout de même pas banal, cette histoire, non ?

Sans attendre de réponse, il se dirigea vers la chambre et se laissa tomber de tout son poids sur le lit. Askalu vint s'asseoir à côté de lui.

– On va aller déjeuner, dit-elle. Après, on ira chercher le 4 × 4. Il faut aussi qu'on prépare notre départ. On n'aura pas trop de cette journée pour tout faire. OK ?

– OK, répondit Charles.

Askalu quitta la chambre. Charles resta allongé, essayant de retrouver le visage de ce mystérieux poursuivant. Mais il ne voyait que ses yeux. Cela risquait de devenir une obsession. Qu'est-ce que pouvait bien lui ou leur vouloir ce type ? Il avait beau chercher mais aucune réponse sensée ne lui vint à l'esprit. Que se serait-il passé s'il ne s'était pas enfui ? Aurait-il été à la hauteur ?

À cause de cette histoire, la magie des premiers jours à Asmara avait disparu. Le bonheur d'être avec Askalu ne suffirait plus à faire disparaître ce malaise qu'il sentait s'insinuer en lui. Il connaissait bien ce sentiment qui empêche de goûter aux mille petits plaisirs de l'existence. Désormais, cette boule lui nouant le ventre ne le quitterait plus. À moins qu'elle ne disparaisse après avoir quitté Asmara. Mais il en doutait.

DEPUIS DIX ANS QU'IL ÉTAIT LE CHEF de la police, Issayas Menkarius se déplaçait toujours flanqué de gardes du corps et aucun de ses trajets ne se faisait sans la protection d'une escorte de plusieurs véhicules, d'énormes 4 × 4 noirs aux vitres fumées qui traversaient Asmara à tombeau ouvert, toutes sirènes hurlantes, dans l'indifférence générale. Trop habituée à ce manège quasi quotidien, la population avait fini par ne plus y prêter qu'une attention distraite.

L'homme avait la réputation d'être dur et sans pitié. Réputation largement acquise, et aussi savamment entretenue, durant les années de guerre contre l'Éthiopie. Vrai héros de la lutte pour l'indépendance, il avait gravi les degrés de la hiérarchie plus vite que les autres. Ce ne fut pas son héroïsme dans les tranchées qui retint d'abord l'attention de ses supérieurs mais son flair, son instinct de chasseur et surtout son absence totale de scrupules quand il s'agissait de traquer et de faire parler les traîtres, les espions à la solde d'Addis-Abeba. Beaucoup, hommes et femmes, passèrent entre ses mains. Au sens propre. Quelques-uns survécurent. Les autres eurent pour linceul de la chaux vive à six pieds sous terre. La rumeur populaire racontait que ses victimes étaient plus nombreuses que les grains de café des hauts plateaux. C'est ainsi qu'il gagna ses surnoms d'Issayas le terrible ou d'Issayas le bourreau ; cela dépendait des régions, car sa « renommée » avait depuis longtemps dépassé les frontières de la capitale pour se répandre dans toute l'Érythrée et jusqu'aux confins mêmes de l'Éthiopie. On le craignait comme on craint un seigneur de la guerre ou une catastrophe naturelle : raz de marée, nuage de sauterelles ou coulée de lave.

Impossible d'oublier son visage déchiré par un éclat d'obus. Il en avait gardé une cicatrice : long sillon creusé dans la chair, lui barrant la joue droite depuis la commissure des lèvres jusqu'au lobe de l'oreille. Elle transformait ses rares sourires en rictus. Le morceau de métal lui avait aussi crevé un œil et emporté un morceau de paupière, mal recousu par un chirurgien de fortune entre deux bombardements. C'est pour cette raison qu'Issayas le bourreau portait des lunettes de soleil. On disait qu'il dormait avec et que seules ses victimes avaient le loisir d'admirer sa face de cauchemar avant leur dernier souffle. Que cela faisait partie des séances de torture, comme un avant-goût de l'enfer.

Ainsi régnait Issayas Menkarius, chef d'une bande de prétoriens avant que d'être le chef de la police, craint autant par ses amis que ses ennemis. Rusé, suspicieux, il savait qu'il fallait se méfier autant de l'envie des premiers que de la haine des seconds. Ce qui expliquait peut-être sa longévité au poste qu'il occupait. Il y avait la chance aussi. Une chance insolente et, aux yeux de certains, immorale.

Il avait été la cible de plus d'une dizaine d'attentats dont il avait réchappé comme par miracle, sans souffrir la moindre égratignure. Le plus spectaculaire avait eu lieu au début de son règne, sur l'avenue de l'Indépendance. Un commando avait stoppé son convoi à coups de roquettes antichars capables de perforer les blindages les plus modernes. Une fusillade s'en était suivie, provoquant plus de victimes dans la population que dans les rangs de la police ou des séditieux. Il avait fallu plus d'une trentaine de minutes avant que les armes ne se taisent laissant la place aux râles et aux gémissements des blessés. Ceux qui ont assisté à la scène racontent tous la même histoire. Ils disent avoir vu Issayas Menkarius, un pistolet-mitrailleur à la main, apparaître, seul, au milieu de ce spectacle de désolation, se frayant un chemin entre les débris de toutes sortes et les corps ensanglantés, sa silhouette se découpant par instants dans les flammes des dernières explosions. Il s'était avancé, la tête baissée, comme s'il avait cherché quelque chose. Puis il s'était arrêté, avait sorti un pistolet de sa ceinture et tiré à bout portant sur l'un des nombreux corps gisant sur l'asphalte déjà ramolli par la chaleur des flammes et du soleil dardant des rayons aussi puissants que des lasers. Il avait progressé lentement, méthodiquement, exécutant un à un les quelques survivants qui avaient osé s'en prendre à Issayas le terrible ou Issayas le bourreau. Sa besogne achevée, il s'était engouffré dans une voiture de police venue en renfort.

Loin de le déstabiliser, cet attentat avait au contraire renforcé son pouvoir. Issayas Menkarius avait renversé la situation en sa faveur, craint plus qu'il ne l'avait jamais été auparavant, maître d'œuvre d'une épuration sanglante au sein de la police et, dans une moindre mesure, au sein de l'armée. Il aurait alors pu accéder au pouvoir suprême, à tout le moins s'en rapprocher un peu plus. Il n'en fit rien, semblant se satisfaire de sa position, sans que personne ait jamais pu vraiment expliquer ce manque d'ambition alors que plus aucun obstacle ne se dressait devant lui.

Ce soir-là, le célèbre convoi de 4 × 4 noirs aux vitres fumées s'était arrêté devant le Firenze, le restaurant le plus couru d'Asmara, prisé autant par les hommes d'affaires que par les effigies du pouvoir en place. Les gardes du corps, pistolets-mitrailleurs à la main, le regard caché par les inévitables lunettes noires, avaient surgi les premiers pour protéger la sortie d'Issayas Menkarius. Plus exactement pour « sécuriser » la courte distance le séparant de l'entrée du restaurant.

L'accueil que reçut le chef de la police fut à la hauteur de l'armada avec laquelle il avait l'habitude de se déplacer. Le patron du Firenze était sur le pas de la porte, ne masquant pas sa joie – sincère sans nul doute – de recevoir un client de cette qualité. Le pauvre homme était à deux doigts de se transformer en paillasson à la moindre sollicitation du puissant personnage : exercice difficile s'il en fut, demandant de multiples contorsions à la limite de la dislocation pure et simple du squelette. Issayas Menkarius sembla d'abord l'ignorer, préférant scruter la salle à manger. À son apparition, fourchettes, couteaux et verres restèrent en suspension, et les bouches entrouvertes et les yeux écarquillés. Un silence fait de murmures étouffés, de chuintements légers et de bruissements confus s'installa. Enfin, après quelques trop longues secondes, Issayas Menkarius daigna tourner la tête vers son hôte lui faisant comprendre qu'il était temps de le conduire à sa table. Il n'était pas dénué d'une certaine élégance ni d'une certaine prestance, bien qu'affichant un sérieux embonpoint au-dessus de la ceinture. C'était d'ailleurs assez surprenant, car cette bedaine proéminente ne cadrait pas avec le reste du corps aux attaches plutôt fines, dégageant une impression de souplesse dans chacun de ses déplacements. Cette brioche avait quelque chose de grotesque, d'incongru. C'était comme une tache dans le portrait, une faute de perspective dans le tableau. Était-ce dû à une consommation immodérée de bière ? À une hygiène de vie douteuse ? À un mal inguérissable ?

La table d'Issayas Menkarius se trouvait dans un salon un peu à l'écart. Il fallait traverser la salle pour l'atteindre. Plusieurs personnes en profitèrent pour saluer le chef de la police d'un signe de tête, d'autres se levèrent et lui serrèrent la main, gonflées de leur propre importance, plastronnant, faisant penser à ces frégates du Pacifique qui arborent des goitres rouges à la saison des amours.

Charles avait suivi toute la scène, affichant un sourire ironique, pensant que le pouvoir provoque décidément la même obséquiosité sous toutes les latitudes. Il allait s'en ouvrir à Askalu, assise à ses côtés, et lui demander qui pouvait bien être cet important personnage, quand celle-ci se leva soudainement, renversant presque sa chaise. Charles n'eut pas le temps de lui demander ce qu'elle faisait. Elle regardait vers la salle. Vers l'homme aux lunettes noires qui n'était un inconnu pour personne sauf pour Charles. Il venait droit sur eux. Puis Charles n'eut plus aucun doute. L'homme regardait dans leur direction, pour autant que l'on puisse deviner ce que font des yeux, cachés derrière des verres fumés. Que pouvait-il faire, sinon se lever à son tour ?

Le patron du restaurant précédait l'homme aux lunettes noires alors que celui-ci tendait déjà les bras vers Askalu.

Charles vit alors distinctement la cicatrice striant le visage. L'homme tourna très légèrement la tête. Le regardait-il ? Issayas Menkarius afficha alors un large sourire rictus en ouvrant les bras dans lesquels la jeune femme se laissa enfermer. Puis ils s'embrassèrent, comme un père embrasse sa fille.

Charles était là, comme un benêt, interdit, bouche bée, à attendre qu'on se souvienne de sa présence. Il comprenait, maintenant, les égards et la déférence que leur avait témoignés, à Askalu et à lui-même, le maître d'hôtel quand ils étaient arrivés, une trentaine de minutes plus tôt. Mais qui était cet homme serrant Askalu dans ses bras ? Charles se serait menti à lui-même s'il ne s'était pas avoué impressionné par l'apparition de ce personnage au sourire carnassier. Son arrivée avait métamorphosé la soirée. Charles désormais se sentait mal à l'aise. La boule d'angoisse qui lui avait serré l'estomac depuis l'épisode du bar Vittoria, l'après-midi même, n'allait pas disparaître de sitôt : il s'attendait à un paisible dîner en compagnie du « vieil » oncle de sa maîtresse et se retrouvait face à une célébrité locale qui allait attirer tous les regards vers leur table. Il n'y avait rien qu'il détestât plus que de servir de point de mire dans un lieu public.

Askalu finit par se tourner vers Charles qu'elle présenta à son oncle. Elle s'exprima en tigrina, l'une des trois langues officielles du pays avec l'arabe et l'anglais. « Pourquoi ne pas employer l'anglais ? » pensa Charles, vexé de ne pas comprendre un traître mot. Le préambule lui parut un peu long. Puis la jeune femme présenta son oncle à Charles, en anglais cette fois. Elle ne prononça rien d'autre que cette simple phrase : « Issayas Menkarius, mon oncle. » L'homme lui fit un sourire grimaçant en hochant la tête. Puis, ils s'assirent. Quant au patron, il disparut, enfin, comme se doit de le faire un parfait gentleman.

Le visage de Charles trahissait encore son étonnement devant l'arrivée fracassante de cet homme dont il n'aurait jamais imaginé qu'il pût être le mystérieux oncle d'Askalu.

– Vous avez l'air étonné, dit Issayas Menkarius affichant de nouveau un large sourire qui exprimait bien plus la douleur que la joie.

Il s'était exprimé en anglais. Il roulait les « r » mais paraissait à l'aise avec cette langue.

– Askalu ne vous a peut-être pas dit qui je suis.

– Non, effectivement. Enfin, seulement que vous étiez membre du gouvernement.

– Pas tout à fait. Pas tout à fait. En réalité, je suis le chef de la police.

– Ah ! fit Charles avec une pointe d'étonnement. Je comprends mieux les mesures de sécurité qui vous entourent. On n'est jamais trop prudent.

– Vous avez raison... Charles. Je peux vous appeler Charles ?

– Bien entendu.

– Vous avez raison, Charles, on n'est jamais trop prudent, répondit l'oncle d'Askalu, juste avant d'être interrompu par l'arrivée du serveur qui lui colla sous le nez une bouteille de champagne.

Issayas Menkarius fit un léger signe de tête. Le serveur fit sauter le bouchon et remplit la coupe de la jeune femme, puis celle de Charles. Quand il se tourna vers l'oncle d'Askalu, le goulot de la bouteille heurta le bord de sa coupe, heureusement encore vide. Le bord était ébréché et quelques minuscules morceaux de verre étaient tombés dans l'assiette d'Issayas Menkarius qui se contenta de lever la tête, sans dire un mot, son regard, ses yeux, toujours cachés derrière les verres sombres de ses lunettes. Ce simple mouvement de tête suffit à terroriser le serveur qui, d'une main tremblante, ramassa la coupe et l'assiette. À peine avait-il disparu que le maître d'hôtel était là, avec le champagne et une nouvelle coupe qu'il posa sur la table avant de la remplir en s'excusant de la maladresse du serveur. La scène n'avait duré que quelques secondes. Charles la trouva cependant interminable, tant l'ambiance s'était soudainement alourdie. Il lui aurait fallu être aveugle pour ne pas voir à quel point l'oncle d'Askalu inspirait une réelle terreur autour de lui. Chacun de ses gestes, chacun de ses mots semblait avoir l'effet d'un couperet prompt à sanctionner le moindre faux pas, comme la lame d'une guillotine tranche le cou du condamné. « Qui est donc cet homme ? » s'inquiéta de nouveau Charles, plus oppressé que jamais par cette boule pesant sur son estomac et qui avait sûrement grossi de quelques millimètres. Il avait aussi pris le temps d'observer Askalu. Elle n'avait pas bronché, attendant, l'air impassible avec une nuance de dédain dans le regard, que tout rentre dans l'ordre et que le serveur disparaisse pour aller expier sa faute dans les cuisines. Elle avait même esquissé un léger sourire, presque imperceptible en le voyant s'éloigner, tête basse, avec la coupe ébréchée et l'assiette dans les mains.

– Vous savez, je connais Claude Muller, dit Issayas Menkarius sur le même ton monocorde qu'il employait depuis le début de la conversation, sans jamais hausser la voix, appuyant chaque mot, usant d'un débit exagérément lent dont il semblait se délecter, prenant le temps d'observer – ou de disséquer – son interlocuteur tout en parlant, comme l'aurait fait un prédateur avec sa proie avant de fondre sur elle.

– Ah ? non, je ne le savais pas... Depuis quand ?

– Depuis que Human Help mène des missions chez nous, avant même notre indépendance. À l'époque, je lui servais de guide, de temps en temps. Mais vous-même, je crois que vous êtes déjà venu en Érythrée, n'est-ce pas ?

– Oui. Il y a très longtemps. Une seule fois. Avec Claude Muller justement. Mais Human Help n'existait pas encore.

– Où cela ?

– Dans le nord. Dans le Sahel. Nous étions passés par le Soudan, par Kassala.

– Oui, Askalu m'en a parlé. Elle m'a aussi raconté ce qui vous est arrivé. Vous avez eu de la chance de vous en sortir ! Vous avez dû faire preuve de beaucoup de courage.

– J'ai surtout eu beaucoup de chance, répondit Charles tout en souhaitant ne pas aller plus loin sur le sujet.

– Et, depuis, c'est la première fois que vous revenez chez nous ?

– Oui. Mais si Askalu ne me l'avait pas demandé, je ne serais probablement jamais revenu.

– Pourquoi ?

– Trop de mauvais souvenirs.

– Les souvenirs, oui, bien sûr. Connaissez-vous Marguerite Yourcenar, Charles ?

– Non, enfin de nom seulement. Je n'ai jamais rien lu d'elle.

– Vous avez tort, elle a écrit une très belle chose sur l'ingratitude des hommes et leur mémoire défaillante. Vous m'excuserez pour mon mauvais français. Elle a dit : « La mémoire des hommes est un cimetière abandonné, où gisent sans honneurs des morts qu'ils ont cessé de chérir... » C'est beau, n'est-ce pas ?

Charles ne répondit pas tout de suite. Effectivement, le chef de la police parlait mal le français. Il avait eu quelques difficultés à prononcer les derniers mots, empêtré avec le « c » et les « s » de « cessé » précédant de trop près le « ch » de « chérir ». Askalu était venue à son secours en les prononçant correctement. Issayas lui avait souri. À moins que ce ne fût une grimace. Difficile de savoir avec cette cicatrice qui s'enroulait comme un serpent autour de chacune de ses expressions, ne laissant jamais en paix son visage.

– Avez-vous des morts que vous avez cessé de chérir, Charles ?

– Quelle étrange question ! Je ne vois pas le rapport avec ce que je viens de vous dire.

– C'était juste histoire de converser. Ne le prenez pas mal. Mais en cherchant bien, nous avons tous des morts que nous avons cessé de chérir dans le cimetière de notre mémoire. Vous ne croyez pas ?

Charles préféra éluder la question, souhaitant orienter la discussion vers un autre sujet que lui-même.

– Comment se fait-il que vous connaissiez Marguerite Yourcenar ? demanda-t-il.

– Cela vous étonne ?

– Oui, je reconnais que oui. On ne peut pas dire qu'elle soit connue dans le monde entier comme le sont Victor Hugo ou Jules Verne !

– En fait, j'ai passé un an à Paris, il y a très longtemps, à la Sorbonne. Je me suis vite rendu compte que je n'étais vraiment pas fait pour les études ! Pas comme notre brillante Askalu ! N'est-ce pas ?

– Ce n'est pas moi qui dirai le contraire. Et qu'avez-vous fait après votre retour de Paris ?

– Je me suis battu pour l'indépendance de mon pays. Comme des milliers d'autres Érythréens et comme je le faisais avant de partir. Comme vous pouvez le voir, j'en ai gardé quelques traces.

Charles préféra ne rien ajouter, embarrassé par cette allusion. Cela fit encore sourire Issayas Menkarius qui n'aimait rien tant que mettre mal à l'aise ses interlocuteurs. Et il y réussissait à merveille.

– Rassurez-vous, dit-il, je n'ai pas honte de mes cicatrices.

– Je comprends. Vous êtes donc l'oncle d'Askalu. De quel côté ? demanda Charles.

– Issayas est le frère de mon père, mort pendant la guerre comme tu le sais, intervint Askalu avant de porter à ses lèvres sa coupe de champagne.

Elle ne souriait plus, paraissant plus tendue qu'à l'ordinaire. Était-ce dû à la présence de cet oncle pour le moins singulier ?

– Mais vous ne portez pas le même nom de famille, remarqua Charles.

– Pour des raisons de sécurité, précisa le chef de la police. Je ne suis pas très populaire.

– Ah ! Et pourquoi ?

– Ce serait un peu trop long à raconter. Les policiers, de toute façon, ne sont jamais très populaires... et leurs chefs encore moins. N'est ce pas ?

– Vous avez raison.

C'est à ce moment-là qu'apparut le patron du restaurant, tel un pantin sorti de sa boîte. Charles fut déçu par la carte. À l'exception de quelques entrées, aucune spécialité érythréenne n'y était proposée. Ici, on régalait la clientèle triée sur le volet avec les délices de la cuisine européenne, laquelle était surtout française et italienne. Mais il n'y avait pas de vin français. Seuls avaient droit de cité les Valpolicella et autres Chianti. Ils se mirent d'accord sur un Chianti. Pour le reste, ils durent « faire confiance » au patron qui allait, à l'en croire, leur concocter un menu spécial. Ainsi le voulut Issayas le terrible. Ni Askalu ni Charles n'eurent leur mot à dire.

Ils finirent leurs coupes de champagne. Charles posa sa main sur celle de la jeune femme. Elle la retira prestement. L'oncle Issayas avait-il remarqué le geste de sa nièce ? Impossible de le savoir. La réaction d'Askalu ne fit qu'ajouter au malaise grandissant que Charles ressentait depuis l'arrivée de cet homme qu'il commençait à détester.

– Ainsi, vous partez demain, c'est bien cela ? demanda Issayas Menkarius.

Charles, qui supportait mal sa présence, eut envie de lui demander s'il était de la police... Il sourit.

– Qu'est-ce qui vous fait sourire ? demanda encore l'oncle d'Askalu.

– Rien de particulier, dit Charles, ou peut-être l'idée de partir demain, seul avec Askalu.

Il avait insisté sur l'adjectif « seul », ce qui n'avait pas échappé à Issayas Menkarius.

– Je comprends, dit-il, c'est normal que vous souhaitiez être seuls. Askalu vous a-t-elle dit ce qu'elle souhaitait faire à son retour de France ?

Charles ne s'était jamais posé la question et pour cause : Askalu lui avait juré qu'elle souhaitait rester vivre à Paris. Avec lui.

– Comment ça, à son retour de France ? demanda Charles en tournant la tête vers la jeune femme.

– C'est vrai, je ne t'en ai pas encore parlé mais mon oncle souhaite que je reste ici. Je n'ai pas encore pris de décision. Nous en reparlerons à un autre moment si tu le veux bien.

Askalu avait usé d'un ton n'appelant aucune repartie, avec une autorité dans la voix que ne lui connaissait pas Charles. Issayas avait souri, encore. Enfin, c'est ce que crut discerner Charles sur cette face de carême, ainsi qu'il venait de décider de surnommer l'oncle d'Askalu. Le tout-puissant chef de la police, le gentil tonton, serait donc désormais « Face de carême ».

Il y eut un silence. Un silence ennuyé que rompit un nouveau serveur poussant un chariot sur lequel se trouvaient les « surprises du chef ». Issayas Menkarius reprit alors la parole.

– Pardonnez-moi, dit-il, je n'aurais pas dû parler de ça. Parlez-moi plutôt de votre voyage.

– D'abord, je tiens à vous remercier pour la voiture. Après tout, c'est d'abord pour cela que nous sommes ici et que je tenais à vous inviter, dit Charles.

– Vous n'avez pas à me remercier. Je ferais n'importe quoi pour ma nièce. Tant mieux si vous pouvez en profiter. Mais c'est moi qui vous invite.

Charles protesta mollement avant d'être interrompu par la jeune femme.

– Nous allons dans le nord, dit-elle. Je veux que Charles voit où j'ai grandi. Mais nous en avons déjà parlé.

Le vin aidant, Issayas Menkarius devint très bavard, sans jamais perdre son débit d'une lenteur exaspérante. Il était intarissable sur cette région du Sahel d'où leur famille était originaire. Une région aride et caniculaire, vouée à la misère éternelle, qu'il aimait pourtant et dont il disait connaître tous les secrets.

La guerre. On la sentait sourdre derrière chacun de ses mots. La guerre, inévitable référence, inscrite à coups de burin dans la mémoire de tous les Érythréens âgés de plus de 20 ans.

– Toutes les régions du pays ont beaucoup souffert de la guerre, le Sahel un peu plus que les autres. Trente ans de guerre, c'est long ! Vous savez combien de morts, de réfugiés, Charles ?

– Je me souviens surtout des réfugiés du Soudan... des milliers...

– Des milliers ?! Non, plus de 500 000. Et le nombre de morts : 150 000 sur 3 millions d'habitants dont 65 000 combattants ! Faites la conversion. Dans un pays comme la France, cela ferait 3 millions de morts, deux fois plus que pendant la Première Guerre mondiale ! En 1993, notre pays déjà pauvre était ravagé, il n'y avait plus rien debout, plus de travail, plus d'agriculture dans un pays à 80 % rural. Sans parler de l'environnement totalement saccagé ! Et nous ne sommes qu'au début de la reconstruction, même si cela fait presque dix ans qu'elle a débuté !

Charles écoutait, jetant de rapides et discrets coups d'œil vers Askalu qui paraissait boire les paroles de son oncle. Ses yeux brillaient un peu plus qu'au début du repas et le champagne n'en était pas le seul responsable.

– Vous comprendrez que l'Érythrée, pour toutes ces raisons, a besoin de stabilité, d'une stabilité politique... et je m'y emploie, ajouta Issayas Menkarius, au poste qui est le mien.

Il paraissait vouloir se justifier. Pour quelle raison ? Charles ne connaissait rien de cet homme et ne s'était plus préoccupé de ce pays depuis longtemps, bien que Human Help y fût encore présente. Seuls les colonnes de chiffres concernant les quelques missions que menait l'ONG dans le nord et les rares déplacements de Claude Muller sur le terrain lui parlaient encore de l'Érythrée. Il avait fallu qu'Askalu surgisse dans sa vie pour le ramener à son passé et à cette région du monde où il avait pourtant juré ne plus remettre les pieds.

Après le Sahel et la guerre, ce furent Paris et les cafés du Quartier latin, les filles de la Sorbonne et les meetings politiques à la Mutualité où Issayas Menkarius, sortant de ses tranchées avec ses blessures et encore le goût du sang dans la bouche, avait dû se colleter à la dialectique révolutionnaire d'étudiants perdus entre Marx et Mao. Mais Charles dut aussi supporter une série de lieux communs, de jugements péremptoires et hâtifs sur la France et les Français. Enfin, pour solde de tout compte, il eut droit à un discours pompeux et parfois sentencieux sur le général de Gaulle. « Ah ! si l'Érythrée avait eu un homme comme lui ! », avait-il lancé, prenant un air pensif, semblant absorbé par ses propres mots.

Entre un coup de fourchette et une gorgée de Chianti, profitant de ce bref instant de silence, Charles estima qu'il était temps de demander au chef de la police, *alias* Face de carême, s'il avait trouvé quelque chose à propos du poème que lui avait abandonné l'inconnu du bar Vittoria. Mais il eut à peine le temps d'évoquer le sujet qu'Askalu l'interrompit pour s'adresser à son oncle en tigrina. Charles la laissa finir avant de lui demander pour quelle raison elle lui avait coupé la parole et surtout pourquoi elle n'avait pas utilisé l'anglais.

– Parce que je ne savais pas s'il avait eu le message que j'ai laissé à sa secrétaire et je viens de lui raconter ta mésaventure, dit-elle en français, d'une seule traite avant de reprendre son souffle.

– Et alors, fit Charles, il l'a eu, ton message ?

– Non.

– Non ? Bon. Et je peux quand même savoir ce qu'il en pense, de cette histoire ?

– Ne l'ennuie pas avec ça. Je te promets de lui demander de faire des recherches. Et même de lui rappeler s'il oublie.

Pourquoi Charles n'en crut-il pas un mot ? Il préféra ne pas répondre. Issayas Menkarius n'avait rien dit. Il n'avait pas bougé, non plus. Sauf pour finir son verre de vin qu'il venait de remplir. Cul sec. En apnée. À cause de ses satanées lunettes, il était impossible de savoir s'il avait vraiment suivi l'échange entre Askalu et Charles. On en était au dessert. Charles n'avait plus faim. La boule dans l'estomac... Il posa sa serviette et quitta la table après s'être excusé. Un serveur s'était précipité pour tirer son siège et lui indiquer où se trouvaient les toilettes. Alors qu'il avait le dos tourné, il entendit distinctement Askalu et son oncle reprendre leur conversation en tigrina. Que pouvaient-ils bien se dire ? Charles finit par croire que la jeune femme lui cachait quelque chose. Mais cela ne devait pas être d'une importance capitale. Arrivé à la porte des toilettes, il tenta un coup d'œil en direction de la table. Issayas Menkarius tenait la main d'Askalu dont le visage semblait soudain empreint d'une profonde gravité, ce qui eut pour résultat d'accentuer cette angoisse que Charles ressentait depuis l'incident du bar Vittoria. La boule... elle n'était pas près de disparaître, à tout le moins de diminuer un peu.

Il avait chaud. Malgré la climatisation, des perles de sueur coulaient de son front et il avait les mains moites. Il détestait ça. Il détestait aussi cette sensation du tissu des vêtements qui collent à la peau. Il avait l'impression d'être sale. Il s'arrêta devant un lavabo et se passa le visage sous l'eau. De l'eau tiède. C'était mieux que rien. Puis il se dirigea vers un urinoir. Ça sentait la pisse. Malgré le standing de cet établissement voué à une clientèle des plus sélectes. Il se débraguetta et mit à profit ces instants de tranquillité et de bien-être propices à la méditation pour passer en revue les événements de ces derniers jours.

Rien. L'épisode du bar Vittoria mis à part, il n'y avait rien qui objectivement aurait dû l'inquiéter. Rien qui aurait pu provoquer cette angoisse oppressante, omniprésente. Rien, sinon peut-être un vague pressentiment, une intuition qu'il était encore incapable de définir. S'il ne se trompait pas, cela datait de la mort de Louis et de ses funérailles. C'est alors que vint danser le visage d'Issayas Menkarius dans la faïence des carreaux blancs, juste au-dessus de l'urinoir. Face de carême et ses lunettes noires le regardaient. Puis il vit les lèvres du visage bouger et entendit la voix de l'oncle d'Askalu. Était-ce l'effet du Chianti dont il avait largement abusé ?

– Savez-vous pourquoi je porte des lunettes noires ? dit la voix.

Charles tourna brusquement la tête à droite. Issayas Menkarius était à ses côtés, se soulageant lui aussi la vessie. Charles n'avait jamais pu s'habituer à cette proximité, à cette espèce de connivence masculine devant l'urinoir remontant à l'enfance, quand on commence à jouer à celui qui va le plus loin. Cela lui coupait l'envie.

– Vous m'avez fait peur, fit Charles, je ne vous avais pas vu arriver.

– Alors, savez-vous pourquoi je porte des lunettes noires ?

– Pour la...

Charles voulut prononcer le mot panoplie mais ne connaissant pas son équivalent anglais, il chercha un synonyme. Il n'en trouva aucun. Cela valait peut-être mieux.

– Parce que c'est ainsi que vous imaginez votre personnage, dit-il. Pour faire peur aux autres, pour les inquiéter, non ?

– Non, quand je veux faire peur, c'est justement le contraire, j'enlève mes lunettes.

Et il les ôta. Charles comprit qu'il ne plaisantait pas. L'oncle d'Askalu avait un œil blanc que couvraient à peine une paupière boursouflée et une sorte de trou à l'extrémité de la pommette. Il remit ses lunettes.

– Vous comprenez maintenant ?

– Oui... Bien sûr. Vous avez été blessé pendant la guerre ?

– Oui, un éclat d'obus. Un classique pour un soldat.

– Mais pourquoi me montrez-vous cela ?

– Parce que j'ai vu que vous n'étiez pas à l'aise à cause de ça, comme tous ceux qui me rencontrent pour la première fois.

– Non, je vous assure que...

– Allons, allons... ne vous inquiétez pas, j'ai l'habitude, dit-il, avant de remonter la fermeture Éclair de son pantalon d'un geste sec.

Charles remarqua qu'il ne s'était pas lavé les mains avant de sortir des toilettes. Quand il revint s'asseoir à leur table, Askalu et son oncle donnaient l'impression d'être beaucoup plus détendus. Ils se parlaient en anglais. Quand Charles reprit sa place, la jeune femme lui décocha un large sourire et mit sa main sur la sienne. Il aimait ses mains, fines et pleines d'énergie. Ce simple contact chaud et sensuel le rasséréna, sans parvenir néanmoins à dissiper son angoisse.

Alors que les cafés allaient être bientôt servis, le maître d'hôtel se présenta devant Issayas Menkarius, tenant des deux mains une grosse boîte en bois verni. Il l'ouvrit. Le chef de la police choisit un cigare, le fit rouler entre ses doigts en l'approchant de son oreille, le renifla puis en coupa une extrémité avant de le coincer entre ses dents et de l'allumer en tirant d'énormes bouffées lui creusant les joues. Des hauts-fourneaux n'auraient pas recraché des nuages d'une telle densité !

– Prenez-en un, dit-il à l'adresse de Charles. Ils sont excellents.

Depuis combien de temps Charles n'avait-il pas fumé un cigare ? Cela remontait à la préhistoire. Il en choisit un, un peu au hasard, puis il se plia au cérémonial du mieux qu'il put. Sans un mot, les deux hommes aspirèrent de longues bouffées. Charles toussa, mais beaucoup moins qu'il ne l'eût craint. Le serveur posa trois verres de cognac sur la table. Toujours sans un mot, chacun en but une gorgée.

On dit d'un cigare que l'on en fume d'abord le foin avant d'en goûter le divin, le tiers restant étant le purin. Le chef de la police ignorait cette règle érigée en principe par les vrais amateurs. Il avait au contraire l'habitude de fumer goulûment ses havanes, jusqu'à la dernière cendre, comme un enfant dévore un gâteau à la crème après en avoir été privé trop longtemps.

Maintenant la soirée s'étirait mollement, comme lorsqu'on a épuisé tous les sujets de conversation avec des interlocuteurs auxquels on n'a finalement pas grand-chose à dire. L'oncle d'Askalu fit un signe à l'un de ses gardes du corps resté à l'entrée de la salle, vida son verre d'un coup sec et, sans crier gare, se leva, provoquant la réaction quasi immédiate du patron du Firenze, surgissant comme un diable d'on ne sait où, pour attraper le dossier de la chaise d'Issayas Menkarius.

– Je dois vous laisser, dit celui-ci. Ravi d'avoir fait votre connaissance, Charles. Je suis sûr que nous allons nous revoir très bientôt.

Ils se serrèrent la main puis Issayas Menkarius se tourna vers Askalu et l'embrassa sur le front. De nouveau, ils échangèrent quelques mots en tigrina.

En traversant le restaurant, le chef de la police provoqua les mêmes réactions que lorsqu'il était arrivé. Il salua le maître d'hôtel qui ne l'avait pas quitté d'une semelle. À l'extérieur, ses gardes du corps l'attendaient au pied des 4 × 4 noirs. Il ne lui fallut que quelques petites secondes pour s'engouffrer dans celui qui se trouvait au centre de la colonne. Puis le convoi démarra sur les chapeaux de roue, toutes sirènes hurlantes, dans un nuage de dioxyde de carbone écœurant.

Assis l'un à côté de l'autre, Charles et Askalu ne s'étaient encore rien dit depuis le départ d'Issayas Menkarius. C'est Charles qui rompit le silence.

– Qu'est-ce que vous vous êtes dit quand il est parti ?

– Rien de passionnant... Que je fasse attention à moi, des choses comme ça...

– Drôle de bonhomme, fit-il l'air pensif, tirant sur son cigare avant de laisser couler un filet de cognac dans la gorge. Par moments, il fait froid dans le dos. À d'autres, il a l'air vraiment sympathique. On ne sait pas sur quel pied danser. Qu'en penses-tu ?

– Je pense que sans lui, aujourd'hui, je ne serais rien. Je lui dois tout.

– C'est-à-dire ?

– Je te raconterai... plus tard.

– Tu me dis ça chaque fois qu'il s'agit de ton passé ou de ta famille. Pourquoi plus tard ? Pourquoi pas maintenant ?

– Parce que maintenant, c'est trop tôt.

– Trop tôt ? Mais trop tôt par rapport à quoi ?

– Tu m'aimes ?

– Oui... tu le sais... bien sûr... mais...

– Alors fais-moi confiance et sois patient...

Charles s'inclina. De toute façon, il n'allait pas lui extirper les mots de la bouche. Mieux valait la laisser venir, à son rythme. Askalu lui prit son cigare des mains et en tira une bouffée, puis une deuxième et finit son verre de cognac. Charles sourit. Il avait envie d'elle. Il était pressé de retrouver l'appartement. Pressé de quitter cette ville dès le lendemain matin. Son angoisse se dissipait. Un peu. Pas assez. Il y avait toujours ce poème qu'une main inconnue lui avait adressé. Car il en était convaincu : c'est bien à lui qu'étaient destinés ces quelques vers dont il avait surtout retenu la fin sans pouvoir s'expliquer pourquoi : *« Comme une âme qu'une flamme toujours suit. »*

– C'EST MOI, dit la voix à l'autre bout du fil.

– Qui ça, moi ? grogna Gorin en se frottant les yeux.

– Bah, Christian.

– Christian ? Christian qui ?

– Christian Boissieu... de l'IJ...

Gorin aurait dû s'en douter. Boissieu faisait partie de ces gens qui ne savent pas se présenter au téléphone, jugeant probablement être seuls au monde à utiliser ce mode de communication, à moins que cela ne trahisse un orgueil démesuré.

– Ah, Christian. Excuse-moi, je ne t'avais pas reconnu. Un de ces jours, il faudra que tu apprennes à te présenter. Je t'assure, cela simplifierait tes rapports avec tes interlocuteurs.

– J'te réveille ?

– Vas-y, je t'écoute. T'as du neuf ?

– Kétamine. Ça te dit quelque chose ?

– Plutôt, oui.

– Bon. C'est ce qu'on a retrouvé dans la fiole que tu m'as refilée. Enfin, des traces de kétamine. On s'en sert en anesthésie.

– Oui, je sais. Il y en avait aussi dans la seringue ?

– Non, propre comme un sou neuf. Et pour répondre à la question que tu vas forcément me poser, je te confirme que les armoires blindées et fermées à clé des hôpitaux n'empêchent pas d'en retrouver sur le marché des stups.

– Je sais ça aussi. Dans les *rave parties*, entre autres. Et ça s'administre de quelle façon ?

– On a le choix. Intraveineuse ou intramusculaire.

– Tu me confirmes qu'il n'est pas nécessaire d'être toubib pour s'en servir ?

– Pas vraiment, non.

– Et avec les traces que vous avez, est-ce qu'on peut retrouver le lot d'où vient le produit, de quel labo et éventuellement de quel hôpital ?

– Pas vraiment, non.

– Bon. Et le reste ?

– Je le gardais pour la bonne bouche. Bingo pour les paluches, mon vieux ! Sur la seringue et la fiole, elles correspondent bien à celles de l'immigration. Une certaine Askalu Zeyneb.

– Bravo, Christian ! Tu mets tout de côté. Je te revaudrai ça dès que possible, mon vieux. Porte-toi bien.

– Pas de problème, vieux frère. Salut, toi aussi porte-toi bien. Et si tu as besoin d'autre chose, n'hésite pas.

« Kétamine... au moins pour deux des victimes du Rôtisseur, pensa Gorin en se frottant de nouveau les yeux. Le juge Enzo Wolf et le toubib de Nantes. Pour Louis de Pralin, les choses ont dû se passer autrement. L'analyse toxicologique, à part la cocaïne, n'a révélé la présence d'aucune autre substance. Le Rôtisseur n'en a pas eu besoin. Ce qui expliquerait la plaie sur le crâne. Peut-être connaissait-il suffisamment Louis de Pralin pour l'approcher sans difficulté et s'introduire chez lui, en pleine nuit, après le départ du majordome. »

Évelyne ouvrit un œil. Elle était arrivée d'Italie la veille au soir. Gorin l'avait retrouvée chez lui après sa sieste au « 36 ». Lenoir lui avait ordonné de rentrer chez lui. Il le tiendrait informé, quoi qu'il arrive. Mais à part ce coup de fil matinal, le Quai des Orfèvres s'était fait discret.

Évelyne. En la voyant, Gorin avait oublié immédiatement et sa fatigue et le Rôtisseur, ne pensant qu'à la jeter sur son lit et lui montrer combien elle lui avait manqué. Et il lui avait montré jusque tard dans la nuit.

– C'était qui ? demanda Évelyne dans un demi-sommeil.

– Le boulot.

– Quelle heure il est ?

– J'sais pas, répondit Gorin en attrapant sa montre sur la table de chevet. Huit heures. Tu as bien dormi ?

– Très bien, dit-elle en souriant et en gardant les yeux clos.

– Bien, il faut que je me lève.

Et Gorin se leva et sortit de la chambre.

Aldebert, qui avait colonisé le bout du lit et s'était endormi sur les pieds d'Évelyne, émit un miaulement plaintif quand celle-ci décida de se lever à son tour. « Mon vieux, dit Évelyne, si je m'installe ici, il faudra qu'on passe un accord tous les deux : toi dehors où tu veux et moi dans la chambre... et c'est pas négociable ! »

Un second coup de fil stoppa net l'élan de Gorin vers la salle de bains, alors qu'Évelyne quittait la chambre. Il décrocha à la deuxième sonnerie, pressentant d'où pouvait venir l'appel.

– Philippe ?

– Oui.

– C'est Lenoir.

– Je vous avais reconnu, patron.

– Bien dormi ? Bien récupéré ?

– Oui. Pas de problème. Vous avez du neuf ?

– Oui. Mais rien au téléphone, ramenez-vous rapidement. Et vous, vous avez du neuf ?

– Oui. Une confirmation. La fille est dedans, j'en suis quasiment sûr.

– Dedans... dedans... Dans quoi ?

– Là, je vais prendre ma douche... À tout de suite.

Gorin lui raccrocha au nez, agacé par la réaction du patron de la Crim.

Il se dirigea enfin vers la salle de bains. Quand il voulut y pénétrer, la porte était verrouillée. Évelyne avait été la plus rapide. Il pouvait entendre l'eau de la douche s'écouler dans la baignoire. Il y a encore quelques semaines, il n'aurait pas supporté une telle atteinte à sa liberté de mouvement. Chez lui. Un crime de lèse-majesté ! Ni plus ni moins. Qu'on se le dise, quiconque se serait permis une telle désinvolture et on en aurait entendu parler jusqu'au fin fond de l'Amazonie... Mais là, aujourd'hui, ce matin-là, il se surprit à réagir – comment dire ? –, à réagir normalement. C'est cela, normalement, comme un être civilisé. Alors il prit la direction de la cuisine pour y préparer le petit déjeuner.

Quand Évelyne apparut une demi-heure plus tard – une demi-heure ! –, Gorin avait fini d'avaler son café et ses deux tartines de pain beurrées. Il lui sourit. Et elle lui rendit son sourire. Malgré tout, il ne put s'empêcher de lui faire une remarque.

– Tu aurais pu accélérer un peu la cadence, on m'attend au « 36 » !

– Alors dépêche-toi, fit Évelyne en lui tapotant l'épaule sans perdre son sourire. Je t'y dépose.

Gorin se leva sans dire un mot.

– Je t'aime, lui dit Évelyne dans un souffle, tout en remplissant sa tasse alors qu'il quittait la pièce. Il s'arrêta, cherchant ses yeux. Elle gardait la tête baissée. Il s'approcha, lui releva doucement le menton, l'embrassa et la serra dans ses bras. Puis il sortit de la cuisine. Sans un mot.

Trafic surchargé. Quais bondés. Rues engorgées. Automobilistes excédés. Cyclistes déjantés ou dépassés. Paris proche de l'apoplexie. Un matin comme un autre. Avec la chaleur en prime, lourde, pesant sur les esprits prompts à s'enflammer à la moindre broutille.

Gorin serait allé plus vite à pied mais il avait préféré profiter de la proposition d'Évelyne pour lire la trentaine de pages qu'il avait imprimées chez Charles Gramont, portant ce drôle de nom de fichier, « 1 ». Il arriverait un peu plus tard que prévu au « 36 ». S'il y avait une urgence, Lenoir l'appellerait immédiatement.

– C'est quoi ? demanda Évelyne en jetant un coup d'œil au paquet de feuilles que Gorin avait posé sur ses genoux.

– Une sorte de journal... Ça commence par ce qui ressemble à un poème.

– Ça a un rapport avec une enquête ? Avec le Rôtisseur ?

– Oui. Avec un type qui pourrait bien lui aussi finir en merguez si on ne l'avertit pas rapidement.

– Et ce n'est pas possible ?

– Difficile... Écoute ça. Ça commence comme ça, son journal.

Et Gorin se mit à lire ce qui effectivement était un poème en prose.

Le poing du capitaine s'abat plusieurs fois sur la table
Coups puissants, lourds
Une assiette de cassoulet hésite avant de tomber et se répandre sur le plancher
Haricots, saucisses et morceaux de lard finissent entre les lattes de bois lorsque Diop bondit de sa couchette

Le Sénégalais n'a rien vu, rien entendu
Il saute les deux pieds joints dans le cassoulet
Une saucisse écrasée surgit d'entre ses orteils
Diop laisse traîner son pied sur le plancher pour l'essuyer
C'est son tour de quart
Avant de monter sur le pont, il se frotte les yeux

Le capitaine, lui, se frotte la main encore rouge des coups portés sur la table
Il se frotte la main aussi parce qu'il a envie de cogner Diop, comme ça, sans raison
Par dépit
Il s'appelle Fanlabise
Il est le capitaine du Médrano
Rafiot vermoulu
Rouillé
Usé
Tordu
Le Médrano finit son temps, comme l'équipage, en mer Rouge
Trafic d'armes, de tout et de n'importe quoi
Mais cela n'a aucune importance

Le capitaine se tourne vers le bosco et menace de le tuer au prochain faux pas
Le bosco est ivre et vomit le reste du cassoulet

Le capitaine excédé le tire par les cheveux et lui enfonce le nez dans sa bouillie
Le bosco ne réagit pas
Il dort
Sa vieille gueule est creusée par le sel et l'alcool
À chaque expiration des petites bulles se forment à la commissure de ses lèvres
Le capitaine ne cache pas son dégoût
Il mâchouille, torture un bout de cigare coincé entre ses dents
Il ne l'allume jamais
C'est un souvenir de La Havane
Il conserve depuis longtemps cette preuve de son passage à Cuba
Il le conservera le temps qu'il faudra

Dans le carré, le bosco dort toujours
Il rêve
Et il pue aussi
Il pue l'urine et la transpiration
Mais il rêve

– C'est sinistre, l'interrompit Évelyne. Il y a de quoi avoir le cafard pour le reste de la journée !

– Je dois reconnaître que c'est assez sombre.

– C'est un euphémisme ! Dis-moi, le Médrano, c'était pas un cirque ?

– Si. Je ne sais pas s'il existe encore.

– Vas-y, continue, je suis impatiente de savoir comment ça se termine.

Gorin poursuivit sa lecture, se demandant quand Gramont avait pu écrire ce poème, si, bien entendu, il en était l'auteur.

Le reste de l'équipage ?
Ils sont quatre à bord
Le quatrième ?
C'était le second
Il est mort d'une surdose
Dix ans qu'il se piquait

Sniffait
Se consumait
Il avait vingt-cinq ans
Il a fini de rêver

Fanlabise est triste
Idiot, dit-il au second, t'attendais encore un peu et je te donnais le Médrano
T'aurais été le plus jeune capitaine de toute la mer Rouge même si c'est une coquille de noix toute rouillée
Le capitaine sort de la cabine du second et la ferme à double tour
Il traverse le carré et envoie un coup de botte dans les flancs du bosco
Et lui crache dessus

Le cadavre du second est blanc
Mon Dieu qu'il est blanc !
Dieu ?
Dieu regarde le Médrano se perdre en mer Rouge
Une larme coule le long de sa joue
Non, ce n'est pas une larme mais un embrun jeté là par la proue du rafiot

Le capitaine a vidé sa bouteille de Calvados
Maintenant, il rêve aux pommiers fleuris de son village
Il n'y retournera jamais dans son village

Diop le Sénégalais se fout du Médrano et de la barre du Médrano
Lui aussi pense à son village tout rouge, là-bas, en Casamance
Il y retournera quand il sera riche

Le Médrano fait maintenant ce qu'il veut en mer Rouge
Il a décidé d'en finir cette nuit
Il craque de toutes parts
Couine
Gémit
S'éventre
Se cabre

Disparaît
Une main invisible l'attire vers les abysses
Ne reste bientôt qu'une petite tache d'écume à la surface des flots
Une petite tache blanche perdue dans la nuit
Un dernier bouillonnement

Diop a eu le temps de sauter
Les requins ont senti son odeur
C'est sûr le Sénégalais ne reverra jamais son village rouge
Dieu s'essuie le visage
Le Médrano ne l'éclaboussera plus
Il est serein, Dieu
Paisible

Épilogue

On raconte, dans les ports de la mer Rouge, qu'à l'endroit où a coulé le Médrano, il est possible, en se penchant un peu, de distinguer des images.

La première représente toujours une femme blonde et ronde, assise près d'un pommier en fleur. La deuxième apparaît après qu'une risée a chassé la première. On y voit un homme en uniforme, le torse bombé sur le pont d'un bâtiment de guerre. Puis il y a une autre risée. La troisième image représente un petit village en terre battue dont la couleur rouge inonde le visage de ceux qui se penchent au-dessus de l'eau. La quatrième image, personne ne l'a jamais vue. Ni les autres. S'il y en a. Car c'est à cet instant précis que le vent se lève, que le ciel s'assombrit et s'affaisse, que les vagues déferlent et mieux vaut ne pas rester dans les parages réputés pour ses tempêtes qui effraient les plus braves et les plus téméraires des capitaines de la mer Rouge.

– C'est la fin ? demanda Évelyne.

– Oui.

– Ça tombe bien, on est presque arrivés. Le reste est du même acabit ?

– Je ne sais pas. C'est pas gai mais ça ne manque pas d'une certaine poésie. Ça me fait penser à un de ces vieux films américains hyperréalistes, en noir et blanc, datant des années 1940, bien sombres, bien noirs, totalement désespérés, non ? En tout cas, ça commence fort, la prose du sieur Gramont. Et puis, il y a la mer Rouge, et ça nous ramène vers l'Érythrée.

– Et c'est important ?

– Je n'en sais rien. Vraiment rien. Peut-être.

– Et la fin, tu comprends quoi ?

– Ça me paraît évident. On a tous des rêves et il est rare qu'on les réalise tous. Non ? Il y a ceux, les plus nombreux, qui le supportent, qui vivent avec ça. Et puis il y a les autres, ceux qui sombrent parce qu'ils refusent la réalité, parce qu'ils n'acceptent pas leurs échecs, parce que justement ils avaient un peu trop rêvé leur vie.

– Mouais, peut-être... On est arrivés, patron. Le « 36 », tout le monde descend ! À ce soir, chez toi ?

– À ce soir, chez moi.

Gorin remit les feuilles dans une chemise et embrassa rapidement Évelyne. Mais elle le rattrapa par la manche avant qu'il n'ouvre la portière et l'embrassa à son tour, plus longuement. Ils se regardèrent, droit dans les yeux, sans rien dire, chacun affichant un sourire discret, empreint de tendresse. Gorin sortit de la voiture.

« Les mots sont-ils toujours nécessaires pour exprimer ce que l'on ressent ? », se demanda-t-il en traversant le boulevard du Palais avant de remonter le quai des Orfèvres jusqu'à l'entrée du « 36 ». Quand il se retourna, Évelyne était déjà partie. Il aurait voulu l'embrasser une fois encore. Dix minutes plus tard, il était dans le bureau de Lenoir.

– Heureusement que vous deviez être là « tout de suite », grogna le patron de la Crim. Vous vous êtes perdu en chemin ? C'était le gros méchant loup ou une jolie biche ?

– Désolé, patron, ça roulait mal ce matin.

– Café ?

– Pas de refus, merci.

– Et deux cafés, deux ! hurla Lenoir à travers la porte capitonnée. Allez-y, Philippe, ouvrez le feu.

– Vous vous souvenez de ce que j'ai trouvé dans la poubelle chez Gramont, une fiole et une seringue ? Eh bien, sur les deux, on a les paluches de la dénommée Askalu Zeyneb, l'étudiante érythréenne, la maîtresse de Gramont. On a retrouvé aussi la trace d'un produit anesthésique dans la fiole. De la kétamine !

– Et ?

– Et c'est de la kétamine qu'on a retrouvée dans les veines du juge Wolf et du toubib de Nantes, précisa Gorin, avant d'en expliquer les effets.

– Et de là à penser que la jolie princesse préparait une surprise à Gramont, il n'y a qu'un pas... À moins que Gramont ne soit aussi dans le coup. Toujours possible. Je me trompe ?

– Ce sont les empreintes de la fille. Pas les siennes.

– Oui, et sur les pissotières il y a écrit Dubonnet, pourtant on n'en trouve pas à l'intérieur !

– Je vous accorde que rien ne permet de penser qu'il n'est pas dans le coup. Mais rien non plus qu'il y est... Et moi, je continue à croire qu'il est en danger. En danger de mort. Et qu'il faut se grouiller avant qu'il soit trop tard. Et puis il y a Muller. Il ment, quelque part... Il ment par omission.

– L'intuition. Toujours l'intuition, c'est maigre pour monter un dossier judiciaire.

– Je sais.

– Et je sais que vous savez ! Bon, eh bien, vous allez pouvoir éclaircir tout ça. À moi de vous annoncer quelques bonnes nouvelles. Officiellement, on court donc après la gazelle érythréenne, soupçonnée d'être impliquée dans les assassinats de Louis de Pralin, Enzo Wolf et Mathieu Chapelain. J'ai eu notre barbouze à Asmara. Première mauvaise nouvelle : l'Érythrée n'extrade pas ses ressortissants. Bonne nouvelle : notre correspondant a d'excellents rapports avec le chef de la police qui lui a confirmé personnellement que Gramont et sa gazelle étaient bien arrivés à Asmara. Mauvaise nouvelle : depuis, aucune trace des deux tourtereaux. Les flics locaux n'ont pas réussi à les loger. Sont-ils toujours à Asmara ou partis on ne sait où ? Impossible de le savoir. Toujours selon le gars de la DGSE, le chef de la police, un certain... attendez, j'ai noté son nom quelque part...

oui, c'est ça, un certain Issayas Menkarius est prêt à filer un coup de main pour leur courir après... si on les repère. Pour votre information, il paraît que ce Menkarius a une réputation de tortionnaire et une gueule à faire peur à un bataillon de légionnaires, genre terreur locale sans scrupule. Question : que fait-on ? Soit on laisse les locaux s'en charger et on peut dire adieu à la gazelle et peut-être à Gramont, *dixit* notre barbouze. Soit, il s'en charge lui-même, mais c'est impossible, il est tout seul et on ne le laissera pas agir à sa guise. Soit, on s'en charge nous-mêmes, tout à fait officiellement, avec l'aide et les moyens de la police locale. Au mieux, on ramènera Gramont et on laissera la gazelle sur place. Il n'est même pas sûr qu'on puisse lui poser des questions ! Au pire, on ne retrouve personne et faudra faire avec. Voilà. Ai-je oublié quelque chose ? Ah ! oui bien sûr, ajouta Lenoir avec un sourire, vous avez deux billets, vous et Pensec, pour Asmara. Départ ce soir, 20 h 30, aéroport Charles-de-Gaulle... arrivée le len...

– Pardon ? hurla Gorin en s'étranglant. Qu'est-ce que vous voulez que j'aille faire là-bas ? !

– Votre boulot... enquêter... ramener le gibier...

– Très peu pour moi ! Ras le bol de l'avion. En plus, il faut combien de temps pour aller là-bas ? Six mois ?

– N'exagérez pas, vous allez découvrir un pays fabuleux.

– Fabuleux ! Comme si on allait avoir le temps de faire du tourisme ! Et vous connaissez l'Érythrée, vous ?

– Non.

– Je préfère vous filer ma démission plutôt que de me payer des heures et des heures assis dans un cercueil volant.

– Il y a bien le bateau, dit Lenoir en souriant, mais ça risque de prendre du temps et puis ça risque de couler. Par la route alors ? Là aussi, ça risque d'être long, sans compter les accidents toujours possibles !

– Foutez-vous de moi ! Allez-y ! Vous ne savez pas ce que c'est que d'avoir la trouille en avion. Déjà pour l'Italie, j'ai fait un effort surhumain.

– Vous allez en faire un autre. Et pitié ne me parlez pas de démission, pas vous ! Ne me parlez pas non plus d'Aldebert !

Vous m'avez déjà fait le coup… Raté… Je vais m'en occuper, moi, de votre chat.

– Mais prenez quelqu'un d'autre ! Envoyez Garnier, en plus il s'entend très bien avec Pensec.

– C'est vous que je veux là-bas. C'est votre enquête et surtout c'est votre idée. Et puis Garnier est marié et père de famille. Il s'occupera du groupe en votre absence. Philippe, vous n'êtes pas du genre à reculer. Je vous connais, vous reviendrez emballé par cette escapade. Je sais aussi que si vous n'y allez pas, vous vous en voudrez de ne pas avoir été au bout de cette enquête, encore plus s'il arrive quelque chose à Gramont. Vous dites que vous êtes sûr qu'un homme est en danger de mort ? Eh bien, à vous d'essayer de lui sauver la vie !

– Merde et re-merde, si j'avais voulu voyager, j'aurais fait un autre métier. Vous savez bien que j'ai déjà du mal à passer le périphérique !

– Arrêtez votre cinéma. Je n'ai plus envie de sourire ni de discuter. Vous partez avec Pensec. C'est un ordre.

Gorin ne dit rien. Il regardait le mur, la mâchoire serrée, incapable de contrôler les muscles de ses maxillaires agités de spasmes courts et saccadés. S'il y avait une chose qui n'était jamais venue à l'idée de quiconque de contester au Quai des Orfèvres, c'était bien l'autorité de Lenoir. Une autorité naturelle comme on dit. Gorin s'y était toujours plié sans aucune difficulté. Il en serait de même ce jour-là, bien que la perspective de prendre l'avion lui fût insoutenable. Et puis, il y avait, malgré tout, la curiosité, l'envie de savoir, l'envie de comprendre, plus forte que tout. Enfin, il y avait Xanax, saint patron des angoissés. Gorin pourrait compter sur ses immenses pouvoirs.

– OK, patron. Mais accordez-moi une faveur.

– J'écoute. Et abandonnez cet air de chien battu !

– J'emmène aussi Muller.

– Pourquoi ?

– Il connaît le pays. Il sait évoluer dans ce genre d'univers. C'est son monde, c'est en tout cas celui qu'il fréquente depuis des années. Je sais qu'il a des contacts sur place. Et puis, surtout, il connaît bien Gramont. Il connaît aussi la jeune femme. Il sera utile.

– Et s'il refuse ?

– Il acceptera.

– Bon. Je n'y vois pas d'inconvénient. Ça va pas être simple de lui payer son billet. S'il y a encore une place. La direction va encore râler, mais bon, on va se débrouiller.

Pourquoi Muller accepta-t-il aussi rapidement, aussi facilement, d'accompagner les deux policiers en Érythrée ? Gorin s'était montré catégorique devant Lenoir, mais il fut néanmoins surpris d'obtenir l'accord quasi immédiat du responsable de Human Help. Il l'avait appelé après être sorti du bureau du patron de la Crim. Il lui avait dressé un tableau de la situation, insistant sur l'utilité de sa présence. « Charles est l'un de mes plus vieux amis, avait dit Muller. On a vécu beaucoup de choses ensemble, quelques bonnes et beaucoup de mauvaises. S'il lui arrive quoi que ce soit, je veux être là. Et puis j'ai une équipe sur place, cela me permettra d'aller voir si tout se passe bien. » Son explication, pour valable qu'elle fût, n'en convainquit pas Gorin pour autant. Il n'aurait pas pu dire pourquoi. Un pressentiment. Ça sonnait faux, voilà tout. Il se trompait, peut-être. Mais Gorin savait aussi qu'un bon enquêteur ne se contente jamais de ce qu'on lui dit, de ce qu'il entend ou de ce qu'il lit. Parce qu'il connaît bien la nature humaine. Parce qu'il sait qu'on lui dit rarement la vérité alors qu'il ne cesse de lui courir après. Parce qu'il sait qu'elle se cache entre les mots, entre les lignes. « C'est comme ça, pensait Gorin. Un flic, ça nage dans la suspicion. Déformation professionnelle. Presque une nécessité. C'est comme ça qu'on avance. On n'a pas le choix. Il faut cependant rester vigilant, prendre garde à ne pas passer à côté de la vérité quand elle est à portée de main. C'est un exercice subtil, tout en nuance. Rares sont ceux qui en sont capables. »

Pour ce qui était de trouver une place dans le même avion, Claude Muller, fort de son statut d'humanitaire, n'eut aucune difficulté, connaissant parfaitement les rouages de toutes les administrations. Il insista même pour régler son billet qu'il savait pouvoir décrocher à moindre prix.

Quand Gorin informa Pensec de leur départ imminent, celui-ci s'inquiéta de savoir si tous ses vaccins étaient à jour. Gorin lui avait expliqué que cela n'avait aucune importance et que cela ne les empêcherait pas d'entrer dans le pays.

– C'est pas la raison, avait protesté le lieutenant. C'est que je n'ai pas envie d'attraper une saloperie... c'est tout.

– Je savais bien qu'une âme d'aventurier sommeillait quelque part en vous ! Allez, rentrez chez vous préparer vos affaires. Évidemment, vous n'emportez pas votre arme. Rendez-vous ici à 17 heures. Reçu ?

Gorin, lui aussi, allait rentrer chez lui pour boucler ses valises, en l'occurrence un sac de voyage ressemblant à un sac de marin. Il n'avait pas encore eu le temps de faire nettoyer son costume de lin, dont le froissé était devenu un « chiffonné », grâce au traitement qu'il lui avait fait subir ces derniers jours. Il partirait avec, malgré tout, trop heureux de pouvoir le porter sous les tropiques. Cela lui faisait penser au roman de Graham Greene, *Notre agent à La Havane*, ou peut-être au film qui en avait été tiré avec Alec Guiness et l'énorme Gert Froebe. La plupart des héros, toujours à se tamponner le front avec un mouchoir, y portent des costumes blancs, mal repassés, parfois tachés d'auréoles de transpiration.

Il lui restait à appeler Évelyne. Comment allait-elle prendre cette nouvelle absence ? Aurait-il le temps de la voir avant de partir ? C'est ce jour-là, précisément, la quarantaine passée, qu'il découvrit pour la première fois qu'il était douloureux de laisser un être cher derrière soi. Qu'il était pénible, difficile, de partir, non pas exclusivement à cause de la peur en avion mais à cause de l'amour que l'on porte à une femme que l'on craint de ne plus revoir avant longtemps. Cela lui était évidemment pénible mais il en conçut aussi, à son grand étonnement, une sorte de bien-être, de satisfaction sensuelle, goûtant par avance le moment où il la reverrait et la tiendrait de nouveau dans ses bras.

Lenoir, à leur grande surprise, avait tenu à les accompagner à Roissy. « Ce n'est pas tous les jours qu'on a la joie et l'honneur de coller les fesses de Gorin dans un avion ! », avait-il déclaré dans un éclat de rire que le commandant de la Crim avait pris comme un uppercut au foie. Pensec, lui, s'était contenté de sourire quand l'œil noir de son chef de groupe s'était posé sur lui.

Le vol serait long. L'administration n'avait pas trouvé de billet direct Paris-Asmara. Il y aurait une première escale à Vienne, avec plusieurs heures d'attente. Puis une seconde escale, au Caire, avec de nouveau quelques heures d'attente avant de redécoller pour Asmara. Au lieu d'une dizaine d'heures, le voyage allait en prendre au moins sept de plus ! Arrivée prévue au petit matin. Gorin eut une autre mauvaise surprise : le nom de la compagnie. L'Austrian Airlines. « C'est quoi ça, l'Austrian Airlines ? », avait-il demandé à Lenoir avec une pointe d'inquiétude, alors qu'il ne jurait que par Air France dont la fiabilité, à ses yeux, ne pouvait être remise en cause. Une façon comme une autre de se rassurer. Le Xanax l'aiderait à supporter cet inconvénient.

Alors que l'heure de l'embarquement se rapprochait, il n'avait toujours pas pu joindre Évelyne. Elle avait dû suivre son patron dans un déplacement imprévu en Belgique, lui avait expliqué une secrétaire. Son portable ne répondait pas. Soit elle l'avait coupé, soit il ne passait pas. Il lui avait laissé un message. Il essaierait de la rappeler de Vienne ou du Caire. Sinon, il devrait attendre d'arriver à Asmara. Il avait promis de se racheter à son retour. Il avait même réussi à lui dire qu'il l'aimait.

CHARLES GRAMONT ÉTAIT ATTACHÉ à un totem, isolé au beau milieu d'un désert de rocaille. Le grand poteau de bois était décoré de têtes sculptées et superposées qui ressemblaient à celles d'Askalu, de Pralin, du juge Wolf et du Dr Chapelain. Charles Gramont avait une seringue plantée sur le sommet du crâne et ne cessait de hurler alors que les flammes d'un fagot lui léchaient les pieds. Il faisait encore jour et les rayons du soleil, haut dans le ciel, lui avaient brûlé les épaules provoquant des cloques remplies d'eau, aussi grosses que des ballons de basket. L'une d'elles, sous l'effet de la pression, finit par exploser laissant couler un liquide trouble sur le torse de Gramont, puis sur son ventre et ses jambes avant de rejoindre les flammes qui déjà lui grimpaient sur les chevilles. La rencontre entre le feu et l'eau provoqua un grésillement, un énorme «pshiiit», suivi d'un nuage de vapeur derrière lequel disparut entièrement Gramont alors que l'on entendait toujours ses cris ressemblant bientôt à une longue plainte, au fur et à mesure que le dévoraient les flammes dont les couleurs étaient celles de l'arc-en-ciel. En quelques secondes, tout disparut. À l'endroit du totem ne restait qu'un tas de cendres duquel s'échappaient encore des fumerolles. C'est ce moment-là que choisit le soleil pour faire de grands cercles dans le ciel, comme s'il accomplissait des révolutions autour de la Terre à la vitesse de la lumière. Puis, d'un coup, il se stabilisa, de nouveau immobile. C'est alors qu'un autre totem se mit à pousser, lentement, sortant du tas de cendres, avec les mêmes têtes sculptées, avec Charles Gramont attaché au poteau, toujours hurlant, les pieds posés sur un fagot, léchés par les flammes commençant à grimper le long de ses jambes.

Coincé contre le hublot, la bouche grande ouverte, la tête tantôt sur le côté, tantôt en arrière, au gré des turbulences, Gorin dormait d'un sommeil agité, comme à chaque fois qu'il prenait du Xanax, ce qui finalement lui arrivait assez rarement. Sauf ces derniers temps. Cette dernière image de Gramont brûlé vif sur un bûcher dans un désert inconnu le poussa à entrouvrir une paupière qu'il referma aussitôt, estimant probablement que l'histoire ne devait pas s'arrêter là.

Les pilules produisaient toujours le même effet : des cauchemars exclusivement consacrés à une enquête en cours – il y en avait toujours une – et qui le poursuivaient pendant des jours, à un point tel qu'il lui arrivait de ne plus être en mesure de discerner le vrai du faux, incapable d'établir une frontière infranchissable entre la réalité et le rêve. Heureusement, il n'avait encore jamais arrêté quelqu'un qu'il aurait vu commettre un crime dans l'un de ses cauchemars. Il n'en tirait pas non plus comme conclusion hâtive que tout ce qu'il y voyait avait valeur de prémonition !

Il avait ainsi vécu les escales de Vienne et du Caire sans s'être rendu compte que l'avion avait atterri puis redécollé. Il n'avait pas non plus vécu les violentes turbulences au-dessus des Alpes qui avaient vidé une partie de la tasse de café de Pensec sur sa chemise. « Encore une engueulade en perspective », avait pensé le lieutenant qui se repassait en boucle la phrase qu'il avait concoctée pour expliquer à Gorin le déroulement de cet incident dont il redoutait qu'il ne tourne au drame, dès son réveil. Il fut soulagé de constater que le pantalon en lin de son chef de groupe avait échappé à la catastrophe.

Gorin n'avait pas manqué que les escales, mais aussi le dîner et le petit déjeuner. Muller, assis sur le siège près du couloir, s'en était étonné, craignant qu'il ne soit affamé en arrivant à Asmara.

– On devrait peut-être le réveiller, au moins pour qu'il mange quelque chose, avait-il suggéré à Pensec.

– Surtout pas ! avait répondu le lieutenant, informé de la marche à suivre par Lenoir, avant le départ de Paris : « Ne pas le réveiller, sous aucun prétexte ! avait insisté le patron de la Crim. Faites-le juste après l'atterrissage en Érythrée. C'est le mode d'emploi du Gorin en avion. Il va se réveiller en sursaut, transpirer immédiatement et avec un peu de chance il ne poussera aucun cri. Sinon, ne soyez pas surpris. Faites ce que je vous dis si vous ne voulez pas l'avoir sur le dos pendant vingt-quatre heures. C'est son temps d'incubation ! »

La discussion entre les deux hommes s'était poursuivie sur des banalités. Pensec avait ensuite essayé d'orienter la conversation sur Gramont et Pralin. Cependant, adoptant la même attitude que lors de leurs précédentes confrontations, Muller avait refusé la perche tendue par le policier, préférant évoquer d'autres sujets. Pensec avait insisté, notamment quand il fut question de leur voyage en Érythrée, vingt ans plus tôt.

– Je vous assure, lieutenant, il ne s'est rien passé qui puisse expliquer les meurtres de Pralin, de Chapelain ou de ce juge italien que nous avons à peine connu.

– Pourtant, vous étiez bien tous ensemble dans ce pays et sur cette photo qu'on a retrouvée dans la maison de Chapelain. Photo oubliée, volontairement ou pas, par l'assassin.

– Cela ne prouve rien pour autant, avait répondu Muller, fermant les yeux, faisant mine de chercher la meilleure position pour dormir.

Pensec n'était pas dupe.

– Pourquoi êtes-vous venu avec nous ? demanda encore celui-ci.

– Parce que vous me l'avez demandé, dit Muller en bâillant.

– Je voulais dire, pourquoi avoir accepté si facilement, si rapidement ?

– Je l'ai expliqué à votre patron. Maintenant, s'il vous plaît, essayons de dormir... le voyage est encore long.

– Vous n'avez pas envie de dormir. Vous avez juste pas envie de répondre à mes questions.

– Je vous assure, j'ai vraiment envie de dormir. Pas vous ?

– Je vais avoir du mal.

Pensec se tut et ferma lui aussi les yeux s'installant du mieux possible, sans parvenir à étendre suffisamment ses jambes. La cabine était maintenant plongée dans une semi-obscurité. Seules quelques veilleuses au-dessus des sièges donnaient une lumière pâle. Tout était calme, silencieux, hormis le sifflement lancinant des réacteurs.

Bien que Gorin ne lui ait jamais demandé son avis depuis le début de l'enquête, Pensec avait la même conviction : il s'était passé « quelque chose », il y a longtemps, dans ce pays où ils allaient bientôt atterrir. Muller et Gramont partageaient ce secret. Comme avaient dû le partager les trois victimes du Rôtisseur. Était-ce à ce point inavouable pour qu'ils se refusent à l'évoquer ? « C'est pour cette raison que Muller nous accompagne, estima Pensec. Peut-être craint-il que Gramont, ou quelqu'un d'autre, ne soit trop bavard. Mais ce type, lui, ne lâchera rien... pas comme ça. » Le lieutenant ouvrit les yeux et jeta un coup d'œil sur sa droite. Gorin dormait à poings fermés, même s'il bougeait beaucoup. Puis il tourna la tête sur sa gauche. Muller avait les yeux clos mais il ne dormait pas encore, Pensec en avait la certitude.

– Vous dormez ? demanda-t-il, prenant garde de parler à voix basse.

– Oui, dit Muller, gardant les paupières closes.

– Surtout vous ne répétez pas ce que je vais vous dire. Surtout au commandant, il me tuerait.

– Mmh ?

– Voilà, reprit Pensec, toujours à voix basse, presque chuchotant, parlant lentement. Nous avons la certitude – je pourrais même dire la preuve – que Gramont est notre homme.

Muller ouvrit alors les yeux en tournant la tête et cherchant le regard de Pensec qui fit mine de ne pas voir sa réaction.

– Vous plaisantez, j'espère ! Ce pauvre Charles, tuer Louis, puis cet Italien et enfin le toubib ! ? Mais il en est totalement incapable ! Et pour quelle raison il aurait fait ça ? Et puis, ça ne tient pas debout, votre histoire ! Vous m'avez assuré que Charles était menacé, qu'il risquait le même sort que Louis et les autres. C'est même pour cette raison que nous sommes dans cet avion ! Non ? Maintenant vous le soupçonnez d'être un tueur ! Franchement, je n'y comprends plus rien. Tout cela est incohérent, pardonnez-moi de vous le dire !

Muller était maintenant tout à fait réveillé. Pensec le regardait droit dans les yeux, épiant la moindre de ses réactions.

– J'ai l'air de plaisanter ? fit le policier prenant presque un air menaçant.

– Mais vous vous trompez complètement ! Et je voudrais bien savoir quelle preuve extraordinaire vous avez bien pu dégoter !

– Ça, il n'y a aucune chance que je vous le dise ! Et puis je n'ai pas dit que Gramont était un tueur. Il y a différentes façons d'être impliqué dans une affaire. Mais pourquoi êtes-vous si sûr qu'il n'y est pour rien ?

– Mais je viens de vous le dire. Je le connais bien et mieux que ça encore. Il est incapable de faire une chose pareille. Louis était son ami, même s'ils s'étaient perdus de vue.

– Oh, l'amitié ! Vous appelez ça de l'amitié, vous, quand deux personnes ne se sont pas parlé depuis des années ?

– Qu'est-ce que vous en savez s'ils ne se parlaient plus ?

– Comment ça ? Je croyais que plus personne ne voyait Pralin.

– Je n'ai pas dit qu'ils se fréquentaient. C'était juste une supposition.

– Mouais... admettons... Et cet accident, celui de Gramont, ça lui aurait pas un peu détraqué les méninges ?

– Ce n'est pas l'expression que j'emploierais.

Pensec attendit la suite de la phrase. Mais elle ne venait pas. Il ne voulait pas briser le silence, sachant combien il pouvait être important, comme un soupir sur une portée donne un sens à une partition. Muller réfléchissait probablement à ses derniers mots, ne sachant pas s'il en avait trop dit ou pas assez.

– Pourquoi dites-vous cela ? finit-il par demander.

– Parce que j'ai parlé avec lui juste avant son départ. Il a été plutôt bavard et j'ai vite compris que ce qui lui est arrivé a complètement chamboulé sa vie, non ?

– Si, bien sûr. Cela n'a rien de surprenant. Mais de là à en faire un tueur en série !

– Je vous rappelle encore une fois que je ne l'ai pas accusé d'être un tueur. En outre, je vous rassure, nous ne pensons pas être en face d'un tueur en série. Vous dites qu'il a beaucoup changé après son accident.

– J'ai dit ça ?

– Ou presque. Bref, il y a le Charles Gramont d'avant et celui d'après. D'accord ?

– Oui... évidemment.

– Alors ?

– Alors quoi ?

– Eh bien, en quoi a-t-il changé selon vous ?

– C'est pas simple... Avant qu'il revienne travailler avec nous, je ne le voyais plus beaucoup... et même depuis qu'il est à Human Help, nous ne nous fréquentons pratiquement qu'au bureau. Ce qui n'empêche pas que nous soyons toujours amis. Je dirais que depuis son accident, il s'est renfermé. Avant, c'était quelqu'un de spontané, toujours en mouvement et d'un naturel plutôt gai, optimiste et même souvent drôle. Depuis cette histoire, il parle peu, sourit rarement et pour ainsi dire ne rit jamais. Je sais qu'il voit très peu de gens... qu'il ne sort pas. Ma femme et moi l'invitons régulièrement à venir dîner à la maison mais il n'accepte pratiquement jamais. Tout dépend du nombre d'invités. À chaque fois que nous sommes nombreux, il décline notre invitation. Je le sais, car c'est la première question qu'il me pose à chaque fois : « Il y aura du monde ? » C'est ça le plus frappant chez lui : avant, il ne supportait pas d'être seul une minute, toujours à l'affût de nouvelles rencontres alors qu'aujourd'hui il s'est totalement replié sur lui-même. Je le soupçonne même de rester cloîtré chez lui des week-ends entiers.

– Il y a Askalu.

– C'est la première femme que je lui connaisse depuis des lustres ! Et c'est vous qui m'avez appris leur liaison. Vous voyez, il ne m'a rien dit. Et je mettrais ma main au feu qu'il n'en a parlé à personne. On a l'impression qu'il a choisi de rester dans l'ombre, loin des autres. À moins que les choses ne finissent par changer avec cette fille.

– Et ce changement d'attitude, presque de personnalité, serait dû à l'accident ? Je veux dire « seulement » à son accident ?

– Je pense, oui. Vous savez, ça a tout de même été un vrai séisme. Le problème, c'est que nous n'en avons jamais parlé. Il ne s'est jamais confié à moi. Qu'a-t-il réellement vécu ? Qu'a-t-il ressenti ? Je n'en sais rien... Croyez-moi. Je ne suis même pas sûr qu'il se soit confié à un membre de sa famille.

– Mais vous ne l'avez pas vu, vous, durant toute cette période, à l'hôpital et après ?

– Il n'acceptait que la visite de Louis. J'y suis allé une fois. Il m'a demandé de ne pas revenir, sans me donner d'explication. Il ne m'en a d'ailleurs jamais donné aucune depuis et je ne lui ai jamais rien demandé.

– Pourquoi ?

– Pourquoi quoi ?

– Pourquoi ne voulait-il pas vous voir ?

– Je ne sais pas.

Muller baissa alors la tête avant de prendre une profonde inspiration.

– Non, ajouta-t-il, vraiment, je n'en ai aucune idée.

Allez savoir pourquoi, mais Pensec, à ce moment précis, eut la certitude que Muller mentait.

– Il a changé depuis qu'il est avec cette fille ? demanda le policier.

– Pas vraiment, pour autant que j'aie pu le constater. En tout cas, pas dans son boulot. Vous le soupçonnez vraiment ?

– On soupçonne tout le monde... par principe.

– C'est pas une réponse.

– C'est la mienne.

– Je suis prêt à jurer que vous n'avez rien contre lui.

– Pourquoi en êtes-vous si sûr ?

Muller ne dit rien et haussa les épaules en fermant les yeux, cherchant à caler sa nuque dans l'appui-tête. Pensec n'avait pas appris grand-chose. Son coup de bluff n'avait pas fonctionné. Il se trouvait même quelque peu pitoyable. Il est difficile de cuisiner un type contre lequel on n'a aucun élément, rien de suffisamment probant pour ne pas le lâcher. Alors on tâtonne trop et l'autre, pour peu qu'il ne soit pas totalement stupide, s'en aperçoit très vite.

Cette fois, Muller s'était vraiment endormi. Pensec, lui, ne trouvait pas le sommeil. Il pensait à Gramont et à cette Askalu. Où pouvaient-ils bien être et que faisaient-ils à ce moment précis ? À quoi pouvait bien ressembler ce pays ? Bien que fatigué et à moitié tordu dans ce siège inconfortable, il était heureux, le jeune lieutenant. Heureux et excité à l'idée de ce qu'il allait découvrir. Il ne savait évidemment pas ce que lui réservaient les jours à venir mais la perspective de plonger dans l'inconnu, de se confronter à une autre réalité, à un autre monde, à d'autres hommes et femmes avec leurs propres règles, semblait déjà mobiliser tous ses sens. Un parfum d'aventure flottait autour de lui. Même la vision de Gorin, qui dormait maintenant la bouche ouverte, la tête en arrière à l'affût de la moindre molécule d'oxygène, ne pourrait pas tuer l'excitation qui le gagnait.

Les passagers furent réveillés une dernière fois pour engloutir un énième repas. Le petit déjeuner, avant l'atterrissage à Asmara. Il était 4 heures et demie du matin. Finalement, on passe son temps à manger dans un avion.

Gorin avait ouvert les yeux. Regard vide. Fixe. Il ne bougeait pas. Comme un hibou juché sur une branche. Il aurait émergé d'un coma prolongé, cela n'aurait pas été pire. Il tourna la tête, lentement, vers Pensec qui fit mine de ne pas s'en apercevoir. Puis, il regarda à travers le hublot.

– Où sommes-nous ? demanda-t-il.

– À un peu moins d'une heure d'Asmara, répondit Pensec, remarquant que le commandant n'avait pas l'air de mauvaise humeur.

– J'ai dormi combien de temps ?

– Presque depuis le départ de Paris... largement plus de dix heures avec les escales.

– J'ai faim, fit Gorin qui n'avait toujours pas détourné la tête du hublot.

– Le petit déjeuner arrive, précisa le lieutenant.

Puis ce fut le silence. Les plateaux-repas furent rapidement servis. Gorin mangea avec une lenteur qui impressionna beaucoup Pensec. Quand il eut fini son repas, Gorin se leva pour aller se rafraîchir. En passant devant Muller, il parut surpris de le voir assis là. Il dut s'absenter longtemps car Pensec finit par s'en inquiéter et se lever à son tour. Arrivé près des toilettes, il vit son chef de groupe debout, un verre d'eau à la main, à côté d'une hôtesse finissant de mettre de l'ordre dans les galets. Il s'était rafraîchi, cela se voyait à ses cheveux qu'il avait dû peigner avec un peu d'eau. Il avait meilleure mine, semblant reprendre contact avec la réalité.

Gorin aperçut Pensec et lui fit signe de la tête de se rapprocher.

– Vous avez pu dormir un peu ? demanda le commandant.

– Pas vraiment, dit Pensec surpris par tant de sollicitude et se remémorant les conseils de Lenoir.

En outre, il avait l'air de bonne humeur.

– Faudra vous reposer. Pas bon de travailler avec l'esprit dans les chaussettes.

– Et vous, vous vous sentez comment ?

– Bien, merci. Et si nous allions nous rasseoir ?

Pensec ne savait quoi penser. Soit Lenoir s'était trompé, soit il lui avait raconté n'importe quoi, histoire de s'amuser. Ou alors Gorin avait changé.

Une heure plus tard, alors que le jour se levait dans un ciel d'un bleu immaculé, l'Airbus A 330 de l'Austrian Airlines entamait sa descente vers Asmara.

– C'est le moment que je déteste le plus, dit Gorin.

Ses doigts s'étaient refermés comme des serres sur l'extrémité des accoudoirs. Pensec préféra ne pas relever sa remarque. De son côté, Muller était toujours plongé dans un livre dont le lieutenant ne parvenait pas à déchiffrer le titre. L'appareil vira vers la droite. Pensec tourna la tête vers le hublot. Pour la première fois de sa vie, il découvrait l'Afrique qui n'était encore qu'une image lointaine dont on devinait les reliefs, un tableau composé de taches brunes, plus ou moins foncées, striées de routes et de pistes.

– Asmara est en altitude, à environ 2 500 mètres, et si vous regardez dans cette direction, vous pourrez peut-être déjà apercevoir la mer Rouge.

C'était la voix de Muller. Il avait refermé son livre et lui aussi regardait par le hublot.

– J'ai dû venir ici plus d'une dizaine de fois et je ne me lasse pas de ce spectacle.

Pensec allait lui répondre quand il vit les maxillaires de Gorin en pleine activité. Il avait les yeux fermés, toujours agrippé à son siège, l'air tendu comme une arbalète prête à décocher son trait. Les explications de Muller devaient probablement l'excéder au plus haut point. Tout devait l'excéder au plus haut point. Et il en serait ainsi jusqu'à ce que les roues de l'avion touchent le sol.

Plus le moment de l'atterrissage se rapprochait, plus Gorin se raidissait, réagissant à la moindre variation de vitesse, à la moindre vibration, au moindre à-coup, au moindre bruit suspect. Il sursauta quand le train d'atterrissage sortit de sa cage. Il sursauta quand les aérofreins se dressèrent sur les ailes. Et il se raidit encore un peu plus quand l'appareil piqua du nez. La piste de l'aéroport Yoannes-IV d'Asmara grossissait à vue d'œil et il fut bientôt possible de voir l'air trembler juste au-dessus de l'asphalte : malgré l'heure matinale, les rayons du soleil brûlaient déjà la terre sans aucune retenue.

Quand les roues touchèrent le sol dans un crissement bref, Gorin serra un peu plus les dents, imprimant une pression redoutable sur chaque millimètre carré de sa mâchoire propre à faire gicler de sa bouche tous ses plombages. Quand le pilote inversa les réacteurs dans un bruit infernal, Pensec crut que Gorin allait se liquéfier. Enfin, après quelques trop longues secondes, l'appareil ralentit et tous les bruits inquiétants cessèrent presque aussitôt. C'est seulement à ce moment-là que Gorin libéra les accoudoirs. Il prit une profonde inspiration avant d'attraper une serviette en papier et se la passer sur le front où perlaient une multitude de gouttelettes dont certaines formaient de minuscules rivelets courant sur ses joues et jusque dans son cou. C'est à ce moment précis que l'image d'Évelyne s'imposa, par surprise. Il fallait qu'il l'appelle au plus vite. Il savait que le simple son de sa voix suffirait à lui redonner un peu de sérénité. Il en avait besoin.

Il faisait frais, presque froid dans l'aérogare. L'air conditionné était à fond et allait rendre plus difficile la confrontation avec la chaleur du dehors. Après avoir récupéré leurs bagages, Gorin, Pensec et Muller se dirigèrent vers les postes de contrôle. Muller les précédait. Ils n'eurent pas à présenter leurs passeports. Un homme portant des lunettes noires, se tenant debout à côté d'autres hommes en uniformes, fit un signe au patron de Human Help. Muller lui répondit en esquissant un léger sourire. Suivi des deux policiers de la Crim, il s'approcha de l'homme aux lunettes noires et lui serra la main. Puis ce fut au tour de Gorin.

– Bonjour, dit celui-ci en anglais. Je suis le commandant Gorin et voici le lieutenant Pensec.

– Bonjour, répondit l'homme aux lunettes noires dont le sourire ressemblait à un rictus à cause d'une cicatrice qui lui traversait le visage. Je m'appelle Issayas Menkarius, je suis le chef de la police. Bienvenue en Érythrée !

DEPUIS PLUS DE TROIS HEURES, la piste se déroulait sous les roues du 4 × 4, soulevant une poussière jaune s'insinuant dans chaque interstice de l'habitacle et recouvrant d'une fine pellicule aussi bien le volant que les vitres, le tableau de bord que les sièges. Charles et Askalu n'étaient pas épargnés par cette nuée pénétrante qui rendait l'atmosphère irrespirable, les contraignant à se couvrir le visage d'un chèche, filtre dérisoire contre l'avance inexorable du sable qui séchait les lèvres, se déposait sur le palais et laissait un goût de fer dans la bouche. De même, les verres de leurs lunettes de soleil jaunissaient-ils à une vitesse impressionnante et Charles, auquel la jeune femme avait laissé le volant, devait les ôter régulièrement pour souffler dessus de peur de perdre la trace de la piste.

Lors des haltes, il fallait s'épousseter, respirer et surtout se désaltérer. Ils avaient fait le plein d'eau dans l'un des derniers villages qu'ils avaient traversés, avant de s'enfoncer dans le Sahel, ce désert de pierraille où il pleut trop rarement pendant la saison des pluies et où le thermomètre peut dépasser les 45 degrés au plus fort de l'été. Tout y brûle et rien n'y pousse. Ou pas grand-chose.

Le premier soir, ils s'arrêtèrent dans un village de huttes et de tentes, plantées là, dans un décor d'acacias aux branches hérissées d'épines menaçantes et de buissons rabougris croissant péniblement à quelques dizaines de mètres d'un oued. Ils furent accueillis avec cette même hospitalité que Charles avait connue des années plus tôt. Rien ne semblait avoir changé. L'air y était toujours aussi sucré et comme autrefois la lumière de cette fin de journée rosissait les collines, étouffant les bruits, malgré la présence d'enfants aux joues rondes et aux crânes rasés qui avaient cessé de jouer à l'arrivée de Charles et Askalu qu'ils n'osaient approcher, les observant à une distance respectable. Au centre du village, sous un treillage, un chameau, l'air hautain et désabusé, comme imprégné de la quiétude des lieux, faisait tourner une meule qui écrasait des milliers de graines de sésame laissant péniblement échapper un mince filet d'huile. C'est bien cela qui avait frappé Charles lors de son premier voyage : la quiétude, la paix et l'harmonie régnant dans la plupart de ces villages, malgré un environnement hostile et, autrefois, la présence prégnante de la guerre.

On leur avait offert une hutte pour la nuit. Deux lits en bois tressé les y attendaient. Charles avait dû se forcer à avaler une sorte de bouillie âcre et fielleuse, parsemée de morceaux de foie mal cuits, sous les yeux de leurs hôtes pendant qu'une femme, à quelques mètres d'eux, assise près d'un feu, secouait à intervalles réguliers une boîte de conserve dépourvue de couvercle dans laquelle grillaient des grains de café. L'odeur avait colonisé tous les environs. Cela non plus n'avait pas changé.

– C'est étonnant, dit Charles, c'est exactement comme dans mon souvenir. Les mêmes odeurs, les mêmes huttes, les mêmes vêtements, la même hospitalité et ces gamins qui portent toujours ce petit toupet ridicule sur le sommet de leurs crânes rasés.

– Cela n'a rien de ridicule, répondit Askalu, agacée par la remarque de Charles. Les choses ont peu évolué ici... à cause de la guerre, de la sécheresse et de la famine.

– En tout cas, ils ne sont pas bavards. Pas très curieux, non plus.

– Oh si, ils sont curieux ! Mais ils respectent leurs hôtes. Si on n'a pas envie de parler, ils n'insistent pas. Mais ne t'inquiète pas, ils m'ont demandé d'où tu venais. Quant à moi, ils savent plus ou moins qui je suis. Nous ne sommes pas si loin du village où j'ai grandi. Je suis fatiguée, dit la jeune femme après un silence. Je vais me coucher.

Askalu se leva et disparut à l'intérieur de la hutte sans ajouter un mot. Elle avait l'air préoccupée. Peut-être n'était-ce effectivement que la fatigue de ces longues heures de pistes donnant à ses traits plus de gravité. Charles aurait voulu lui parler alors qu'ils se rapprochaient du but ultime de leur voyage dans cette contrée aride de l'Érythrée. Après tout, c'est elle qui avait souhaité qu'il l'accompagne. C'est elle qui avait voulu qu'il sache d'où elle venait, ce qu'elle avait vécu, pour qu'il comprenne qui elle était, comment elle s'était construite, orpheline, au milieu de ces étendues désertiques ravagées par la sécheresse, la faim et la guerre. En revenant ici, là même où sa vie s'était arrêtée brutalement vingt ans plus tôt, quand le compteur avait été remis à zéro, il savait qu'il prenait le risque de laisser resurgir de mauvais souvenirs. Askalu avait-elle compris à quel point il lui était encore difficile de retrouver les traces de ce passé dont les scories le hantaient en permanence ? Ce qu'elle ne pouvait deviner, c'est la crainte, la peur même, que Charles avait de voir réapparaître des événements qu'il avait essayé d'oublier sans jamais y parvenir et qu'il était aujourd'hui l'un des derniers à connaître. Un épisode en particulier le rongeait bien plus profondément que le souvenir de son accident, tant il est vrai que le corps, souvent, panse ses plaies, efface ses douleurs anciennes. Cela ne signifie pas qu'on s'habitue à la souffrance, on l'oublie. C'est tout. Il en va tout autrement des plaies de l'âme. Elles creusent des sillons profonds, indélébiles, que l'on traîne jusqu'à la fin de ses jours comme autant de cicatrices qui ne se referment pas. Âme, esprit, conscience... peu importent les mots. C'est en nous, à l'intérieur, au chaud, au secret, tapi quelque part dans un coin du cerveau, prêt à gicler comme le liquide d'une seringue. Prêt à se répandre, à gangrener tout le reste.

Voilà à quoi pensait Charles, resté assis devant la hutte alors qu'on lui apportait une petite tasse de café turc. Il attendit que le marc fût redescendu au fond, puis il sirota lentement ce breuvage capable de terrasser d'un coup d'un seul le premier cardiaque venu. Charles accepta deux autres tasses avant de se lever et de disparaître à son tour dans la hutte.

Askalu dormait, enfoncée dans son duvet. On ne voyait que sa tête. Il ne faisait pourtant pas froid, à peine frais. Charles s'assit sur le bord de son propre lit et attrapa son sac à dos. Il l'ouvrit et en sortit une brosse à dents et un tube de dentifrice avant de se relever et de sortir de la hutte. Le ciel était totalement dégagé, constellé d'un tapis d'étoiles luminescentes. Il resta là, quelques instants, à s'imprégner de ce spectacle dont il ne s'était jamais lassé. La lune était pleine et l'on y voyait comme en plein jour. Des fumerolles s'échappaient encore du feu sur lequel grillaient tout à l'heure les grains de café. Une brise légère courait entre les huttes, les branches d'acacias et les buissons, provoquant des bruissements successifs et légers, donnant plus de profondeur au silence. On aurait dit que le village était désert. Charles s'approcha d'une outre accrochée près de la porte, humecta les poils de sa brosse et commença à se laver les dents. Cela ne lui prit que quelques secondes. Puis, il se rinça la bouche, penché près du mur de la hutte. En se relevant, il crut entendre un bruit derrière lui. Il se redressa aussitôt en même temps qu'il tournait la tête. Une ombre. Il était sûr d'avoir aperçu une ombre se mouvoir et disparaître derrière un arbre planté près d'une tente. Il ne quitta pas l'endroit des yeux, tout en s'essuyant la bouche, rangeant la brosse et le tube de dentifrice dans une poche. Il resta immobile, scrutant l'arbre dont le tronc était trop mince pour cacher un homme. Peut-être s'agissait-il d'un animal. Charles se souvenait des bandes de babouins qui pullulent dans cette région. Ces grands singes effrontés, pourvus de canines aussi longues que celles du lion, sont souvent plus dangereux que les grands fauves et n'hésitent pas à attaquer les campements, la nuit venue, pour y chercher de la nourriture. Mieux vaut alors ne pas se trouver sur leur chemin, même si l'on a une arme à portée de main. Charles n'en possédait aucune, exception faite de son couteau suisse qui lui serait d'un piètre secours.

Debout, dos au mur de la hutte, Charles tendait l'oreille, essayant de repérer un bruit suspect derrière les milliers de chuchotements ordinaires qui naissent avec la nuit et meurent avec l'aube. Il hésitait à retrouver l'abri de la hutte avant d'être certain qu'aucun danger ne les guettait. Car il ne pensait pas seulement à sa propre sécurité mais aussi à celle d'Askalu. Il fut agréablement surpris par sa réaction. Quand, la dernière fois, s'était-il inquiété d'un proche, d'une femme, d'un être cher ? Cela devait remonter à une éternité.

Il y eut encore un bruit. Un nouveau bruit. Comme des pieds traînant sur le sol. Charles aurait juré avoir vu bouger quelque chose près de l'arbre. Quelque chose. Avec cette lumière que dispensait la lune, les ombres étaient multiples, mouvantes et inquiétantes si l'on y ajoutait le silence qui régnait toujours dans l'enceinte du village, d'autant que la brise était tombée. Il venait de s'en apercevoir. Il n'y avait plus un souffle de vent. La chaleur devenait un peu plus lourde. Il savait qu'il aurait du mal à dormir. Comment Askalu pouvait-elle supporter un duvet aussi léger fût-il ? Il lui fallait prendre une décision. Il ne pouvait pas rester là, debout, toute la nuit. Soit il allait se coucher, soit il s'avançait vers l'arbre en s'armant de courage. Il cherchait des yeux quelque chose ressemblant à un bâton, qui lui permettrait éventuellement de se défendre quand il entendit un nouveau bruit. Pas devant lui. Sur sa gauche. Cela ressemblait à un choc, léger, entre deux objets. Faute d'avoir pu trouver un bâton, il sortit son couteau suisse et s'avança de quelques pas, légèrement penché en avant, longeant le mur de la hutte, en direction du bruit. Il transpirait maintenant. Il sentait la sueur perler sur son front et ses tempes. Il s'avança encore jusqu'à quitter la protection du mur. Puis il se redressa. Il n'y avait rien devant lui. Rien à cet endroit qu'une portion de terre inondée par la lumière blanche de la lune. Pas de tente, pas de hutte, pas d'arbre, juste quelques buissons. Il resta planté là quelques instants, se sentant soudain ridicule de s'être laissé entraîner par son imagination. Il décida qu'il était temps de se coucher et de retrouver un peu de sérénité. Il allait falloir se lever tôt et avaler de nouvelles heures de piste. Et de poussière.

Pas vraiment rassuré malgré tout, il fit demi-tour et réintégra la hutte. Il s'assit sur le bord du lit, rangea sa brosse à dents et le tube de dentifrice dans son sac à dos. Il avait décidé d'enlever ses chaussures mais de garder ses chaussettes. Il se fit un oreiller avec une serviette de bain et finit par s'étendre, convaincu qu'une nuit blanche l'attendait. Il était allongé sur son côté droit, le dos collé au mur ; cela le rassurait car après tout cette ombre, il l'avait bien vue et ces bruits, il les avait bien entendus. Et puis il pouvait ainsi garder un œil protecteur sur Askalu qui dormait de l'autre côté de la pièce, plongée dans une semi-obscurité.

Comme il l'avait craint, le sommeil ne venait pas. Depuis qu'ils étaient arrivés dans ce village, sa mémoire le torturait. Il n'y a pas d'autre mot. Des images du passé lui revenaient en permanence. Il essayait de les chasser en fixant son attention sur le corps d'Askalu, dissimulé dans le duvet. Combien de temps resta-t-il ainsi les yeux grands ouverts ? Il aurait été incapable de le dire : la notion du temps se perd avec la nuit. Peu à peu, l'idée que quelque chose ne collait pas dans le tableau s'insinua en lui. Il eut d'abord l'impression que la jeune femme ne respirait pas. Plus exactement, le duvet semblait totalement immobile, inanimé, alors que la respiration d'Askalu aurait dû logiquement lui imprimer un mouvement régulier. Même si celui-ci avait été imperceptible, malgré la pénombre, les yeux de Charles auraient dû le capter. Il essaya de se concentrer mais il ne perçut aucun signe. Autre chose le dérangeait. Le duvet semblait moins épais... comme s'il avait été vide ! Il se redressa sur un coude, le cœur battant. Non seulement le duvet paraissait vide mais, en outre, la tête d'Askalu avait disparu...

Charles se leva et bondit de l'autre côté de la pièce. Il empoigna le duvet et le souleva. Vide. Il était effectivement vide ! Où était passée Askalu ? C'était impossible. Elle ne pouvait avoir disparu sans qu'il s'en rende compte. Il avait presque envie de regarder sous le lit pour s'assurer qu'elle ne lui jouait pas une mauvaise farce. Mais ce n'était pas vraiment son genre. Charles restait interdit, l'air idiot, debout, avec le duvet dans la main. Quand avait-elle pu se lever sans qu'il s'en aperçoive ? Il n'était pas fou. Il avait bien vu son corps dans le duvet quand il était venu chercher sa brosse à dents et surtout il avait vu sa tête ; ses cheveux pour être précis, dépassant du duvet. Alors quand ? Lorsqu'il chassait cette ombre mystérieuse près de l'arbre et épiait le moindre bruit suspect ? Si c'était le cas, elle l'avait forcément aperçu... Pourquoi alors ne se serait-elle pas manifestée ? Cela n'avait aucun sens.

Charles, dubitatif, reposa le duvet sur le lit en bois tressé. Que devait-il faire sinon sortir de cette hutte et partir à la recherche de la jeune femme ? Il allait faire demi-tour quand il ressentit une violente douleur à l'épaule. Comme une piqûre. Il y porta la main en poussant un cri. Il ne vit rien d'autre qu'une ombre dans l'embrasure de la porte avant de tomber à genoux. Il voulut immédiatement se relever mais tout tournait autour de lui. Il eut envie de vomir en même temps qu'il ressentait une douleur dans la nuque : un mal de tête lancinant, commençant à remonter vers les tempes. Ses oreilles bourdonnaient. Il s'agrippa d'une main au rebord du lit et parvint à se redresser quand une violente poussée dans le dos l'envoya définitivement au sol. En tombant sur le ventre, sa tête heurta le bord du lit. Il eut conscience du choc mais ne ressentit aucune douleur. « On » le mit sur le dos. Il pouvait encore entendre, sentir et voir... sans comprendre ce qui lui arrivait. Sans comprendre pourquoi ce type se penchait vers lui et lui soulevait une paupière avec son pouce. Il le vit ouvrir la bouche et bouger les lèvres, articulant des mots dont il ne saisissait pas le sens. Il entendait des voix qui résonnaient comme dans une pièce vide, rebondissant contre les murs, s'éteignant dans un écho assourdissant. Derrière son agresseur, il y avait une silhouette qui lui disait vaguement quelque chose. Ce fut la dernière image que l'esprit de Charles enregistra. La dernière, avant de fermer les yeux.

GORIN POSA LES FEUILLES sur le couvre-lit. La prose de Charles Gramont ne lui avait pas appris grand-chose. Outre le poème pour le moins torturé qu'il avait lu à Évelyne avant de quitter Paris, le reste du récit était d'une rare platitude, écrit à l'emporte-pièce. Il y était question des premières missions humanitaires de Charles Gramont. En le lisant, Gorin avait eu le sentiment que l'auteur cachait l'essentiel, qu'il tournait autour du pot, qu'il était sur le point de dire quelque chose en ne sachant pas comment tourner ses phrases, comme s'il avait été trop pressé d'arriver là où il voulait en venir. Tout cela était laborieux. Brumeux. Gorin rangea les feuilles dans une chemise qu'il abandonna sur la table de chevet.

Évelyne. Il n'avait toujours pas réussi à la joindre. Son portable ne passait pas et les communications entre Asmara et la France étaient médiocres. Quand les lignes n'étaient pas coupées. Il n'avait plus qu'à espérer qu'elle ait bien reçu son message.

Trois coups brefs furent frappés à la porte de sa chambre. Il alla ouvrir. C'était Pensec, accompagné de l'agent de liaison de la DGSE à Asmara, officiellement secrétaire d'ambassade avec statut de diplomate. Évidemment, aucun des responsables érythréens ni aucun de ses correspondants n'étaient dupes. Tous savaient pour qui travaillait cet homme répondant au nom de Jean Lafontaine. Quand il s'était présenté à l'aéroport, Pensec, avec son tact habituel, n'avait pu réfréner un fou rire et Gorin, lui, s'était demandé si le barbouze se moquait de lui. Mais Jean Lafontaine avait juré qu'il s'agissait bien de son nom, qu'il n'en avait jamais eu d'autre et qu'il ne savait pas s'il avait un lien avec le fabuliste. «J'espère au moins que vous connaissez quelques fables par cœur!» lui avait dit Gorin en souriant.

Il était prévu que les trois hommes rejoignent le chef de la police et Muller pour le déjeuner, dans le restaurant de l'hôtel où une table avait été réservée. Pensec avait pu dormir un peu. Gorin, pour sa part, avait son compte de sommeil. Il avait avalé un solide petit déjeuner et pris une douche avant de se lancer dans la lecture des œuvres impérissables de Charles Gramont.

– Bien, il faut que je vous briefe sur la situation locale et sur notre interlocuteur principal, Issayas Menkarius, dit l'homme de la DGSE.

Il s'était assis dans l'un des deux fauteuils. Pensec avait pris l'autre et Gorin avait rejoint son lit. Jean Lafontaine, pas tout à fait la quarantaine, était d'un naturel plutôt souriant. Ses yeux pétillants ne cessaient d'observer ses interlocuteurs, de haut en bas, de gauche à droite. Il ne devait pas dépasser le mètre soixante-dix. Un sportif, de toute évidence, sec et musclé. Il portait une chemise à manches courtes laissant apparaître des avant-bras dont les muscles roulaient sous la peau à chaque fois qu'il bougeait le petit doigt. D'ailleurs, il devait être assez satisfait de sa force qu'il n'hésitait pas à transmettre dans chacune de ses poignées de main. Les phalanges de Gorin s'en souvenaient encore. Le policier connaissait bien ce genre d'homme. Il attendait de voir si le plumage était à la hauteur du ramage.

– Avant tout, je voulais vous poser une question, commença par dire Jean Lafontaine. Ce Muller, quels sont ses rapports avec Menkarius? Je veux dire, ils se connaissent bien?

– Je n'en sais rien, dit Gorin interrogeant Pensec des yeux.

Celui-ci répondit d'un haussement d'épaules.

– Pourquoi cette question?

– Eh bien, depuis votre arrivée, ils ne se sont pratiquement pas quittés. Tout à l'heure, en arrivant ici, je les ai vus en train de discuter dans le bar de l'hôtel, assis à une table autour d'un verre. Je les ai observés discrètement. Ils avaient l'air d'avoir vraiment beaucoup de choses à se dire. À un moment, Menkarius a même remis une enveloppe à Muller. Enfin, de loin ça ressemblait à une enveloppe. Muller ne l'a pas ouverte et l'a glissée dans sa poche.

– Avec le boulot que vous faites, fit Gorin, vous devriez pouvoir répondre à toutes ces questions, non ? Je crois savoir que Muller vient ici régulièrement pour des missions humanitaires. Vous savez quand même qu'il dirige une ONG ?

– Human Help, oui, bien sûr ! Mais c'est pas le problème. Il semble vraiment bien s'entendre avec Menkarius. Et je peux vous assurer que les gens qui peuvent se targuer de bien s'entendre avec ce type ne sont pas légion !

Gorin ne savait quoi dire. Ils étaient venus ici pour retrouver Gramont et lui sauver la peau, pas pour passer aux rayons X les activités de Muller en Érythrée et ses rapports avec le tyranneau local.

– J'imagine, dit Gorin, que ce doit être assez compliqué pour une ONG de mener à bien des missions dans ce pays... et dans tous les autres aussi d'ailleurs, non ? Ça ne me choque pas qu'un type comme Muller soit obligé de composer avec ce Menkarius. Après tout, si ça peut permettre à Human Help de soigner ou de donner à manger à des gens qui en ont besoin, cela en vaut la peine.

– C'est qui ce type, à part le chef de la police ? demanda Pensec.

– Vous savez, ici, être le chef de la police, c'est aussi important qu'un ministre, sinon plus, répondit l'agent de la DGSE. C'est Menkarius qui tient le pays. Il a même les militaires à sa botte ! C'est le règne de la terreur, rien ne se dit rien ne se fait sans qu'il soit au courant. Et si je vous dis qu'on le surnomme Issayas le terrible ou Issayas le bourreau, vous comprendrez que ses ennemis le craignent. Quant à ses amis, on dit qu'il n'en a pas. Ou plus. Voilà pourquoi je m'interroge sur ses rapports avec Muller.

– Bourreau ou pas, dit Pensec, il a vraiment une sale gueule !

– C'est tout de même un authentique héros de la guerre d'indépendance. C'est peut-être une ordure mais tout le monde lui reconnaît un courage physique hors norme, à la limite de l'inconscience. Ajoutez à tout ça quelques trafics lucratifs dont le fruit atterrit dans des paradis fiscaux et vous aurez à peu près une idée du tableau.

– Quels genres de trafic ? demanda Pensec.

– Classique : armes, racket, drogue... La mer Rouge n'a pas beaucoup changé depuis Henry de Monfreid. Bien, ajouta Jean Lafontaine en se tournant vers Gorin, que voulez-vous lui demander, à votre « collègue » ?

– C'est simple, on veut mettre la main sur un dénommé Charles Gramont avant qu'on le retrouve transformé en merguez.

En quelques mots, Gorin lui raconta les exploits du Rôtisseur et les soupçons de la police à l'encontre d'Askalu, d'où leur présence en Érythrée.

– On a dû vous le dire à Paris, on a bien une trace de ce Charles Gramont et d'une jeune femme l'accompagnant mais uniquement à leur arrivée à l'aéroport, il y a une semaine. Après... mystère. Envolés, les tourtereaux !

– Est-ce qu'ils ont pu quitter Asmara ?

– Oui, bien sûr... Et si c'est le cas, ça va être difficile de les loger. Et puis il vous faudra quelqu'un pour vous guider.

– Muller est là pour ça aussi. Il connaît bien ce pays. Comment retrouver Gramont et sa maîtresse ? demanda Gorin.

– Franchement, ça va être difficile... pour ne pas dire impossible ! Je me demande si vous avez eu raison de vous déplacer jusqu'ici. Vous auriez mieux fait de rester à Paris.

– Vous vous seriez chargé de tout mettre en œuvre pour les retrouver, « monsieur » Lafontaine ? Avec l'aide de la police locale ? Je vous rappelle que la vie d'un homme est en jeu.

– Ça, vous ne m'avez pas l'air d'en être sûr, « monsieur » Gorin.

– Non, vous ne m'avez pas bien compris. Je manque de preuves mais je suis absolument certain de ce que j'avance.

– Le flair, renchérit Pensec en se tapotant le bout du nez avec l'index. Le flair... infaillible !

La remarque fit sourire l'agent français.

– Bon, dit celui-ci, je veux bien vous croire mais c'est tout de même chercher une aiguille dans une botte de foin.

– C'est ma spécialité, fit Gorin.

– Peut-être, mais ici on n'est pas au Quai des Orfèvres. On est sur les terres d'Issayas le terrible... Le respect de la loi, c'est quand ça l'arrange...

– Il peut nous aider ou pas ? réagit un peu vivement Gorin, agacé par les précautions de langage de Lafontaine.

– Oui, s'il en a envie. Comprenez bien, ici les règles ne sont pas celles qui sont inscrites dans le code pénal. Des gens comme Menkarius n'aiment pas trop qu'on mette le nez dans leurs affaires. À vous de jouer serré. Attention, ce bonhomme est plus rusé qu'un renard.

– Pourquoi ne nous aiderait-il pas ? questionna Pensec.

– Menkarius ne fait jamais rien sans une contrepartie. Rien n'est jamais gratuit avec lui. Tout est calculé, pesé. S'il ne s'y retrouve pas, il ne bougera pas. Que votre Gramont finisse sur une broche, je peux vous assurer que c'est le cadet de ses soucis !

Le téléphone de la chambre sonna et fit sursauter Gorin qui se trouvait juste à côté. Il pensa immédiatement à Évelyne. Mais comment aurait-elle su où le joindre ? C'était Muller à l'autre bout du fil. Il était avec Issayas Menkarius et les attendait en bas pour déjeuner.

– Bien, dit Gorin en reposant le combiné. On nous attend, messieurs. Haut les cœurs ! À nous de convaincre ce tout-puissant personnage.

– J'ai oublié de vous dire qu'il a fait une partie de ses études à Paris, précisa encore Lafontaine. Ça peut toujours être utile même s'il est pas foutu d'aligner trois mots en français. Cela dit, il doit en comprendre un minimum. Et méfiez-vous de Muller, je le sens pas, ce type...

« Il a vraiment une sale gueule », se dit Pensec en apercevant Issayas Menkarius qui les attendait debout à côté de la table. Le chef de la police fit signe à tout le monde de s'asseoir. « Je suis désolé, dit-il en anglais. Je ne parle pas le français, ou plus exactement je le parle très mal, malgré une année passée chez vous. Honte sur moi ! » Issayas Menkarius fit un signe de la tête vers l'un des garçons qui disparut et revint presque aussitôt avec une bouteille de champagne.

– Du champagne ! fit remarquer Lafontaine. Vous nous gâtez, monsieur Menkarius.

– Ce n'est pas tous les jours que je reçois des collègues étrangers, dit celui-ci. Et pas n'importe quels policiers : des enquêteurs de la prestigieuse brigade criminelle !

– Trop aimable à vous, monsieur, fit Gorin. Le lieutenant Pensec et moi-même sommes sincèrement touchés par votre accueil... Merci.

Le commandant de la PJ parisienne ne parlait pas un anglais parfait, loin de là. Il ne pouvait compter sur l'aide de Pensec, aussi dut-il se tourner vers l'agent de la DGSE pour l'aider à traduire sa pensée, ce qu'il ferait tout au long du déjeuner, s'attendant à une conversation laborieuse.

– Alors, continua le chef de la police prenant un air de conspirateur, *comment se porte la Crim* ?

Il avait prononcé ces derniers mots en français, avec un fort accent, roulant les « r », visiblement très fier de l'effet qu'il venait de produire.

– A-t-elle toujours cette réputation d'abriter en son sein la fine fleur des enquêteurs ?

– Oh ! n'exagérons rien, répondit Gorin. Disons que nous mettons toujours un point d'honneur à ne jamais refermer un dossier tant que nous ne tenons pas le coupable, quitte à remuer ciel et terre, même si cela dure des années et quitte à y mettre des moyens qu'aucun autre service ne pourrait mettre. Voilà... Nous sommes têtus, opiniâtres. C'est ça notre marque de fabrique.

– Et elle vous honore, messieurs, renchérit Issayas Menkarius, en levant sa coupe de champagne. Trinquons à la « Crim » ! Un de ces jours, il faudrait que je songe à vous envoyer quelques-uns de mes hommes, ajouta-t-il avant de vider son verre cul sec. Cela leur ferait le plus grand bien.

« À toi aussi ! » se dit Pensec qui parvenait difficilement à dissimuler son agacement devant ce personnage sorti tout droit d'un mauvais roman d'aventures.

Après le champagne, ce furent les entrées, la même pour tout le monde : un carpaccio de thon, accompagné de vin blanc. Suivirent des escalopes milanaises avec des spaghettis. Pensec fit la grimace, une de plus : il n'aimait pas la viande de veau. Quant au vin, il n'avait pas changé de couleur. Et Pensec n'aimait pas le vin blanc.

L'anglais, traduit du français et réciproquement, alourdissait la conversation qui eut du mal à prendre sa vitesse de croisière. D'autant qu'Issayas Menkarius éludait toutes les questions concernant de près ou de loin la situation dans le pays. Même lorsque Muller voulut évoquer les deux missions de Human Help, dans le nord et l'ouest de l'Érythrée, le chef de la police lui coupa la parole, expliquant sans détour que toute information à ce sujet relevait du secret défense, eu égard au conflit entre l'Érythrée et l'Éthiopie. Pensec rongeait son frein, n'ouvrant la bouche que pour avaler – péniblement – son escalope trop cuite. Gorin, lui aussi, rongeait son frein, obsédé par sa mission. Pour quelle autre raison avait-il dû supporter près de 5 000 kilomètres en avion, sinon pour retrouver Charles Gramont et tenter de lui sauver la peau ? Si Lafontaine ou Muller ne se décidaient pas à lancer le sujet, il allait s'en charger. Il échangea un regard avec le responsable de l'ONG. Celui-ci, conscient de son impatience, tenta de le rassurer par un léger signe de tête. Cinq minutes plus tard, en même temps qu'arrivaient les desserts, ou plutôt « le » dessert – tiramisu pour tous les convives –, Muller profita d'un silence pour annoncer qu'Issayas Menkarius avait « courtoisement » décidé de les aider à partir à la recherche de Charles Gramont et de sa maîtresse.

– Effectivement, dit le chef de la police en se redressant contre le dossier de sa chaise. Il est normal que la police érythréenne vous prête son concours. Deux de mes hommes, en qui j'ai une entière confiance, vont vous accompagner et je mets deux véhicules à votre disposition. Par ailleurs, ajouta Issayas Menkarius en tournant la tête vers le correspondant de la DGSE, s'il le souhaite, j'autorise M. Lafontaine à se joindre à votre expédition, en lui conseillant de ne rien faire qui puisse nuire à la sécurité de l'Érythrée. J'ai votre parole, monsieur Lafontaine ?

– Vous l'avez.

– Au cas où vous oublieriez votre promesse, mes hommes seront là de toute façon pour vous la rappeler. Quand souhaitez-vous partir, monsieur Gorin ?

– Le plus tôt possible. Je crains que le temps ne soit notre pire ennemi.

– Évidemment. Je ne vous conseille pas de partir ce soir. Mieux vaut voyager de jour. Partez demain matin à la première heure.

– Mais, pardonnez-moi, l'interrompit Gorin, partir où ? Nous ne savons pas où sont allés Gramont et sa compagne.

– Mille excuses ! J'aurai dû commencer par là. Si nous ne savons pas où ils sont exactement allés, nous savons par où ils sont passés. Ce sera un jeu d'enfant pour retrouver leurs traces. Ne vous inquiétez pas. Un Européen, où qu'il aille, ne passe jamais inaperçu. Et puis, outre mes hommes, ajouta Issayas Menkarius en désignant Muller et Lafontaine, ces messieurs connaissent bien cette région.

Pensec apprécia le tiramisu. Gorin aussi. Tout le monde apprécia le tiramisu. Sauf le chef de la police. Celui-ci préféra un cigare qu'il sortit d'un étui en cuir. Il en proposa à ses invités. Seul Muller en accepta un. Un brouillard épais enveloppa bientôt la table. Personne ne parlait, comme si chacun des convives n'avait plus rien à dire après avoir obtenu ce qu'il souhaitait. Issayas le terrible ou Issayas le bourreau, c'est au choix, se leva sans prévenir. Deux de ses gardes du corps, se tenant à quelques mètres de la table, debout près d'une porte et qui n'avaient pas oscillé d'un millimètre depuis le début du repas, s'animèrent soudainement, comme deux automates mus par une mécanique invisible.

– Messieurs, dit le chef de la police, ravi d'avoir fait votre connaissance. Je vous souhaite un bon voyage, puissiez-vous mener à bien votre mission. Nous nous reverrons à votre retour.

Et il tourna les talons, sans un mot, sans serrer aucune main, s'éloignant d'un pas lent, laissant dans son sillage le nuage de la dernière bouffée arrachée à son cigare.

– Bon débarras ! lança Pensec, à voix basse. Ce type a le don de me mettre mal à l'aise.

– En attendant, dit Gorin, grâce à lui nous pouvons partir dans les meilleures conditions. Faut-il vous remercier, monsieur Muller ?

– Je dois dire qu'au début il voyait d'un mauvais œil...

– Très drôle ! le coupa Lafontaine.

– Pardonnez-moi, j'avais oublié qu'il était borgne... Je disais, donc, qu'il n'était pas ravi de voir des policiers et un agent de la DGSE se balader sur ses terres. Alors j'ai plaidé votre, ou plutôt notre cause. Il a accepté.

– Comme ça ? demanda Lafontaine. Sans contrepartie ? Rien que sur votre bonne mine ?

– Qu'est-ce qui vous arrive ? réagit Muller sans masquer son étonnement.

– Ce qui m'arrive ? Juste que je connais bien le bonhomme : il ne donne rien sans rien. Alors, qu'est-ce que vous lui avez donné, monsieur Muller ?

– Je ne vois pas où vous voulez en venir. J'ai de bons rapports avec lui. Et cela remonte à plus de vingt ans ! Il n'était pas encore chef de la police et on ne le surnommait pas encore Issayas le bourreau. C'est probablement, et même certainement, pour cette raison qu'il m'a fait cette faveur.

– Et vous, des services, vous lui en avez beaucoup offert ?

– Décidément, je ne vois pas où vous voulez en venir et...

– Messieurs, les interrompit Gorin. Nous allons être obligés de vivre ensemble pendant quelques jours. J'aimerais que cela se passe dans une bonne ambiance. Vous réglerez vos problèmes à notre retour. Reçu ?

L'un et l'autre acquiescèrent d'un signe de tête.

– Et si vous nous faisiez visiter Asmara, monsieur Lafontaine ?

– Bonne idée, renchérit Pensec.

– Quant à moi, dit Muller, je vais régler les détails de notre départ. Il faut que j'aille prendre livraison de notre 4 × 4. On se retrouve ici à l'heure de l'apéritif. On dînera tôt. Le départ est prévu à 4 heures du matin...

Ils se séparèrent. Gorin et Pensec restèrent en compagnie de Lafontaine. L'agent de la DGSE avait le regard noir et serrait les dents. Le commandant de la Crim aurait voulu lui conseiller de se calmer mais il n'en fit rien, préférant prier le ciel pour que le voyage se déroule dans les meilleures conditions possibles.

C'EST COMME UN FER ROUGE qui pénètre les épaules et s'enfonce dans la chair. Le feu lentement se propage à d'autres parties du corps. Il lui semble même que la plante des pieds n'est pas épargnée. La poitrine lui brûle, les bras lui brûlent, le ventre aussi et surtout le visage. La douleur, lancinante, est partout. Elle se propage, inexorable. Il voudrait bien ouvrir les yeux mais ses paupières sont encore trop lourdes. C'est alors qu'il découvre que ses lèvres le font également souffrir. Il cherche un peu d'air, entrouvrant la bouche, et ce mouvement presque imperceptible lui arrache un gémissement. Il ne les voit pas, mais ses lèvres sont striées de petites plaies à vif, de petites crevasses rouges, comme des gerçures mais plus profondes. Sa langue a doublé de volume et colle à son palais. Sa gorge lui paraît avoir rétréci. Il a soif. C'est cela, il a soif. Terriblement soif.

Il faudrait qu'il bouge, qu'il se lève, car il a compris – bien qu'il soit à demi conscient – qu'il n'est pas debout ni allongé, mais assis, appuyé contre quelque chose. Alors il bouge, toujours incapable d'ouvrir les yeux. Mais ses mains sont emprisonnées. Cela aussi, il le comprend : il a les mains liées dans le dos. Il découvre une autre douleur. Une autre brûlure, autour des poignets.

Peu à peu, il se persuade qu'il n'a d'autre choix que d'ouvrir les yeux. Malgré l'effort. Ouvrir les yeux pour comprendre. Sait-il, d'ailleurs, qui il est ? Sait-il où il se trouve ? Probablement pas. Cela aussi va demander encore un effort. Il a bien une vague idée, mais il va falloir quelques longues minutes avant qu'il ne reprenne totalement conscience.

Ce qui lui manque, ce sont les mots et aussi les images. Il n'a rien de tout cela à sa disposition. Il a la tête vide. Il sait plus ou moins qu'il existe, tout en ayant le sentiment d'évoluer dans un vide sidéral. Seules la douleur et la soif, pour l'instant, le rattachent au monde extérieur. La douleur va le ramener à la vie.

Il n'y a pas un bruit autour de lui. Cela ne l'aide pas à reprendre pied. Il lui faudrait un bruit, un simple bruit pour revenir. Pour ouvrir les yeux. Pour voir d'où vient ce bruit. Mais il n'y a rien. Rien qu'un épais silence qui lui fait peur. Maintenant, il a peur. Il en est sûr. Cela signifie qu'il revient à lui. Il bouge la tête. Et ouvre, lentement, les yeux bien que ses paupières, elles aussi, le fassent souffrir.

Tout est blanc. Aveuglant. Il plisse les yeux. La lumière devient peu à peu supportable bien qu'elle lui fasse encore mal. Il ouvre un œil plus que l'autre et parvient à l'apprivoiser. Il voit. Il ne sait pas quoi, mais il voit. Puis il ouvre l'autre œil. Lentement, la phosphorescence de la lumière s'atténue, elle jaunit et prend la couleur du sable. C'est cela, c'est bien du sable tout autour de lui. Du sable et de la pierraille.

Il tourne la tête, à droite et à gauche. Du sable et de la pierraille... Il est adossé à un poteau, les mains liées dans le dos. Il a le torse nu et le soleil est presque au-dessus de lui. Une boule de feu. L'expression ne lui a jamais semblé aussi juste. C'est le soleil qui le brûle et le consume. Ce sont ses rayons qui lui pénètrent la chair comme des lasers. Il a soif. Terriblement soif.

Que fait-il ici ? Que s'est-il passé ?

Charles se souvient, peu à peu. Les images reviennent, et avec elles les mots. Askalu. Il était avec Askalu. Elle avait disparu et il l'a cherchée. Puis rien, une douleur à l'épaule et un engourdissement, ou plutôt un bourdonnement dans la nuque.

Il a envie de refermer les yeux. Il voudrait dormir pour oublier la douleur qui lui sillonne tout le corps. Mais il entend des pas. Quelqu'un marche dans sa direction. Il veut crier mais aucun son ne sort de sa gorge gonflée par la soif. Les pas se rapprochent. Des pierres roulent, comme si on avait mis un coup de pied dedans.

– Alors, dit une voix d'homme dans un mauvais français, on se réveille enfin ? On a fait la grasse matinée ?

La voix est juste devant lui, à quelques mètres. Il lui suffit de lever les yeux pour apercevoir un grand type dont la tête lui rappelle quelque chose. Il l'a déjà vu, il n'y a pas si longtemps. Une femme se tient à ses côtés, silencieuse. Elle, il n'a aucun problème pour la reconnaître. C'est Askalu, visage grave, impassible.

– Donne-lui à boire, dit Askalu sans le quitter des yeux. Ce serait dommage qu'il nous quitte trop tôt. Il faut qu'il comprenne pourquoi il est là et qu'il se souvienne. Surtout qu'il se souvienne.

– Que dis-tu ? demande Charles d'une voix rauque à peine perceptible.

Il n'obtient aucune réponse. L'homme tient une gourde dans la main. Il s'approche et lui fait avaler une gorgée. Puis une deuxième. Cela fait du bien. Et mal, aussi, sa gorge n'acceptant qu'un mince filet d'eau. Le temps qu'il reprenne sa respiration et l'homme lui donne une nouvelle gorgée. Celle-ci passe mieux. Mais il n'y en aura pas d'autre.

L'eau, peut-être, l'aide à y voir un peu plus clair. Il a reconnu cet homme quand il s'est penché vers lui. Son visage n'était qu'à quelques centimètres et il a pris le temps de l'observer. Il se souvient maintenant. C'est l'inconnu d'Asmara. L'inconnu du Vittoria et son mystérieux billet. La phrase, la seule qu'il ait retenue lui revient : *« Comme une âme qu'une flamme toujours suit. »*

– Viens, Hassan, laisse-le. Nous reviendrons un peu plus tard, dit Askalu, très calmement. Profites-en pour faire travailler ta mémoire, Charles. Souviens-toi de ce qui s'est passé il y a vingt ans. C'est loin, mais tu n'as pas pu oublier. Tu sais, les djinns, les mauvais esprits, dans le désert… C'était pas très loin d'ici…

CHARLES SAVAIT QU'IL NE POURRAIT pas résister longtemps à ce régime, alors que l'ombre du poteau se raccourcissait, au fur et à mesure que le soleil montait dans le ciel. Il serait bientôt à la verticale et ses rayons telles des lames acérées tailleraient chaque millimètre de sa chair mise à nu. Ce n'étaient pas les deux filets d'eau que le dénommé Hassan lui avait fait couler dans la gorge qui l'empêcheraient de finir comme un fruit sec, accroché à ce poteau au milieu de ce désert, dans ce chaos de pierraille et d'épineux grisâtres.

Maintenant, il avait pleinement pris conscience de sa situation : catastrophique, incompréhensible, surréaliste, hallucinante... les adjectifs lui manquaient.

Les djinns. Bien sûr, il se souvenait... C'était juste avant qu'ils ne prennent cette décision qu'ils n'auraient jamais dû prendre, lui et les autres. Cet épisode le hantait depuis toutes ces années. Rares avaient été les jours sans que les images de cette journée-là lui reviennent. Ils avaient tous leur part de responsabilité mais il se savait plus coupable que les autres. C'est lui qui avait fini par les convaincre qu'il n'y avait pas d'autre issue. Lui et personne d'autre... Mais que venait faire Askalu dans cette histoire ? Et qui était ce Hassan ? C'est elle qui l'avait conduit dans ce traquenard. Comment aurait-il pu se douter du piège qu'elle lui tendait ? Tout se brouillait.

Ne restait que cette évidence, s'imposant avec force, lui perçant le cœur : leur liaison n'avait été qu'un mensonge, une fable à laquelle il avait voulu croire. Malgré tout. Malgré ses doutes. Car il en avait eu des doutes sur les sentiments d'Askalu à son égard, mais il les avait chassés, ignorés, préférant jouir de chaque instant passé dans les bras de la jeune femme, s'enivrant de ses étreintes et de son parfum si particulier dans lequel se mêlaient de subtiles nuances, livrant un accord à la fois poivré et sucré ; il rappelait la rudesse et la sensualité de ce pays.

Charles ne regrettait pas de s'être trompé. Il ne regrettait rien, même si cette aventure devait s'achever par sa mort, ici, sur ce sable chauffé à blanc. Il n'avait plus le temps ni l'envie des regrets. Peut-être du remords mais pas des regrets. Voilà à quoi pensait Charles Gramont, attaché à son poteau au milieu de nulle part, « à mille lieues de toute terre habitée », comme l'écrit Saint-Exupéry dans *Le Petit Prince.*

« Foutu et finalement peut-être heureux de l'être, se dit Charles entre deux gémissements, la douleur ne lui laissant aucun répit. Crever pour crever, autant que ça se termine comme ça, ici, à petit feu. Je l'ai peut-être mérité... » Cependant, au fond de lui-même, incapable de se l'avouer, Charles estimait avoir largement payé sa dette. Il cherchait depuis longtemps à s'en persuader. Il prenait maintenant toute la mesure de sa vanité, de son arrogance. Comment avait-il pu croire que son accident serait sa rédemption ? Que ce calvaire qu'il avait vécu des mois durant effacerait l'ardoise d'un coup d'éponge ? Comment avait-il pu espérer s'en tirer à si bon compte ? N'en finit-on jamais de payer ses fautes ? Il lui fallait se rendre à l'évidence : il n'en avait pas terminé avec cette histoire. Les *autres* non plus. Louis l'avait payé de sa vie. Oui, Louis, car tout, maintenant, devenait clair alors qu'il n'avait jamais fait le rapprochement entre la mort de son ami et cette histoire vieille de vingt ans – il serait plus juste de dire qu'il s'y était inconsciemment refusé.

Restait cette autre question, la plus importante à ses yeux : pourquoi Askalu ? Charles voulait comprendre. Quel lien pouvait-il bien y avoir entre la jeune femme et cet épisode ignoble qu'il aurait préféré ne jamais avoir vécu ?

Le soleil et la douleur aidant, il n'eut bientôt plus qu'une obsession : comprendre. Comprendre la place d'Askalu dans ce cauchemar. En même temps, germait cette idée qu'il ne pouvait mourir sans obtenir de réponse, sans se battre. Il lui fallait tenter quelque chose bien que sa situation fût désespérée. La mort ne l'inquiétait pas. Cependant, il refusait de finir grillé comme un poulet embroché dans une rôtissoire. Cette idée lui devint tout simplement insupportable. Indigne. En même temps, lui revinrent ces longues heures, ces journées sans fin à l'hôpital durant lesquelles il s'était juré de se mettre debout et de marcher de nouveau. « Mourir pour mourir, se dit-il, autant le faire debout. »

Le soleil n'était pas le seul à lui brûler la chair. Le sable, sous ses fesses, s'était mis de la partie comme si le diable dans les entrailles de la Terre s'ingéniait à attiser les flammes de l'enfer. Charles n'était plus loin du délire mais gardait encore une once de lucidité. Il fallait qu'il se détache, qu'il se libère. Plus il y réfléchissait, moins il entrevoyait de solution quand, soudain, il se souvint de la présence de son couteau suisse, dans sa poche de pantalon. Il le sentait. Il était là. On ne lui avait pas confisqué...

La poche était peu profonde, étroite. À chaque fois qu'il s'asseyait, ce qu'elle contenait, notamment des pièces de monnaie, avait tendance à s'en échapper. Il en avait été de même pour le couteau. Et là, il n'était pas loin de tomber sur le sable. Charles n'eut aucune peine à accélérer sa chute en secouant sa jambe. Il fallait le récupérer et le faire glisser vers ses doigts. « Mission impossible ! » pensa-t-il en s'assurant qu'Askalu et le dénommé Hassan n'étaient pas dans les parages.

« Il y a une solution à chaque problème et s'il n'y a pas de solution, c'est qu'il n'y a pas de problème... » Il se passait en boucle cette phrase que son père lui répétait souvent. Cela ne lui donnait pas pour autant le moyen de récupérer le couteau. Et le temps lui était compté, chaque seconde le rapprochant de l'issue fatale. Et, à tout moment, Askalu et Hassan pouvaient réapparaître.

Il y avait peut-être une solution... la seule. Il n'en voyait aucune autre. Ses deux jambes étaient libres. Le couteau se trouvait près de sa cuisse droite, entre le genou et l'endroit où se situe le col du fémur.

Il plia sa jambe gauche, se souleva légèrement et la fit passer sous la jambe droite. Son talon n'était qu'à quelques centimètres du couteau. Avec un peu de chance, en dépliant sa jambe puis en la ramenant vers le couteau d'un coup sec, il pourrait peut-être l'envoyer vers la base du poteau, là où ses poignets étaient attachés. Ses liens n'étaient pas trop serrés, il pouvait bouger un peu, suffisamment en tout cas pour placer sa jambe. Sa position était inconfortable et l'amplitude du mouvement qu'il s'apprêtait à accomplir extrêmement réduite : son talon n'était pas tout à fait au contact du couteau alors que son mollet touchait déjà l'arrière de sa cuisse. Il lui faudrait faire preuve d'énergie ! Il prit une profonde respiration, déplia sa jambe et la renvoya aussi vite qu'il put vers le couteau en soulevant une épaisse poussière. Son talon rencontra le couteau mais celui-ci ne bougea que de quelques millimètres. Charles s'inclina alors un peu plus vers la gauche pour soulager son côté droit en s'appuyant autant que possible sur son coude gauche, dans une contorsion digne d'un numéro de cirque. Puis il déplia de nouveau sa jambe avant de la renvoyer le plus vite possible vers le couteau. Il mit dans ce mouvement tout ce qui lui restait de force. Cette fois, quelque chose heurta le bout de ses doigts mais il lui aurait été impossible de dire s'il s'agissait d'un caillou ou du couteau. Il n'eut pas le temps d'y réfléchir. Une crampe, aussi violente que soudaine, venait de lui saisir l'arrière de la cuisse gauche. La douleur intense lui arracha un cri qu'il tenta d'étouffer. Il lui fallait déplier sa jambe et l'étendre aussi vite que possible alors que son muscle tétanisé l'en empêchait. La douleur était telle qu'elle annihilait sa capacité de réflexion, qu'il en oubliait les brûlures du soleil et la soif. Il fallait qu'il étende sa jambe ; il n'y avait rien d'autre à faire. Étendre la jambe, malgré la force du muscle dur comme du ciment. La douleur était insupportable. Il serrait les dents à s'en faire sauter les plombages. Sa lutte contre ce muscle récalcitrant, noué comme le tronc d'un vieux lierre, lui semblait perdue d'avance. Il était vidé. Ce n'était pas la première fois qu'une crampe de cette violence le surprenait. Il y était même habitué. Mais c'était la première fois qu'il lui était impossible de se mettre debout pour la faire disparaître. Il aurait pu céder à la panique. Il n'en était pas loin.

Prenant sur lui, il tenta de se redresser en s'aidant du poteau. Mais plus il bougeait, plus son muscle s'ingéniait à le faire souffrir, à se durcir, à se recroqueviller davantage. Il parvint cependant à se soulever légèrement en s'appuyant sur sa jambe valide. C'est ainsi qu'il put enfin déplier, dans un effort surhumain, sa jambe aussi raide qu'un bout de bois. Il reprit son souffle alors que le muscle de sa cuisse était agité de soubresauts. La douleur se fit moins intense. Il savait cependant que, au moindre faux mouvement, il faudrait tout recommencer...

Du bout des doigts, il chercha le couteau. Il n'avait pas bougé. Ce fut un jeu d'enfant d'ouvrir la lame principale, puis de l'orienter de façon à cisailler ses liens. La lame était bonne et il ne mit que quelques minutes à couper la corde, malgré son épaisseur. Il en avait oublié sa crampe et les morsures du soleil aussi. Quand il fut libre, avant de bouger, il promena son regard à 180 degrés. Il n'y avait personne. Où pouvaient-ils bien être alors que le désert s'étendait à perte de vue ? Où était le village ? Depuis quand était-il attaché à ce poteau ?

Il se mit debout. La tête lui tournait. Il ne ressentait plus aucune douleur dans la jambe. Même libéré de ses liens, il n'avait pas une situation enviable. Trouver un abri. Fuir les rayons du soleil. Mais où s'abriter dans ce désert ? Où aller ? Il y avait bien ces mamelons de roches au loin. Mais à combien d'heures de marche se trouvaient-ils ? C'était impossible à évaluer. Dans ces contrées désertiques, la notion des distances est perturbée. Ce qui semble proche peut parfois se trouver à des dizaines de kilomètres. De nouveau, il se dit qu'il n'avait pas le choix. Ce mamelon ou ce massif montagneux était la seule chose tangible qu'il eut devant les yeux, la seule direction logique vers laquelle marcher, faute de savoir s'il lui fallait s'orienter vers le nord ou le sud, l'ouest ou l'est... Il n'y avait rien d'autre qui se détacha de l'horizon.

Pieds nus, tête nue, il n'irait pas très loin. Il découpa son pantalon et s'entoura les pieds de bandelettes de tissu, protection dérisoire mais qui l'isolerait, un peu, de la chaleur du sol. Il se mit un autre morceau de tissu, noué aux quatre coins, sur le crâne et se dirigea vers son objectif.

Sa langue avait doublé de volume, ses lèvres gercées étaient boursouflées et striées de petites plaies à vif, et les parois de sa gorge semblaient se resserrer à chaque pas. À cause de la sécheresse de l'air, son nez saignait et il en profitait pour attraper le liquide rouge avec sa langue. Cela l'aiderait peut-être à tenir jusqu'à l'hypothétique abri qu'il espérait découvrir dans les roches dont l'ombre se dessinait au loin.

Comme il l'avait craint, plus il avançait, plus le massif montagneux semblait s'éloigner. Mais il marchait. De plus en plus lentement, de plus en plus difficilement, mais il marchait. Pas une partie de son corps n'était épargnée par la douleur. Cependant, il lui semblait qu'il s'y habituait, perdant peu à peu conscience de l'existence de son être physique. Par instants, il lui fallait un effort de concentration pour se rappeler ce qu'il faisait là, où il allait, d'où il venait et même qui il était...

Quelle heure était-il ? Le soleil n'était plus à son zénith. Dans quelques heures la nuit tomberait et avec elle viendrait un peu de fraîcheur. Pas le froid, non, pas ici. Seulement un peu de fraîcheur ou plus exactement un peu moins de chaleur...

S'arrêter, même quelques secondes, signifierait son arrêt de mort. Il le savait ; il lui restait encore un peu de lucidité.

Il marcha de longues heures, à la limite de l'inconscience, sentant confusément que ses épaules se couvraient de cloques, que ses pieds étaient en sang, que sa nuque le brûlait, que son dos se bloquait peu à peu, que sa jambe droite traînait et le faisait boiter, que le muscle de sa cuisse gauche se raidissait de nouveau, qu'il respirait de plus en plus difficilement... Il se consumait du dehors et du dedans.

Il tentait de garder les paupières closes le plus souvent possible, ne les ouvrant que pour vérifier si sa direction était toujours la bonne et éviter les pierres ou les nids-de-poule se dressant devant lui. Les heures passant, la lumière le blessait un peu plus pour, à la fin, devenir insupportable, comme si un photographe fou s'ingéniait à lui envoyer des flashs à répétition dans les yeux. C'est ainsi que l'on devient aveugle, la rétine brûlée par la réverbération.

À un moment, la montagne lui parut un peu plus proche. Il pensa qu'il allait tenir jusqu'au bout, qu'il finirait par toucher la roche de ses doigts, qu'il trouverait un abri, faute de trouver de l'eau...

Et s'il en trouvait de l'eau ? C'était une chimère. Il le savait ou ne le savait plus. Peu importe. Il commença à s'imaginer grattant la terre au pied d'un buisson à la verdeur engageante, grandi à l'ombre d'une paroi... Il rêvait. Il rêvait que la terre devenait humide et que bientôt, à force de creuser, elle se transformait en boue puis en une petite flaque dans laquelle il s'enfouissait la face jusqu'à s'étouffer...

Effectivement, il n'était plus loin du but. Il fut bientôt au pied de ce qui ressemblait à des petites collines de quelques dizaines de mètres de hauteur, où se côtoyaient la roche, des éboulis et quelques maigres broussailles.

Il y avait une sorte de passage très étroit dans la paroi. Il s'y engagea et fut de suite saisi par la fraîcheur de l'ombre. Il parcourut quelques mètres avant de déboucher dans une sorte de petit cirque où poussait un unique acacia hérissé d'épines menaçantes. Il y régnait un silence épais, à peine troublé par le bruit de ses pas rebondissant contre la roche. Il leva la tête, sachant que les babouins aimaient à se réfugier dans ce genre d'endroit. Croiser une de ces bandes de singes agressifs aurait été la cerise sur le gâteau ! Il repéra un rocher, à l'ombre, contre lequel il pourrait s'asseoir et se reposer. Il était épuisé. Le manque d'eau allait le tuer. Il doutait maintenant de sa capacité à survivre à la nuit qui n'allait plus tarder. Que la mort vienne le cueillir, vite, il n'en demandait pas plus.

Il n'était plus qu'à quelques pas du rocher, prêt à se laisser tomber, quand retentit un bruit sec, puis un autre et encore un autre, régulier, résonnant dans cet amphithéâtre de poche. C'était comme un claquement entre les paumes des deux mains. Un applaudissement... Il regarda autour de lui, puis il leva la tête. Et il les vit. Il aurait préféré une bande de babouins surexcités plutôt que ces deux-là.

C'était Hassan qui tapait dans ses mains, assis en tailleur, à quelques mètres au-dessus de lui. Askalu était à ses côtés, debout, et le fixait. De là où il était, l'obscurité s'installant, il lui était impossible de voir ses yeux et les détails de son visage. Mais ce dont il était sûr, c'est qu'elle le fixait. « Ça n'a pas été trop dur, Charles ! ? Si tu continues comme ça, tu vas nous faciliter la tâche, cria Hassan. Finalement on a eu raison de te laisser faire, le spectacle en valait la peine... J'aurais parié que tu n'arriverais jamais jusqu'ici ! Et tout ça pour rien ! »

Charles tomba à genoux. Il resta ainsi, comme un pénitent, tête baissée, les yeux clos. Tout disparut. Plus de sons, plus d'images...

Hassan sauta de son perchoir, aussi agile qu'un babouin, et le rejoignit. Il l'observa d'un air méprisant avant de lui envoyer un coup de pied dans l'épaule. Charles s'écroula sur le côté, sans aucune réaction. Sans un mot, la bouche grande ouverte. Askalu ne fit pas un geste.

– Alors ? demanda-t-elle.

– Il respire, répondit Hassan accroupi près du corps de Charles. Mais il est mal en point... Tu veux vraiment qu'on le ramène ? Autant le laisser crever ici !

– Non. On le ramène, je veux le voir cuire à petit feu attaché à son poteau !

Charles eut juste le temps de reconnaître la voix d'Askalu avant de tomber dans un puits sans fond. Sans fond et sans une goutte d'eau.

LES TROIS FRANÇAIS et les deux hommes d'Issayas Menkarius étaient sur les traces de Charles Gramont. Un Européen, accompagné d'une jeune femme érythréenne, ne pouvait passer inaperçu, quelle que fût la région dans laquelle il se déplaçait. En revanche, personne ne savait avec précision où se rendait le couple et quel était son point de chute. À en croire les policiers d'Asmara, Charles et Askalu avaient tout au plus vingt-quatre heures d'avance et Gorin avait insisté pour rouler de nuit, ce qu'avaient refusé les Érythréens expliquant que la région était infestée de pillards armés jusqu'aux dents.

Les heures passées à avaler la poussière de la piste comptaient double pour le commandant de la Crim qui supportait mal de n'avoir pu joindre Évelyne avant de quitter la capitale, sachant qu'il serait impossible de passer le moindre coup de fil, le temps que durerait leur expédition. Son autre obsession était de mettre la main sur Gramont le plus rapidement possible et de retrouver son bureau sous les toits du « 36 ». Il se rendit compte qu'il y tenait, à son bureau, que cette pièce trop exiguë et mal aérée lui manquait. Il en fut surpris et satisfait.

Si Pensec faisait preuve d'un optimisme un peu forcé, ce n'était le cas ni du commandant ni de Muller : Gorin parce qu'il se fiait à son flair, et le patron de Human Help parce qu'il savait où se rendaient Charles et Askalu et aussi pour quelle raison. Mais cela, il n'en avait parlé à personne. Lui, plus que les autres, avait conscience que le temps allait jouer contre eux. C'est Issayas Menkarius qui lui avait expliqué la situation et le but poursuivi par sa nièce. Ce serait peut-être grâce à lui et à la lettre qu'il lui avait donnée que Charles aurait la vie sauve. À moins qu'il ne fût déjà trop tard. Une autre chose inquiétait Muller : le comportement ouvertement hostile de Lafontaine à son encontre. Depuis leur arrivée à Asmara, l'agent de la DGSE s'était montré agressif, suspicieux. Gorin l'avait forcément remarqué sans pour autant lui avoir posé aucune question. Muller n'allait pas tarder à comprendre l'origine de l'hostilité de Lafontaine.

L'explication eut lieu lors de leur premier bivouac. Ils s'étaient arrêtés à la périphérie d'un village sur l'insistance des deux policiers érythréens qui firent tout leur possible afin qu'ils n'aient aucun contact avec les villageois.

Sous le prétexte d'aller chercher du bois pour faire un feu, Lafontaine avait demandé à Muller de l'accompagner. Quand ils furent suffisamment à l'écart afin que personne ne les entende ni ne les voie, Lafontaine s'était soudainement planté devant Muller et l'avait pris par le col de sa chemise en affichant un air menaçant.

– Je sais ce que vous trafiquez avec Menkarius ! dit l'agent de la DGSE. J'ai suffisamment de preuves pour vous faire tomber. Vous comprenez bien ce que je dis ?

– Mais de quoi parlez-vous ? fit Muller cueilli à froid.

– Non, vous n'avez donc pas bien compris ce que je viens de dire ! Je ne bluffe pas, Muller. Je sais tout... depuis quand et avec qui et comment. Ça fait deux ans que je travaille sur votre cas. Je sais tout. Vous comprenez ?

– Tout quoi ?

– Regardez-moi bien dans les yeux et dites-moi encore une fois, une seule, que vous ne comprenez pas de quoi je parle et je vous pourris la vie jusqu'à la fin de vos jours !

Il y eut un silence. Muller accusait le coup. Il ne quittait pas Lafontaine des yeux. Et il comprit que l'agent de la DGSE ne bluffait pas. Il savait, c'était une évidence.

– Une dernière précision, dit Lafontaine. Le dossier est dans un coffre de la Piscine[1], bien à l'abri, et s'il m'arrive quoi que

1. Siège de la DGSE à Paris.

ce soit, on le fait sortir. Vous imaginez le scandale ? Ces torrents de boue sur une ONG des plus respectables et sur l'aide humanitaire en général ? Sans oublier votre famille et tous vos proches.

– Que savez-vous exactement ?

– Ah ! vous voilà devenu raisonnable, répondit Lafontaine en lâchant le col de sa chemise. Ramassons du bois, ça paraîtra plus naturel si quelqu'un arrive... Ce que je sais ? Tout, je vous l'ai dit. Je sais comment grâce à vous Menkarius fait entrer de la drogue en France. Il fait la même chose avec d'autres ONG contre l'assurance de les laisser travailler en paix. Certaines ont refusé. Les autres, il les fait chanter. Et vous, Muller, comment vous fait-il chanter ?

– Il ne me fait pas chanter.

– Faites attention, réagit Lafontaine avec un sourire ironique. Tout ce que vous dites pourra être retenu contre vous. S'il ne vous fait pas chanter, cela signifie que vous trempez dans un trafic de stups de votre plein gré ! C'est ça ?

– Pas du tout.

– Alors ?

– Alors vous avez raison. Si on n'entre pas dans ses combines, il nous met dehors.

– C'est un peu court, vous ne croyez pas ? Il vous expulserait, vous et vos gentils membres, c'est tout ? Et alors ? Vous préférez devenir le complice d'un trafic, tout ça pour permettre à Human Help d'être présente en Érythrée ? J'en crois pas un mot, il y a autre chose.

– C'est pourtant comme ça.

– Soit. Je me contrefous de savoir comment il vous tient. Mais moi aussi, je vous tiens. J'ai un marché à vous proposer. À prendre ou à laisser. Soit vous acceptez, soit je balance tout à Gorin.

– C'est quoi, le *deal* ?

– Simple. Nous n'avons pas accès aux régions dans lesquelles vous êtes installés, notamment celles proches de la frontière éthiopienne. Vous allez bientôt engager un de nos agents... ni vu ni connu. Et mes supérieurs aimeraient qu'on fasse la même chose dans d'autres pays avec d'autres missions.

– Trop dangereux !

– Comment ça, trop dangereux ?

– Si un de vos types est découvert, Human Help pourra mettre la clé sous la porte. Et je ne vous parle même pas du préjudice pour l'aide humanitaire en général ! Nous ne pourrions plus travailler nulle part, ce serait catastrophique. Non, je refuse !

– Un : personne ne sera découvert, impossible. Deux : vous n'avez pas le choix. C'est ça ou je balance tout, et là on verra ce qu'il en reste, de votre aide humanitaire à la con !

– Vous êtes un beau salaud !

– N'inversez pas les rôles, Muller ! Moi, je n'ai encore jamais vendu de drogue à des gamins ! Alors fermez-la, où je vous écrase !

Lafontaine avait prononcé ces paroles sans crier, la mâchoire serrée laissant filer les mots entre les dents. Ses yeux s'étaient plantés dans ceux du patron de l'ONG, ses muscles tendus étaient prêts à se détendre et à se défouler sur Muller qui baissa la tête incapable de soutenir son regard. Ils continuèrent à ramasser du bois, sans dire un mot, Lafontaine ne quittant pas Muller des yeux.

– Il faut me donner une réponse, dit Lafontaine. Maintenant.

– Et qu'est-ce qui me garantit qu'on ne le saura jamais ?

– Qu'on ne saura jamais quoi ?

– Qu'il y a des gens à vous dans nos missions.

– Personne ne sera au courant à part quelques personnes. Une dizaine à tout casser dont vous, moi et nos agents. Croyez-moi, de ce côté-là, vous n'avez rien à craindre.

– Mais vous ne m'offrez aucune garantie.

– Et quoi encore ! J'étouffe votre trafic avec le Bourreau, ça vous suffit pas ?

Muller garda le silence. Il se baissa pour ramasser un morceau de bois sec, ressemblant plus à une brindille qu'à une branche.

– OK, dit-il en se relevant. Je ne sais pas comment tout ça va se terminer... mais je n'ai pas le choix.

– Pas vraiment, non. Et n'oubliez pas : s'il m'arrive quoi que ce soit, le dossier est dans la presse en moins de temps qu'il n'en faut pour cliquer sur une souris d'ordinateur. Je ne plaisante pas, Muller. Vous voulez une preuve ? La date et le lieu de la dernière livraison, par exemple ? Si je vous dis en mai dernier, le 6 précisément, sur l'aéroport du Bourget avec un avion affrété par ce cher Issayas, ça vous dit quelque chose ? Attendez, que je ne dise pas de bêtises, on devait être autour de 50 kilos d'héroïne, c'est bien ça ? Bien sûr, de l'héro pure à 90 %, directement importée d'Afghanistan et dissimulée dans des cantines de médicaments capables de tromper le flair des chiens. Mais là, au Bourget, on n'a pas beaucoup de contrôles et puis pour une ONG connue comme la vôtre, on se dit que c'est pas la peine de sortir Médor de son chenil. Je me trompe ? 50 kilos d'héro de cette qualité, ça nous fait combien sur le marché ? Allez, à la louche, une fois coupée, ça doit nous faire dans les 150 kilos à 50 euros le gramme. Allez, j'arrondis... 7 millions et demi d'euros ? C'est ça ? Joli rendement ! Combien pour le Bourreau et combien pour Muller, l'un des pionniers de l'humanitaire ? Ça, je ne sais pas et je m'en fous... Allez, dites-moi si je me trompe.

Il y eut encore un silence. Le patron de Human Help se passa lentement la main sur le visage, peut-être parce qu'il transpirait ou peut-être parce qu'il avait l'esprit embrumé et cherchait à se réveiller.

– Bravo, finit-il par reconnaître, belle démonstration ! Mais pour l'argent, je peux vous assurer que je ne touche pas un centime.

– Peut-être... peu importe... Collaborez avec nous, Muller, et tout ira bien... sinon... Et puis, entre nous, mieux vaut rendre service à son pays que trafiquer avec une ordure comme Issayas, vous ne croyez pas ?

Muller ne dit plus un mot. Il était dans la nasse, pris dans les mailles du filet. Comment ce Lafontaine avait-il pu découvrir leur trafic ? Peu lui importait, le résultat était là. Il avait une nouvelle épée de Damoclès au-dessus de la tête, prête à lui fendre le crâne à la première erreur. Le passé collait à la semelle de leurs chaussures ; aux siennes, à celles de Charles et des autres. Comme s'il fallait régler la note, quoi qu'on dise, quoi qu'on fasse. Il n'y avait pas à revenir là-dessus. Louis avait payé, l'Italien et Chapelain avaient payé. Et bientôt, ce serait le tour de Charles, à moins que ce ne fût déjà fait. Et lui aussi, Muller, même s'il avait eu la vie sauve grâce à Issayas Menkarius, il allait payer. Forcément, parce qu'il n'y avait pas d'autre issue. Il en était convaincu. Ce n'était qu'une question de temps, un sursis. Cette conversation avec Lafontaine venait de le lui faire comprendre. Son passé l'avait définitivement rattrapé. Par deux fois, il s'était comporté en lâche. La première fois, il y avait plus de vingt ans, et la seconde, en acceptant de couvrir le trafic d'Issayas le bourreau, de peur qu'il ne révélât ce qui s'était passé ici, dans ce désert où ils n'allaient plus tarder à retrouver Charles, mort ou vif. Allait-il faire preuve à nouveau de lâcheté en acceptant le marché de l'agent de la DGSE ? Allait-il, encore une fois, trahir ce en quoi il avait toujours cru ?

Avant d'arriver à Asmara et avant qu'Issayas Menkarius ne lui raconte toute l'histoire, il n'avait pas compris combien la vie de Charles ne tenait plus qu'à un fil. Et aussi combien il tenait à cet ami qu'il avait en quelque sorte perdu de vue, au fil des ans, presque sans y prendre garde : par négligence certainement, mais aussi à cause de ce souvenir commun que l'un et l'autre avaient voulu oublier. Ils ne l'avaient d'ailleurs plus jamais évoqué après leur retour en France.

Ce soir-là, il eut définitivement le sentiment de redécouvrir son amitié pour Charles. Il n'eut bientôt plus qu'une idée en tête : le retrouver, vite, et le sortir des griffes d'Askalu, s'il en était encore temps. Gorin avait vu juste. Sans pourtant connaître la genèse de cette histoire, il avait compris que Charles était en danger quand lui n'y voyait que les divagations d'un flic en mal d'affaires croustillantes. Ce serait donc vers le commandant de la Crim qu'il se tournerait le moment venu. Quand aurait sonné le temps des aveux. Lafontaine croyait probablement avoir gagné la partie. Il se trompait. Muller ne se laisserait pas intimider. Il ne céderait pas à un nouveau chantage, craignant d'être définitivement emporté dans une spirale dont il ne pourrait bientôt plus contrôler les conséquences.

Lafontaine et Muller rejoignirent le campement. Deux tentes avaient été dressées, à l'abri entre les deux voitures dans lesquelles les policiers érythréens avaient décidé de passer la nuit. L'un d'eux avait déjà allumé un feu et mis de l'eau à bouillir dans une grosse casserole remplie de pâtes, épaisses et larges.

– S'il continue, remarqua Gorin en parlant de leur guide, c'est un gâteau de nouilles qu'on va avaler. On pourrait peut-être lui dire qu'elles sont assez cuites, non ?

– Ne vous inquiétez pas, répondit Muller en s'asseyant à côté de lui. Ce sera mangeable même si elles ne sont pas *al dente*... Laissez-le faire, il est ravi de cuisiner pour des étrangers. Pour lui, c'est comme si vous étiez invités dans sa propre maison. Si c'était le cas, vous n'iriez pas lui dire comment préparer le repas, non ?

– Vous avez probablement raison, vous les connaissez mieux que moi.

L'autre policier, parti chercher des informations dans le village, réapparut et vint s'asseoir à son tour à côté d'eux. Il expliqua dans un mauvais anglais que le couple après lequel ils couraient s'était arrêté deux jours auparavant dans ce même village. À en croire le policier, Gramont et la jeune femme étaient repartis dès le lendemain matin, après avoir passé la nuit dans une hutte. Ils avaient donc beaucoup plus que vingt-quatre heures d'avance. Gorin insista pour reprendre la route le plus tôt possible, un peu avant le lever du soleil. Les deux chiens de garde de Menkarius finirent par accepter, après s'être concertés sans presque échanger une parole.

La nuit fut agitée. Une bande de babouins surexcités par l'odeur de la nourriture et animés par le goût de la rapine avait pris d'assaut le campement à plusieurs reprises, s'amusant à glisser sur le toit des tentes et à les secouer comme des pruniers tout en poussant des cris hystériques. On se serait cru dans une ménagerie. Les policiers érythréens avaient refusé d'utiliser leurs armes, de peur de se faire repérer par des pillards. Les coups de feu portent loin, la nuit, dans le désert. Les singes avaient vite compris qu'ils ne risquaient rien à semer le chaos, sinon quelques coups de bâton. Un grand mâle s'était montré particulièrement agressif envers Pensec qui venait de lui jeter une pierre sur le sommet du crâne. Le lieutenant avait affirmé avoir vu étinceler les crocs de l'animal dans la lumière de la lune et pensé que sa dernière heure était venue, jurant qu'il n'oublierait jamais de sa vie cette vision cauchemardesque. Fort heureusement, Lafontaine était venu à son secours, assénant un magistral coup de bâton sur la tempe du grand singe, le tout ponctué d'un beuglement qui avait dû autant pétrifier Pensec que le babouin. Celui-ci finit par décamper après quelques tentatives d'intimidation.

« Les babouins sont de vrais démons... des diables... des créatures maléfiques », pensa Gorin étendu à même le sol, son duvet remonté jusqu'au nez. Dans un demi-sommeil, les vers de Victor Hugo lui revinrent en mémoire, ou plus précisément les images que les mots du poète faisaient naître ; ces djinns surexcités, bousculant tout sur leur passage, semant le chaos et la peur. « Les djinns », pensa encore Gorin. Il avait fermé les yeux. « Les djinns, voilà ce que me rappelle la sarabande des singes. On les dérange et ils viennent nous harceler... Ils ont une besogne à accomplir et on les dérange... C'est peut-être eux les djinns... », marmonna-t-il avant de s'endormir.

À 5 heures, après un café capable de réveiller un volcan et une barre survitaminée rapidement avalée, ils avaient rejoint la piste. Muller se trouvait dans la voiture de tête avec l'un des deux policiers érythréens. L'autre policier conduisait le 4 × 4 dans lequel s'étaient installés Lafontaine, Gorin et Pensec. Les deux hommes de la Crim étaient assis sur la banquette arrière. Malgré les secousses, Gorin somnolait, hypnotisé par la monotonie du paysage et assommé par la chaleur, malgré l'heure matinale. Aucun des véhicules prêtés par Menkarius n'était équipé de l'air conditionné : la générosité du chef de la police avait ses limites. Pensec dormait à l'autre bout de la banquette, bouche grande ouverte, la tête renversée en arrière, brinquebalant au gré des humeurs de la piste. « Comment peut-il dormir ? Il y a de quoi attraper la nausée... », pensait Gorin. Et lui, comment pouvait-il être ici ? Lui qui ne supportait pas l'idée de dépasser les limites du périphérique parisien, comment avait-il pu se laisser convaincre par Lenoir ? Comment avait-il pu se laisser embarquer à *l'autre bout de la Terre* ?

Les 4 × 4 roulaient à vive allure, soulevant une épaisse poussière, en direction du nord-ouest, alors qu'à l'est l'horizon s'enflammait, annonçant l'arrivée du soleil qui allait de nouveau embraser cette terre aride. « Le feu, les flammes... », pensait Gorin ballotté de droite et de gauche. L'heure de l'explication finale approchait. Dans quelques heures, il aurait compris. En retrouvant Charles Gramont, mort ou vif, il savait qu'une partie du voile se lèverait, avec son lot de surprises, car il y en avait toujours des surprises, mauvaises la plupart du temps. Cela n'avait aucune importance. L'important était de comprendre, d'expliquer. Voilà pourquoi il était ici. Et il n'y avait rien d'autre à ajouter.

Malgré leurs entraves, les chameaux, cédant à la panique, tentèrent de s'enfuir quand l'hélicoptère atterrit dans un nuage de poussière le happant presque entièrement. Le bruit assourdissant des pales et le sifflement de la turbine avaient probablement plus effrayé les bêtes que l'image de ce gros insecte vibrionnant se posant sous leur nez de paisibles ruminants.

Le village n'était qu'à une centaine de mètres. Le pilote coupa le moteur et freina le mouvement du rotor. Après quelques minutes, quand la poussière fut tout à fait retombée, les portes de l'appareil s'ouvrirent. Issayas Menkarius apparut, un cigare coincé entre les dents. Il portait une saharienne beige et un pantalon de la même couleur, le visage presque dissimulé par un chèche noir. Il avança en se courbant légèrement, réflexe inutile alors que les pales de l'appareil étaient bien trop hautes pour qu'il courût le risque d'être décapité. Le pilote et un homme en uniforme, armés l'un et l'autre d'un kalachnikov antédiluvien, sautèrent à leur tour dans la poussière et suivirent le chef de la police. Issayas Menkarius avançait à grands pas vers le village à proximité duquel l'hélicoptère avait atterri. Quelques villageois se tenaient là, prêts à accueillir ces étranges visiteurs. Les traits de leurs visages trahissaient sinon la crainte du moins l'inquiétude que l'on peut légitimement manifester devant des inconnus en uniformes et armés, débarquant sans crier gare d'un hélicoptère frappé aux couleurs de la République érythréenne.

Un des villageois fendit le groupe, chacun lui manifestant des égards, s'écartant avec déférence pour le laisser passer. C'était le chef du village. Il ressemblait à un vieillard mais ne devait pas avoir beaucoup plus que la soixantaine. Il s'avança vers les trois hommes avant de s'arrêter et d'attendre qu'ils arrivent à sa hauteur. Au bout de quelques secondes, son visage jusqu'alors empreint d'une certaine gravité se détendit pour enfin s'éclairer d'un large sourire. Puis, il ouvrit les bras en s'avançant encore de quelques pas.

– Bienvenue à toi, Issayas, dit-il.

– La paix soit sur toi, lui répondit le chef de la police en lui donnant l'accolade.

– Que nous vaut l'honneur de ta visite ? demanda le vieil homme.

– Tu dois t'en douter ! Askalu et Hassan sont-ils ici ? Je dois leur parler immédiatement.

– Oui, ils sont là. Ils ne sont pas loin, après la petite colline.

– Avec un Blanc ?

– Oui. Mais ce qu'ils font là-bas ne nous regarde pas.

– Quand sont-ils arrivés ?

– Il y a un peu plus de deux jours.

– Bien. Que chacun retourne à ses occupations et oubliez ce que vous avez vu.

– Ne t'inquiète pas, Issayas, vous êtes ici chez vous. Si tu as besoin d'aide, n'hésite pas.

Le vieil homme tourna les talons. Il ne prononça aucun mot, un signe de la main suffit pour faire comprendre aux villageois qu'ils devaient se disperser et retourner à leurs occupations.

La petite colline dont avait parlé le vieil homme se trouvait à environ un kilomètre du village. Menkarius, suivi de ses deux hommes, décida de s'y rendre à pied. La chaleur, comme beaucoup d'autres choses, n'avait aucun effet sur lui. C'est aussi pour cela qu'il était craint et respecté.

Il ne leur fallut qu'une quinzaine de minutes avant d'arriver au pied de ce qui ressemblait plus à une grosse dune qu'à une colline. Ils la gravirent facilement et, une fois franchi son sommet, aperçurent, en contrebas, une tente plantée dans le sable. Une silhouette était assise devant, à l'abri sous un auvent de toile. C'était Askalu. Issayas n'eut aucune peine à la reconnaître. Il l'appela. Askalu se leva d'un bond. Issayas cria son nom une nouvelle fois. La jeune femme fit alors de larges moulinets avec les bras. Les trois hommes, Issayas Menkarius en tête, dévalèrent la pente. Quelques minutes plus tard, Askalu et son oncle étaient assis en tailleur, dans l'ombre du auvent, devant une tasse de café.

– Où est-il ? demanda le chef de la police.

– Un peu plus loin, attaché à un poteau... en plein soleil...

– Et Hassan ?

– Il le surveille.

– Il faut le relâcher, Askalu.

– Jamais ! dit la jeune femme, sans hausser la voix mais avec un ton ferme et déterminé. Plutôt mourir !

– Écoute-moi bien. J'aurais dû être là plus tôt si on n'avait pas été obligé de changer d'hélicoptère à cause d'une panne. Muller et les deux policiers français ne sont plus qu'à quelques heures. Ils seront bientôt ici.

– Mais pourquoi avez-vous dit à Muller où nous étions ?

– Je n'ai pas eu le choix. J'ai besoin de lui. Je lui ai promis de faire tout ce que je pouvais pour sauver Charles. Laissez-le et oubliez aussi Muller. Vous vous êtes suffisamment vengés, Hassan et toi, non ?

– Non ! Ils doivent tous payer pour ce qu'ils nous ont fait !

– Tu sais bien que je vous ai toujours soutenus et même partagé votre soif de vengeance. Mais maintenant, Askalu, il faut arrêter. Vous laissez Gramont au village et vous rentrez avec moi à Asmara. Ils le trouveront en arrivant et ils repartiront à Paris. Et tout le monde sera content.

– Mais pourquoi vous tenez tant à satisfaire Muller ? Votre famille n'est pas plus importante à vos yeux ?

– Comment peux-tu dire une chose pareille ?! Je t'interdis ! Tu n'as pas le droit !

– Pardonnez-moi. Vous avez raison. Je n'oublierai jamais ce que vous avez fait pour nous, jamais ! ajouta Askalu en posant sa main sur celle de son oncle. Mais j'ai tant de haine en moi...

– Je sais.

– Alors, pourquoi accepter d'aider Muller ?

– Je suis en affaire avec lui. Je ne peux pas t'en dire plus. Et ce n'est pas tout... Nos relations avec la France ne doivent pas souffrir de cette histoire. Je dois faire attention, mes ennemis sont prêts à m'éliminer au moindre prétexte. Cette affaire pourrait le leur fournir. Je n'ai qu'une hâte : que tout ce petit monde retourne vite d'où il est venu.

– Et nous, Hassan et moi ?

– Vous ne risquez rien. Vous ne voyagerez pas pendant quelques années, voilà tout.

– Je veux dire *nous* et la promesse qu'on s'est faite ? Vous nous avez soutenus durant toutes ces années... et là, vous voulez nous empêcher d'aller jusqu'au bout alors qu'on est si près du but !

– Askalu, vous avez fait beaucoup déjà. Comment crois-tu que Charles Gramont va vivre les années qui lui restent à vivre ?

– Et Muller ? dit Askalu en relevant la tête. Et Muller ?

Elle pleurait.

– Sois patiente... soyez patients... Peut-être et même certainement, d'ici quelques années, vous pourrez vous venger définitivement, quand il ne me sera plus utile.

– Et Hassan ? Lui, il n'acceptera pas d'attendre.

– Où est-il ?

– Là-bas, il le surveille.

– Allons-y !

Issayas Menkarius sortit de la tente. Ses deux hommes lui emboîtèrent le pas. Askalu ouvrait la marche. Bientôt ils aperçurent Hassan, accroupi sous un acacia. Il leur tournait le dos, semblant observer un arbre au pied duquel se trouvait une masse sombre. En se rapprochant, Menkarius comprit qu'il ne s'agissait pas d'un arbre mais d'un poteau planté dans le sable. Et que la masse sombre était un corps recroquevillé, les bras en croix, attachés à un poteau transversal.

Hassan finit par se retourner alors qu'ils étaient presque à sa hauteur. Lui aussi était armé d'un kalachnikov. Il parut étonné et interrogea Askalu du regard. Celle-ci baissa les yeux.

– Il est mort ? demanda Menkarius en désignant le corps attaché au poteau.

– Pas encore, fit Hassan avec un air de dégoût. Mais ça ne devrait plus tarder. J'attendais Askalu pour qu'on le fasse flamber !

– Ce ne sera pas nécessaire, dit Menkarius.

– Quoi ?! hurla Hassan. Comment ça, pas nécessaire ?

– Il faut arrêter, enchaîna Askalu en se rapprochant du jeune homme. Je vais t'expliquer. Il faut qu'on parte d'ici le plus vite possible. Viens, on va t'expliquer... fais-moi confiance.

– Quoi ? Mais de quoi parles-tu ?

– Ça suffit, maintenant, fit Issayas Menkarius. Allez le détacher et ramenez-le au village ! ordonna-t-il à ses hommes.

Au même moment, Hassan bondit et se planta devant le pilote et le policier, brandissant son fusil après l'avoir armé en un quart de seconde.

– Un pas de plus et je vous abats !

– Non, Hassan ! cria Askalu. Ne fais pas ça, écoute-moi !

– Non ! Tu m'as trahi ! Tu avais promis ! Ils doivent payer jusqu'au dernier !

– Ils paieront, Hassan, mais plus tard. On ne peut pas faire autrement. Issayas va t'expliquer. Je t'en supplie, pour l'amour de notre père, écoute-moi ! Je t'en conjure !

– Jamais, tu m'entends ? Jamais !

Alors Hassan se retourna, épaula son fusil dirigé vers la masse sombre au pied du poteau, prêt à tirer. Un coup de feu retentit, sec. Sans appel.

Il n'y eut pas d'autre bruit que celui du corps d'Hassan chutant sur le sol. Un bruit sourd, amorti par l'épaisseur du sable à cet endroit-là. Askalu poussa un cri que l'on dut entendre jusqu'au village. Elle se précipita vers Hassan, en hurlant son nom à plusieurs reprises. Elle cria encore lorsqu'elle aperçut la tache rouge s'élargissant près de la tête du jeune homme. Et elle pleura et elle gémit quand elle comprit que tout était fini. Elle approcha ses mains de la tête ensanglantée dont une partie du crâne avait été emportée par la balle mais elle n'osa pas la toucher. Elle tremblait et elle pleurait. Elle posa enfin sa joue contre le dos d'Hassan sans pouvoir arrêter ses sanglots.

Issayas Menkarius rangea son pistolet dans l'étui qu'il portait sous sa veste. Son visage ne trahissait pas une once d'émotion. Il fit signe à ses hommes qui allèrent détacher Charles Gramont de son poteau de torture. Ils le soulevèrent par les aisselles et le ramenèrent vers la tente. Il respirait encore.

Le chef de la police arracha Askalu au corps d'Hassan.

– Viens, dit-il simplement en lui attrapant le bras.

Askalu, le visage décomposé, les yeux rougis par les larmes, le regarda, fixant ses épaisses lunettes noires.

– Pourquoi ? cria-t-elle. C'était mon frère ! Il ne me restait que lui. Vous êtes un monstre !

– Ça doit être de famille, répondit froidement Menkarius en la tirant brutalement vers lui. Maintenant, ça suffit, il est temps de partir.

– Et Hassan ?! On ne va tout de même pas le laisser là !

– Les villageois s'en chargeront. Tu pourras revenir plus tard. Allons, dépêchons-nous, je n'ai pas envie d'être là quand ils arriveront.

Askalu avait à peine la force de marcher, anéantie par la perte brutale de son frère. Seule la colère la maintenait debout. La colère de n'être pas allée au bout de sa vengeance, de n'avoir pu respecter sa parole ni le serment prêté avec Hassan sur la tombe de leur père. Elle allait obéir à son oncle parce qu'elle n'avait pas d'autre solution. Mais un jour, Muller et Gramont paieraient, comme les autres, pour ce qu'ils avaient fait.

Charles, ou ce qu'il en restait, fut ramené au village et installé dans une case. Il avait les pieds en sang et le reste de son corps était par endroits brûlé au troisième degré. Des femmes commencèrent à panser ses plaies et à lui donner de l'eau, convaincues qu'il ne passerait pas la nuit. Il respirait à peine, l'air ne se frayant qu'un étroit passage dans sa gorge, n'alimentant ses poumons qu'avec la plus extrême difficulté en laissant échapper un léger sifflement. Comme un dernier signe de vie.

Après avoir laissé des consignes au chef du village, Issayas Menkarius conduisit Askalu jusqu'à l'hélicoptère. L'appareil décolla un quart d'heure plus tard, déclenchant d'énormes volutes de poussière, direction Asmara.

Il n'y eut bientôt plus ni poussière ni aucun bruit, sauf celui du vent courant discrètement entre les maisons du village, comme pour faire croire aux plus naïfs que la chaleur était un peu moins pesante et le soleil un peu moins impitoyable.

Le corps d'Hassan fut ramené au village et enterré le soir même dans un linceul blanc, selon le rite musulman. Qui viendrait un jour le chercher là et lui arracher ses derniers secrets ?

GORIN ÉTAIT FURIEUX. Le vieux se payait sa tête. Il en aurait mis sa main à couper. Sa version des faits était une jolie bluette, une de ses histoires qu'on se raconte autour d'un feu de camp en prenant soin d'en grossir chaque détail pour qu'elle dure le plus longtemps possible. La traduction, assurée par un des deux hommes de Menkarius, n'arrangeait rien. En outre, le vieux parlait lentement avec une espèce d'onctuosité dans chacun de ses gestes, comme lorsque, toutes les cinq minutes, il repassait de la paume de sa main droite les trois poils blancs qui lui servaient de barbiche. Ça devait être un tic ou un toc. De même, il prenait un temps infini à remplir de café les petites tasses posées à même le sol, sur un tapis. Et il semblait ne pas être capable de faire deux choses à la fois : quand il prenait la cafetière ou quand il se caressait le menton, il cessait de parler. Gorin le soupçonnait alors de chercher une suite crédible à son histoire à dormir debout. Il n'aurait pas été le chef du village, Gorin aurait laissé Pensec lui voler dans les plumes, comme celui-ci en avait émis le désir à plusieurs reprises.

À l'en croire, deux jours plus tôt, une jolie jeune femme avait surgi au volant d'un 4 x 4 fatigué, avec un homme allongé sur la banquette arrière. Elle disait l'avoir trouvé, à demi mort, étendu non loin de la piste. Elle l'avait laissé au village, estimant qu'il était intransportable et avait promis de ramener des secours. Des secours qu'il attendait toujours. Et il n'avait pas revu non plus la belle inconnue. « Peut-être un des nombreux djinns qui se baladent dans la région », avait suggéré Pensec, mi-figue mi-raisin. Cette remarque du lieutenant avait permis au vieux chef de faire une longue digression sur ces « esprits qui peuplent le désert et avec lesquels il ne faut pas plaisanter ».

– La jeune femme n'a rien dit d'autre ? Vous ne lui avez posé aucune question ? avait demandé Gorin.

– Pourquoi l'aurais-je fait ? avait répondu le chef du village. Notre devoir était de soigner cet étranger, pas de savoir d'où venait cette femme ni si elle disait la vérité. Qu'est-ce que cela aurait changé pour nous ?

Gorin savait que cela ne servirait à rien d'insister. Lafontaine le lui confirma. Ils décidèrent de prendre congé. En sortant de la maison du vieux chef, le commandant de la Crim chargea Pensec de faire un tour dans le village, accompagné par le policier érythréen. Avec un peu de chance, il glanerait peut-être des informations sur ce qui s'était réellement passé ici dans les heures précédant leur arrivée.

Charles Gramont avait repris connaissance, bien qu'il ne pût encore aligner deux mots cohérents. Muller était à son chevet. À en juger par son état, il ne fallait pas sortir de la faculté de médecine pour comprendre qu'il avait dû être exposé au soleil pendant des heures. Par endroits, sa peau avait viré au rouge vif. À d'autres, sur les épaules notamment, des cloques aussi grosses que des œufs de caille s'étaient formées, prêtes à exploser et à répandre une eau gluante. Ses mains étaient gonflées, ses doigts boudinés comme ceux d'un obèse et ses lèvres fendillées de petites plaies à vif. Mais ce qui inquiétait le plus Muller, c'étaient ces taches violacées aux reflets noirs qui avaient envahi son visage. Le patron de Human Help connaissait ce type de symptômes : ces brûlures pouvaient cacher quelques tumeurs malignes. Muller s'était également interrogé sur l'état de ses pieds : ils étaient en sang et ce n'était pas dû aux seuls effets des rayons du soleil. Ils étaient parsemés de coupures comme si Charles avait marché pieds nus dans la pierraille. Il devait être hospitalisé au plus vite. Les compresses d'eau froide et les comprimés d'aspirine que Muller lui avait administrés ne suffiraient pas à le remettre d'aplomb rapidement.

Personne dans le village n'était capable de dire ce qui s'était passé et quel traitement inhumain on avait infligé à son ami. Celui-ci s'en souviendrait probablement et pourrait peut-être donner des détails. Une autre question taraudait Muller : où étaient passés Askalu et son frère Hassan ? Issayas Menkarius lui avait-il menti en l'assurant qu'il les trouverait ici, dans ce village qui les avait vus grandir ? Pourquoi dans ce cas lui avait-il remis cette lettre dans laquelle il intimait l'ordre à la jeune femme et à son frère de laisser la vie sauve à Charles ? Mais connaissant le chef de la police, il se doutait que celui-ci avait appliqué un plan B. Car Issayas Menkarius avait toujours un plan B et même un plan C et D... C'était un redoutable joueur d'échecs, capable de prévoir quatre ou cinq coups à l'avance.

Muller se releva, laissant à une femme du village le soin panser les plaies de Charles. Il eut envie de fumer. Il avait pourtant arrêté il y a plus de dix ans. Mais, là, à ce moment précis, il eut envie d'une cigarette. Il avait vu Lafontaine en griller une à Asmara mais aucune depuis leur départ. Avec un peu de chance, il en aurait emporté. L'agent de la DGSE et Gorin arrivaient justement dans sa direction.

– Alors, demanda Gorin, comment va-t-il ?

– Mieux, mais il serait préférable d'attendre demain avant de reprendre la piste. Il est épuisé et souffre beaucoup.

– Il a mangé ?

– Non, mais il boit beaucoup... c'est le plus important. De toute manière, il faudra l'hospitaliser dès notre arrivée à Asmara. On ne pourra pas repartir tout de suite pour Paris.

– Bon, eh bien moi, je vais aller faire une sieste, fit Lafontaine en tournant les talons.

– Une seconde, lança Muller en le rattrapant par la manche de sa chemise. Vous n'auriez pas une cigarette, par hasard ?

– Vous fumez, vous ?

– Maintenant, oui... enfin si vous avez une cigarette...

– Vous avez de la chance ! J'ai toujours un paquet ou deux. Pas que pour moi, pour les autres aussi, ça peut toujours servir. Tenez, mais je n'ai pas de feu.

– J'en ai toujours sur moi, dit Muller en souriant. Ça peut toujours servir...

Il sortit un briquet à amadou, une antiquité ayant le mérite de ne jamais tomber en panne.

– Je n'ai pas dû voir un briquet comme ça depuis j'étais gamin. Mon grand-père avait le même, dit encore Lafontaine avant de s'éclipser.

– Je ne connais rien de plus efficace. Pas de flamme, juste une braise activée par la pierre à briquet, dit Muller en posant le bout de sa cigarette sur la mèche d'amadou rougissante.

À la première bouffée, comme on pouvait s'y attendre, il se mit à tousser, semblant ne plus pouvoir s'arrêter. Puis, quand sa toux eut disparu, il reprit une deuxième bouffée, puis une troisième... Il emmena la quatrième jusqu'au bout de son inspiration, avalant la fumée goulûment, en fermant les yeux, la tête rejetée en arrière Alors, et alors seulement, son visage se détendit, affichant le masque de la plénitude absolue. Il avait retrouvé la route du tabac.

– Ça va mieux ? lui demanda Gorin en souriant.

– Oui, merci répondit Muller en lui rendant son sourire.

Il prit une nouvelle bouffée.

– Je préfère ça aux anxiolytiques malgré le cancer du poumon. Je m'arrêterai en rentrant à Paris. Là, j'en avais besoin... vraiment.

Muller avait regardé Gorin droit dans les yeux en prononçant ces derniers mots.

– J'ai quelque chose à vous dire, commandant. À vous raconter.

– Je vous écoute.

– Non, pas ici... pas maintenant. Ce soir, si ça ne vous dérange pas. Je... je ne suis pas encore tout à fait près...

– Vous êtes bien mystérieux... Mais va pour ce soir.

– Merci, fit Muller en s'éloignant vers la case où était alité Charles Gramont. Alors, à ce soir. Je vous ferai goûter un whiskey digne de ce nom... au bon goût de tourbe, avec juste ce qu'il faut d'amertume. Vous m'en direz des nouvelles.

Gorin n'osa pas lui avouer qu'il n'aimait pas le whiskey. Il ne lui avouerait rien d'ailleurs, et serait même prêt à le trouver délicieux son whiskey si cela pouvait le mettre en confiance. Il faut toujours encourager les bonnes volontés et le commandant de la Crim n'avait pas son pareil pour jouer au confident, surtout quand il sentait que le parfum de la vérité commençait à se répandre autour d'un suspect.

Lui aussi aurait bien fait une sieste, une pause flash, histoire de garder les idées claires. Non loin de là, un peu à l'écart, il y avait un lit en bois installé à l'ombre d'un muret. Ce serait parfait. Quelques secondes plus tard, il était allongé, les yeux fermés et les mains croisées sous la tête. Il faisait chaud, mais une légère brise lui caressait le visage et rendait l'air plus respirable. Il se sentit bien. Pour la première fois depuis... depuis quand ? Depuis qu'il avait quitté Évelyne ? Oui, il se sentait bien pour la première fois depuis qu'il l'avait quittée, bien qu'elle ne fût pas à ses côtés. Où était-elle ? Que faisait-elle ? Lui en voulait-elle ? Il lui expliquerait, c'est ça, il lui expliquerait...

Cette pause n'avait jamais aussi bien mérité son nom. Elle n'avait pas dû dépasser le temps que dure l'éclair d'un flash ! Pensec était debout, à côté, mains sur les hanches tentant péniblement de reprendre son souffle.

– Il faut que vous veniez voir ça, dit le lieutenant entre deux respirations.

– Voir quoi ? fit Gorin qui voyait s'éloigner à grands pas les quelques minutes de tranquillité qu'il avait voulu s'accorder.

– L'endroit où Gramont était probablement retenu prisonnier... c'est pas très loin, mais faut marcher un peu...

Une vingtaine de minutes plus tard, après avoir franchi une dune dans les pas de Pensec, excité comme un lycéen découvrant son nom sur la liste des reçus au baccalauréat, Gorin aperçut une tente plantée près d'un bosquet d'acacias. Il voulut y entrer mais le lieutenant lui demanda de patienter et de le suivre encore une centaine de mètres.

– Regardez, dit Pensec en pointant l'index vers un poteau planté dans le sable.

Gorin le suivit. Au passage, il remarqua une large tache marron que le sable avait commencé à boire.

– Du sang ? demanda Pensec.

– Probablement, oui...

Quand ils furent près du poteau, Gorin se baissa pour ramasser des bouts de cordelette.

– C'est là qu'il était attaché, non ?

– On peut le supposer, en effet. Les liens ont apparemment été coupés, pas simplement dénoués.

Gorin sortit un petit sac en plastique transparent et hermétique, s'ouvrant et se fermant grâce à un zip lui aussi en plastique. Il en avait plusieurs sur lui de ces pochettes et d'autres dans son sac à dos, justement au cas où il aurait eu à récupérer de précieux indices.

Il prit les bouts de cordelette avec précaution et les glissa dans une des pochettes. En examinant de près les fibres du bois, il vit des petites taches brunes sur lesquelles était collé ce qui ressemblait à des cheveux. Avec son canif, il incisa le bois en dessinant un rond autour des cheveux et réussit à arracher le morceau de bois sur lequel se trouvaient les poils dont il était impossible de déterminer la couleur. Il mit le tout dans un autre sachet. Il ne lui en restait que deux.

Après avoir examiné les alentours du poteau de torture avec l'aide de Pensec, les deux policiers revinrent sur leurs pas. Gorin s'arrêta là où il avait remarqué la grande tache brune. Il prit son avant-dernier sachet et y glissa du sable en espérant que les limiers en blouses blanches de la PTS[1] en tireraient quelque chose. Ce qui était loin d'être évident.

Dans la tente, régnait un joli désordre, comme si l'endroit avait été abandonné dans la précipitation.

– Ils ont dû partir en courant, fit remarquer Gorin.

– À moins que des animaux soient venus fouiner ici... Rappelez-vous les babouins, ils ne sont pas du genre à s'embarrasser d'un carton d'invitation !

L'intérieur de la tente était suffisamment spacieux pour abriter deux lits de camp, une petite table et deux chaises pliantes en toile. Le sol était recouvert d'un grand tapis aux teintes rouges et noires. Dans le fond, on pouvait distinguer deux sacs de couchage, jetés à même le sol et encore ouverts,

1. Police technique et scientifique.

comme si leurs occupants venaient tout juste de s'en extraire. Mais ce qui avait tout de suite attiré l'attention des deux policiers se trouvait sur la table. C'était un sac à dos noir de taille moyenne. Il était fermé. Gorin s'en empara et fit glisser la fermeture Éclair de la poche principale. Il retourna le sac avec précaution pour le vider de son contenu. Plusieurs objets s'en échappèrent.

– Bingo ! fit Pensec.

– Oui, comme vous dites, bingo !

Gorin sortit le dernier sachet en plastique qui lui restait. Il y plaça avec précaution une petite fiole sans étiquette, remplie d'un liquide transparent ainsi qu'une seringue encore munie d'une aiguille.

– Je suis prêt à parier que c'est de la kétamine. Gramont a dû avoir droit, lui aussi, à sa dose !

Ils allaient ressortir quand Pensec crut voir quelque chose dans la pénombre près de l'un des sacs de couchage.

– Attendez, dit-il avant de retourner vers le fond de la tente.

Gorin le vit se pencher et ramasser ce qui ressemblait à un livre.

– Je vous le donne en mille ! lança le lieutenant après l'avoir rapidement feuilleté.

Gorin ne mit pas longtemps à répondre.

– Victor Hugo ? C'est ça ?

– Re-bingo, commandant, vous avez gagné !

Pensec tendit le livre à Gorin. Un livre de taille moyenne, à demi relié. La couverture était en carton marbré et la tranche recouverte d'un cuir de couleur foncée. Il s'agissait d'une vieille édition, fin XIXe, début XXe, sans grande valeur. Les pages étaient jaunies sur les bords et sentaient le moisi.

– Des poèmes du père Hugo, marmonna Gorin.

Une page avait été cornée.

Gorin ne fut pas surpris d'y découvrir le poème dont s'était inspiré le Rôtisseur, *Les Djinns*. Il en lut les premières strophes à haute voix, en sortant de la tente, ressentant un plaisir indéfinissable à prononcer les mots du poète, justement à cet endroit-là, dans le désert...

« Murs, ville
Et port,
Asile de mort
Mer grise
Où brise
La brise,
Tout dort

Dans la plaine
Naît un bruit
C'est l'haleine
De la nuit
Elle brame
Comme une âme
Qu'une flamme
Toujours suit »

– C'est beau, c'est fort, non ? dit Gorin en levant la tête.

– Vous savez, moi, j'y connais pas grand-chose en poésie...

– C'est pas le problème d'y connaître grand-chose. L'important, c'est de ressentir, de se laisser emporter par les mots, par le rythme.

– Oui. C'est ce qui a dû arriver au Rôtisseur, il s'est laissé emporter.

Gorin haussa les épaules sans rien ajouter. Il prit le sac à dos des mains de Pensec et y plaça ses sachets hermétiques ainsi que le livre et le referma.

Les deux hommes inspectèrent une dernière fois la tente et ses environs avant de retourner au village.

– Le vieux nous a donc bien raconté des conneries, fit remarquer Pensec.

– Ça fait pas l'ombre d'un doute ! Mais cela n'a aucune importance, on va pas l'embarquer pour complicité ! Sa « jolie jeune femme », apparue comme par enchantement avec Gramont, s'était installée ici avec quelqu'un d'autre et je voudrais bien savoir qui...

– Le Rôtisseur ?

– Sûrement, oui. Avec un peu de chance, notre petite récolte devrait nous confirmer tout ça. Et c'est évidemment ici que Gramont a commencé à griller au soleil. Il aurait probablement connu le même sort que les autres si on n'avait pas été dans les parages. Mais quelqu'un est passé avant nous, ça fait pas l'ombre d'un doute, et nos deux suspects se sont envolés. Askalu et son complice.

– Mais qui est venu les chercher ?

– Je sais pas... À part nous, le seul au courant de notre équipée, c'est ce Menkarius. Mais je ne vois pas bien quel intérêt il aurait eu à faire ça. Muller ou Lafontaine le savent peut-être... Mais l'important, c'est que Gramont s'en sorte indemne... ou presque. Et qu'on rentre...

– Sans le Rôtisseur ? Sans la belle Askalu ?

– Si par miracle on leur met la main dessus, vous auriez envie d'attendre leur extradition à Asmara ? Pas moi ! Ça peut durer longtemps. Si jamais ça arrive...

– Et s'il leur prend l'envie de remettre les pieds en France à ces deux-là ? Après tout, Gramont est toujours en vie. Ils pourraient bien avoir envie de finir le boulot.

– Possible... mais ça m'étonnerait. J'en sais rien, Pensec, on verra.

« Il a raison, pensa Gorin. Si on part d'ici sans les avoir coffrés, rien ne nous assure qu'ils ne tenteront pas de revenir en France en douce. Oui, on verra ça avec Lenoir et avec le juge. On verra... »

Le commandant de la Crim, d'habitude si discret sur ses enquêtes, mit tout le monde au courant de leurs découvertes pendant le dîner qu'ils partagèrent à la lumière blafarde des lampes à gaz dans une hutte, non loin de celle où se trouvait Gramont. Tout le monde, c'est-à-dire Lafontaine et Muller. Il n'omit aucun détail, pas même la seringue et la fiole, pas même le livre et le poème de Victor Hugo, pas même les phrases retrouvées sur les lieux de chacun des crimes commis par le Rôtisseur. « Le Rôtisseur, précisa-t-il, dont nous ne connaissons toujours pas l'identité et dont nous ne savons toujours pas pourquoi il a laissé derrière lui ces mystérieuses phrases où il est question de djinns... »

Tout en parlant, presque à chaque mot prononcé, Gorin avait pris soin d'observer les réactions de Lafontaine et Muller. Jusqu'alors, à part les enquêteurs – la presse ne les ayant jamais évoquées –, personne ne connaissait l'existence des inscriptions laissées par le Rôtisseur, et lorsque Gorin avait prononcé le mot « djinn », Muller avait réagi, presque imperceptiblement, mais il avait réagi en relevant légèrement la tête. « Djinn », ce mot évoquait quelque chose de particulier pour le patron de Human Help. Gorin en avait la certitude, il l'avait vu dans ses yeux.

– Je vous le confirme, dit Lafontaine quand Gorin eut fini de parler, ils ne seront jamais extradés, vos deux lascars ! En attendant, messieurs, je vous souhaite une bonne nuit. Je vais me coucher, je suis crevé. Probablement à cause de la sieste !

Muller se leva à son tour en sortant son paquet de cigarettes et son antiquité de briquet. Il vit que Gorin l'observait.

– Vous m'accompagnez ? demanda-t-il au policier.

– Oh ! oui, répondit Gorin. Je vous suis et je ne vous lâche pas !

Pensec comprit qu'il était de trop. Il se retrouva seul avec les deux policiers érythréens. L'un d'eux avait apporté un jeu de backgammon. C'était la première fois que le lieutenant en voyait un. Et c'est la première fois qu'il y joua. Et cela dura des heures.

ILS S'ÉTAIENT ASSIS SUR UN MURET de torchis, à l'écart du village, sans savoir qu'il s'agissait d'un cimetière. La lune était dans son dernier quart et cependant la nuit n'était pas totalement noire. Il régnait une lueur diffuse, enveloppante.

– Regardez ce ciel constellé d'étoiles, fit remarquer Muller. On ne voit ça que dans le désert ou en mer, en montagne aussi, peut-être, je ne sais pas, je n'y ai jamais mis les pieds...

– Vous m'avez fait venir pour me parler des astres et des mystères de l'Univers ou d'autre chose, monsieur Muller ?

– D'autre chose, bien sûr.

– Alors de quoi voulez-vous me parler ?

– Je vais vous raconter une histoire et surtout, je vous en prie, ne m'interrompez pas... C'est suffisamment difficile pour moi. Si vous voulez me poser des questions, posez-les après. J'y répondrai sans difficulté.

– Je vous écoute.

Muller sortit une nouvelle cigarette et l'alluma avec le mégot qu'il tenait entre le pouce et l'index.

« L'histoire que je vais vous raconter s'est déroulée il y a un plus de vingt ans, ici même, en Érythrée qui n'était alors qu'une province en rébellion depuis des années contre l'Éthiopie. Vous le savez maintenant, Charles, Louis et moi-même avions décidé de nous lancer dans l'aide humanitaire avec les moyens du bord. Je n'entrerai pas dans les détails. Sachez simplement nous avons atterri dans un camp du Front de libération de l'Érythrée, le FLE, où se trouvaient déjà Mathieu Chapelain et Enzo Wolf.

Chapelain travaillait pour MSF[1] et Wolf jouait aux apprentis reporters, ce qui ne lui allait pas du tout. Tout se passait le mieux possible. Nous étions là depuis un mois, quand la situation militaire s'est dégradée pour le FLE.

« Depuis plusieurs mois, les offensives successives des frères ennemis du FPLE laminaient les troupes du FLE, morcelées en petits groupes de va-nu-pieds désorganisés, épuisés. Des guerriers pourtant réputés infatigables, habitués à la vie rude qu'offrent ces contrées du nord-ouest de l'Éthiopie où les fleuves et les rivières ne sont que des oueds bordés de rocaille et d'épineux, où le sable a depuis longtemps remplacé le goût de l'eau dans la bouche des hommes et où blanchissent les squelettes des animaux, et parfois ceux des hommes.

« Mathieu Chapelain nous avait rapidement détrompés sur la condition physique de ces combattants, aussi secs et minces que le sont des branches d'acacia. Ils manquaient de tout, notamment de vitamine A. C'est ce qui l'avait le plus frappé. En vieillissant, la plupart voyaient de moins en moins. Certains devenaient même aveugles. Vieillir, ici, de toute façon, c'est un luxe qu'ils n'avaient pas les moyens de s'offrir. Croyez-moi, ces jeunes gars aux joues creuses, ou ces filles qui repartaient au combat quelques jours après un accouchement, auraient aimé avoir le loisir de prendre quelques kilos. Nous, on ne pourrait pas faire grand-chose si on avait leur condition physique. Leur force, elle est là-dedans, dans le crâne. On leur a appris à ne jamais se plaindre, à se contenter de peu, à supporter l'insupportable. Là-dedans, dans le crâne... Chapelain le répétait souvent et il avait raison, le toubib. Le courage doit plus à l'éducation et la culture qu'à l'instinct, à l'inné. Nous sommes tous égaux devant la peur. Nous ne le sommes plus quand il s'agit de lui interdire de s'insinuer dans chacun des pores de notre peau. La suite allait nous le démontrer.

« Bref, les troupes du FPLE étaient proches du camp. À quelques heures, peut-être, et nous n'avions pas d'autre solution que de remonter vers le nord pour rejoindre le Soudan.

1. Médecins sans frontières.

Il était temps d'embarquer. Les soldats en déroute arrivaient par grappes, pitoyables. Ils n'étaient pas nombreux à porter des tenues camouflées, ils n'avaient souvent que de simples chemisettes sur le dos. Quant aux chaussures, les mieux lotis avaient des Pataugas en toile et les autres des sandalettes laissant les pieds sans protection, exposés aux épines, avec le risque de voir les plaies s'infecter. Pas de casques non plus, mais des turbans aux couleurs vives. D'autres allaient nu-tête, avec de longs peignes plantés dans leurs épaisses tignasses crépues. Tous avaient cependant un point commun dans leur équipement : l'inévitable AK-47, star incontestée des maquis du monde entier, rustique mais efficace.

« Ce qui était frappant aussi, c'est qu'il y avait presque autant d'hommes que de femmes. Des femmes à la sensualité inattendue sous leurs uniformes dépareillés, avec cette peau au grain si fin et cette démarche si particulière, ce mouvement des hanches accentué par leurs cartouchières serrées à la taille... Mais pardonnez-moi, je m'égare.

« Il était donc temps de plier bagages. Charles, Louis, Chapelain, Wolf et moi-même avons pris place dans deux véhicules. Un vieux 4 × 4 japonais et une jeep Willys qui avait dû connaître les plages du débarquement en Normandie ! Dans le 4 × 4, il y avait Charles, moi-même et un cadre du FLE, un certain Dr Youssuf, accompagné de ses deux enfants, une fillette d'une dizaine d'années et un petit garçon un peu plus jeune, il devait avoir 8 ans, tout au plus. Louis se trouvait dans la jeep avec Chapelain, Wolf et un Érythréen. Et nous sommes partis. Vas-y pour le tape-cul et la poussière pendant des heures, à ne rien faire d'autre que regarder le paysage. Trop de bruit pour parler. Trop secoués pour dormir.

« Emmitouflés dans nos chèches, on se prenait pour des aventuriers uniques. La guerre ! L'Afrique ! Et ses hommes prêts à mourir pour leur liberté. On vivait autrement. Vite et fort. Notre bonheur était d'être différents. C'est important que je vous raconte tout ça... Parfois, nous rêvions un peu trop, négligeant la réalité. Mais elle se rappelait à nous par le sang, la mort et la souffrance. Par le regard d'un enfant au nez dégoulinant, trop fatigué pour chasser les essaims de mouches lui collant au visage. Par un cul-de-jatte récemment amputé. Par un agonisant gangrené au dernier degré puant la pourriture à cent pas. Par cet autre, sans menton, le bas du visage emporté par un éclat d'obus, cachant son infirmité dans un linge durci par le sang et le pus mêlés. Mais ces images finissaient toujours par s'effacer. Enfin, c'est ce que nous croyions, car elles ne nous ont jamais vraiment quittés. On croyait les oublier. Oui, on croyait qu'on finirait toujours par oublier ce qui dérange.

« Nous filions donc vers la frontière soudanaise, presque pied au plancher. Vingt fois, j'ai cru que nous allions nous retourner dans une série de tonneaux dont on ne se relèverait pas. Vingt fois, j'ai vu notre dernière heure arriver. Cela a duré cinq heures. Cinq heures de piste avant qu'on finisse par s'arrêter.

« Quand la poussière fut retombée, nous nous trouvions au milieu d'une dizaine de huttes, moteurs coupés. On a eu du mal à s'habituer au silence. Un chameau, attelé à une meule, tournait en rond, les mandibules en action, le regard torve et hautain, écrasant des grains de sésame pour en extraire l'huile. Un manège silencieux, régulier et apaisant. Comme celui qui est ici. C'est étonnant, rien n'a changé.

« L'odeur sucrée des acacias montait du sol, entraînée par la chaleur recrachée par la terre. Nous étions tous assoiffés et affamés. C'est Youssuf qui s'était occupé du ravitaillement. Un type bien, je crois. Il avait fait une partie de ses études à Rome et parlait couramment l'italien. Wolf, qui parlait bien le français et l'anglais, se chargeait de la traduction.

« En attendant l'eau et la nourriture, Chapelain avait sorti une des bouteilles de whiskey qu'il avait sauvées du stock entreposé dans le camp que nous venions de quitter. Une bonne cinquantaine de caisses en bois, cadeau de l'Arabie saoudite pour "soutenir l'effort de guerre". Véridique, c'était écrit dessus. De l'alcool offert par des musulmans aux Érythréens qui, pour la plupart, le sont aussi !

« Charles refusa d'en boire malgré l'insistance de Chapelain. "Jeune homme, lui avait dit le toubib, crois-moi, tu devrais en boire une gorgée, ça tuera les microbes. On n'en manque pas par ici..." Moi, j'ai accepté son offre, de même que Louis et Wolf.

« Youssuf revint, accompagné d'un homme qui nous invita à passer la nuit chez lui. À part le chameau et notre hôte, l'endroit semblait assez désert. Le jour déclinait. Nous nous sommes assis dans la pénombre, sur des nattes posées à même le sol. Les deux enfants de Youssuf s'installèrent entre Charles et moi. Ils n'arrêtaient pas de nous observer, avec cet air sérieux que prennent les enfants quand ils s'interrogent sur ce qui les entoure. À la fillette, Charles offrit un stylo-bille. Moi, je n'avais pas grand-chose d'autre dont je puisse me séparer. Chapelain vint à ma rescousse en donnant deux boîtes de vitamine C au garçon. *"Good, good"*, lui dit-il en se frottant le ventre, le visage barré par un large sourire. Quant à Louis, il somnolait, indifférent à la scène. À sa décharge, il faut dire qu'il avait attrapé une mauvaise fièvre. Pas le paludisme, mais autre chose selon le toubib qui le gavait de cachets d'aspirine. Wolf, lui, nettoyait ses appareils photo.

« Enfin, Youssuf réapparut avec notre hôte. Celui-ci portait un grand plat rempli de ce qui semblait être du riz. Nous n'en étions pas certains. Il y avait aussi quelques galettes et un peu de viande. Du mouton bien sûr, facile à identifier tant chaque morceau empestait le suint. Je n'ai rien pu avaler, à cause de l'odeur. Charles et Louis non plus. Le toubib ne connaissait pas ce genre de problème. Il appartenait à cette race d'homme que j'envie de pouvoir s'adapter à toutes les situations avec une facilité déconcertante. Quant à Wolf, après avoir fini de nettoyer ses appareils, il préféra aller se coucher. Youssuf et ses deux enfants prirent nos parts.

« Il ne nous restait pas grand-chose à fumer. Quelques rouleaux d'un tabac que nous avions acheté à Khartoum. Nous le hachions le plus finement possible pour bourrer nos pipes. À chaque bouffée, j'avais l'impression d'inhaler l'équivalent de la fumée crachée par les cheminées des hauts-fourneaux.

« Épuisés par le voyage et un mois d'un régime alimentaire spartiate, l'envie de lire ou de parler nous avait abandonnés. À peine allongés sur nos nattes, le sommeil nous tomba dessus sans qu'aucun d'entre nous s'en aperçoive vraiment. Sauf Chapelain. Ce type avait une énergie incroyable. Il semblait increvable. Avant de se coucher, il avait vidé une bouteille de whiskey, assis sous un arbre, à la belle étoile. “Une sorte de rituel, m'avait-il expliqué plus tard, pour me réconcilier avec moi-même. Mais je n'y arrive pas... il y a donc de fortes chances pour que j'aille m'asseoir encore longtemps au pied des arbres, la nuit à la belle étoile. En tout cas aussi longtemps que la cirrhose mettra à me rattraper !” Je n'ai jamais compris ce qu'il voulait dire. C'est la seule confidence qu'il ne m'ait jamais faite.

« Vers 3 heures du matin, Youssuf pénétra dans la hutte en hurlant : *“Move! move! They are coming! Quick!”* Habitués à ces réveils brutaux depuis quelque temps, personne ne posa la moindre question. Il y eut une première explosion, très proche, alors que Youssuf tournait la clé dans le démarreur. Puis des coups de feu, plus lointains. J'ai pensé aux deux gamins. Avec Charles, on gardait un œil sur eux.

« Nous roulions depuis trois heures. La jeep, dans laquelle se trouvaient Louis, Wolf et le toubib, ouvrait la piste. La frontière n'était plus très loin, quand soudain notre 4 × 4 fit une embardée avant de s'immobiliser. Je me cognai le front sur le tableau bord et Charles tomba de son siège. On ne connaissait pas les ceintures de sécurité à l'époque ! Youssuf ne dit rien, mais frappa le volant des deux mains à plusieurs reprises avant de sauter de la voiture.

« C'était du fech-fech. Du sable, aussi consistant que de la pâte à crêpes, dans lequel on s'enfonce profondément. Le train avant y avait presque disparu. Nous n'avions pas de pelle, rien qui puisse nous permettre de creuser. Pas un arbre non plus, aucune branche à placer sous les pneus. Nous avions l'air de quatre couillons, les mains sur les hanches à regarder la voiture, le nez piqué dans le sol, sans savoir que faire. Youssuf était le plus mal à l'aise d'entre nous. Il n'y avait plus qu'à espérer que la jeep vienne nous tirer de là... s'ils s'étaient aperçus de notre absence.

« Autour de nous, le désert s'étendait à perte de vue, l'horizon disparaissait dans l'air tremblant montant du sol. Le néant dans un silence quasi absolu, sans un souffle de vent. Nous avions une réserve d'eau assez limitée : un bidon de 20 litres et nos gourdes respectives. Sauf Youssuf et ses enfants qui n'en avaient pas.

« "Et si on poussait ?" dis-je sans conviction.

« Je compris vite aux regards affligés de mes compagnons que je venais de dire une ânerie. Je tentai de me rattraper en proposant que l'on creuse avec nos mains, ou avec des gobelets. Ou des couteaux. Peu importait le temps que cela prendrait. On n'avait pas le choix. Alors chacun se mit à genoux et commença à creuser. Les enfants aussi.

« J'avais le soleil dans le dos. Les chemises collaient à la peau. Mieux valait ne pas les ôter. On ne bronze pas dans le désert, vous avez dû vous en apercevoir... On n'était pas au bout de nos peines. Il nous faudrait plus d'une heure avant de tenter une sortie et encore n'étions-nous pas certains de réussir au premier essai. Quant à la jeep, pas de nouvelles. Je creuse, tu creuses, il creuse, nous creusons... sans un mot, totalement consacrés à notre tâche, concentrés sur nos roues qu'il fallait arracher au fech-fech.

« Soudain, une ombre est venue obscurcir le sable, puis une autre, là, sous mes yeux. Un frisson m'a parcouru. Charles était près de moi. Youssuf et les enfants de l'autre côté du capot. Charles et moi avons échangé un regard avant de nous retourner. On n'a vu que deux silhouettes à cause du soleil qui était de face. Je serrai mon couteau. Il était impossible de discerner les visages de ces deux apparitions, mais de toute évidence il s'agissait de deux hommes. Ils portaient un outil à l'épaule, quelque chose ressemblant à une pioche mais au manche plus court. "On a de la visite", dit Charles à l'adresse de Youssuf. Sans un mot, en nous faisant signe de nous écarter de la voiture, les deux hommes se mirent à creuser à leur tour. La scène avait quelque chose d'irréel. D'impossible. Youssuf semblait mal à l'aise. Il regardait les deux hommes avec une méfiance mêlée de crainte. D'où venaient-ils ? D'où avaient-ils bien pu surgir, de quel recoin, de quel trou ? Rien, il n'y avait rien autour de nous. Pas un arbre, pas un rocher, pas un troupeau, pas l'ombre d'un village à l'horizon et nous n'étions immobilisés que depuis une quinzaine de minutes !

« Ils creusaient. Youssuf voulut les aider. Ils refusèrent d'un signe de tête. Bientôt, les roues furent dégagées. Nous ne l'avions pas tout de suite remarqué, mais ils avaient apporté des branchages. Suffisamment pour en mettre sous les pneus et nous permettre de sortir du fech-fech.

« Nos paysans – ce qu'ils étaient probablement – ne voulurent pas nous serrer la main. Ils ne firent d'ailleurs aucun geste, pas plus que leurs visages ne trahirent le moindre sentiment. Je les revois, debout, nous regardant nous éloigner. Je suis sûr qu'ils nous ont regardés jusqu'à ce que nous ne soyons plus qu'un point sur l'horizon. "Elle est pas belle, la vie ? !", lança Charles. Personne ne répondit. Youssuf le regarda du coin de l'œil. Un œil noir. Il roulait vite. Plus vite qu'à l'habitude, regardant sans arrêt dans le rétroviseur. À ce rythme, nous avions toutes les chances de ne pas rater le prochain fech-fech et nous embourber de nouveau. Il ralentit enfin, après avoir retrouvé la piste. Il avait toujours l'air préoccupé. Je lui demandai ce qui n'allait pas, pourquoi il avait cet air sombre. Était-ce à cause des combats, de ses camarades restés à l'arrière dont beaucoup allaient mourir ? "Non. Pas seulement. C'est à cause de ces deux paysans venus de nulle part, apparus soudainement, sans que personne les ait vus arriver", avait répondu Youssuf, dans son anglais mâtiné d'italien et de quelques mots de français. Il nous fit encore remarquer, à juste titre, qu'aucun des deux hommes n'avait prononcé un mot. De même, ils avaient évité de nous toucher. L'avions-nous remarqué ? Oui, maintenant qu'il nous en parlait. Où voulait-il en venir ? Qu'essayait-il de nous dire ? "Nous n'avons pas vu des hommes... Nous avons vu des esprits, des djinns", hurla Youssuf, les yeux fixés sur le capot de la voiture. Il n'avait pas l'air de plaisanter et réussit même à effrayer ses enfants.

« Charles faillit s'étrangler. "Tu es fatigué", dit-il à Youssuf. Celui-ci resta silencieux quelques secondes avant de reprendre.

"Tout le monde connaît leur existence par ici, dit-il. Tout le monde sait qu'on risque de les rencontrer si on s'arrête dans ce désert. C'est la première fois que j'en vois. Ils nous ont aidés, mais ce sont des mauvais esprits. Ils ne font jamais rien gratuitement. Ils nous feront payer leur aide, un jour ou l'autre. C'est comme ça, c'est écrit. Ils reviendront. Et à ce moment-là, on pourra faire nos prières...

– Superstitions ! hurla Charles. Et d'abord, tu les reconnais comment, tes djinns des sables ? Moi, ils m'ont semblé bien réels !

– Je l'ai dit, ils ne parlent jamais et ils évitent le contact. Et puis leurs yeux, ils ne bougent pas, expliqua Youssuf. En plus, j'ai eu un peu froid. Pas longtemps, mais j'ai eu froid... Et on raconte qu'on a froid quand ils sont là..."

« Moi aussi, j'avais eu froid. Enfin, froid, pas vraiment. Plutôt comme un souffle d'air frais pendant quelques secondes... à 40 degrés au soleil !

« "Superstitions", avait ajouté Charles avant de s'installer pour une sieste à l'arrière de la voiture, à côté des enfants qui semblaient terrorisés.

« J'observais Youssuf. Il avait l'air sincèrement inquiet. Ainsi, à l'en croire, nous venions de vivre notre première expérience paranormale, en plein désert, au milieu de nulle part au cœur de la Corne de l'Afrique, avec deux fantômes en turban venus nous aider à sortir d'une ornière. C'est vrai, j'avais du mal à comprendre comment ils avaient pu apparaître si soudainement, ces deux bonshommes. C'est vrai, moi aussi, leurs regards m'avaient frappé. Des yeux noirs, immobiles, dépourvus de toute émotion.

« Malgré les "fantômes", malgré l'avance supposée des troupes du FPLE, malgré notre impatience à arriver au Soudan, nous décidâmes de nous arrêter. Nous n'avions rien à manger. Mais nous n'avions pas faim, seulement soif. Comparée à la soif, la faim n'est pas difficile à supporter. L'eau de nos gourdes et celle du jerrycan étaient tièdes. Chacun eut droit à deux gobelets. C'est à ce moment-là que la jeep réapparut. Ils s'étaient aperçus un peu tard de notre absence. Aussi nous décidâmes de rouler côte à côte pour autant que la largeur de la piste ou son état le permettrait.

« Le soleil était haut. Il régnait un silence presque parfait. Un désert de pierraille et de petits massifs montagneux avait remplacé le sable et les dunes. Nous avions trouvé un peu d'ombre au pied d'une colline. Selon Youssuf, nous nous trouvions dans la zone frontalière. Le Soudan était proche. Comme à l'aller, nous devions nous arrêter à Kassala et de là regagner Khartoum, la capitale, à 450 kilomètres.

« Youssuf allait ouvrir le capot de notre 4 x 4 quand un coup de feu claqua. Tout le monde se mit à couvert, derrière la voiture. Quelques minutes s'écoulèrent sans que rien se passe. Pas un mouvement, pas un bruit. Rien. J'appelai Youssuf. Sans succès. Les enfants étaient recroquevillés à côté de moi. Nous ne pouvions rester indéfiniment dans cette posture. J'appelai de nouveau notre chauffeur qui ne répondait pas. Je décidai de ramper vers le capot. Youssuf était étendu, sur le côté. Le mystérieux tireur ne l'avait pas raté. Charles et le toubib se tenaient juste derrière moi, découvrant le corps de Youssuf. Chapelain se glissa à côté de lui. Youssuf était vivant. Mais pour combien de temps ? Il avait pris une balle dans le ventre.

« "Que fait-on ? avait demandé Charles.

– Je ne sais pas, avais-je répondu avant de me tourner vers le toubib en lui demandant à mon tour ce qu'il en pensait.

– On n'a pas le choix. Faut s'bouger. On peut pas rester ici", avait répondu Chapelain.

« Un autre coup de feu claqua à ce moment-là, puis d'autres encore. On entendait les balles s'écraser contre la tôle des voitures. Puis le silence est revenu. Et avec lui une mauvaise surprise. Un filet d'essence coulait du réservoir de notre 4 × 4. Réservoir percé. Wolf, resté près de la jeep, nous rejoignit en rampant. Il portait un AK-47. Celui de son chauffeur. Il avait été tué.

« "Et si on attendait la nuit ?" avait proposé Charles.

L'idée était sage. Il était impossible de bouger au risque de servir de cibles à notre tour. Avec une seule arme, face à un ennemi invisible, nous n'avions pas d'autre solution.

« Nous sommes restés ainsi pendant plus de quatre heures, scrutant le désert, assommés de chaleur, somnolant, avec l'angoisse de voir surgir des tueurs armés jusqu'aux dents. Mais il ne s'est rien passé. Aussi incompréhensible et surprenant que cela puisse paraître, il ne s'est rien passé. Et il n'y eut plus un seul autre coup de feu.

« C'est alors qu'est survenue une question. Une terrible question. Un dilemme que nous allions devoir résoudre rapidement. Il ne restait qu'une voiture : la jeep. Avec quatre places, quatre malheureuses petites places. Et nous étions huit... Sans compter du matériel qu'on ne pouvait pas se permettre d'abandonner. »

À ce moment de son récit, Muller se tut et marqua une pause. Il sortit une cigarette de son paquet, l'alluma et aspira une longue bouffée avant de reprendre son histoire. Gorin n'avait pas dit un mot.

« Youssuf était intransportable. Il était hors de question de le séparer de ses enfants. Charles fut le premier à émettre l'idée de les laisser là, avec leur père, d'atteindre le Soudan et d'envoyer des secours, quitte à venir les rechercher nous-mêmes. La nuit n'allait plus tarder. Il fallait prendre une décision. Le seul à avoir émis une réserve, et encore bien timide, ce fut Chapelain. Charles finit par le convaincre qu'il n'y avait pas d'autre solution. Que les enfants ne risquaient rien, contrairement à nous, etc. N'importe qui se serait rendu compte que pas un seul de ses arguments ne tenait la route. Pas un seul ! Sauf nous. Mais aucun de nous cinq, à aucun moment, ne s'était proposé de rester avec Youssuf et de laisser sa place aux enfants. Aucun, moi y compris. Ne me demandez pas pourquoi. La réponse est évidente : nous étions tous morts de trouille. La peur et la lâcheté, ne cherchez pas d'autre explication. Cela fait vingt ans que je retourne la question dans tous les sens. On était incapables de réfléchir rationnellement, notre capacité de raisonnement était totalement annihilée par la peur. La peur de mourir, de souffrir, de ne pas rentrer chez nous, que sais-je ? On était paniqués sans vouloir le reconnaître, prêts à abandonner deux enfants et un mourant dans le désert pour sauver notre peau... La peur et la lâcheté. Je vis avec ça depuis plus de vingt ans. Charles aussi. Louis, je n'en sais rien, ça explique peut-être sa vie de débauche. Quant aux deux autres, Chapelain et Wolf, je n'en sais rien non plus, je ne les ai jamais revus.

« On est partis. On leur a laissé de l'eau et toute la nourriture qui nous restait. On a essayé de faire comprendre aux enfants qu'on allait revenir les chercher. Le petit garçon pleurait, accroché aux basques de sa sœur. Elle, elle ne pleurait pas. Elle avait les yeux secs, nous foudroyant du regard. Elle a dit quelque chose que personne n'a compris. Elle avait peur, elle aussi, mais elle avait du cran... du courage... Et on les a abandonnés.

« Comme on pouvait le craindre, on s'est perdus. Il ne nous restait pas beaucoup d'essence. C'est Louis qui conduisait. Il roulait vite, trop vite. Sans s'en apercevoir, on a quitté la piste et on a roulé sur un morceau de roche. La voiture a littéralement décollé avant de se retourner. Tout le monde s'en est sorti, sauf Charles. Le coup du lapin. Paralysé, de la tête aux pieds. Notre mission tournait au cauchemar. Charles vous a probablement déjà raconté son calvaire. Je me demande encore comment il a pu s'en sortir vivant et surtout retrouver l'usage de ses jambes...

« On a pu remettre la voiture sur ses roues et, par miracle, elle a redémarré. On a installé Charles comme on a pu. On a fini par retrouver notre chemin grâce à la boussole de mon couteau suisse qui ne me quittait jamais. Puis, on est tombé en panne d'essence à quelques kilomètres de Kassala. Je suis parti à pied avec Chapelain. On a marché plusieurs heures avant d'apercevoir un îlot caractéristique, composé d'une douzaine de monolithes granitiques, dominant la ville de Kassala, et connu pour être le refuge des vautours et de bandes de babouins.

« À l'époque, les camps de réfugiés étaient nombreux dans la région. Plusieurs centaines de milliers d'hommes, de femmes et d'enfants s'y entassaient depuis des années, manquant d'eau, de nourriture et de l'hygiène la plus élémentaire. La plupart étaient venus d'Éthiopie, chassés par la guerre autant que par la famine, croyant trouver leur salut dans les camps de toile du HCR[1].

1. Haut-Commissariat des Nations unies pour les réfugiés.

La majorité d'entre eux appartenait au Beni Amer, une tribu qui soutenait le FLE. Ce sont des gens de la Croix-Rouge qui sont venus à notre secours. Grâce à eux, on a pu être rapatriés à Khartoum puis à Paris.

« Youssuf, les enfants ? Oubliés ! On aurait pu les signaler avant de partir. Mais on n'a rien dit, rien fait. La honte probablement, en espérant que tout cela ne se sache jamais. Il allait falloir vivre avec ça... Nous n'avons jamais su ce qui était arrivé à Youssuf et aux enfants.

« Pendant longtemps, l'image des deux paysans m'est revenue à l'esprit. Et si Youssuf avait eu raison ? Ainsi les djinns auraient commencé à prélever leur tribut. Je me trouvai stupide. Stupide et crédule, en plus d'être un lâche. Pourtant, quand je repensais à cet épisode, je ne voyais plus deux paysans mais deux djinns, deux esprits qui nous avaient jeté un mauvais sort : il y avait eu l'embuscade, puis la blessure de Youssuf et notre décision absurde et inhumaine de le laisser là, avec ses enfants. Cela ne ressemblait ni à Charles, ni à Louis... ni à moi et probablement non plus à Wolf et Chapelain. Pourtant nous l'avons fait. Pourtant nous les avons abandonnés... »

Muller alluma une nouvelle cigarette. Il se taisait.

– Vous avez terminé ? demanda Gorin.

– Oui... Vous pouvez poser toutes les questions que vous voulez.

– Quels étaient les prénoms des deux enfants ? Vous les connaissez, j'imagine.

– Oui. Mais peut-être avez-vous déjà compris.

– La petite fille s'appelait Askalu, c'est bien ça ?

– Oui.

– Et le petit garçon ?

– Hassan.

– Bien sûr, dit Gorin après un nouveau silence, ce sont eux qui vous ont retrouvés et qui se sont vengés. Et vous le saviez dès le début.

– Oh, non ! Vous êtes à côté de la plaque. Quand Louis est mort, j'ai mis ça sur le compte de ses relations et de sa vie décousue. J'étais loin d'imaginer cette histoire. Si j'avais su pour les phrases laissées par le tueur, peut-être aurais-je fait le rapprochement. Mais ça, je ne l'ai appris que tout à l'heure, quand vous en avez vous-même parlé.

– Quand avez-vous compris ?

– Compris est un grand mot. Disons que j'ai commencé à me poser des questions quand vous êtes venus m'interroger à Versailles. Louis, puis Enzo, puis Chapelain... J'ai entrevu quel pouvait être le dénominateur commun mais je n'ai pas pensé une seconde aux enfants. J'ai cru que ça pouvait être Youssuf mais cela ne cadrait pas : pourquoi aurait-il attendu toutes ces années ? Et puis, quand nous sommes partis, il était mourant... Il était impossible qu'il s'en sorte...

– Alors, quand avez-vous su ou compris qu'il s'agissait d'Askalu et de son frère ?

– En arrivant ici, à Asmara. C'est Menkarius qui m'a tout expliqué. Et puis, à l'époque des faits, nous ne connaissions pas les prénoms des deux enfants de Youssuf. Et même, dans le cas contraire, s'en serait-on souvenu ? Charles, ou moi-même, aurions-nous fait le rapprochement entre l'Askalu débarquant à Paris sur les recommandations de son oncle et la fillette abandonnée dans le désert avec son frère ? J'en doute.

Muller s'interrompit pour allumer une autre cigarette.

– J'ai encore quelque chose à vous raconter, dit-il.

Sa voix avait changé de ton, paraissant s'étrangler, comme si les mots mouraient dans sa gorge, se refusant à aller plus loin, à ne pas vouloir atteindre ses lèvres.

– De nouveaux aveux ? suggéra Gorin

– Exactement... des aveux... Voilà... je... enfin, quand Human Help a voulu lancer des missions en Érythrée, Issayas Menkarius m'est tombé dessus. On m'avait prévenu mais il me réservait une surprise de taille ! Voilà... Issayas Menkarius était au courant de ce qui s'était passé sur la frontière du Soudan ! Presque dans les moindres détails. Comment ? À l'époque, je n'en avais pas la moindre idée. Mais il savait et il m'a menacé de tout révéler à la presse, en France. Un cauchemar ! Ce

« scandale » n'aurait pas seulement atteint Charles, Louis ou moi mais aurait jeté un voile de suspicion sur l'aide humanitaire en général qui vivait alors principalement de donations. Ça aurait été un vrai cataclysme et, croyez-moi ou pas, l'aide humanitaire, c'est toute ma vie, ma raison d'être.

– Mouais... La recherche de la rédemption, dit Gorin sur un ton ironique.

– Pensez ce que vous voulez. Vous en avez le droit.

– Qu'a-t-il obtenu en retour, le bourreau d'Asmara ? demanda le commandant de la Crim en haussant la voix comme s'il avait désormais le plus grand mal à contenir sa colère. Car il a obtenu quelque chose, il vous a fait chanter... C'est bien ça ?

– Exactement.

Quand Muller eut fini d'expliquer comment fonctionnait le trafic de drogue dont il était devenu le complice, Gorin serrait les dents, secouant la tête de droite et de gauche.

– Lamentable, lança-t-il, ne cachant plus son agacement. Lamentable et puéril. Vous vous êtes mis tout seul dans la merde et jusqu'au cou ! C'est la spirale infernale mon vieux, la vis sans fin ! Et Gramont, il est dans le coup lui aussi ?

– Il ne sait rien... rien du tout...

– Si vous avez d'autres choses à me dire, n'hésitez pas, c'est le moment ou jamais !

– L'histoire n'est pas tout à fait terminée...

– Je m'en doutais !

– Je vous l'ai dit, je ne savais pas comment Menkarius était au courant pour Youssuf et ses enfants. Il ne me l'a appris que lorsque nous sommes arrivés à Asmara, il y a quelques jours : Youssuf était son frère.

– Quoi ! ? Vous voulez dire que... Askalu et Hassan sont sa nièce et son neveu ?

– On ne peut rien vous cacher ! Cela me semble logique... Il y a vingt ans, Menkarius, bien qu'étant dans l'autre camp, celui du FPLE, avait remué ciel et terre pour retrouver son frère et ses enfants. C'est la seule famille qui lui restait. On a beau être un bourreau doublé d'un tortionnaire et avoir du cœur...

– Je vous laisse la responsabilité de cette affirmation, le coupa Gorin.

– Bref, il a mis plus d'une année avant de retrouver leur trace. C'était ici même, dans ce village. Youssuf était mort mais les petits avaient été recueillis par le chef du village et ils se portaient bien. C'est Askalu qui lui a raconté toute l'histoire, au détail près, jusqu'à la rencontre avec les « djinns » ! Elle se souvenait de tout. Chaque instant était resté gravé dans sa mémoire comme une blessure à jamais ouverte. Elle et son frère sont restés ici quelques années avant de partir pour Asmara où ils ont fait une partie de leurs études. Grâce à son oncle, le jeune Hassan est même parti étudier à Rome. Mais Askalu et son frère n'ont jamais pu oublier. Ils s'étaient juré de se venger et de prendre le temps qu'il faudrait pour que cette vengeance soit parfaite. Et Issayas les a aidés à élaborer leur plan monstrueux !

– Ne portez pas de jugements sur leurs actes, dit Gorin avec une voix calme mais ferme. Vous n'en avez pas le droit, vous n'avez plus aucun droit.

Il y eut un nouveau silence. Muller en profita pour tirer les dernières bouffées de son mégot et pour allumer une nouvelle cigarette.

– Et ces inscriptions, reprit Gorin, ces phrases du poème de Victor Hugo, qui en a eu l'idée ?

– Ça, j'en sais rien. Menkarius ne m'a rien dit là-dessus. Il faudrait poser la question aux intéressés.

– C'est ce que je comptais faire. Encore faudrait-il savoir où ils se trouvent, ces deux-là.

– Menkarius doit le savoir.

– Et vous croyez qu'en lui demandant gentiment, il va nous les livrer ? Vous rêvez !

– Peut-être pas... J'ai peut-être une solution... Voilà, mon idée, c'est de le menacer de révéler son trafic de drogue à la police française mais également à son gouvernement, s'il ne nous livre pas les assassins de Louis, Chapelain et Wolf. Je lui dirai que, s'il le faut, j'assumerai – et Charles aussi – ce qui s'est passé il y a plus de vingt ans. Je lui expliquerai que j'ai réuni toutes les preuves nécessaires, qu'elles sont en lieu sûr et que s'il m'arrive quelque chose, elles atterriront directement sur le bureau du patron de la PJ.

– Et pourquoi marcherait-il ?

– D'abord pour ne pas mettre en péril ses petites affaires. Ce que je ne vous ai pas dit, c'est qu'il fait chanter d'autres ONG et ça lui rapporte des millions ! Il sait bien qu'il ne survivrait pas à un scandale pareil. Tout-puissant et craint qu'il soit, il ne trouverait aucun soutien auprès des autorités érythréennes qui, au contraire, saisiraient l'occasion pour s'en débarrasser une bonne fois pour toutes !

– Vous oubliez une chose : il n'est pas question que ce trafic continue et dès mon retour à Paris je mets le dossier entre les mains de la brigade des stups qui se fera une joie de faire tomber ce réseau ! Quant à vous...

– Quant à moi, je peux faire disparaître les preuves et prévenir Menkarius qu'il est repéré et qu'il vaut mieux qu'il se fasse discret pendant quelque temps. Je peux aussi lui suggérer de vous faire expulser sous un prétexte quelconque. Vous pourrez dire adieu à vos deux suspects !

– Bravo, monsieur Muller, vous continuez de grimper dans mon estime !

– Écoutez, j'ai un seul but : arrêter tout ça. Rapatrier mes équipes et en finir avec ce pays... et avec Menkarius.

– Et vous en sortir sans trop de bobos.

– Exactement. C'est humain, non ?

– Ne parlez pas de ce que vous ne connaissez pas, Muller !

– De toute façon, sans moi, votre brigade des stups ne pourra pas faire grand-chose. Car, moi aussi, j'ai envie de faire tomber Menkarius. Vous aurez besoin de quelqu'un dans la place, sinon vous mettrez des mois et peut-être plus, avant de faire tomber qui que ce soit. Je me trompe ?

– Non.

– En outre, une fois rentré à Paris avec vos deux tueurs et mes équipes rapatriées en France, je vous l'apporte sur un plateau, ce trafic d'héroïne et avec une prise record ! Évidemment, vous me garantissez que mon nom et celui de Human Help n'apparaîtront pas.

– Vous êtes sûr que Menkarius va tomber dans le panneau ? Après tout, il peut se douter que vous finirez par tout balancer à la police quoi qu'il arrive. Et comment vous allez rapatrier vos équipes sans éveiller ses soupçons ?

– Ça, ce n'est pas un problème. Les solutions ne manquent pas. Alors ?

– Alors, vous avez peut-être aussi oublié qu'il y tient, à sa nièce et à son neveu, Issayas le bourreau.

– Il y a peu de choses auxquelles il tienne, à part l'argent et le pouvoir. J'oubliais : ne dites pas un mot de tout cela à Lafontaine.

– Pourquoi ?

– Il joue pour sa propre boutique.

– Soit...

Muller allait se lever quand Gorin le retint par la manche.

– Une dernière question : pourquoi Menkarius nous a-t-il permis de retrouver Gramont alors qu'il a joué un rôle important dans le plan d'Askalu et de son frère ?

– Mieux, il nous a aidés à les retrouver et finalement à sauver Charles ! En laissant Askalu et Hassan aller jusqu'au bout de leur plan, avec votre présence ici, il craignait de mettre son organisation en péril. Quand on est un trafiquant de haut vol, on aime trafiquer en paix. Je vous l'ai dit, tout le monde ici souhaite sa perte. Si on venait à découvrir l'existence de son trafic d'héroïne, personne ne viendrait à son secours. Plus vite nous serons partis, mieux il s'en portera, avec ou sans Askalu et Hassan...

– Il les aurait retrouvés, sauvés et aidés et, malgré tout, cela ne lui ferait ni chaud ni froid de nous les livrer ? !

– Je vous l'ai dit, il ne recule devant rien quand ses intérêts sont en cause. Et puis, je crois qu'il tenait plus à son frère qu'à ses neveux et nièce.

– Vous avez peut-être raison, nous verrons... Nous n'avons pas trop le choix.

Gorin réveilla Pensec en pénétrant dans la case qu'ils partageaient. Il raconta tout au jeune lieutenant qui l'écouta bouche bée, ponctuant le récit de son chef de groupe d'exclamations comme « bah, ça alors ! », « incroyable ! », ou encore « les ordures ! », « merde alors ! ».

Dérouler le récit en prenant garde de n'omettre aucun détail permit à Gorin de mieux entrer dans l'histoire, d'en débusquer les failles ou les incohérences éventuelles. Avant de se coucher, alors que Pensec était déjà reparti dans les bras de Morphée, il coucha tout par écrit dans le calepin qui ne le quittait jamais. Quand il y mit le point final, il resta pensif, se disant en lui-même qu'il faisait décidément un métier passionnant et qu'il ne cesserait jamais de s'étonner de la nature humaine. Il se dit aussi qu'il fallait souvent remonter très loin dans le temps pour résoudre certains dossiers. Il lui restait maintenant à obtenir les détails de chacun des assassinats. Le commandant de la Crim avait une enquête à terminer, un dossier à boucler et à remettre au juge. Comment les victimes avaient-elles été repérées, épiées ? Comment Askalu et Hassan avaient-ils procédé ? Quel avait été le rôle de l'un et de l'autre ? Comment Pralin, Wolf et Chapelain avaient-ils vécu leurs dernières heures, dans quelles souffrances et s'ils avaient su pourquoi ils allaient ainsi périr dans les flammes ? Enfin et surtout, Gorin voulait savoir qui avait eu l'idée de laisser ces vers de Victor Hugo sur les scènes de crime, faisant référence aux djinns et à cet épisode survenu dans le désert érythréen. Askalu ? Hassan ? Et pourquoi pas Menkarius lui-même ?

Ce qu'avaient fait Muller et ses amis lui inspirait un profond dégoût. Il en vint à estimer que, finalement, ils n'avaient eu que ce qu'ils méritaient, les Louis de Pralin, les Enzo Wolf, les Mathieu Chapelain et autres Charles Gramont. Seul Muller s'en était plutôt bien tiré... jusqu'à présent. Le marché qu'il lui avait mis en main semblait correct, même si le patron de Human Help pouvait s'en sortir sans trop de casse.

Le lendemain matin, Gorin n'eut pas à insister beaucoup pour convaincre ses compagnons de voyage qu'il fallait avancer leur départ, malgré l'état de Charles Gramont. Ils l'installèrent le mieux possible sur la plate-forme arrière de l'un des deux 4 × 4 et quittèrent le village dans le milieu de la matinée. Le vieux chef était un comédien remarquable : il avait presque les larmes aux yeux en les voyant partir et leur souhaitant un bon voyage.

LE VISAGE D'ISSAYAS le bourreau resta impassible, pas un trait ne cilla. Ce masque de cire barré d'une cicatrice ajouté à ses lunettes aux verres fumés cachant son regard rendaient ses pensées indéchiffrables. Il avait les deux coudes posés sur le maroquin de son bureau et les mains jointes sous le menton. Muller avait beau être habitué au personnage, il n'en était pas moins dans ses petits souliers, prêt cependant à se battre.

– C'est tout ? dit le chef de la police.

– Comment ça, c'est tout ? Ça me semble assez clair, non ?

– Je pensais que nous étions amis.

– Je ne savais pas qu'un ami pouvait être un maître chanteur !

– Quel grand mot !

– C'est juste la vérité.

– Encore un autre grand mot, surtout quand il sort de votre bouche.

– Écoutez, je ne suis pas venu pour évaluer celui qui a fait preuve de plus d'humanisme dans sa vie ! Je vous mets un marché entre les mains. À vous de l'accepter ou pas.

– Et qu'est-ce qui a bien pu vous faire croire que j'allais l'accepter ?

– Ce que je vous ai dit. C'est ça ou je révèle tout et...

– Etc., etc., coupa Issayas Menkarius en quittant son bureau et se plantant devant la fenêtre qui donnait sur une cour intérieure où ne pénétraient que quelques timides rayons du soleil. Bien, voilà ce que je vous propose : votre policier verra Askalu et pourra l'interroger aussi longtemps qu'il le souhaitera mais il est hors de question qu'elle quitte ce pays ; c'est un point sur lequel je ne transigerai pas ! De toute façon, après cette entrevue, je la mettrai en lieu sûr. Si jamais il venait à l'idée de qui que ce soit de la retrouver, ce serait peine perdue. Quant à Hassan, si vous voulez le voir, il faudra retourner d'où vous venez. Il repose dans le petit cimetière du village qui l'a vu grandir...

– Que lui est-il arrivé ! ?

– J'ai dû l'abattre ! Hassan a toujours été rebelle à la discipline, cette fois il est allé trop loin en voulant s'opposer à moi.

– Vous avez tué votre propre neveu !

Issayas Menkarius ne répondit pas et regagna son bureau, reprenant l'exacte position qu'il avait avant de se lever.

– Ce n'est pas tout. Vous et vos équipes, vous allez quitter ce pays pour ne plus jamais y remettre les pieds ! Vous avez quarante-huit heures. Au-delà de ce délai, je me verrai dans l'obligation d'arrêter tous les membres de Human Help pour espionnage, ainsi que tous leurs sympathisants locaux.

Muller fit mine de protester.

– Taisez-vous ! je n'ai pas terminé. Écoutez bien ce que je vais vous dire, avec la plus extrême attention : si jamais, par mégarde, notre petite collaboration ou celles que j'ai encore avec d'autres ONG venaient à s'ébruiter, je vous en tiendrais personnellement responsable et, où que je sois, quoi qu'il me soit arrivé, vivant ou mort, vous le paieriez de votre vie. J'espère avoir été très clair. Maintenant, quittez ce bureau. Que vos policiers français restent à leur hôtel, quelqu'un viendra les chercher. Ensuite, eux et Gramont devront partir par le premier avion.

Issayas Menkarius s'était exprimé avec son calme habituel, sans jamais hausser le ton, comme un vieux renard s'approchant à pas feutrés du poulailler avant d'y semer la panique et de choisir la volaille la plus dodue.

Pour la forme, Muller tenta de s'indigner du sort réservé à ses missions, mais un homme en uniforme entra dans le bureau et le poussa dehors. Le patron de Human Help jubilait intérieurement. Quarante-huit heures suffiraient à rapatrier à Asmara, puis à Paris, les membres de son association. La menace de Menkarius ne l'avait pas surpris. Au fond de lui-même, il doutait qu'une fois déchu – peut-être dans quelques mois –, le chef tant redouté de la police érythréenne pût la mettre à exécution. À tout le moins, il essaya de s'en persuader. De même, Muller ne s'était pas étonné que Menkarius eût accepté ce marché si rapidement. Celui-ci savait qu'il ne pourrait pas survivre à un tel scandale. Et puis, si cette filière menaçait de s'éteindre, il avait les moyens d'en mettre une autre sur pied et de continuer à alimenter le marché de l'héroïne, en France ou ailleurs.

Issayas Menkarius tint parole. Vingt-quatre heures après son entrevue avec Muller, deux policiers en civil se présentèrent à la réception de l'hôtel où étaient descendus les deux hommes de la Crim. Gorin et Pensec montèrent dans un 4 × 4 noir aux vitres fumées. À peine furent-ils assis sur la banquette arrière qu'on leur banda les yeux. Ils roulèrent pendant presque une heure mais rarement en ligne droite : le 4 × 4 bifurquant sans cesse, s'arrêtant, repartant, à droite, à gauche... Quand finalement ils s'arrêtèrent, ils pouvaient tout aussi bien se trouver à 300 mètres de leur point de départ qu'à l'autre bout de la ville.

On ne leur ôta leurs bandeaux qu'une fois assis dans une pièce où se trouvaient une table et trois chaises, installées juste au-dessous d'un globe de verre diffusant une lumière aussi blafarde que le teint d'un prisonnier de longue durée. Puis, on les laissa seuls. Gorin sortit un magnétophone de poche et plusieurs minicassettes ainsi qu'un carnet à spirales et un stylo. Pensec ouvrit une chemise contenant des documents concernant leur enquête, notamment les photocopies de quelques procès-verbaux ainsi que des clichés en noir et blanc. Quinze minutes plus tard, la porte s'ouvrait. Quand Askalu la franchit, Gorin et Pensec se levèrent pour l'accueillir. La porte se referma sans que personne d'autre pénètre dans la pièce. Askalu s'assit, sans un mot, posant au pied de sa chaise un sac qu'elle portait en bandoulière. Gorin et Pensec ne dirent rien non plus.

Elle se tenait droite, plus belle que jamais, les mains croisées, posées devant elle sur la table, soutenant le regard des deux enquêteurs, attendant leurs questions. Ses traits étaient empreints d'une gravité intimant le respect. Elle montrait presque de l'arrogance, à moins que ce ne fût le seul moyen qu'elle eût trouvé pour se défendre, pour se protéger face au feu roulant des questions qu'allaient lui poser les deux policiers. Pensec n'était pas insensible au charme dégagé par la jeune femme et son trouble n'échappa pas à Gorin. C'est lui qui ouvrit le bal.

– Êtes-vous prête à répondre à nos questions ?

– Plus que jamais.

– Bien. Commençons par le début. Reconnaissez-vous être responsable de la mort de Louis de Pralin, Enzo Wolf et Mathieu Chapelain ainsi que de l'enlèvement de Charles Gramont et des tortures qui lui ont été infligées ?

– Oui, et je vous jure que je regrette de ne pas être allée au bout de notre vengeance.

– Pourquoi dites-vous « notre » ?

– Vous le savez bien.

– Je veux vous l'entendre dire.

– « Notre », parce que cette vengeance était aussi celle de mon frère Hassan.

– Où est-il ?

– Je ne sais pas. Il a disparu depuis plusieurs jours.

– N'aurait-il pas plutôt été tué ?

– Sur quoi voulez-vous m'interroger ? Sur la disparition de mon frère ou sur la mort des ordures que vous venez de citer ?

– Ce qui concerne Hassan concerne l'enquête.

– Écoutez, je vous dirai tout ce que vous voulez savoir sur les meurtres : qui les a commis, comment et pourquoi. Mais avisez-vous de me demander encore une fois où est Hassan et je quitte cette pièce... et vous ne me reverrez jamais ! N'oubliez pas non plus que cette petite séance est de pure courtoisie : vous n'avez pas une once de pouvoir dans ce pays.

– Soit. Quand et pourquoi avez-vous décidé, vous et Hassan, de vous venger, de perpétrer ces assassinats ?

– Quand ? Si j'en crois mon oncle, vous connaissez l'origine de cette histoire maintenant. J'avais tout juste 10 ans et je vous assure que je les revois encore comploter dans leur coin, à voix basse, avant de déguerpir comme des lâches! Je ne comprenais pas un traître mot de ce qu'ils disaient mais j'ai tout de suite su ce qui allait se passer. Avant même qu'ils nous abandonnent avec notre père en train de mourir, j'avais déjà décidé de me venger. J'en ai fait le serment ce jour-là, à cet instant précis, avant même qu'ils disparaissent. Quand ils sont partis, Hassan pleurait, accroché à moi. Je lui ai dit de se taire, de se conduire comme un homme et je lui ai expliqué ce qui se passait. Il a séché ses larmes et il m'a écoutée. Il était petit, mais lui aussi, il a compris. Lui aussi, il a juré de se venger. Malgré les années, je vous l'ai dit, je me souviens de cette journée dans ses moindres détails.

– Que s'est-il passé ensuite, je veux dire après leur départ?

– Après leur fuite, vous voulez dire? Eh bien, notre père a repris connaissance plusieurs fois avant de mourir. De mourir dans d'atroces souffrances. Il perdait beaucoup de sang, cela faisait une tache rouge aussitôt bue par le sable, séchée par la chaleur, disparaissant dans les entrailles de la Terre. Je n'ai jamais pu chasser cette vision, elle revient souvent dans mes cauchemars. Je ne savais pas quoi faire. Quand Hassan ne dormait pas, il geignait sans oser pleurer. Les heures ont passé je ne sais trop comment. Notre père est mort pendant la nuit. Je ne m'en suis aperçue qu'au lever du soleil.

Askalu se tut, gardant les mâchoires serrées, les mains toujours posées sur la table, fixant intensément Gorin et Pensec. Ni l'un ni l'autre n'eurent envie de rompre le silence qui pesait d'un poids singulier dans cette pièce exiguë. Puis la jeune femme poursuivit son récit, avec peine.

– Il... il... mon père... il sentait mauvais... C'était impossible de rester là. Alors, sans savoir où j'allais, j'ai pris Hassan par la main et nous avons suivi la piste. J'avais eu la présence d'esprit de prendre de l'eau. Pas beaucoup. Hassan portait une gourde et moi deux. On a marché. Combien de temps? Une éternité! En réalité, probablement quelques heures. Hassan n'arrêtait pas de se plaindre. Il marchait les yeux fermés. Il a fini par refuser d'avancer. Il ne pouvait plus avancer. Moi aussi, j'étais épuisée. Il y avait un acacia pas très loin, aussi maigre que son ombre.

Nous sommes allés nous asseoir juste en dessous, en prenant garde aux épines. Les gourdes étaient vides. Hassan s'est allongé en posant sa tête sur mes genoux et il s'est endormi. Par endroits, le soleil avait commencé à nous brûler. Les lèvres d'Hassan s'étaient fendillées et avaient doublé de volume ; c'est en tout cas l'image que j'en ai gardée. Quant à moi, ma bouche me semblait trop petite pour pouvoir contenir ma langue. Je me suis endormie à mon tour, quelques minutes après. Je ne sais pas combien de temps nous sommes restés là, promis à une mort certaine. Tout ce que je sais, c'est que nous nous sommes réveillés confortablement installés sur une natte, à l'ombre dans une hutte. Vous connaissez l'endroit, je crois : c'est le village où Charles Gramont a été retrouvé.

– Après, que s'est-il passé ?

– Nous avons été recueillis par le chef du village auquel j'ai raconté toute notre histoire. Lui et d'autres hommes sont allés chercher le corps de mon père. Il est enterré là-bas.

– Et ce désir de vengeance, demanda Pensec, il ne vous a jamais quitté ?

– Jamais. Au début de chaque jour que Dieu nous a donné à vivre, j'ai rappelé notre serment à Hassan. Oui, pas un jour ne s'est écoulé sans que nous y pensions.

– Et durant tout ce temps, dans ce village, que s'est-il passé ?

– Rien de particulier, sinon cette haine grandissant chaque jour un peu plus contre ceux qui nous avaient laissés pourrir dans le désert.

– Et puis est arrivé votre oncle, Issayas Menkarius, coupa Gorin.

– Oui... plus d'un an après. Découvrir que notre père avait un frère fut pour nous un vrai bonheur, une découverte extraordinaire ! Nous n'étions plus seuls. Et quoi qu'on dise sur Issayas, je lui serai éternellement reconnaissante d'avoir tout fait pour nous retrouver. Quoi qu'il ait pu faire par la suite.

– Vous lui avez tout raconté ?

– Tout, dans les moindres détails. Il m'a posé beaucoup de questions. Je lui ai même donné les noms de Enzo Wolf et Charles Gramont dont je me souvenais plus particulièrement sans savoir pourquoi et bien que ne parlant pas d'autre langue que le tigrina. Issayas nous a alors promis de les retrouver et de leur faire payer ce qu'ils avaient fait. Il nous a aussi promis de revenir nous chercher très vite. Mais il y avait encore la guerre contre l'Éthiopie. Nous aussi, nous sommes allés nous battre, plus tard. Grâce à notre oncle qui n'a jamais cessé de veiller sur nous, Hassan et moi avons toujours pu servir dans la même unité.

– Vous vous êtes vraiment battue ? fit Pensec, l'air étonné.

– Comme toutes les Érythréennes en âge de porter un uniforme, dès 15 ou 16 ans. Vous avez l'air étonné. Vous ne m'imaginez pas avec un fusil ? Vous avez tort, je tire très bien ! Si vous vous intéressez d'un peu plus près à notre histoire, vous verrez quel rôle important ont joué les femmes dans notre lutte pour l'indépendance, même si elles n'ont pas été récompensées à la hauteur de leur engagement.

Pensec ne répondit rien. Elle lui en imposait, bien qu'il eût probablement refusé de le reconnaître.

– Et après la guerre ? dit Gorin.

– Après notre victoire et notre indépendance, eh bien, nous avons retrouvé notre oncle. Nous sommes allés vivre avec lui, à Asmara. Il était devenu un personnage important. Nous ne savions pas encore à quel point !

– Il s'est bien occupé de vous ? demanda Pensec.

– Comme l'aurait fait notre propre père. Nous ne manquions de rien. Nous vivions plutôt mieux que la moyenne des Érythréens. Surtout, nous avons pu étudier. Il était temps de commencer à s'y mettre ! Hassan et moi avions déjà dépassé la vingtaine. Le pays manquait cruellement de cadres, d'intellectuels. Ceux qui en avaient les capacités – c'est encore le cas aujourd'hui – recevaient des bourses et pouvaient partir à l'étranger.

– Et votre oncle, il vous parlait de ce qui s'était passé dans le désert, de votre vengeance ?

– Je vous l'ai dit, pendant toutes ces années, nous ne l'avons pratiquement pas vu avant notre installation à Asmara. Jusqu'au jour où il nous a annoncé qu'il les avait tous retrouvés, tous sans exception. Il avait tous les renseignements nécessaires pour mener à bien notre projet. Il était prêt à nous financer et à nous aider par tous les moyens. Mais avant cela, il nous a fait promettre de terminer nos études. J'étais d'accord. Avec Hassan, ce fut plus compliqué. Il ne cessait de s'opposer à notre oncle. Ce fut parfois très violent. Et Issayas n'aime pas qu'on lui résiste.

Askalu marqua alors un temps d'arrêt, à peine perceptible, avant de poursuivre.

– Puis Hassan est parti étudier à Rome pendant deux ans avant de revenir ici.

– Et votre plan, votre projet, comme vous dites, quand avez-vous vraiment commencé à l'élaborer ?

– Il y a environ un an. Quand notre oncle a estimé que le temps était venu, il nous a donné un dossier aussi épais qu'un Bottin. Tout y était : noms, adresses, habitudes, situation de famille de chacun de ceux à qui nous allions faire payer cher leur acte immonde ! Issayas avait fait un travail incroyable, grâce aux hommes qu'il avait envoyés en France et en Italie. Cependant, il y avait une condition à son aide : nous ne devions pas toucher pas à Claude Muller.

– Pourquoi ? demanda Gorin.

– Issayas nous a dit qu'il était en affaire avec lui, des affaires importantes. Hassan a très mal réagi. Notre oncle a fini par le menacer en lui rappelant tout ce qu'il avait fait pour nous. J'ai réussi à le calmer. Il m'a toujours beaucoup écoutée. Et nous avons, jour après jour, échafaudé notre plan dans ses moindres détails, toujours avec l'aide de notre oncle.

– C'est-à-dire ? Tâchez de nous donner des précisions, autant qu'il est possible.

– Eh bien, Hassan voulait qu'ils périssent tous par le feu : c'est le souvenir qu'il avait gardé de notre calvaire dans le désert près de notre père.

– Je ne comprends pas, dit Pensec.

– Laissez-moi le temps de vous expliquer ! Ce qui avait définitivement frappé Hassan, c'est le soleil, la chaleur éprouvante, l'impression d'être dans un chaudron en train de cuire à petit feu, cette impossibilité de se cacher des rayons transperçant la peau. Le feu était là, partout, nous encerclant, ne nous laissant pas une seconde de répit, comme si le soleil avait tout simplement cherché à se repaître de nous. Parfois, ces brûlures, sur ma peau, je les ressens encore, comme Hassan les ressentait lui aussi. Depuis vingt ans, mes nuits sans cauchemars se comptent sur les doigts d'une main. Inutile de vous préciser que notre père a plus encore souffert que nous de cette chaleur infernale, de ce feu qui l'a consumé dans d'atroces souffrances en même temps que sa blessure lui torturait le ventre. Voilà pourquoi Hassan a voulu que nos bourreaux meurent par le feu. Voilà pourquoi j'ai trouvé cette idée excellente : les faire expier dans les flammes !

En prononçant ces mots, le visage de la jeune femme jusqu'alors étonnamment calme, presque impassible, s'anima : ses yeux devinrent deux billes noires incandescentes, donnant à son regard un mélange de colère et de folie. Ses lèvres se mirent à trembler alors qu'elle poursuivait son récit.

– Les flammes ! La destruction totale, irrémédiable, définitive ! Un aller simple pour l'enfer ! Cela convenait parfaitement à notre désir de vengeance. Nous ne voulions pas seulement les tuer, encore fallait-il qu'ils meurent dans d'atroces souffrances, qu'ils aient conscience que leur dernière heure était venue, jusqu'à leur dernier souffle. C'est à ce prix et à ce prix seul que nous pourrions nous estimer vengés, nous et notre père ! L'idée me convenait donc parfaitement ainsi qu'à notre oncle. Cela dit, il nous mit en garde contre la difficulté de réaliser ces meurtres, d'autant plus que tout allait se passer à l'étranger. Mon frère connaissait bien Rome, mais ni lui ni moi ne connaissions la France.

Il y eut un nouveau silence. Askalu retrouvait peu à peu son calme. Ni Gorin ni Pensec n'osèrent la relancer, lui laissant le soin de poursuivre son récit à sa guise. Mais le silence semblait devoir s'éterniser. La jeune femme avait la tête baissée cependant que ses mains, croisées, reposaient toujours sur la table. C'est cet instant-là que choisit l'ampoule du globe lumineux pour donner des signes de faiblesse. Elle ne s'éteignit pas, mais sa lumière parut encore un peu plus pâle.

– Avez-vous besoin de quelque chose ? demanda Gorin. Un verre d'eau ? J'aimerais qu'on avance si vous n'y voyez pas d'inconvénient.

Askalu releva la tête.

– Excusez-moi, dit-elle, un peu de fatigue... Que voulez-vous savoir ?

– Eh bien, la suite ! répondit Gorin légèrement agacé par la question.

– La suite... la suite, c'est notre arrivée en France. Grâce à Issayas j'ai été embauchée à mi-temps chez Human Help. Mon objectif était de séduire Charles Gramont et le persuader de m'accompagner ici. Ça n'a pas été très difficile. Je voulais lui réserver un sort particulier : je vous l'ai dit, je n'ai pas oublié une seule seconde de ce jour où ils nous ont abandonnés et même si je ne comprenais pas ce qu'ils disaient, j'ai vite deviné que c'était lui, Charles, qui les avait convaincus d'agir comme ils l'ont fait. J'étais d'autant plus décidée à lui faire payer sa lâcheté, qu'il avait été très gentil avec moi au cours des jours précédents. Et puis, je le trouvais très beau et mon cœur de petite fille avait décidé qu'un jour je me marierai avec lui ! Quelle ironie, non ? Vous ne pouvez pas savoir à quel point je l'ai haï et combien je le hais encore. Qu'il s'en sorte vivant me remplit d'une colère qui ne s'éteindra jamais !

– Bien, dit Pensec, vous êtes en France, embauchée par Muller... Et votre frère où est-il ?

– Dans une chambre meublée, dans le quartier des Halles. Sa mission était de se rapprocher de Pralin. Nous savions tout sur sa vie, ses habitudes. Hassan était un...

– Était ? réagit Gorin. Décidément vous en parlez souvent au passé !

Askalu ne réagit pas, soutenant toujours le regard du commandant de la Crim.

– Hassan, donc, a beaucoup de charme et il n'a eu aucune difficulté pour approcher Pralin et... et le séduire. Je dirais même que ce fut un jeu d'enfant et...

– ... et un soir, poursuivit Gorin, Louis de Pralin l'a ramené chez lui, dans son hôtel particulier de l'île Saint-Louis. Ils étaient seuls. C'est pour cette raison que, contrairement aux deux autres meurtres, on n'a retrouvé aucune trace de kétamine dans son sang. Il a suffi d'un bon coup sur le crâne. C'est ça ?

– Bravo ! C'est vrai que Pralin a été le moins compliqué des trois. Et en plus, il avait une superbe cheminée, suffisamment grande pour l'accueillir ! ajouta Askalu avec un cynisme trop appuyé pour être sincère.

– Et s'il n'y avait pas eu de cheminée ? Comment vous vous y seriez pris ?

– La question ne se pose pas. Nous savions qu'il y en avait une. La seule difficulté pour Hassan a été de transporter le corps depuis la chambre à coucher jusqu'à... sa dernière demeure.

À cet instant-là, Gorin posa sur la table le recueil de poèmes de Victor Hugo qu'ils avaient trouvé avec Pensec dans la tente, planté à l'écart du village. Askalu fixa le livre. Elle le reconnut au premier coup d'œil.

– Où l'avez-vous trouvé, demanda-t-elle ?

– Dans la tente près du village. Cette phrase ou plutôt ces phrases tirées du poème de Victor Hugo qu'on a retrouvées tracées avec le sang de vos victimes... Qui en a eu l'idée et pourquoi ?

– Hassan. C'est Hassan qui en a eu l'idée. Il a pris la décision tout seul, sans m'en parler, je ne l'ai su qu'après la mort de Mathieu Chapelain.

– Bien. Mais pourquoi ?

– Je sais que Muller vous a raconté ce qui s'est passé il y a vingt ans, mais il a peut-être oublié de vous parler d'une rencontre avec deux paysans qui nous ont aidés à sortir d'un fech-fech.

– Non, il l'a effectivement mentionnée. Il m'a même parlé de cette histoire fumeuse de djinns maléfiques...

– Vous y êtes. J'ai dû raconter cet épisode des dizaines de fois à Hassan qui en redemandait toujours avant de s'endormir le soir. C'était presque devenu un conte, une histoire extraordinaire. J'ai toujours eu une imagination fertile et j'en rajoutai beaucoup sur ces créatures mythiques que sont les djinns, d'autant que, pour nous autres musulmans, ils font partie intégrante de notre religion et sont mentionnés dans le Coran.

– Je sais cela, effectivement, je me suis renseigné sur le sujet, précisa Gorin. Mais cela ne me dit pas pourquoi votre frère...

– ... a laissé ces phrases, le coupa Askalu. Au fil des années, Hassan a manifesté une tendance au mysticisme de plus en plus marquée. Cela a commencé pendant la guerre. Il s'est battu courageusement, parfois à la limite de l'inconscience et il s'en est miraculeusement sorti sans la moindre égratignure, se persuadant peu à peu qu'il était protégé par Dieu, que des forces mystérieuses veillaient sur lui pour finalement se croire le bras armé d'Allah !

– Il était devenu fanatique ?

– Je ne sais pas... peut-être. En tout cas, il mettait une passion acharnée dans tout ce qu'il faisait. Notre oncle s'en inquiétait et s'en était ouvert à moi. Il craignait même qu'un jour il ne finisse par rejoindre Al-Qaïda !

– Et ces phrases, comment les a-t-il trouvées ?

– Je crois qu'il ne devait pas y avoir plus grand spécialiste au monde sur les djinns que mon frère ! précisa en souriant Askalu. Il avait tout lu, il savait tout ce qu'on peut savoir sur le sujet ! C'est comme ça qu'il est tombé sur le poème de Victor Hugo. Il a été sincèrement bouleversé par sa lecture. Selon ses propres termes, il le trouvait puissant, correspondant point par point à la vision qu'il avait de ces créatures imaginaires auxquelles, lui, croyait réellement. Il était d'ailleurs persuadé que pour en parler avec autant de justesse, Victor Hugo en avait forcément croisé dans sa vie.

– Et c'est donc lui qui a choisi personnellement chacune des phrases ?

– Oui. Dans l'esprit d'Hassan, comme je crois l'avoir compris, elles devaient exprimer la colère de Dieu, son châtiment suprême et sans appel s'abattant sur des êtres ayant commis le plus grand des péchés. Et pour ces êtres-là, il n'existe qu'une seule punition : les flammes de l'enfer jusqu'à la fin des temps.

– On en a froid dans le dos ! tenta de plaisanter Pensec.

Sa remarque tomba à plat.

– À quoi ressemble Hassan ? demanda Gorin. Car nous ne savons toujours pas à quoi ressemble, ou ressemblait, votre frère.

Il y eut encore un silence. Askalu fixa le lieutenant, puis fit glisser son regard vers Gorin avant de revenir à Pensec. Enfin, elle se pencha pour ramasser son sac. Elle le posa sur la table, l'ouvrit et y plongea la main. Elle en extirpa un portefeuille de cuir rouge foncé dont elle sortit une photographie.

– C'est lui, dit-elle simplement en la tendant à Pensec. Elle a été prise il y a une dizaine d'années, sur le front. Et en voici une autre, prise il y a environ un an, ici à Asmara.

Sur le premier cliché, en noir et blanc, un homme jeune, dont il était difficile de préciser l'âge avec certitude, se tenait penché au-dessus d'un seau dans lequel il venait de plonger les mains car des filets d'eau s'écoulaient d'entre ses doigts. Il avait de longues jambes par rapport à son torse. Il portait un short serré aux cuisses et une chemise dont les nuances de noir et de gris laissaient supposer qu'il s'agissait d'une tenue camouflée. Sur son dos, tenu par une sangle, reposait un fusil AK-47. Aux pieds, il portait ce que certains appellent des « nouilles », ces chaussures en plastique ajouré que l'on met au bord de la mer et qui devaient être d'une maigre protection pour ces soldats érythréens sommairement équipés. Les traits du personnage étaient parfaitement reconnaissables. En effet, il avait la tête tournée vers l'objectif. Ses cheveux étaient coupés court et son visage glabre d'une gravité extrême.

– C'est donc Hassan ? dit Gorin, à qui Pensec venait de donner la photographie.

– Oui, répondit Askalu.

– Il ne devait pas rire tous les jours ! remarqua le lieutenant, alors que Gorin venait de sortir d'une de ses poches son appareil photo numérique extraplat.

– On ne rit pas tous les jours quand on se bat depuis trente ans dans l'indifférence générale ! réagit Askalu avec véhémence.

Sur l'autre photographie, également en noir et blanc, c'était bien le même homme qui se tenait debout devant une mosquée. Il paraissait à peine plus âgé, mais portait un costume noir sur une chemise blanche au col ouvert. Il semblait beaucoup plus grand et ne souriait toujours pas. Sans demander l'accord d'Askalu, Gorin alluma son appareil et photographia les deux clichés.

– Il vous dit quelque chose ? demanda Gorin à Pensec.

– Ma main au feu que c'est bien le même homme après qui j'ai couru au Père-Lachaise !

– Pardon ? fit Askalu dont la surprise n'était pas feinte.

– À l'enterrement de Louis de Pralin, expliqua Gorin. Un homme, de race noire, a pris la fuite en voyant les uniformes des policiers. Nous lui avons couru après mais il nous a échappé. Et le lieutenant Pensec, qui l'a vu d'assez près, a tout lieu de penser qu'il s'agissait bien de votre frère. Mais pourquoi semblez-vous surprise ? Il ne vous a rien dit ?

– Non... rien. Mais ça ne m'étonne pas de lui ! Ainsi, il a failli se faire arrêter ?

– Oui. Et du même coup, deux hommes aujourd'hui seraient encore en vie ! Poursuivons, je voudrais que nous avancions un peu plus vite... Après Paris, après Pralin, ce fut le tour du juge Wolf.

– Normalement, nous avions prévu de nous occuper du toubib de Nantes, dit Askalu en rangeant les deux photographies dans son portefeuille qu'elle glissa dans son sac. Maintenant, je comprends pourquoi Hassan a insisté pour partir à Rome plus tôt que prévu. Ce fut sans doute l'opération la plus délicate. D'abord, il n'était évidemment pas question de faire ça dans l'appartement de Wolf. Et il nous a fallu du temps avant de repérer cette cabane isolée dans les bois, pas trop loin de Rome. Plus difficile encore fut l'enlèvement, dans la rue. Mais grâce à la kétamine, tout s'est finalement bien passé et...

– Qui vous en a fourni ? demanda Gorin.

– Des hommes de notre oncle en poste à Rome et à Paris. C'est un produit protégé dans les armoires fortes des hôpitaux, mais en s'en donnant la peine, on en trouve partout !

– Je suis au courant. Ce qui me surprend, c'est que Hassan ait toujours agi seul. Vous n'avez jamais participé à aucun des assassinats ?

– Jamais. Hassan était tout à fait capable d'agir en solitaire… la preuve. D'ailleurs, il préférait. De toute façon, il était hors de question que qui que ce soit d'autre nous aide. D'abord, parce c'était à nous de… régler le problème, ensuite parce que moins de gens étaient au courant et moins il y avait de risques de fuites. De toute façon, Issayas aurait refusé qu'un de ses hommes nous aide et risque de se faire prendre. Quant à moi, s'il arrivait quelque chose à Hassan, je devais pouvoir finir le travail. Voilà pourquoi nous devions agir séparément.

– Sauf ici…

– Sauf ici.

– À Paris, vous étiez en contact avec votre frère ?

– Exceptionnellement, et avec la plus extrême prudence. En fait, nous nous comportions comme des clandestins.

– Revenons à Enzo Wolf, fit Gorin.

Le commandant de la Crim n'eut pas à insister pour entendre le nouveau récit d'Askalu. Elle semblait même impatiente de relater les faits. Ainsi, la jeune femme raconta dans le détail les dernières heures du juge Enzo Wolf, telles que les lui avait restituées son frère. Elle fut emportée par son récit, évoquant avec la plus absolue minutie l'agonie du juge dans les flammes. Elle ne vit même pas que Gorin dut changer la cassette de son magnétophone.

– Charmant ! fit Pensec lorsqu'elle parut vouloir mettre un point final à son histoire. Mais pourquoi Hassan n'a-t-il pas révélé à Wolf la raison pour laquelle il allait le faire rôtir ?

– Il lui a montré la photo…

– Vous croyez qu'il a eu le temps de comprendre ? J'en doute vraiment !

– Hassan m'a dit qu'il l'a vu dans ses yeux. Il a vu qu'il se souvenait.

– Mouais… Il aurait été plus simple de lui dire. Je ne crois pas que cela aurait changé grand-chose aux instants horribles qu'il vivait.

– Et après Rome, Hassan est revenu à Paris ? le coupa Gorin.

– Non. Il est parti directement pour Nantes. J'étais d'accord pour qu'il fasse vite.

– Et là, ça s'est passé toujours aussi « facilement » ?

– Non, Hassan a commis deux erreurs. La première, c'est de s'être trompé sur la dose de kétamine. Mathieu Chapelain a repris conscience plus tôt que prévu et Hassan a négligé les capacités physiques du toubib. Chapelain a réussi à s'échapper et mon frère a même failli perdre sa trace ! Heureusement que l'endroit était désert, ce jour-là et à cette heure-là. Il l'a finalement retrouvé et cette fois-là, il a préféré lui envoyer un coup de matraque plutôt que lui enfoncer l'aiguille d'une seringue dans le bras ! Ensuite, Hassan l'a ramené sur son dos jusqu'à chez lui. Mon frère ne ressemble pas à un haltérophile mais il est capable de faire preuve d'une énergie et d'une force surprenantes.

– Et là, coup de chance, encore une cheminée ! fit Pensec.

– Pas la chance, je vous l'ai déjà dit. Grâce au repérage, nous savions tout sur chacune de nos victimes. Nous avons laissé le moins de place possible à l'improvisation.

– Oui. Mais Hassan a commis sa seconde erreur en oubliant la photographie que vous avez dérobée chez Gramont. Car c'est bien vous qui l'avez « empruntée », non ?

– Oui. Hassan et moi-même avons tout de suite compris que cette photo allait être un élément crucial pour l'enquête. Il y avait un risque pour que la police remonte jusqu'à Human Help, jusqu'à Muller et Charles, et pourquoi pas jusqu'à moi. Ce fut d'autant plus évident lorsque je vous ai vus dans les bureaux de l'ONG.

– Que s'est-il passé alors ?

– Hassan a été d'accord pour quitter la France le plus vite possible. Quant à moi, je ne voulais pas éveiller les soupçons de Charles en avançant notre départ pour Asmara. Et puis, il n'y avait plus beaucoup de temps à attendre.

– Et cette idée de voyage ? Comment avez-vous persuadé Gramont de partir avec vous ?

– Une femme obtient toujours ce qu'elle veut pourvu qu'elle fasse preuve de subtilité, d'habileté, le tout saupoudré de quelques sentiments qu'il est aisé de faire passer pour de l'amour. Charles m'aimait. Quand je lui ai dit que, moi aussi, je l'aimais et que je voulais passer le restant de mes jours à ses côtés, il aurait fait n'importe quoi. Je lui ai simplement dit que je voulais qu'il voie où j'avais grandi, comment et avec qui. Cela lui a suffi. Il n'a jamais posé aucune question.

– C'est étonnant qu'il soit revenu sans renâcler dans ce pays où il n'a que de mauvais souvenirs.

– C'est peut-être justement pour cette raison qu'il a accepté d'y remettre les pieds, fit remarquer Pensec.

– Peut-être, effectivement dit Gorin. Et comme les autres, une fois dans votre village, Gramont est tombé dans le piège ?

– Comme les autres, oui. Avec un traitement particulier.

– Lequel ?

Pendant près de vingt minutes, Askalu raconta comment Charles fut attaché à un poteau sous le feu ardent des rayons du soleil, comment ils le regardèrent cuire, lentement, et comment ils le laissèrent partir pieds nus dans le désert, l'observant de loin, sachant que sa fuite était vouée à l'échec.

– Et lui, vous n'alliez pas le faire brûler ? Vous alliez le laisser... Comment dire ? Vous alliez le laisser se consumer ?

– Non, nous avions décidé de lui réserver le même sort. Mais auparavant, lui, il aurait su pourquoi il était de retour dans ce pays et pourquoi il allait périr dans les flammes.

– Et vous n'en avez pas eu le temps.

– Non, nous avons dû l'abandonner et rentrer à Asmara.

– C'est votre oncle qui est venu vous chercher ?

– Je n'ai rien d'autre à vous dire.

– Et votre frère, vous l'avez laissé là-bas ?

– C'est cela... oui... Il est resté là-bas.

– Mort ?

– Je n'ai plus rien à vous dire. Vous en savez assez comme ça, ajouta la jeune femme avant de se lever.

Puis, sans un mot, elle se dirigea vers la porte et y frappa trois coups brefs. Un homme apparut et emmena Askalu. Gorin et Pensec restèrent là, interdits, surpris que la jeune femme ait pu disparaître aussi vite, aussi soudainement. Ils se regardèrent.

– C'est bien la première fois que je boucle un dossier sans ramener le gibier, fit Gorin. En tout cas, le juge et Lenoir devront s'arranger avec ça.

– Vous croyez qu'il est mort, le frangin pyromane ? demanda Pensec.

– Je préférerais, oui...

– Pourquoi ?

– Je n'ai aucune envie de le voir rappliquer en France dans quelque temps pour finir son boulot.

– Gramont et Muller ?

– Gramont et Muller, oui...

Les deux policiers eurent juste le temps de ranger leurs affaires quand deux hommes firent irruption dans la pièce. Ils avaient des bandeaux dans les mains.

Le retour fut beaucoup plus rapide que l'aller. Vingt minutes plus tard, Gorin et Pensec étaient devant leur hôtel. À la réception, le concierge plus obséquieux que jamais les conduisit dans un salon, à l'abri des regards. Issayas Menkarius, un cigare pincé entre le pouce et l'index, les y attendait, assis dans un fauteuil aussi profond que le gouffre de Padirac, une coupe de champagne posée devant lui, sur une table basse.

– Bonjour, messieurs. Asseyez-vous. Installez-vous confortablement. Un peu de champagne ?

– Ma foi, dit Pensec.

– Et vous, commandant ?

– Vous avez fait des progrès en français, monsieur Menkarius. Je vous félicite.

– Vous voyez, tout arrive...

– Pour moi, ce sera un Perrier, si c'est possible.

– Tout est possible, ici.

Un claquement de doigts suffit au chef de la police pour ramener un serveur ventre à terre. Une seconde plus tard, Gorin avait un Perrier-rondelle devant lui.

– Alors, lança Menkarius, votre petite promenade s'est-elle passée selon vos souhaits ?

– Ce fut un vrai plaisir, répondit Gorin. C'est fou ce qu'on peut apprendre en deux heures de temps !

– Je n'en doute pas. Parlons sérieusement, commandant Gorin. C'est aussi valable pour vous, ajouta Menkarius en se tournant vers Pensec. Je l'ai déjà dit à Muller, mais je vous le répète : ma nièce ne quittera jamais ce pays. Elle n'ira jamais croupir dans une vos prisons. Ne vous avisez pas de remuer ciel et terre pour obtenir son extradition.

– C'est une menace ?

– Prenez-le comme vous voulez.

– De toute façon, il n'y a pas d'accord entre nos deux pays.

– Raison de plus pour ne rien tenter, en alertant la presse, par exemple.

– Ce n'est pas le genre de la maison !

– À d'autres, monsieur Gorin. À d'autres, pas à moi.

– Ce sera tout ?

– Non. Voici vos billets d'avion, première classe, offerts gracieusement par les autorités érythréennes.

Menkarius sortit les billets de la poche intérieure de sa veste et les posa sur la table basse.

– Nous avions déjà nos billets de retour.

– Oui, mais vous n'aviez pas de départ avant la fin de la semaine. Avec ceux-là, vous partez dès demain matin et avec une seule escale. Prenez-les, ou Muller et ses employés pourraient ne pas revoir la France avant plusieurs mois. Ah ! j'oubliais, Charles Gramont fera partie du voyage. Vous n'aurez pas à vous en occuper jusqu'à Paris. Une ambulance va le conduire à l'avion et une hôtesse se chargera de lui pendant le vol. Sur ce, je vous salue et vous souhaite un bon voyage.

Menkarius écrasa lentement son cigare dans le cendrier posé devant lui avant de se lever, sans un mot et – peut-on le supposer – sans un regard.

– Alors ? fit Pensec.

– Alors on plie bagages demain matin. Ras le bol de cette face de carême ! Même si le dossier n'est pas totalement bouclé. Ça arrive, même à la Crim !

De retour dans sa chambre, Gorin tenta pour la énième fois d'obtenir une liaison avec Paris. Sans succès. Téléphoner à Évelyne, c'est la première chose qu'il ferait en arrivant à Roissy avant même de récupérer ses bagages.

LE XANAX EUT DE NOUVEAU un effet salvateur. Gorin se réveilla une heure avant l'arrivée à Paris, le temps de comprendre où il se trouvait. Gramont n'avait pas tout à fait repris figure humaine. Cependant, Pensec avait pu lui parler. Ce qu'il lui avait raconté sur son escapade au bras d'Askalu, jusque dans le nord-ouest de l'Érythrée où le soleil grillait les visages pâles comme des homards, serait couché dans un procès-verbal, en bonne et due forme. Le dossier serait enrichi d'un nouveau témoignage qui clôturerait – presque – cette enquête hors norme.

Arrivé à Paris, Charles Gramont fut de nouveau hospitalisé. Il quitta l'hôpital quelques jours plus tard pour finir sa convalescence dans la maison de famille où l'avait conduit sa sœur.

Gorin avait essayé à plusieurs reprises de joindre Évelyne sur son portable. Seule la voix chaude du message qu'elle avait enregistré sur sa messagerie lui avait répondu. Inquiet, il avait appelé son bureau où une jeune femme lui avait demandé qui il était. Après qu'il se fut présenté, la même jeune femme lui expliqua qu'Évelyne était toujours à l'étranger et qu'elle était malheureusement injoignable. Elle lui transmettrait son message dès qu'elle l'aurait au bout du fil. Il avait à peine eu le temps de dire merci avant que sa correspondante ne raccroche.

Garnier, lui, avait tout de suite répondu. Toujours fidèle au poste. Peu de choses s'étaient passées depuis leur départ. Lenoir s'était seulement inquiété de ne pas avoir de leurs nouvelles. Gorin et Pensec franchirent le portail du « 36 », une heure après leur arrivée à Roissy. Le temps de faire le point avec Garnier et de mettre un peu d'ordre dans le dossier du Rôtisseur, les deux hommes étaient dans le bureau de Lenoir.

– Vous avez grossi, dit Lenoir à Gorin, mais vous avez bonne mine. Comment s'est passée cette semaine de vacances ?

– Et vous, patron, répondit le commandant, je trouve que vous avez une petite mine. Pourtant, c'est pas le soleil qui manque avec cette canicule !

Après cet assaut d'amabilités, derrière lequel il fallait comprendre que Gorin et Lenoir étaient ravis de se revoir, le commandant mit un peu plus d'une heure à livrer toutes les subtilités de son enquête. Une heure au cours de laquelle son téléphone portable vibra à deux reprises sans qu'il réponde. Il était aux alentours de midi lorsqu'il posa le dossier sur le bureau du patron de la Crim.

– Voilà, dit Gorin, tout est dedans. Je n'ai plus qu'à taper mon rapport.

– Finalement, c'était bien une histoire de vengeance et le Rôtisseur était bien un homme, dit Lenoir. C'est un peu décevant, je m'attendais à quelque chose de plus compliqué. Je regrette qu'on n'en sache pas un peu plus sur la personnalité de cet Hassan. Cela dit, cette histoire est incroyable. Des types qui font dans l'humanitaire et qui se conduisent comme les derniers des salauds, c'est pas commun !

– Non, mais tellement humain, répondit Gorin.

– Et ce Muller, ça n'a pas l'air de le perturber beaucoup, non ?

– Disons qu'il est plus pragmatique. En revanche, je pense que Gramont a vraiment trinqué. Entre son accident, l'abandon des deux gamins et sa maîtresse qui a essayé de le faire griller, je pense qu'il aura du mal à remonter la pente. S'il la remonte. Qu'est-ce que je mets dans mon rapport au sujet d'Issayas Menkarius ?

– Tout dépend de ce que va faire Muller. S'il est décidé à le faire tomber et à filer un coup de main à la brigade des stups, vous pourrez le charger. Reste à savoir quand ça aura lieu. En attendant, ne le chargez pas trop, le chef de la police, on peut encore en avoir besoin. Faites en sorte que le juge n'ait pas l'envie subite de le poursuivre ! On serait vraiment dans la merde.

– On peut expliquer au juge qu'on doit d'abord régler cette affaire de trafic d'héro.

– Trop risqué, il pourrait se montrer impatient. Non, faites comme je vous dis, minimisez son rôle, et si Muller tient parole, on le fera tomber de toute façon.

– Et pour les Italiens ?

– Ah ! merde, je les avais oubliés, ceux-là ! Voyez avec le juge...

– Et pour les familles ?

– Les familles ?

– Enfin, « la » famille, celle de Chapelain. On lui dit quoi, à la veuve ?

– La vérité... enfin à quelque chose près. Pas un mot sur Menkarius et vous lui dites que la jeune femme et son frère sont morts. D'ailleurs, vous croyez vraiment que c'est son oncle qui a tué Hassan ?

– J'en suis presque sûr. Ce genre de type ne s'arrête pas devant les liens familiaux quand ses intérêts sont en jeu !

– En attendant, et c'est aussi valable pour vous, lieutenant, je vous félicite, vous avez fait du bon boulot.

– Merci, patron, fit Pensec qui ne pensait qu'à une seule chose : dormir.

– Merci, patron, dit à son tour Gorin qui ne pensait qu'à une seule chose : parler à Évelyne, enfin.

La secrétaire avait tenté de l'appeler à deux reprises et lui avait finalement laissé un message. Elle disait avoir parlé à Évelyne qui ne rentrerait en France qu'à la fin de la semaine. Celle-ci avait perdu son portable, il était impossible de la joindre et elle l'appellerait dans la soirée.

Le doute s'était insinué, peu à peu, jusqu'à convaincre Gorin qu'il était temps de tirer un trait sur sa relation avec Évelyne. Il maudissait cette pudeur maladive qui l'avait empêché de lui parler, de lui dire ce qu'elle attendait probablement de sa part. À défaut de lui parler, il aurait pu faire au moins un geste, n'importe lequel, un tout petit geste pour lui faire comprendre qu'il tenait à elle. Au lieu de ça, il lui semblait s'être enfermé encore un peu plus dans son rôle d'éternel célibataire bougon et maniaque. Forcément maniaque. Aujourd'hui, il avait envie de crier : « Attends-moi ! Je t'aime ! Vivons ensemble ! ». Mais il était trop tard. Lui, qui répétait souvent qu'il fallait savoir saisir sa chance quand elle se présentait, se sentait désormais ridicule, stupide, grotesque, l'œil fixé sur son téléphone portable espérant qu'il se mette à sonner. Il était seul dans son bureau. Heureusement seul. Garnier était sur le terrain et Pensec était parti se coucher. Il décida de rentrer chez lui. Il oublia son sac de voyage sur son bureau.

Il rentra à pied. Il faisait chaud. Il en avait assez de la chaleur. Il en avait assez de cette canicule. Il marcha tel un automate jusqu'à son immeuble puis il commença à monter les marches comme un vieillard quand il s'aperçut qu'il n'avait pas ses clés. Il redescendit et frappa à la porte de la loge. Le gardien ouvrit mais il n'avait plus les clés. Une « dame » était déjà venue les prendre.

– Quelle dame ? demanda Gorin interloqué.

– Je ne sais pas, c'est la première fois que je la vois !

– Et vous donnez ma clé à quelqu'un que vous ne connaissez pas ?

– Elle m'a dit que je n'aurai pas de problème et franchement elle a l'air de bien vous connaître... et elle connaît Aldebert. Et puis quoi ? À force, je sais reconnaître les gens louches. Elle, c'est pas le cas. Vraiment pas ! C'est quelqu'un de bien, ça se voit tout de suite.

– Ça se voit tout de suite... La prochaine fois, appelez-moi quand même avant de donner mes clés au premier venu.

– J'ai voulu mais elle m'a dit « surtout pas » en me faisant un clin d'œil.

– Depuis quand est-elle là ? demanda Gorin en esquissant un léger sourire.

– Depuis ce matin.

Le gardien voulut ajouter un mot mais Gorin était déjà dans l'escalier, franchissant chaque marche comme un cabri. Arrivé devant la porte de son appartement, il tendit l'oreille, essayant de se calmer, de reprendre son souffle. Rien. Le silence le plus total semblait régner à l'intérieur. Aucun son, aucun bruit ne trahissait une présence quelconque. Alors il posa la main sur la poignée et la tourna. La porte s'entrebâilla. Il tendit de nouveau l'oreille avant d'ouvrir grand la porte, d'un coup sec. Pour toute réponse, il eut droit au miaulement d'Aldebert qui vint se frotter sur son bas de pantalon. Gorin se baissa pour le caresser.

– Il t'a manqué ? demanda Évelyne.

Gorin leva la tête. Elle était là, debout dans l'entrée, les bras croisés, sans bouger. Cette fois, le visage du policier s'éclaira d'un large et franc sourire. Il s'avança vers elle, les bras ouverts, prêt à l'enlacer, à la serrer, à l'embrasser... mais elle fit un pas de côté en levant le bras, paume de la main en avant, brisant net son élan.

– Minute, commandant Gorin. Tu vois ça, là ?

Elle désignait deux grosses valises sur roulettes trônant au beau milieu du salon.

– Euh... oui... dit Gorin.

– Tu comprends ce que ça signifie ? ajouta la jeune femme qui avait pris un air grave.

– Je crois, oui...

– C'est oui ou c'est non, commandant ? Si c'est non, je pars et tu ne me revois plus jamais. Croix de bois, croix de fer, si je mens je vais...

– C'est oui, mille fois oui, mais ne me parle plus jamais ni de feu ni d'enfer !

Claude Muller avait tenu parole. Huit mois après son retour d'Érythrée, la brigade des stups réalisa une prise record de 200 kilos d'héroïne. Une partie fut découverte dans un avion privé, au Bourget. La presse se contenta de relater les faits sans donner d'autres précisions sur le propriétaire de l'appareil ou la façon dont la filière avait été éventée. L'autre partie, environ 150 kilos, fut saisie au Havre, dans les soutes d'un cargo en provenance du port de Massaoua. Peu nombreux – journalistes y compris – étaient ceux qui connaissaient le nom de ce port autrefois surnommé « la perle de la mer Rouge ».

En Érythrée, plus particulièrement à Asmara, ces deux prises d'héroïne firent beaucoup de bruit. Les autorités françaises informèrent immédiatement, par le canal diplomatique, le gouvernement érythréen des découvertes embarrassantes faites par les policiers de la brigade des stups du Quai des Orfèvres. Découvertes impliquant un des plus hauts personnages du régime, en l'occurrence le chef de la police. Il y eut de nombreuses fuites et la presse locale participa largement à la chute d'Issayas Menkarius, dont les surnoms d'Issayas le bourreau et d'Issayas le terrible firent les gros titres. La presse éthiopienne ne fut pas en reste.

Personne ne sut jamais ce qu'était devenu Issayas Menkarius. Pour certains, il avait été sommairement exécuté. Pour d'autres, il avait pris la fuite et trouvé refuge dans un paradis fiscal sous une nouvelle identité et avec un nouveau visage, pour autant qu'un chirurgien de génie ait pu faire disparaître son rictus derrière un vrai sourire..

Quant à l'agent de la DGSE, Jean Lafontaine, il ne profita jamais du marché qu'il avait passé avec Claude Muller. Il n'y eut jamais aucun agent infiltré dans aucune des missions de Human Help. Et pour cause, il n'y eut plus de missions de Human Help en Érythrée. Et Lafontaine fut gentiment prié d'oublier Muller et son ONG.

Au cours de ces huit mois écoulés, Gorin avait hérité de quelques dossiers, la plupart vite résolus et lui paraissant bien fades après cet épisode érythréen. Il se prit à apprécier un peu plus chaque jour l'efficacité de Pensec, comme si ce voyage au bord de la mer Rouge l'avait fait mûrir plus vite. « Il a pris du plomb dans la tête et c'est toujours mieux que d'en prendre dans le gras ! », répétait souvent Garnier.

Au « 36 », seul Lenoir connaissait l'existence d'Évelyne et son installation chez Gorin. Le patron de la Crim était parti d'un grand éclat de rire en apprenant la nouvelle.

– Je ne lui donne pas un mois avant qu'elle craque ! avait parié Lenoir. Pour supporter un vieux garçon comme vous, faut être une sainte ou alors... ou alors elle est folle de vous ! C'est possible, ça, qu'une femme soit folle de vous ?

– Vous pariez quoi ? lui avait demandé Gorin le plus sérieusement du monde.

– Comme d'hab'... une caisse de champagne. Et si je perds, je vous invite à dîner, vous et l'oiseau rare !

Un mois plus tard, Gorin héritait d'une caisse de champagne et M. et Mme Lenoir faisaient la connaissance d'Évelyne au Caveau du Palais, un restaurant que fréquentaient avocats et policiers, situé place Dauphine, juste derrière le palais de justice.

Quelque part en France, 2013.

BIEN QUE N'AYANT PAS ENCORE ATTEINT tout à fait la soixantaine, Charles Gramont avait l'air d'un vieux monsieur. Il avait attrapé des cheveux blancs et ne se déplaçait jamais sans une canne. Ses traits s'étaient alourdis. Ses rides, plus nombreuses, s'étaient creusées, trahissant les épreuves qu'il avait traversées.

Depuis plusieurs années, il vivait dans la maison qui l'avait vu naître. Cette grande demeure familiale abritait aussi sa sœur et le mari de celle-ci. Charles avait essayé de retravailler après son calvaire en Érythrée mais il avait fallu se rendre rapidement à cette évidence qu'il en était devenu incapable. Il souffrait d'une dépression chronique, s'abreuvant quotidiennement d'un cocktail de médicaments dont la chimie l'achèverait tôt ou tard, si elle ne lui avait pas auparavant grillé le cerveau. Il finit par décrocher une maigre pension. Physiquement, se refusant au moindre exercice, les séquelles de son accident et du traitement que lui avaient infligé Askalu et son frère Hassan ne firent que s'amplifier les années passant.

Charles n'était plus que l'ombre de lui-même, oublié des autres, s'enfonçant peu à peu dans un mutisme quasi total, n'en sortant que pour maugréer, bafouillant un sabir qu'il était le seul à comprendre.

Au début de sa retraite forcée, il n'avait reçu que de rares visites. Celles de Claude Muller avaient été les plus régulières. Celui-ci l'avait tenu au courant de la vie de Human Help : des nouvelles missions, des nouveaux membres. Il avait même tenté d'évoquer leur monstrueuse décision d'abandonner les deux enfants de Youssuf dans le désert, croyant un peu naïvement que le mal qui le rongeait en était la conséquence et que d'en parler permettrait, peut-être, d'extraire le pus de cet abcès. Mais il parlait à un mur. Charles avait le regard vide, avec cette bouche légèrement entrouverte, prête à laisser échapper un mot. Ce n'était qu'une illusion. Ses lèvres restaient inertes. Puis les visites de Claude Muller s'espacèrent. Il finit par ne plus venir du tout.

Se levant tôt, sans prendre de petit déjeuner, Charles s'asseyait toujours devant la même fenêtre où était installé un fauteuil club au cuir craquelé et à la couleur indéfinissable, recouvert d'un plaid écossais qui avait dû servir de tartan à Quentin Durward. Il affichait une tenue négligée du matin au soir, fréquentant rarement la douche ou la baignoire de sa salle de bains, s'attirant ainsi les réprimandes de sa sœur. Cela, comme le reste, lui passait au-dessus de la tête.

Derrière la vitre, le spectacle immuable de la campagne semblait l'hypnotiser, rythmant ses journées. À le voir de dos, il semblait assoupi, la tête toujours penchée sur le côté. Il gardait pourtant les yeux grands ouverts. Il restait ainsi, immobile, jusqu'à l'heure du déjeuner que sonnait une horloge, à 12h30 précises, été comme hiver. Le repas s'écoulait au rythme des rares questions que sa sœur osait encore lui poser. Questions sans réponses. Il partait ensuite pour sa promenade quotidienne, seul instant de sa vie de reclus au cours duquel il paraissait encore animé d'un souffle de vie. La promenade ne durait jamais bien longtemps. Il revenait ensuite s'asseoir face à la même fenêtre, scrutant de nouveau on ne sait quel horizon hypothétique, jusqu'à l'heure du dîner. Puis, il disparaissait dans sa chambre où il s'enfermait sans que personne ne sût jamais ce qu'il y faisait. Sa lampe de chevet restait allumée toute la nuit, laissant filtrer un rai de lumière sous la porte.

Charles se souvenait-il seulement que sa vie avait été un désastre ? Aurait-il été capable de dire ce qui avait le plus pesé dans la balance : son accident et son impossible rémission ou la petite Askalu, fillette abandonnée dans les sables du désert, revenue du néant avec son frère pour accomplir sa vengeance ?

Ainsi s'écoulaient les derniers jours de Charles Gramont, vieillard pitoyable, frisant la soixantaine !

La dernière fois qu'il entendit parler de Claude Muller, ce fut lorsque sa sœur lui lut le journal où l'on racontait que l'un des pionniers de l'humanitaire en France s'était tué en voiture. Une fin atroce, avait écrit le journaliste. L'accident avait eu lieu en rase campagne, en pleine nuit. Le véhicule du fondateur de Human Help avait fait plusieurs tonneaux pour une raison inconnue – probablement la vitesse et un virage mal négocié, à en croire la gendarmerie – avant de prendre feu. Claude Muller avait péri carbonisé...

Cela remontait déjà à quelques mois. Qu'enregistra le cerveau embrumé, emprisonné dans sa gangue chimique, de Charles Gramont ? Personne n'aurait pu le dire. La nouvelle sembla le laisser indifférent, du moins en apparence.

La propriété des Gramont se situait, d'un côté, à la lisière d'une forêt. De l'autre, elle était bordée de champs où l'on cultivait le maïs. En cette fin septembre, la récolte n'avait pas encore eu lieu. C'est à cet endroit que Charles aimait se promener, après le déjeuner. Il n'allait nulle part ailleurs. Il suivait toujours le même chemin et sa sœur pouvait l'observer tout le long, depuis une des fenêtres du premier étage de la maison.

Ce jour-là, comme tous les jours à la même heure, il passa la lourde grille qui restait ouverte une bonne partie de la journée et prit la direction du champ de maïs. Il marchait lentement sur le chemin étroit, parsemé de petits silex qu'il ne cherchait pas à éviter, tête baissée, une main dans la poche de son manteau, l'autre posée sur le pommeau de sa canne, indifférent à ce qui l'entourait. Au bout de quelques minutes, il entendit son prénom. La voix semblait venir du champ de maïs dont certains pieds atteignaient les 2 mètres de hauteur. Il ralentit, puis s'arrêta, relevant lentement la tête. Il entendit de nouveau son prénom. Il tourna la tete, toujours avec cette même lenteur. Il ne vit personne, pas même une ombre. Sans réfléchir, il pénétra dans le champ, entre deux rangées d'épis. À quelques mètres devant lui, il discerna une silhouette. Il se rapprocha, ses pieds glissant sur le bord des sillons, une épaisse couche de terre argileuse collant et s'agglomérant à ses semelles à chaque pas, donnant à sa démarche une allure éléphantesque.

À plusieurs reprises, il faillit perdre l'équilibre, sa canne s'enfonçant dans le sol, incapable de le soutenir. Bientôt, les contours de la silhouette se précisèrent. Il vit qu'il s'agissait d'une femme. Elle l'appela de nouveau par son prénom. Il se rapprocha encore, jusqu'à pouvoir la toucher. Il n'eut pas le temps de la reconnaître ni d'ouvrir la bouche. Elle le poussa violemment. Sans un mot. Il perdit l'équilibre. Allongé sur le dos, les deux coudes plantés dans la glaise, il ne bougeait pas, bouche bée, comme fasciné par ce qui lui arrivait, ses yeux d'habitude si mornes semblant reprendre vie. La femme se pencha et attrapa un jerrycan posé à ses pieds. Elle en fit sauter le bouchon. Charles ne bougeait toujours pas. Alors, la femme l'aspergea d'essence, lui vidant le contenu du bidon sur la tête sans qu'il réagisse. La mine plus pitoyable que jamais, les cheveux collés sur le crâne, l'essence lui dégoulinant le long du visage, il toussa et dut fermer les paupières. Quand il les rouvrit, la femme tenait une allumette dont la flamme était toute proche. Elle attendit quelques secondes. « Va pourrir à ton tour en enfer ! », dit-elle le plus calmement du monde, le fixant droit dans les yeux. Puis, elle laissa tomber l'allumette. L'essence s'enflamma immédiatement. Avant de s'embraser, de n'être plus qu'une forme sombre à travers les flammes, dévorée par le feu, Charles eut juste le temps de prononcer un prénom, dans un dernier souffle : Askalu.

Nodes, juillet 2009.

DANS LA COLLECTION « ROMANS », « RÉCITS » ET « NOUVELLES »
AU CHERCHE MIDI

LAKDHAR BELAÏD
World Trade Cimeterre

MEHDI BENCHELAH
Les Flamboyants de Gaza

Bassora Express

NATHALIE BLAISE
Des fleurs dans la tête

FRANÇOIS BOTT
Faut-il rentrer de Montevideo?

Vél'd'Hiv

PIERRE BOULLE
L'Archéologue et le mystère de Néfertiti

L'Enlèvement de l'Obélisque

La Face

Le Bourreau

VIRGINIE BUISSON
Le Silence des otages

STÉPHANE CARLIER
Actrice

NICOLAS CHARBONNEAU
Deux ou trois fois rien

JEANNE CRESSANGES
Les Ailes d'Isis

Le Soleil des pierres

PATRICE DELBOURG
Cœur raccord

Lanterne rouge

Toujours une femme de retard

SÉBASTIEN DOUBINSKY
Le Livre muet

Les Fantômes du soir

PIERRE DRACHLINE
Une enfance à perpétuité

L'Enchantée

CHRISTIANE DUPUY
Le Petit-Fils de Lafcadio

L'Employée de maison

JEANNE FAIVRE D'ARCIER
Les Yeux de Cendre

JEAN FAYARD
Une enfance en enfer

ALAIN FLEISCHER
Courts-circuits

CHARBEL GHANEM
L'Organisation

JEAN GRANGEOT
La Perle rouge

SALAH GUEMRICHE
Un été sans juillet

ÉRIC GUILLOTTE
Novissima Verba

FRANK HENRY
Mauvaises nouvelles du milieu

Natchave!

Neuf et trois onze!

CLAIRE HUYNEN
Marie et le vin
Prix de la Première œuvre, 1999

Une rencontre

RICHARD JORIF
Qu'est-ce que la mort, Fourrure?

JEAN-JOSEPH JULAUD
Café grec

Camarón

PIERRE KYRIA
Le Partage des ombres

Pile-poil

Comtesse Lipska

JEAN-HUGUES LIME
Le Roi de Clipperton

La Chasse aux enfants

Mangareva

CHRISTOPHE MACER
L'Invasion des femmes grosses

FRANCA MAÏ
Momo qui kills

Jean-Pôl et la môme caoutchouc

Speedy Mata

L'Ultime Tabou

Pedro

L'Amour carnassier

Crescendo

THIERRY MARICOURT
Ne me tuez pas

FRANÇOIS MARCHAND
L'Imposteur

ROGER MARTIN
...Jusqu'à ce que mort s'ensuive

YVES MARTIN
Il faut savoir me remettre à ma place

WALLY MONTAY
Cinabre

INGRID NAOUR
Les Lèvres mortes

Le Syndrome d'Atlas

GÉRARD OBERLÉ
Nil rouge
Prix René-Fallet, 2000

Pera Palas

Palomas Canyon

JEAN ORIZET
La Vie autrement a l'ombre douce du temps

ALAIN PAGE
Je suis rien

AGNÈS PAVY
Fétiches

CHANTAL PELLETIER
Le Squatt

PIERRE PERRIN
Une mère
Le cri retenu

JEAN-CLAUDE PIROTTE
Mont Afrique

YVES POURCHER
Le Rêveur d'étoiles

CLAUDE PUJADE-RENAUD
DANIEL ZIMMERMANN
Septuor

MAURICE RAJSFUS
Le Chagrin et la Colère

SERGE REZVANI
Le Dresseur

GHISLAIN RIPAULT
Exécutions intimes

HUGUES ROGER
Ma mère en plus jeune

Daddy blues

FRÉDÉRIC ROUX
Le Désir de guerre

VINCENT ROY
L'Instant désiré

BORIS SCHREIBER
Un silence d'environ une demi-heure
Prix Renaudot, 1996

Hors les murs

L'Excavatrice

La Douceur du sang

Faux titre

Joël Séria
Sombres fantômes

Les Galettes de Pont-Aven

Valère Staraselski
Monsieur le Député

Une histoire française

Nuit d'hiver

Muriel et Patrick Spens
La Traque

François Thibaux
Notre-Dame des Ombres
Prix Paul-Léautaud, 1997

Jean-Max Tixier
Le Jardin d'argile
Prix Antigone, 1998

L'Homme chargé d'octobres

Brice Torrecillas
L'Ombre et le Fard

Marc Trillard
De sabres et de feu

Viviane Villamont
Une femme irréprochable

Éric Yung
Un silence coupable

Daniel Zimmermann
L'Anus du monde

Le Gogol

Les Morts du lundi

Les Chats parallèles
suivi de
La Légende de Marc et Jeanne

L'Ultime Maîtresse

Ahmed Zitouni
Une difficile fin de moi

Mis en pages par DV Arts Graphiques à La Rochelle
Imprimé en France par CPI Firmin Didot
Dépôt légal : avril 2010
N° d'édition : 1682 – N° d'impression : 99609
ISBN : 978-2-7491-1682-2